KNAUR

*Im Knaur Verlag sind bereits folgende
Weihnachtskrimi-Anthologien erschienen:*
Maria, Mord und Mandelplätzchen
Glöckchen, Gift und Gänsebraten
Süßer die Schreie nie klingen
Stollen, Schnee und Sensenmann
Türchen, Tod und Tannenbaum
Plätzchen, Punsch und Psychokiller
Kerzen, Killer, Krippenspiel
Makronen, Mistel, Meuchelmord

Über die Herausgeberin:
Frederike Labahn wurde 1992 in Lübbecke geboren. Sie studierte Anglistik und Germanistik an der Westfälischen Wilhelms-Universität in Münster. Heute lebt sie in München und arbeitet in der Verlagsbranche.

Frederike Labahn (Hrsg.)

Lametta, Lichter, Leichenschmaus

24 Weihnachtskrimis
vom Wattenmeer bis zum Großglockner

Besuchen Sie uns im Internet:
www.knaur.de

Originalausgabe Oktober 2019
Knaur Taschenbuch
© 2019 Knaur Verlag
Ein Imprint der Verlagsgruppe
Droemer Knaur GmbH & Co. KG, München
Alle Rechte vorbehalten. Das Werk darf – auch teilweise – nur mit
Genehmigung des Verlags wiedergegeben werden.
Redaktion: Frederike Labahn
Covergestaltung: ZERO Werbeagentur, München
Coverabbildung: PixxWerk®, München
unter Verwendung von Motiven von Shutterstock.com
Illustration im Innenteil: ZERO Werbeagentur, München
Karte: Computerkartographie Carrle
Satz: Adobe InDesign im Verlag
Druck und Bindung: CPI books GmbH, Leck
ISBN 978-3-426-52481-7

2 4 5 3 1

Inhalt

1 💀 Alexander Oetker
Keine Post für Himmelpfort
Himmelpfort (Brandenburg)
13

2 💀 Cornelia Kuhnert
Der ultimative Weihnachtskick
Hannover
33

3 💀 Vincent Kliesch
Sein letztes Fest
Berlin
49

4 💀 Michaela Kastel
Mutter und Tochter
Tullnerbach (Niederösterreich)
65

5 💀 Regine Kölpin
Der Weihnachtsmann wohnt nebenan
Dangast
79

6 💀 Catalina Ferrera
Das Fest der Hiebe · *Berlin*
95

7 💀 Anne von Vaszary
Deadline
Raufeld (fiktives Dorf in Brandenburg)
115

8 💀 Thomas Kastura
Alles erledigt · *Schrobenhausen*
137

9 💀 Elisabeth Kabatek
Die teuflische Weihnachtsfeier
Stuttgart
157

10 💀 Angelika Svensson
Schachmatt
St. Peter-Ording
175

11 💀 Iny Lorentz
Süßer die Plätzchen nie schmecken
Berlin
189

12 💀 Jürgen Seibold
Gut Holz!
Schwäbischer Wald
203

13 ☠ Ivonne Keller
Rauschgoldteufel · *Frankfurt am Main*
225

14 ☠ Sabine Trinkaus
Die Weihnachtsüberraschung
Bonn
241

15 ☠ Raoul Biltgen
Der Wurzelsepp · *Mölltal (Kärnten)*
261

16 ☠ Dina El-Nawab & Markus Stromiedel
Ein Weihnachtsmann namens Rocco
Gegenüber dem Drachenfels am Rhein
277

17 ☠ Tom Zai
Alles für die Katz
Walenstadt (Schweiz)
299

18 ☠ Gisa Pauly
Die beste Wurst vom Weihnachtsmarkt
Münster
315

19 ☠ Katja Bohnet
D für Drive
X (irgendein Kaff an der holländischen Grenze)
327

20 ☠ Christiane Franke
Lichterkrieg und Weihnachtszauber
Wilhelmshaven
345

21 ☠ Nicola Förg
Der Elch-String
Hopfen am See (Ostallgäu)
361

22 ☠ Sina Beerwald
Das letzte Türchen · *Sylt*
377

23 ☠ Judith Merchant
Driving Home for Christmas
Siegburg
391

24 ☠ 383
Wolfgang Burger & Hilde Artmeier
Maria und Josef
Heidelberg
405

»Tödliche Weihnacht überall!«,
hört man Mörder singen stimmungsvoll.
Weihnachtsgift, Weihnachtsbaum,
Weihnachtsmord in jedem Raum.
»Tödliche Weihnacht überall!«,
hört man Mörder singen stimmungsvoll.

Darum seid stets auf der Hut
In der Weihnachtszeit,
denn es kommt das Mörderlein,
haltet euch bereit!

»Tödliche Weihnacht überall!«,
hört man Mörder singen stimmungsvoll.
Tod im Wald, Tod im Watt,
Weihnachtsmord in jeder Stadt.
»Tödliche Weihnacht überall!«,
hört man Mörder singen stimmungsvoll.

1

Alexander Oetker

Keine Post für Himmelpfort

Himmelpfort (Brandenburg)

Über den Autor:

Alexander Oetker wurde 1982 in Berlin geboren. Er ist Fernsehjournalist und Autor. Vier Jahre leitete er das Pariser Korrespondentenbüro für die Fernsehsender RTL und n-tv, ist profunder Kenner von Politik und Gesellschaft in Frankreich und berichtete von dort über alle Terroranschläge der vergangenen Jahre. Seit 2012 ist er für RTL als politischer Korrespondent tätig. Alexander Oetker lebt in Berlin und verbringt viel Zeit in Frankreich. Zuletzt erschien seine Bestsellerreihe um Commissaire Luc Verlain sowie der Thriller *Zara und Zoë. Rache in Marseille.*

Die Tür ging auf, und ich schob mich aus meinem unsanierten Altbau – natürlich dem weit und breit einzigen unsanierten Altbau in dieser Ecke des Prenzlauer Bergs.

Die Zigarette aus der Schachtel kramen, nicht leicht mit den Fingern, die in Sekunden kalt waren wie Hulle – dann die Flamme und endlich der erlösende Geschmack der Sünde.

Mein Blick fiel auf die Raumerstraße, und ich erschauerte. Ich musste zugeben, dass mir dieser Tag nur aus einem einzigen Grund einen wohligen Schauer über den Rücken jagte: so viele freie Parkplätze. Beinahe alle Buchten waren frei, in denen sonst die BMW X5 der Hockeymütter standen und die alten VW-Busse der ewig jung gebliebenen Väter. Nur die zurückgelassenen Drive-Now-Schleudern voller Beulen standen noch da, unnütz waren sie dieser Tage, weil niemand zum Minutenpreis zu Omas Gänsebraten aufs Land fährt. Und mein alter VW-Käfer, der stand auch da, und er sah ganz schön allein aus auf der breiten Straße, ohne Umrahmung von Familienkutschen. Herrlich.

Ich ging ein paar Schritte und vergaß meine Freude über die Parksituation. Weil mein Blick auf die matschige braune Pampe fiel, die vorgestern mal frischer weißer Schnee war, zugegeben nur für ein paar Minuten. Bis die Hunde sich daran gütlich taten und die Fahrräder den Schnee hochschleuderten und als schmutziger Matsch wieder fallen ließen. All die sauteuren erzgebirgischer Schwippbögen, die sie in ihre durchgentrifizierten Mammutwohnungen mit Blick auf den Helmholtzplatz gestellt hatten und die nun in verwaisten Wohnungen um die Wette leuchteten. Und die fröhlichen Fensterbilder, die riefen: »Weihnachtsstimmung, eins, zwei, drei, los.«

Nein, Heiligabend war nichts für einen alten Stadtbären wie mich.

Doch als ich mein Lieblingscafé betrat, Raumer Ecke Duncker, da ergriff es mich doch wieder, das Hochgefühl. Niemand da.

Außer der netten Cynthia hinterm Tresen, die die Hüften zur viel zu lauten Musik bewegte, weil keiner da war, den das stören würde. Ich ging zu ihr, und sie lachte, heute war mal Zeit zum Lachen, für ein Wangenküsschen für die alten Stammgäste, die sonst nur hofften, einen Platz zu kriegen, und die sich einfügten in das permanente Rein und Raus eines beliebten Cafés. Heiligabend aber waren alle weg. Ich konnte mir einfach einen Lieblingsplatz aussuchen, weil keine Mütter da waren mit ihren riesigen Wagen und den Kindern, die das weiche Leder der Bänke am Fenster vollsabberten. Keine Hipster mit riesigen MacBooks, die sich sechs Stunden lang an einem Cappuccino festhielten, als wären Büros noch nicht erfunden.

Cynthia brachte mir jedenfalls meinen schwarzen Filtercafé in null Komma nichts. Ging dann zurück zur Theke und rief: »Hey, Gustav, hör mal«, dann drehte sie die Anlage lauter.

All I want for Christmas is you sang Mariah Carey, und ich konnte gar nicht anders, ich zog die Brauen hoch und stöhnte und verdrehte die Augen, ich konnte es mir doch nicht verkneifen, das kleine Lächeln, das Cynthia sofort sah und bei dem sie mitlachen musste.

Wir beide. In diesem Café. Und draußen war Geisterstadt. Der Moment könnte einfrieren. Doch dann klingelte das alte Wandtelefon.

»Café Liebling?«, sagte Cynthia in den Hörer, selbst erstaunt, weil darauf seit Wochen niemand mehr angerufen hatte. Sie lauschte eine Weile, dann hielt sie den Hörer in die Luft. »Gustav, für dich.«

Ich stand auf, wackelte mit dem Kopf, sie drehte das nervige Lied lauter, und ich sprach in den Hörer: »Gustav Kant.«

»Ja, Herr Kant, ich weiß, es ist Heiligabend, aber da Sie nicht in Ihrem Büro waren, dachte ich mir, dass Sie in dem Café sind. Früher waren Sie da immer. Sie haben mal für mich ermittelt, als meine Frau, nun ja«, der Mann räusperte sich, »nicht ganz treu gewesen war. Und heute … ach, es ist alles viel schlimmer.«

»Wer spricht denn da?«

»Engel. Hermann Engel.«

Es klickte. Engels Gattin hatte sich ganz teuflisch herumgetrieben, es musste aber schon eine Dekade her sein. Meine Bilder davon waren gestochen scharf, und dennoch war die Rechnung von Engels Scheidungsanwalt wohl deutlich höher als meine gewesen.

»Herr Engel, was ist Ihr Begehr?«

»Herr Kant, ach, es ist alles so furchtbar. Wissen Sie, ich bin doch der Leiter des Weihnachtspostamtes in Himmelpfort. Das tat ja damals nichts zur Sache, es ging ja nur um mein Privatleben, aber jetzt, hören Sie, es ist ganz furchtbar. Die Briefe, die Briefe«, er stammelte das Wort noch dreimal, bis es mir zu bunt wurde.

»Was ist denn mit den Briefen?«

»Können Sie herkommen? Himmelpfort. Bei Templin.«

»Zwischen den Jahren habe ich Zeit.«

»Ganz unmöglich, Herr Kant, nein, nein, es muss heute sein.«

Ich hasste Heiligabend, natürlich, auch wenn Hass ein starkes Wort ist – das soll heißen: Ich hatte eh nichts vor an diesem matschigen Tag. Doch da war noch etwas anderes: Er klang so verzweifelt und gleichzeitig so überzeugt, dass ihm das größte Unheil des Jahrzehnts widerfahren war, dass ich nicht mal überrascht war, als ich mich in den Hörer sagen hörte: »Gut, ich komme. In einer Stunde bin ich bei Ihnen.«

»Danke, danke, Herr ...«

Da hatte ich schon aufgelegt.

»Cynthia, mein Herz, ich muss wieder los in den Wind und in den Regen. Wie lange hast du Schicht?«

»Ich bleibe einfach hier«, sagte sie lachend, »wenn keiner kommt, kann ich Musik hören und lesen.«

Wir verabschiedeten uns, und dann, ich war schon fast aus der Tür, rief sie: »Frohe Weihnachten ...«

Ich konnte gar nichts Fieses erwidern, die Holztür war schon klappernd zugefallen.

An der Tür zu meiner Wohnung, die auch mein Büro war, waren die Buchstaben nicht wirklich gerade aufgeklebt, aber sie erfüllten ihren Zweck. *Gustav Kant – Private Ermittlungen* stand da. Keine Ahnung, warum, denn wer hier vorbeikam, der wusste, was ich tat, und war deswegen hier. Sei's drum, es war wohl alte Detektivromantik, so aus der Zeit gefallen, wie ich es war. Ich griff mir mein Notizbuch und einen Stift, dazu einen alten *Eric Ambler*-Roman, man wusste nie, ob man irgendwo warten musste.

Obwohl: Hermann Engel würde mich nicht warten lassen. Ich erinnerte mich an ihn als einen Mann, wie er im Beamtengesetzbuche steht. Ein grauer Postbeamter erster Güte. Er hatte, als er in mein Büro kam vor vielen Jahren, eine Cordhose getragen, darüber ein braun-beige kariertes Hemd und einen Pullunder. Er hatte über seinen Verdacht sehr genau gesprochen, die wichtigen Silben betont, als rede er über die Besonderheit einer Büchersendung – dabei war er aber immer gütig im Ton gewesen, hatte seine damalige Frau gepriesen und gelobt. Ich denke heute noch bei mir: Ihre Untreue war das Spannendste, was ihm je im Leben passiert ist.

Deshalb war ich recht neugierig, was in Engels Leben nun noch mal aus der Bahn hatte geraten können.

Der Käfer sprang an, als sei das genau sein Wetter, als sei er nicht in Mexiko gebaut worden, sondern in Südschweden. Dann nahm ich die Raumerstraße, die wie ausgestorben dalag, auch auf der Prenzlauer Promenade waren nur noch wenige Autos unterwegs, die meisten voll beladen, manche mit Baum, vorne Mama und Papa und hinten wahlweise drei Kinder oder ein großer Bräter, aus dem noch ein Gänsebein herausschaute.

Auf der Autobahn war dann gar niemand mehr, nur mein Auto und ich. Und es war an mir, so lange am Radio zu drehen, bis ich feststellte, dass es keinen, aber auch wirklich keinen Sender gab, der nicht in Dauerschleife *Last Christmas* spielte.

Je weiter Berlin nach hinten rückte, desto weißer wurde die Umgebung. Als ich die Autobahn hinter Oranienburg verließ, war ich im Winterwunderland. Und ab Gransee befürchtete ich, dass ich es nicht weiter schaffen würde, weil die Fahrer der Schneeräumfahrzeuge hier offensichtlich alle schon bei Kartoffelsalat und Wiener saßen. Dick und weiß lag die Schneedecke auf der B96, und die Felder und Wälder sahen aus, als wären sie mit einer dicken Puderzuckerschicht bedeckt. Für Kitschfetischisten ein Tag zum Niederknien. Ich aber musste wohin – nach Himmelpfort –, irgendwen retten, was wusste ich schon. Ich war aber anscheinend auch der Einzige, der irgendwohin musste. Alle anderen Autos standen vor ihren Häusern, die Menschen saßen vorm, neben oder unterm Baum – sogar eines dieser schildkrötigen Elektromobile der Post stand vor einem kleinen buckligen Haus, so als habe der Postbote keine Lust mehr gehabt und einfach sein Auto mit heimgenommen. Mein Käfer aber – und das war vielleicht das erste Weihnachtswunder an diesem Tage – murrte nicht und rutschte nicht, sondern fuhr, fand die richtige Abzweigung, und dann rumpelte er mit mir auf dem Fahrersitz über die alte Pflasterstraße hinein ins Weihnachtspostdorf. Vorbei an dem gelben Ortsschild, das aussah, als sei es frisch gewienert: Himmelpfort. Stadt Fürstenberg/Havel. Landkreis Oberhavel. Und gleich dahinter: 475 Einwohner. Standort des Weihnachtspostamtes. Ich runzelte die Stirn – was für ein Unfug.

Es war eines dieser typischen Brandenburger Straßendörfer, kleine Häuser aus Backstein, Feldstein oder einfach nur Beton, nebeneinander an der Hauptstraße, die hier Klosterstraße hieß. Die Havel spaltete den Ort, was eigentlich sehr hübsch war, aber meine Laune wollte mit der Havel nichts anfangen – ich ärgerte mich, hierhergefahren zu sein –, ich wusste nicht, worum es ging, und wahrscheinlich brachte ein Fall, der in so einem Nest spielte, auch nicht so viel ein, dass ich damit durch den Januar kommen würde.

Auf einmal ging ich in die Eisen, dass die alten Bremsen des Käfers quietschten und meine geliebte Karre auf der glatten Fahrbahn ins Schlingern geriet. In letzter Sekunde schleuderte ich an dem rotgewandeten Mann vorbei, der wild winkend auf die Straße gesprungen war, und kam in einer Schneewehe zum Stehen. Ich fluchte und versuchte, wütend das Fenster runterzukurbeln. Festgefroren. Also riss ich die knirschende Tür auf.

»Mann, Sie sind ja wohl nicht ganz dicht«, rief ich, und dann erst bemerkte ich, was er am Leib trug: das Kostüm eines Weihnachtsmannes, der weiße Bart dicht und voll, heraus schauten nur zwei kleine weit aufgerissene Augen.

»Herr Kant«, rief er, »endlich, ich habe Sie schon erwartet. Endlich...«

Er war ganz außer sich, und da begriff ich: Das hier war ...

»Herr Engel«, sagte ich und versuchte, seine biedere Gestalt von früher mit dieser Erscheinung zusammenzukriegen. Es wollte mir nicht recht gelingen. »Ich hätte Sie fast überfahren.«

Er ließ traurig den Bart hängen.

»Das hätte meinen Tag auch nicht schlimmer machen können«, sagte er und winkte mich heran, ich aber sah mich nervös nach meinem Käfer um.

»Lassen Sie nur, heute fährt hier keiner mehr lang.«

Ich folgte ihm in das Haus, auf dem in großen Lettern WEIHNACHTSPOSTAMT stand, ein Bau aus gelben Steinen mit einem gebogenen Portal, das wir nun über eine kleine Treppe durchschritten. Ich erschrak beinahe, weil ich damit gerechnet hatte, dass das Postamt leer sein würde – aber drinnen herrschte ein Höllenkrach. Zwanzig Frauen, alt und jung, saßen an den Tischen oder standen herum und schnatterten lautstark miteinander. Sie sahen sehr bestürzt und noch viel aufgeregter aus.

»Was ist denn das für ein Taubenschlag?«, fragte ich Herrn Engel leise. »Was machen die Damen hier?«

»Nichts«, rief er und ließ die Hände sinken, »das ist es ja.«

»Ich verstehe nicht«, sagte ich und traf damit ziemlich genau den Punkt: Ich verstand gar nichts.

»Es ist eine Katastrophe«, rief Engel da, lauter als zuvor, beinahe wimmerte er, sodass eine der Damen angestellt kam und ihm mit besorgtem Gesichtsausdruck eine Tasse Kaffee in die Hand drückte.

»Danke, Erna«, sagte er, und dann fuhr er fort: »Eigentlich sollten hier die Kugelschreiber übers Papier flitzen, den ganzen Tag, weil all die Briefe beantwortet werden müssen, die uns die Kinder schicken. Es ist Heiligabend, unser letzter Arbeitstag im Jahr, da kommen die meisten Briefe, und wir müssen alle beantworten. Nur heute …«, er wies durch den Raum, »nichts. Kein einziger Brief.«

Ich sah in seine traurigen Augen, er sah mich an, als habe er gerade den eigenen Hund überfahren.

»Vielleicht«, versuchte ich es mit Logik, »hatten die Kinder was Besseres zu tun, als so kurz vor Weihnachten noch Briefe zu schreiben. Die haben heutzutage schließlich alle ein iPhone.«

Engel sah mich tadelnd an. »Aber Herr Kant, ich bitte Sie. Wir kriegen hier an Heiligabend sonst fünftausend Briefe. Und heute soll nicht ein einziger gekommen sein? Nein. Unmöglich.« Die letzten Worte hatte er entrüstet gerufen, doch dann senkte er die Stimme und flüsterte verschwörerisch: »Es ist Raub. Schwerer Raub und die Störung des Weihnachtsfriedens. Deshalb beauftrage ich Sie. Sie müssen die Briefe finden. Ich bitte Sie. Nein, ich nehme Sie in die Verantwortung. Es geht um Weihnachten.«

Ich hatte wohl den Mund offen stehen, angesichts seiner Dreistigkeit, mich mit so einem Anliegen zu bemühen. Andererseits: Nun war ich eh hier. Hatte den Käfer-Tank leer gefahren, und zu Hause wartete nur meine kalte Bude. Also seufzte ich tief und sagte: »Na, dann los. Erzählen Sie mir, was Sie wissen.«

»Kommen Sie«, sagte er, und wieder war da dieser verschwörerische Unterton: »Hier ist es zu laut, wir reden draußen. Und mein Verdacht…«, er sah sich um, als hätten die Wände Ohren, »wird das Dorf durcheinanderwirbeln.«

Wir gingen hinaus, Engel stapfte voraus in seinen schwarzen Weihnachtsstiefeln, und seine Kutte wippte auf und ab.

Draußen setzte er sich auf eine Mauer, ich hockte mich neben ihn, es war arschkalt.

»Der Postmann hat die Briefe gebracht, die meisten aus Berlin. Jeden Morgen stellt er sie hier ab, vor der Tür des Postamtes, sehr früh am Morgen. Doch als ich heute hierhergekommen bin, gegen neun, da waren die Säcke weg. Alle. Es waren sicher drei Säcke. Aber sie sind einfach verschwunden.«

»Einfach irgendwelche Diebe, die dachten, da sei wertvolles Zeug drin?«

»Ach, Herr Kant, Sie Großstädter, nein, wir sind doch hier nicht in der Bronx oder im Wedding. Das ist Himmelpfort. Hier kommen nicht einfach irgendwelche Vandalen vorbei. Nein, das ist eine dorfgemachte Sache.«

Er winkte mich näher heran und sah sich wieder um.

»Ich habe zwei Täter in Verdacht. Nein, eigentlich drei.« Er machte eine Pause, als erwarte er Trommelwirbel.

»Nun reden Sie schon, Herr Engel.«

Er nickte, und sein Bart wippte auf und ab. »Ist ja gut, Herr Kant, ich stehe unter Schock, wirklich. Also: Am Ortsrand, fast schon in Bohmshof, da wohnt die Witwe Schuster. Dorfstraße 21. Eine alte, böse Frau. Sie hasst Weihnachten. Und sie hasst das Weihnachtspostamt. Uns. Sie hat schon mehrere Petitionen verfasst, weil sie den Trubel im Dorf nicht aushält. Den Trubel!« Er war ganz außer sich. »Einmal hat sie ihren Hund auf mich gehetzt, hier, mitten auf dem Dorfplatz. Er hat mich ... zum Glück hatte ich meine schweren Stiefel an, sonst wäre es nicht so glimpflich ausgegangen, er konnte sich darin nicht festbeißen. Sie ist wirklich gefährlich.«

»Und wen haben Sie noch in Verdacht?«

»Dort.« Er wies auf ein Haus mit rauchendem Schornstein ganz in der Nähe, ein hübsches Haus mit einem schmiedeeisernen Zaun und einem Carport.

»Die Zwillinge der Koslowskis. Das sind echte Deibel. Fünfzehn Jahre alt. Zwei Jungs, die den ganzen lieben langen Tag nur darüber nachdenken, wie sie unser Dorf ärgern können. Ihnen würde so eine üble Sache auch ähnlich sehen. Obwohl ich ...«, er zögerte kurz, »die Witwe Schuster noch stärker in Verdacht habe. Sie ist skrupellos.«

Eine schwarze Witwe und zwei Halbstarke – na, das konnte ja heiter werden. Ich ärgerte mich, dass ich mein Pfefferspray nicht eingepackt hatte.

Eine Frage konnte ich mir nicht verkneifen, während ich lustlos den Schnee beobachtete.

»Sagen Sie, Engel, warum sind da drin denn nur Frauen?«

Er lächelte mich wissend an. »Ich habe es versucht, mit männlichen Briefeschreibern, die die Post der Kinder beantworten. Können Sie vergessen. Kein Gefühl, keine Ideen, Fehlanzeige. Und ...«, er machte eine Pause, »außerdem umgebe ich mich so gerne mit den Frauen aus dem Dorf, seitdem meine Ehefrau über alle Berge ist. Ich finde, das ist kein Verbrechen.«

Herrje, in was war ich hier nur reingeraten.

»Ich komme bald wieder«, sagte ich und stapfte davon.

Die Straße verließ das Dorf, wurde enger und gewundener, der Wald links und rechts war dicht und düster. Keine Menschenseele, ach, eigentlich überhaupt keine Seele. Selbst die Rehe schienen Heiligabend zu feiern.

Ich bremste an einem kleinen Hexenhäuschen im nächsten Dorf. Dorfstraße 21. Der Schornstein spie dunklen Rauch aus, entweder war der nächste Papst noch nicht gewählt oder die Besitzerin der Hütte lagerte ihr Holz nicht vorschriftsmäßig im Trockenen. Ich stieg aus und schloss die Tür vorsichtig. Jesus, ich wollte mich selbst ohrfeigen. Jetzt hatte ich Schiss vor einer vermeintlichen Briefediebin.

Ich stieg über den winzigen Holzzaun mit den Bohlen, an denen die Farbe abgeplatzt war. Ging zum Fenster und wollte gerade hineinsehen, als um mich herum ein Meer von Scheinwerfern anging und den frühen Abend erleuchtete. Ich fühlte mich geblendet und schützte meine Augen mit der Hand. Nur Augenblicke später wurde die Tür aufgerissen. Ich weiß nicht, was zuerst da war: die tiefe weibliche Stimme oder das tiefe Bellen des Hundes. Ich sah nichts, spürte nur das Ziehen und Reißen an meinem Bein, ich wollte weghüpfen, starr vor Angst, doch das Reißen fand sehr weit unten statt. Das war kein Dobermann – oder ein sehr kleiner. Ich senkte den Blick und fand heraus, wer da so tief bellte: ein Dackel, fünfundzwanzig Zentimeter Risthöhe und vier kurze Beine, zwischen denen ein hängender Bauch im Schnee schleifte. Dennoch schmeckte ihm meine Hose.

Die Dame des Hauses war da schon bedrohlicher, wie sie in der Tür stand und mich anfunkelte. Böse und durchdringend.

»Grinch, lass den Mann in Ruhe«, rief sie, »obwohl es dein Garten ist, du hast ja recht.«

»Guten Abend«, sagte ich.

»Kein guter Abend, gewiss nicht«, sagte sie.

»Wieso?«

»Sind Sie zum Plaudern hierhergekommen in die Einöde?«

»Was sollte man sonst tun an so einem Tag«, versuchte ich mein Glück, und richtig lügen musste ich dafür ja nicht, »alle feiern, und ich bin da nicht ganz so leidenschaftlich.«

Augenblicklich entspannten sich ihre Züge.

»Wollen Sie Tee? Aber ich warne Sie: Wenn Sie ein Enkelbetrüger sind oder meinen, ich wäre ein leichtes Raubopfer, vergessen Sie es. Ich belege seit zehn Jahren einen Taekwondo-Kurs in Templin. Ich mache Sie fertig, Sie halbe Portion.«

»Tee klingt gut«, sagte ich, ansonsten sprachlos über ihre Drohung.

Wir gingen in das kleine Haus, ich konnte eine winzige Kemenate erkennen, die ein Bett beherbergte, das Wohnzimmer war direkt daneben und nicht minder klein. Die Flamme im Kamin war tatsächlich eher grün als rot.

»Sie heizen falsch«, sagte ich.

»Sind Sie Schornsteinfeger?«

»Das ist gefährlich. Kohlenmonoxid«, sagte ich.

»Hier, Ihr Tee. Ist Ingwer mit Orange. Tut gut gegen die Kälte.«

Ich wähnte mich sofort in meinem Hipster-Café in Berlin, hier draußen hatte ich lediglich mit einer Früchteteemischung vom Aldi gerechnet.

»Also, was wollten Sie in meinem Garten? Mal Wasser lassen und im Wald gefürchtet?«

Ich spürte, dass ich hier mit Lügen nicht zurande kam. »Engel schickt mich.«

»Die Engel? Um mich zu holen? Für mich würde doch eher der Luzifer kommen, oder?«

»Nein, Herr Engel«, korrigierte ich. »Die Post für Himmelpfort ist weg. Und ich soll sie wiederfinden.«

»Die Post?«

»Alle Briefe ans Weihnachtspostamt.«

Ihr folgendes Grinsen war wirklich teuflisch. »Und ich soll sie geholt haben?«

»Glaubt Engel.«

»Der alte Schlingel«, sagte sie lachend. »Vergessen Sie es. Das wäre ja die Zerstörung meines Lebensmodells. Ich säge doch nicht an dem Ast, auf dem ich sitze.«

Ich verstand kein Wort. »Ich verstehe kein Wort«, sagte ich.

»Ich wohne hier seit meiner Geburt. Wissen Sie, in so einem Ort, da versucht ja jeder, nicht aus der Art zu schlagen. Und das war mir zu fade. Also hab ich mir den Weihnachtsmuffel-Status erarbeitet. Indem ich die Kinder erschrecke, sie manchmal mit meinem Besen jage, die Einzige bin, die keinen Baum kauft – und meinen Kameraden hier«, sie wies auf den Dackel, »Grinch genannt hab. Das war ein hartes Brot. Aber so reden die Leute über mich, fürchten sich ein wenig und lassen mich in Ruhe. Doch dafür brauche ich Weihnachten – den ganzen Zauber um mich herum. Gäb's keinen Heiligabend-Zauber in Himmelpfort, bräuchte es doch mich gar nicht. Also, Herr ...«

»Kant.«

»Herr Kant, finden Sie die Briefe. Schnell. Ich hab eine schöne Besen-Choreographie für morgen erarbeitet – es wäre zu schade, wenn die Kinder aus einem anderen Grund traurig wären.«

»Danke«, sagte ich, weil mir nichts Passenderes einfiel, trank meinen Tee aus und ging. Ihre Blicke folgten mir, bis der Käfer längst die Dorfstraße entlangrollte. Ich fuhr nach Himmelpfort hinein, im Postamt war es mittlerweile dunkel.

»Kant, bin zu Hause«, stand auf dem Zettel am Eingang. Auch Engel saß also schon unterm Baum. So wie alle anderen, jedes Haus im Ort war andächtig beleuchtet.

Ich ging die paar Schritte zum Haus der Verdächtigen Nummer zwei. »Koslowski« stand auf dem Klingelschild. Mein Blick glitt über das Dach, die Fenster, die Zinnen. Kein Bewegungsmelder. Na, Gott sei Dank. Noch so ein Blitzlichtgewitter konnte ich nicht gebrauchen. Ich pfiff leise, wartete ab, ob ein Hund kam, und als keiner kam, stieg ich vorsichtig über den Zaun.

Ich schlich zur Rückseite des Hauses, die aufs Feld zeigte, immer näher ans große Terrassenfenster. Ich erwartete die beiden Jungs, über den Sack mit Briefen gebeugt, böse lachend und die Kinderpost ironisch vortragend, um sie anschließend zu vernichten.

Doch was ich sah, ließ mir den Mund offen stehen, denn es war für mich doch ähnlich schockierend: Sie alle saßen im Wohnzimmer auf den skandinavischen Designermöbeln, Mama, Papa und die beiden Koslowski-Zwillinge, blond und groß, Teenager waren es, die einander glichen wie zwei Bioeier.

Neben der Familie stand der Baum, unter dem Baum lagen bunte Pakete, im Fernseher lief ein Loriot-Sketch. Die vier Familienmitglieder aber sahen gar nicht hin, sie stießen soeben mit hohen Sektgläsern an, sprachen laut und lachten, die Augen der Zwillinge glänzten, und alle wirkten so fröhlich und aufgeräumt, dass sich mein alter Bandscheibenvorfall wieder meldete.

Ich besah mir das festliche Idyll noch eine Weile, dann trat ich den Rückzug an. Ich ging die paar Schritte zu Engels Haus und klingelte.

Er öffnete kurz darauf, neben ihm stand, sich anschmiegend,

eine ältere Frau, ich erkannte eine der arbeitslosen Briefeschreiberinnen von vorhin wieder. Hatte sich die Arbeit im Postamt also doch gelohnt.

»Und, Herr Kant?«, fragte Engel aufgeregt.

»Nichts. Ihre Verdächtigen waren es nicht«, sagte ich.

Seine Miene verfinsterte sich. »Eine Katastrophe ist das, alle Frauen sind nun zu Hause, die armen Kinder, sie werden keine Post bekommen, eine Kata…«, sagte er, die Frau aber unterbrach ihn: »Ach, Herrmann, nun sei doch nicht so verärgert, es ist doch Weihnachten …«

»Sagen Sie, ist denn sicher, dass die Briefe überhaupt hier angekommen sind?«, fragte ich.

»Aber klar«, sagte Engel mit fester Stimme. »Die bringt immer der Bote aus Berlin mit. Wir kennen ihn gut, er wohnt in Gransee. Ein toller Mann, immer diszipliniert und pünktlich. Er fährt jeden Tag in Berlin Pakete aus, an Weihnachten aber bringt er unsere Briefe und fährt dann das Postauto zurück nach Berlin ins Lager. Er ist allein, wissen Sie?«

Der Klick in meinem Kopf war wie die Nikolaus'sche Rute auf den Po.

»Warten Sie hier, und trommeln Sie die Frauen zusammen. In einer Stunde haben Sie Ihre Briefe.«

Mit vor Aufregung rotem Gesicht ließ ich ihn stehen.

Der Käfer spotzte, sprang aber an, ich raste die paar Kilometer erst über die Landstraße und dann über die B96 nach Gransee.

Und richtig: Dort, vor dem Haus, stand immer noch der Elektro-Transporter der Post.

Ich bremste, hielt und rannte beinahe auf das Haus zu. An der Klingel stand: Lutz Damaschke.

Ich drückte sie ausdauernd.

Er öffnete und hielt die Hände vor den Körper, so, als würde ich ihm gleich Handschellen anlegen. Ein Mann Ende fünfzig, Halbglatze, ein kleiner Bauch, aber ein attraktives Gesicht, der immer noch die Uniform der Post trug.

»Ich wusste, dass Sie mich finden«, sagte er und fügte hinzu: »Aber das war es mir wert.« Sein Gesicht hatte einen hellen Glanz. »Kommen Sie«, sagte er und führte mich hinein in ein wahnsinnig aufgeräumtes Haus, das Wohnzimmer geputzt und gewienert, die Möbel akkurat und auf dem Flokati-Teppich lagen vier Säcke mit Briefen, fein säuberlich ausgeschüttet und verteilt, mehrere Dutzend waren schon geöffnet. Der Brieföffner lag daneben wie eine Waffe.

»So viele Briefe waren es noch nie«, sagte Damaschke und strahlte. »Die Leute sagen immer, die Jugend würde nur noch auf dem iPhone daddeln. Totaler Quatsch. Die schreiben, wenn es etwas zu schreiben gibt, an das sie glauben.«

»Was soll das«, fragte ich, »warum haben Sie das gemacht?«

Sein Gesicht wurde schuldbewusst wie das einer Dogge, die gerade den Fleischstand des Metzgers leer geräumt hatte.

»Wissen Sie, ich bin seit dreißig Jahren bei der Post. Ich war es schon in der DDR. Damals war das schön, auch noch in den Neunzigern. Ich habe mit den Leuten ein Schwätzchen gehalten, sie haben mir Kekse geschenkt oder sich Zeit genommen. Aber heute«, er schüttelte traurig den Kopf, »ich fahre in Berlin Briefe und Päckchen aus, manchmal auch Pakete. So viele Pakete«, er zeigte mit seiner Hand einen hohen Turm. »Es ist so anonym, ich kenne keinen meiner Kunden mehr. Die sind immer arbeiten und wollen am liebsten, dass ich das Paket hinter der Mülltonne ablege. Aber wenn ich einmal zu spät bin oder das Paket bei einem Nachbarn abgebe, dann schreiben die Leute gleich eine Beschwerde an die Zentrale, und ich kriege richtig Ärger. Für ein bisschen Trinkgeld pro Tag gibt es zehnmal so viel Ärger. Immer. Kekse muss ich mir längst selber kaufen. Und die Leute?

Schicken am nächsten Tag alles wieder zurück, was in den Paketen war. Und erwarten, dass ich all die Klamotten wieder runterschleppe. Die Fernseher. Einer hat sogar mal Steine gekauft – stellen Sie sich das vor: Ich habe die Gartensteine eines Mannes geschleppt, in seine Wohnung. Was für eine Welt.«

Ich verstand jedes Wort – ich hätte den Mann küssen können für seine Klarheit. Eines aber verstand ich nicht. »Und deshalb klauen Sie Briefe?«

»Ich bringe die Post für Himmelpfort schon seit zehn Jahren. Dieses Jahr aber war sehr schwer, mein Hund ist gestorben und mein Patenkind nach Australien gezogen. Das ganze Jahr gibt es kein liebes Wort von den Kunden. Und so hab ich dieses Jahr die Briefe in meinem Rücken gespürt. Sie haben im Auto zu mir gesprochen. Ich war schon in Himmelpfort, und dann bin ich einfach umgekehrt, mit den Briefen. Bin hierhergefahren. Und hab begonnen, sie alle zu lesen. Zu spüren, wie viel Liebe in der Welt ist. Sie wird mir nicht gezeigt, aber egal: Ich wollte nur wissen, dass sie da ist. Hier«, er nahm einen Brief, »hier steht: *Lieber Weihnachtsmann, ich liebe meinen Bruder und meine Mama, auch wenn sie allein ist, und ich wünsche mir, dass sie einen neuen Papa findet und dass wir immer zusammenbleiben. Sonst möchte ich nur was von Lego. Danke. Dein Holger.* Ist das nicht großartig? Das ist der schönste Tag des Jahres für mich. Ich brauchte das. Und gleich wollte ich losfahren und die Briefe zurückbringen. Aber nun werden Sie mich sicher zur Wache bringen, oder, Herr Inspektor?«

Ich überlegte nur Sekunden. »Ich bin kein Polizist, ich bin Detektiv. Der Chef des Weihnachtspostamts hat mich beauftragt. Los, packen Sie die Säcke ein, wir fahren.«

Im Nu hatten wir die Briefe zusammengepackt und fuhren im Konvoi nach Himmelpfort. Das Postamt war wieder hell erleuchtet, und wir schleppten die Säcke aus dem Auto und die

Treppe hoch in den heißen Raum, in dem die Damen wieder wild umherpapperten.

»Die Briefe«, riefen sie, als sie uns sahen, und Engel kam auf uns zugerannt.

»Herr Kant, Sie sind ein Genie und ... Herr Postbote, danke, wo haben Sie die Briefe denn gefunden?«

Damaschke wollte eben anfangen zu sprechen, seine Hände zitterten, doch ich war schneller: »Der Postbote hat einen Namen, er heißt Lutz Damaschke, und er hat die Säcke auf dem Weg nach Berlin gefunden, an einen Baum gelehnt, fast hätte der Schnee sie begraben.«

»Aber wer ...«, fragte Engel, als er sah, dass einige Briefe aufgeschnitten waren.

»Ist doch jetzt egal«, entgegnete seine Frau.

»Genau. Entscheidend ist doch eher: Was für ein Held. Herr Damaschke hat aber eine Bitte, Engel. Er würde gern ab diesem Jahr helfen, die Briefe zu beantworten. Als zweiter Mann Ihrer Brigade. Ich versichere Ihnen, er hat genug Gefühl in sich – und reichlich Ideen –, damit er Ihren Ansprüchen gerecht wird. Er passt perfekt hierher. Gebongt?«

Engel sah Damaschke an, dann rückte er einen Stuhl heran und drückte dem verdutzten Postboten einen Stift in die Hand: »Los, Herr Damaschke, schreiben Sie, das wird eine lange Nacht.«

Engel zwinkerte mir zu.

»Ich weiß nicht, wie Sie das gemacht haben. Aber wir werden Sie natürlich entschädigen.«

»Vergessen Sie's. Nehmen Sie es als Geschenk. Zu Weihnachten.«

Als ich ging, hinter mir das emsige Geräusch von Stiften auf Papier und aufgeschnittenen Umschlägen, blickte ich zurück und sah, wie sich Lutz Damaschke erhitzt über einen Brief beugte, ihn las und dann mit dem Füller beantwortete. Seine Wangen glühten. Er lächelte tief und innig.

Auf dem Heimweg schaffte ich es nur mit Mühe, das Lächeln aus dem Gesicht zu bekommen. Ärgerlich.

Ich parkte in der komplett leeren Raumerstraße. Bei Cynthia in der Bar war noch Licht. Ich riss die Tür auf, die junge Frau saß mit ein paar Stammgästen am Tresen, Gläser mit Gin Tonic standen auf der Bar, *Driving Home for Christmas* spielte im Radio.

»Frohe Weihnachten«, rief ich und hatte mich lange nicht mehr so über mich selbst gewundert.

2

Cornelia Kuhnert

Der ultimative Weihnachtskick

Hannover

Über die Autorin:

Cornelia Kuhnert lebt und schreibt in Isernhagen. Sie war nach dem Geschichts- und Germanistikstudium Lehrerin an verschiedenen Schulen. Seit einigen Jahren arbeitet sie freiberuflich als Autorin von Kriminalromanen und Kurzkrimis aus dem niedersächsischen Kleinstadtmilieu.
Seit 2014 hat sie ihre mörderischen Ermittlungen nach Neuharlingersiel verlegt. Die letzten drei Bände der heiteren Krimireihe um den Dorfpolizisten Rudi, den Postboten Henner und die Lehrerin Rosa, die sie gemeinsam mit Christiane Franke schreibt, eroberten sich Plätze auf der *Spiegel*-Bestsellerliste. Cornelia Kuhnert ist Herausgeberin von Anthologien in verschiedenen Verlagen (z. B. *Mord macht hungrig*, 2016, Rowohlt) und hat das Krimifest Hannover aus der Taufe gehoben und mehrere Jahre organisiert.
Mehr Infos unter: www.corneliakuhnert.de, www.kuestenkrimi.de

Heiligabend

In dicken Flocken fällt der Schnee vom Himmel. Wie von Zauberhand legt er sich als weiße Decke über Bäume und Büsche und verzaubert den Garten. Winter Wonderland. Katharina kann sich gar nicht daran sattsehen. Sich vor allem nicht daran erinnern, wann es das letzte Mal weiße Weihnachten gegeben hat. Sorgfältig faltet sie die Zweige des Tannenbaums auseinander, streicht sie erst behutsam glatt und biegt sie dann in Form. Das sieht super aus. Und das Beste: Die Lichterkette ist vorinstalliert. Ein entschlossener Griff zur Steckdose – schon strahlt der Baum im Lichterglanz von dreihundertfünfzig LEDs. Herrlich. Fehlt nur noch die Deko. Katharina fasst schon in die Schachtel mit dem Christbaumschmuck, hält dann aber inne und dreht sich zu ihrem Mann um. »Hilfst du mir, den Weihnachtsbaum zu schmücken?« Die Frage stellt sie eher beiläufig, rechnet nicht wirklich mit einer Reaktion. Doch zu ihrer Verblüffung steht Karl-Heinz tatsächlich aus seinem Fernsehsessel auf.

»Für Plastik sieht der gar nicht mal so schlecht aus«, sagt er, als er neben ihr steht. Ein Lächeln huscht dabei über sein Gesicht. Das erste seit Wochen. Helfen will er trotzdem nicht. Geht stattdessen lieber in den Keller. Bier holen. Rotwein und Wasser will er gleich mitbringen. Immerhin.

Katharina greift nach dem Engel mit dem Goldhaar, den sie letztes Jahr zusammen auf dem Weihnachtsmarkt in Hannover gekauft haben. An einem klirrend kalten Adventssonntag. Händchen haltend sind sie an den Ständen in der Altstadt entlanggeschlendert. Mit vom Glühwein roten Wangen im Winterwunschwald gelandet. Katharina streckt sich, hängt den Engel ganz weit oben auf, damit Karl-Heinz ihn sieht, wenn er aus dem Keller kommt. Das mit rotem Strass verzierte Rentier bekommt einen Platz in der Mitte, gleich neben dem silbernen Schneemann. Stück um Stück folgt. Als Letztes die Duftanhänger. Die dürfen nicht fehlen. Schließlich soll es im Zimmer weihnachtlich riechen.

Zufrieden betrachtet sie den Baum. Schön sieht er aus, wie er da so in der Ecke steht. Wenn es nach ihr gegangen wäre, hätten sie so einen schon vor Jahren gekauft. Aber Karl-Heinz ist immer dagegen gewesen. Wollte lieber selber eine Nordmanntanne schlagen. Aber damit ist nun Schluss. Fünf Wochen ist es her, seit sie beschlossen hat, etwas in ihrem Leben zu ändern. Und das ist einfacher gewesen, als sie gedacht hat! Nur der erste Schritt ist ihr schwergefallen. Jedenfalls ein bisschen.

Sie wirft einen Blick auf die Uhr. Zeit, sich ums Essen zu kümmern. Die Eltern von Karl-Heinz kommen gegen fünf – und bringen immer ordentlich Hunger mit. Vor allem ihr Schwiegervater isst für zwei. Den Krustenbraten hat Katharina schon vorbereitet, muss ihn jetzt nur noch in den Backofen schieben. Zusammen mit den Lebkuchenherzen, die sie vorhin ausgestochen hat. Wirklich praktisch, dieser Fertigteig von Ikea. Der verströmt beim Backen vielleicht einen Weihnachtsduft! Ganz ehrlich: Das ist nicht zu toppen. Außerdem kann sie nachher ein paar Kekse in die Bratensoße krümeln.

Als Nächstes schneidet sie Gewürzgurken in dünn aufgefächerte Scheiben und platziert sie auf dem Holzbrett, das sie vor vielen Jahren von Karl-Heinz zu Weihnachten bekommen hat. Damals, als sie sich noch etwas geschenkt haben. Das haben sie mittlerweile abgeschafft. Bringt bloß Stress, hat er gemeint. Irgendwie hat er ja auch recht. Obwohl, eine kleine Überraschung hätte sie dieses Mal schon für ihn. Aber die behält sie besser für sich. Katharina grinst und stellt die Schale mit der selbstgemachten Leberpastete neben die Gurken. Als kleinen Gruß aus der Küche.

Im Wohnzimmer klappert die Terrassentür. Was macht er denn nun bloß schon wieder? Gelüftet ist doch. Sie linst vom Flur aus zu ihm hin. Er hat das Bier nach draußen gebracht. Zum Kühlen. Umsichtig ist er ja, ihr Karl-Heinz. Zumindest, wenn es um seine Getränke geht. Alles andere geht ihm im Moment ziemlich am Arsch vorbei. Entschuldigung! Aber ist doch wahr. Weihnachten interessiert ihn nicht die Bohne. Jetzt zum Beispiel. Statt ihr zu helfen, steht er einfach vor der Terrassentür und schaut nach draußen. Rührt sich keinen Millimeter. Beobachtet nur, wie der Schnee fällt. Wartet darauf, dass die Zeit vergeht. Aber die vergeht von alleine. Unerbittlich. Fünfzehn Jahre sind sie nun schon verheiratet. Manches hat sich in diesen Jahren langsam und fast unmerklich verändert. Vor allem bei Karl-Heinz. Die sich vertiefenden Lachfalten, die ersten grauen Haare, der Ansatz eines Doppelkinns. Aber eigentlich stört sie das nicht. Im Gegenteil. In Zeiten schneller Trennungen sind dies sichtbare Beweise für die Beständigkeit ihrer Ehe. Und das ist es, was zählt. Deshalb muss man manchmal tolerant sein. Jedenfalls bis zu einer gewissen Grenze.

Die Küchenuhr klingelt. Sieben Minuten sind um. Sie öffnet den Backofen und nimmt das Blech mit den Keksen heraus. Vorsichtig bugsiert sie sie mit dem Schieber auf einen goldenen Teller und trägt ihn zum Couchtisch. Zieht eine Wolke Lebkuchenduft hinter sich her. Sogar Karl-Heinz bemerkt das, dreht sich um und schnuppert. Sagt aber nichts. Ehrlich gesagt, geht ihr seine Lethargie manchmal gehörig auf den Senkel. Vielleicht hilft frische Luft.

»Karl-Heinz! Schieb doch mal den Schnee auf dem Fußweg

zur Seite. Nicht, dass deine Mutter nachher ausrutscht und sich die Beine bricht.«

Wenig später klappert es erst an der Garderobe, dann an der Haustür. Kurz darauf hört Katharina das Schaben auf dem Gehweg. Ein Lächeln umspielt ihre Lippen. Karl-Heinz ist eigentlich eine Seele von Mensch. Man muss ihn nur auf die richtige Spur bringen.

Und das hat sie gemacht.

Bald ist alles wieder gut. So wie früher.

Bevor Svetlana sich zwischen sie gedrängt hat.

Vorsichtig gießt Katharina einen Schuss Wein über den Braten und schließt den Backofen. Draußen klappert die Tür. Karl-Heinz ist mit Schneeschieben fertig.

»Mach doch mal Musik an! Deine Eltern kommen gleich.« Ein bisschen Weihnachtsstimmung kann da nicht schaden. Karl-Heinz antwortet nicht, schlurft stattdessen durch den Flur ins Schlafzimmer. Schaltet sie eben selbst das Radio ein. Das Lied fängt ganz leise an, wird durch den Einsatz der Gitarre und des Schlagzeugs lauter und braucht einen Moment, bis es richtig bei ihr ankommt. Keine Weihnachtsglöckchen. Kein Ruf nach *Rudolf, the red-nosed reindeer*. Stattdessen eine Stimme, die ihr durch Mark und Bein geht, ihr für einen Moment den Atem raubt. *This is the end. My only friend – the end.* Nein, nicht dieses Lied! Nicht heute. Nicht an Weihnachten.

Sie weiß noch genau, wo sie es zum letzten Mal gehört hat: auf dem Hof ihrer Eltern. Der steht seit Ewigkeiten zum Verkauf. Weil kein Mensch in diese Einöde ziehen will. Sie stand in der Waschküche, das alte Kofferradio laut aufgedreht. Blechern brach sich die Musik an den gekachelten Wänden, hallte zurück wie in einer Bahnhofsunterführung. Vier Wochen ist das jetzt her. Nicht mehr daran denken. Vorbei ist vorbei.

Schnell sucht sie einen anderen Sender. *Lasst uns froh und munter sein.* Deutlich besser. Vor allem, weil es gerade an der Haustür klingelt.

»Karl-Heinz, mach mal auf.« Keine Reaktion. »Karl-Heinz!« Ärger macht sich in ihr breit, aber sie wischt ihn zur Seite. Als es das zweite Mal klingelt, bindet sie sich die Schürze ab und eilt zur Tür. »Fröhliche Weihnachten!«, begrüßt sie Karl-Heinz Eltern und drückt ihnen Küsse links und rechts auf die Wange.

»Gut riecht es hier«, sagt der Schwiegervater zur Begrüßung und zieht seinen Mantel aus. »Was gibt es denn?«

»Krustenbraten mit Kartoffelklößen und Rotkohl.«

»Keine Gans?«, mäkelt die Schwiegermutter. »Bei uns gab es Heiligabend immer Gans.«

»Stimmt doch gar nicht«, widerspricht ihr Mann. »Gab auch lange Kartoffelsalat und Würstchen.«

»Aber nur, weil ich bis eins im Geschäft sein musste.« Die Schwiegermutter reicht Katharina den Mantel. »Wo ist denn mein Junge?«

»Der zieht sich um«, sagt Katharina. Etwas lauter: »Karl-Heinz, deine Eltern sind da!«

»Lass ihn man, wir haben doch Zeit.« Sie reckt den Hals. »Ich bin schon auf euren Weihnachtsbaum gespannt.« Ihr Mann nickt. Sagt aber nichts.

Die Schwiegermutter begutachtet den Baum vom Flur aus, wischt dabei die beschlagenen Brillengläser mit ihrem Taschentuch ab. »Schön gewachsen. Wirklich. Karl-Heinz hat ein Händchen dafür. Nicht wahr, Walter?«

Ihr Mann nickt pflichtschuldigst. Sagt aber immer noch nichts.

»Und wie der duftet! Es geht doch nichts über frisch geschlagene Bäume!« Ihre Schwiegermutter steht dicht vorm Weihnachtsbaum, steckt die Nase zwischen die Zweige. Augenblicklich erstarrt sie. »Ist der etwa künstlich?«

»Nachhaltig. Nicht künstlich.«

Eisiges Schweigen im Raum.

»Weihnachtsbäume werden völlig überbewertet«, sagt der Schwiegervater. Weiter klirrende Eiszapfenstille. Zum Glück kommt Karl-Heinz in diesem Moment ins Zimmer. Umgezogen hat er sich nicht, ist immer noch mit Jeans und Flanellhemd unterwegs. Und gibt damit die Steilvorlage für seine Mutter.

»Mein Junge, wie siehst du denn aus? Heute ist doch Weihnachten.«

Keine Antwort. Wieder frostiges Schweigen.

»Gibt es denn schon ein bisschen was zu schnabulieren?«, fragt der Schwiegervater, seit vielen Jahren geübt darin, das Gekrittel seiner Frau abzufangen und einen neuen Ball ins Spiel zu bringen.

Der Tisch im Wohnzimmer ist schon seit gestern feierlich gedeckt. Mit Kerzen und Stoffservietten. Karl-Heinz holt für sich eine Flasche Bier von draußen, öffnet dann für die anderen die Rotweinflasche, schenkt ein, während Katharina im Backofen nach dem Braten sieht. Sie dreht den Grill eine Stufe höher und wirft einen prüfenden Blick auf die Wurstplatte. Legt noch ein Stück Blutwurst dazu und das Messer mit dem Hirschhorngriff daneben und bringt alles ins Wohnzimmer. »Setzt euch und lasst euch die kleine Vorspeise schmecken!«, sagt sie und stellt das Brett auf den Esstisch. »Die Bratenkruste braucht noch ein paar Minuten.«

Freudig greift ihr Schwiegervater nach dem Messer und schneidet sich eine Scheibe ab. »Schmeckt gut«, sagt er und leckt sich die Finger ab. Übersieht dabei geflissentlich den missbilligenden Blick seiner Frau. »Möchtest du?«, fragt er seinen Sohn. Karl-Heinz greift nach der Blutwurstscheibe und schiebt sie sich in den Mund. »Lecker.« Er lächelt. Das ist ein gutes Zeichen. Der

Tiefpunkt ist überschritten. Es geht aufwärts. Nicht mehr lange – und er hat Svetlana vergessen.

Dieses elende Miststück!

Wie die sie angesehen hat, als sie endlich auf dem heruntergekommenen Bauernhof ihrer Eltern in der Heide angekommen sind. Ihr sonst so klarer Blick verzerrt. Voller Angst. Zu Recht.

Katharinas Plan war einfach perfekt. Schluss, fertig, aus!

Kein Mitleid. Wozu auch?

Dabei hat alles ganz harmlos angefangen. An einem herrlichen Tag im Frühsommer. Udo kam überraschend zum Geburtstag von Karl-Heinz vorbei. Mit Svetlana im Schlepptau. Udo, der größte Ignorant unter der Sonne und der beste Freund ihres Mannes. Direkt nach der Vorstellungsrunde ging er zum Frontalangriff über. »Svetlana braucht eine neue Bleibe«, hat er gesagt und dabei Karl-Heinz angesehen. »Ihr habt doch genug Platz.«

Genug Platz hin oder her. Das war doch überhaupt nicht die Frage. Aber das hat Karl-Heinz nicht begriffen. Hat stattdessen – ganz Gentleman alter Schule – sofort Ja gesagt. Ohne Katharina zu fragen. Im Unterschied zu ihrem Mann blinkten bei ihr in diesem Moment alle Alarmleuchten auf, und sie erinnerte Karl-Heinz an die Haushaltshilfe aus Litauen. Auch so ein Überraschungsei von Udo, das Katharina tierisch auf die Nerven gegangen und nur im Weg rumgestanden ist. Karl-Heinz hat das nicht gemerkt, der machte die ganze Zeit einen großen Bogen um sie. Schon allein wegen ihres Mundgeruchs. Aber das war plötzlich alles vergessen. Karl-Heinz stand zu seinem Wort, egal was Katharina für Gegenargumente brachte. Svetlana kam und blieb. Und das Schlimmste: Karl-Heinz und Svetlana waren sofort ein Herz und eine Seele, während Katharina von Stund an außen vor war. Karl-Heinz strahlte wie ein Honigkuchenpferd, wenn er Svetlana sah. Tag und Nacht redete er von nichts anderem als von ihr. Svetlana hier und Svetlana da! Schwärmte in den höchsten Tönen von ihrem einfühlsamen Wesen. Nach einer Weile konnte Katharina den Namen Svetlana nicht mehr hören. Verkroch sich im Wohnzimmer hinter einem Buch, wenn er wieder anfing, Lobeshymnen zu singen. Was Karl-Heinz nicht bemerkte. Und nicht nur das. Er filmte Svetlana mit dem Handy und geriet in Verzückung, wenn er sich abends die Aufnahmen ansah. »Diese Augen! Sieh sie dir an!«, juchzte er. Katharina verdrehte ihre Augen und biss sich auf die Zunge, sagte nichts, um nicht zu streiten. Aber es wurde von Tag zu Tag unerträglicher. Ihr Mann, der sonst keinerlei Interesse für die Küche zeigte, bereitete höchstpersönlich das Essen für Svetlana zu – was er für Katharina noch nie gemacht hatte. Bisher hatte es immer geheißen, dass er zwei ungleiche Hände habe und Männer genetisch für Hausarbeit nicht geeignet seien. Und welch einen Aufstand er machte, als es Svetlana einmal nicht schmeckte. Er redete auf sie ein, versuchte sie wie ein kleines Kind zu füttern – und als auch das nicht half, wollte er den Arzt holen. Was er auch getan hätte, wenn Katharina nicht ein Machtwort gesprochen hätte: »Sie mag dein Essen heute nicht. Na und? Dann isst sie eben nichts!« Wie hasserfüllt Karl-Heinz sie da angesehen hat.

Am folgenden Morgen eilte er noch früher als sonst zu Svetlana ins Gartenhaus. Katharina warf sich den Morgenrock über und folgte ihm. Versteckte sich hinter der Ligusterhecke und beobachtete durch eine Lücke, wie Karl-Heinz sich bei Svetlana entschuldigte. Und nicht nur das, er sah sie mit diesem Augenaufschlag an, der bislang für Katharina reserviert gewesen war.

Im Nachhinein weiß sie nicht, was schlimmer gewesen ist: dass Karl-Heinz sich mit dieser infantilen Liebe der Lächerlichkeit preisgab oder dass er dabei die Regeln überschritt, die das Fundament ihrer Beziehung waren: an erster Stelle füreinander stehen. Und zwar ohne Einschränkung. Aber plötzlich zählte das alles nicht mehr für ihn. Svetlana hatte mal eben so das Gleichgewicht zwischen Karl-Heinz und ihr verschoben. Und Katharina war nur noch das Überbleibsel aus alten Tagen. Bequem, praktisch, gut. Mehr nicht.

»Entweder Svetlana oder ich!«, schleuderte sie Karl-Heinz entgegen, als er vom Gartenhaus zurückkam.

»Du spinnst!«, erwiderte er und sah sie verständnislos an. »Wenn es dir nicht gefällt, kannst du ja gehen! Ich halte dich nicht auf!«

Katharina zuckt zusammen. Was war das? Hat es schon wieder draußen an der Tür geläutet? Nein, das sind die Schellen im Weihnachtslied. Oder ist es eine Triangel? Was weiß sie! Von Musik hat sie null Ahnung. Genau wie von vielen anderen Dingen. Dafür kennt sie sich gut mit Bolzenschussgeräten aus. *Leise rieselt der Schnee,* summt Katharina mit und kann sich noch genau daran erinnern, was es für ein befreiendes Gefühl gewesen ist, zu schießen. Und danach den präzisen Halsstich zu setzen. Mit dem Messer ihres verstorbenen Vaters. Dem mit dem Hirschhorngriff. Fachgerechtes Entbluten muss man können. Und sie kann es. Dennoch: Unvorstellbar, wie viel Blut in so einem Körper ist. Eine Mordsschweinerei ist das gewesen. Mit einem langen Gurt hat sie Svetlana anschließend am Wandhaken aufgehängt. Und in zwei Hälften geteilt. Katharina schluckt, als sie an die helle, zarte Haut denkt. Aber eine angefangene Arbeit muss zu Ende gebracht werden. Sie hat das Messer angesetzt – das weiche Fleischgewebe hat keinerlei Widerstand geleistet. Hat der scharfen Klinge einfach nachgegeben. Bis die auf etwas Hartes gestoßen ist. Katharina hat das Messer zur Seite gelegt und die Säge zur Hand genommen. Leider keine Motorsäge. Das Knirschen der Knochen hallt bis heute in ihren Ohren nach. *Chor der Engel erwacht, hört nur, wie lieblich es schallt.* Katharina schneidet noch ein paar Scheiben von der Blutwurst für Walter und Karl-Heinz ab. Die kleinen weißen Speckwürfel stechen hervor. Genau wie Katharina es liebt. Früher hat sie stundenlang zugesehen, wie ihre Mutter das Blut im Topf umgerührt hat. Katharina half ihr stets beim Kleinschneiden der Speckstücke und beim Abfüllen in die Därme. Später, während der Ausbildung in der Sparkasse, rümpften die anderen Lehrlinge die Nase, wenn sie Schlachtewurst auf dem Brot hatte. Ekelten sich vor den Fettstückchen und lamentierten darüber, wie brutal es sei, Tiere zu töten. Um dann bei der nächsten Gelegenheit ungeniert Spaghetti Bolognese oder Döner in sich hineinzustopfen. Heuchler waren sie. Allesamt Heuchler. Genau wie Karl-Heinz.

»Wo ist Svetlana?« Diese Frage wiederholte er, seit Katharina Fakten geschaffen hatte. Suchte alles nach ihr ab. Zusammen mit Udo. Gab keine Ruhe, fragte immer wieder: »Wo ist bloß Svetlana?«

»Fort ist sie!«, lautet Katharinas gleichbleibende Antwort. Und das ist auch gut so! Nein, diesen zweiten Satz hat sie nie ausgesprochen, den hat sie nur laut für sich gedacht. Ihn stumm in die Stille der Nacht geschrien, ihn am geheimsten Platz ihrer Erinnerung versteckt. Dort, wo sich die Bilder jenes Nachmittags eingebrannt haben. Diesen unwirklichen Stunden, von denen sie bislang niemandem erzählt hat.

Der Backofen piept. Katharina holt den Braten heraus, bugsiert ihn auf eine Platte und trägt ihn ins Wohnzimmer.

»Wo kann Svetlana nur sein?«, jammert Karl-Heinz gerade wieder. »Ich verstehe das nicht. Ich habe sie überall gesucht. Udo auch. Jemand hätte sie sehen müssen! Aber niemand ...«

Katharina stöhnt auf, als Karl-Heinz mit seiner Litanei in die Wiederholungsschleife geht, sagt aber nichts, beobachtet nur mit einem hämischen Grinsen, wie ihr Mann sich eine Scheibe Braten auf den Teller legt. Sie ist gespannt, wie ihm Svetlana schmeckt. Vielleicht fragt sie ihn nachher einfach danach. Wenn seine Eltern wieder fort sind. Das wäre wirklich der ultimative Weihnachtskick. Aber wahrscheinlich nicht klug.

Karl-Heinz' Vater hat immer ordentlich Sitzfleisch. Und trinkfest ist er auch. Aber heute ist er überhaupt nicht zu bremsen. »Dieser Rotwein ist zu süffig«, sagt er mit nicht mehr ganz so fester Stimme. »Schenk uns allen doch noch ein Glas ein.«

»Klar«, sagt Katharina und reicht ihrem Mann die leere Flasche. »Karl-Heinz, holst du noch eine?«

Nach der vierten Flasche ist dann aber wirklich Schluss. Endlich bestellen die Schwiegereltern ein Taxi und schwanken aus dem Haus. Karl-Heinz und Katharina stehen wie ein altes Ehepaar in der Tür und winken. Atmen beide auf.

»Ist ja auch schön, wenn sie wieder gehen«, sagt Karl-Heinz und gießt jedem noch einen Whisky vorm Tannenbaum ein. Lagavullin. Sein Tropfen für besondere Anlässe. Das ist ein gutes Zeichen.

»Das hat heute richtig gut geschmeckt«, sagt er und prostet ihr zu. Legt sogar die Hand auf ihren Arm. »Fehlt dir Svetlana eigentlich auch so?«

Nee. Echt nicht. Außerdem ist die Gute heute überaus präsent gewesen. Sozusagen in aller Munde.

»Wie niedlich Svetlana ausgesehen hat, als Udo sie zu meinem Geburtstag vorbeigebracht hat! So ein süßes Ferkel! Dazu noch die rote Schleife um den Nacken.« Karl-Heinz seufzt aus tiefstem Herzen. »So ein Schwäbisch-Hällisches Schwein ist wirklich was ganz Besonderes. Die Rasse war ja fast ausgestorben ...«, sagt er, und die endlose Schwärmerei geht schon wieder los. Katharina kennt sie auswendig und trinkt den Whisky in einem Zug aus. Als sie sich nachschenkt, ist Karl-Heinz gerade dabei zu erzählen, dass nur ein paar Tiere im Osten Deutschlands überlebt haben. Genau genommen dreizehn Sauen. Und mit diesen wenigen Artgenossen hat man eine neue Zucht begründet. Fetter als die hiesigen Mastschweine und viel geschmackvoller. Katharinas Magen zieht sich zusammen. Vielleicht hätte sie lieber einen Verdauungsschnaps statt des Whiskys nehmen sollen.

»Svetlana ist wirklich ganz schön fett gewesen.« Hupps, das ist ihr jetzt einfach so rausgerutscht. Karl-Heinz hat das in seiner Gefühlsduselei zum Glück nicht gehört.

»Ich weiß ja, dass du Svetlana eigentlich richtig lieb hattest«, säuselt Karl-Heinz und schenkt sich auch noch einen Whisky ein.

Manche sagen so und manche sagen so. Katharina wartet ab, ist gespannt, was als Nächstes kommt. Vielleicht die Entschuldigung, dass er sich in den letzten Monaten mehr für ein Schwein als für seine Frau interessiert hat. Und anschließend dann die Liebeserklärung, auf die sie schon so lange wartet. Wenn die käme, könnte sie ihm verzeihen. Hundertpro.

»Ich habe die perfekte Überraschung fürs Frühjahr«, sagt Karl-Heinz schließlich.

»Hast du eine Reise für uns gebucht?« Freudige Erregung ergreift Katharina. »Venedig? Mittelmeer?«

»Nein, viel besser. Udo hat es gedeichselt. Wir bekommen frische Ferkel von dem Züchter bei Paderborn. Dieses Mal zwei. Eins für dich, eins für mich. Kein Schwein ist schließlich gerne allein.«

Ein leichter Schwindel überfällt Katharina. Ohne noch einen klaren Gedanken fassen zu können, greift sie zum Messer mit dem Hirschhorngriff und schneidet eine Scheibe Blutwurst ab. »Hier, nimm noch ein Stück von deiner Svetlana. Sie schmeckt dir doch so gut.«

Karl-Heinz sieht seine Frau entgeistert an. »Nein, sag, dass du das nicht getan hast.«

Als er das Glitzern in ihren Augen sieht, suchen seine kräftigen Hände zielstrebig ihren Hals und drücken zu. Unnachgiebig. Katharina windet sich und zappelt, kann sich aber nicht von ihrem Mann befreien. Das Messer mit dem Hirschhorngriff hat sie immer noch in der Hand. Mit letzter Kraft sticht sie zu. In seinen Rücken. Er lässt sie trotzdem nicht los, würgt einfach immer weiter.

28. Dezember

Der Schnee liegt mittlerweile einen halben Meter hoch. Die Räumfahrzeuge auf den Straßen haben gut zu tun. Auf den Bürgersteigen nehmen die Bewohner die Schneeschieber selbst in die Hand. Nur vor dem Haus von Karl-Heinz und Katharina ist nichts freigeschoben. Udo Liebermann wundert sich. Das passt gar nicht zu seinem Freund. Er stapft durch den Schnee, versinkt bis zu den Knien und erreicht endlich die Haustür. Klingelt. Niemand öffnet. Ist Karl-Heinz krank? Oder verreist? Udo klingelt erneut. Dieses Mal Sturm. Als sich niemand meldet, greift er zum Handy. Ans Telefon geht Karl-Heinz auch nicht. Seltsam. Sie sind doch verabredet. Die Silvesterfeier will geplant sein.

Ohne lange zu überlegen, arbeitet sich Udo durch den tiefen Schnee nach hinten zur Terrasse vor. Seine Jeans sind nass bis zu den Oberschenkeln. Endlich kann er einen Blick ins Wohnzimmer werfen. Die Lichterkette leuchtet. Auf dem Tisch stehen Teller und Gläser. Und was ist das da auf dem Teppichboden? Sieht aus wie ein Fuß. Udo klopft an die Fensterscheibe. Nichts rührt sich. Er drückt die Klinke der Terrassentür herunter. Nicht abgeschlossen. »Kalle?«, ruft er durch die offene Tür. Keine Antwort. Udo macht einen Schritt ins Wohnzimmer. Schaut zum Bein in der Jeans. Dann höher. Sein Blick bleibt hängen. Am Messer mit dem Hirschhorngriff. Im Rücken seines Freundes. Das Hemd voller Blut. Genau wie der Teppichboden. Dunkelbraun, längst eingetrocknet. Daneben Katharina. Die Augen weit aufgerissen. Am Hals Würgemale.

Udo wendet sich voller Grauen ab und wählt mit zitternden Fingern den Notruf. Er versteht die Welt nicht mehr. Er kennt kein glücklicheres Paar als die beiden. Vor allem, seit sie ihre Liebe zu Schweinen entdeckt haben.

3

Vincent Kliesch

Sein letztes Fest

Berlin

Über den Autor:

Vincent Kliesch wurde in Berlin-Zehlendorf geboren, wo er bis heute lebt. Im Jahre 2010 startete er mit dem Bestseller *Die Reinheit des Todes* seine erste erfolgreiche Thriller-Serie, weitere folgten. Mit *Auris* schrieb er den Roman zu einer Hörspiel-Idee seines Freundes Sebastian Fitzek.

»Keine Sorge, ich bin gleich wieder weg!«
Der Weihnachtsmann sah nicht so aus, wie Paul und Edda ihn in Erinnerung hatten. Sicher, sein Mantel war rot, aber nicht so, wie sie es aus der Fernsehwerbung kannten. Er war eher gesprenkelt, in diversen Schattierungen von Rot. Einige Flecken wirkten noch frisch, andere waren bereits angetrocknet und sahen eher braun aus. Zudem roch der befleckte Mantel metallisch. Der Bart des Mannes war echt, aber nicht weiß und flauschig, sondern schwarz und ungepflegt. Und anstelle eines freundlichen Antlitzes mit roten Apfelbäckchen hatte er ein Gesicht, das aussah, als habe er seit Monaten keine feste Nahrung mehr zu sich genommen, während die flüssige überwiegend alkoholhaltig gewesen sein dürfte.

»Bitte lassen Sie uns doch einfach in Ruhe!« Noch immer stand Paul Westphal zwischen dem Eindringling und seiner Frau.

»Nicht so schnell.« Der Weihnachtsmann hielt sich die Hand vor den Mund, hustete trocken und überprüfte, ob dabei Auswurf herausgekommen war. »Vorher will ich noch die Geschenke sehen!«

Das Ehepaar war gerade beim Abendessen gewesen, als es heftig an die Tür gepocht hatte. Paul konnte durch den Spion lediglich erkennen, dass ein hagerer Mann im Weihnachtsmannkostüm vor dem Haus stand. Er hatte einen Obdachlosen vermutet, dem er ein paar Euro schenken wollte.

Seit mehr als vierzig Jahren waren die Westphals nun schon verheiratet. Sie hatten drei Kinder, die aber längst ihre eigenen Wege gingen. Morgen, am ersten Weihnachtsfeiertag, wollten sie mit den Enkeln zu Besuch kommen und endlich wieder Leben ins Haus bringen. Wie konnten sie auch ahnen, dass dem Leben nun der Tod mit seinem Besuch zuvorgekommen war?

»Ich habe ein bisschen Geld im Haus.« Paul sprach sehr ruhig und bemühte sich, keine ruckartigen Bewegungen zu machen. »Das gebe ich Ihnen, wenn Sie uns wieder allein lassen.«

Als sei seine Pistole so etwas wie ein Arbeitsgerät, legte der Weihnachtsmann sie von der linken in seine rechte Hand.

»Sehe ich etwa so aus, als ob mich Geld noch interessieren würde?« Er hustete erneut.

»Brauchen Sie einen Arzt?« Edda Westphal lugte vorsichtig hinter ihrem Mann hervor, der noch immer zwischen dem Eindringling und ihr stand.

Der Unbekannte, der Paul unmittelbar nach dem Öffnen überwältigt hatte, in das Haus eingedrungen war und das Ehepaar mit vorgehaltener Waffe ins festlich geschmückte Wohnzimmer getrieben hatte, stand fahl und abgemagert in seinem billigen Supermarktkostüm da. Seine Augen, die tief in ihren Höhlen zu liegen schienen, waren blutunterlaufen, sein Blick starr und leer. Allein der Wahn schien diesen Kerl noch bei Kräften zu halten.

»Wenn ich irgendetwas *nicht* mehr benötige, dann einen Arzt!«

»Können wir sonst etwas für Sie tun?« Paul ließ sein Gegenüber keine Sekunde aus den Augen.

»Sie sollten sich lieber darum sorgen, was Sie für sich selbst tun können!« Er legte die Pistole in seine linke Hand zurück und sah sich um.

Der Baum war mit echten Kerzen erleuchtet, und der Weihnachtsschmuck an den Ästen schien bereits seit vielen Jahrzehnten zur Familientradition zu gehören. Unter dem Baum lagen allerlei Geschenke, viele davon für die Kinder und Enkel. Doch einige waren auch für Paul und Edda. Mit dem Lauf seiner Waffe deutete der Weihnachtsmann auf die bunt verschnürten Päckchen, während er sich in den bequemen Sessel sinken ließ, auf dem Paul sonst seine Zeitung las.

»Ihr werdet jetzt die Geschenke öffnen, die ihr füreinander unter den Baum gelegt habt! Paul, du fängst an. Nimm ein Geschenk von deiner Frau und öffne es!«

Einige Sekunden lang regte sich der pensionierte Gymnasiallehrer nicht. Erst als der Eindringling den Hahn seiner Pistole spannte, kam er der Aufforderung nach. Er trat von seiner Frau weg, griff eins der kleinen Päckchen und öffnete es.

»Und, was ist drin?«

»Ein Parfum.« Paul hob die Flasche, sodass alle sie sehen konnten.

»Warum hast du ihm das gekauft?« Der Weihnachtsmann sah zu Edda, die ihn mit zittrigen Knien fixierte.

»Es riecht gut«, brachte sie heiser hervor.

»Ach, was? Da wäre ich ja nie drauf gekommen!« Er sprang überraschend schnell auf, trat an die Frau heran und presste ihr den Lauf seiner Waffe direkt gegen die Stirn.

»Lassen Sie das!« Paul wollte auf den Mann zustürzen, doch dieser richtete die Waffe jetzt auf ihn.

»Beruhig dich, wir sind hier noch nicht fertig! Also, Paul, findest du auch, dass dieses Parfum gut riecht?«

Der Angesprochene zuckte mit den Schultern.

»Keine Ahnung, ich kenne es noch nicht.«

Der Weihnachtsmann senkte die Waffe und sah wieder zu Edda.

»Also benutzt dein Mann sonst immer einen anderen Duft?«

»Paul hat keinen Sinn für so was.« Sie sprach leise. »Seine Düfte riechen immer nach Altherrenverein. Dieser ist viel besser!«

Der Weihnachtsmann nickte. Während er mit schwerem Atem zurück zum Sessel humpelte, sagte er:

»Okay, dann bist du dran, Edda. Mach ein Geschenk deines Mannes auf!«

Zögerlich folgte sie der Aufforderung und zog schließlich aus einem goldenen Kuvert zwei Karten hervor.

»Und, was ist es?« Der Eindringling hustete und rieb sich mit der waffenfreien Hand über das blasse Gesicht.

»Das sind Karten für Helene Fischer.«

»Sie kommt in ein paar Monaten nach Berlin«, ergänzte Paul. »Das ist die Lieblingssängerin meiner Frau, aber sie hat sie noch nie live erlebt.«

Der Weihnachtsmann nickte und sah auf seine Armbanduhr. »Mach das Radio an, Edda. Gleich kommen die Nachrichten!« Paul setzte sich in Bewegung. »Ich habe *EDDA* gesagt!«

Erst jetzt bewegte sich Edda zum Fernsehtisch, auf dem ein altes Radiogerät stand. Sie schaltete es an. Es lief weihnachtliche Musik.

»Also gut, wir haben noch einen Moment.« Der Fremde richtete seine Waffe auf Paul. »Du bist an der Reihe!«

Der Angesprochene griff eins der Geschenke seiner Frau und öffnete es mit zittriger Hand. Gerade als er den Inhalt vorzeigen wollte, hielt er inne und sah seinen ungebetenen Gast an.

»Was soll das hier eigentlich werden? Warum tun Sie das?«

Der Weihnachtsmann lachte zunächst heiser auf, verzog aber plötzlich sein Gesicht zur Fratze, stöhnte laut auf und krümmte sich in seinem Sessel. Dann fasste er sich wieder.

»Das erfahrt ihr schon noch! Und jetzt zeig her, was in dem Päckchen ist!«

Paul zögerte, sah zu seiner Frau und tat schließlich, wozu er aufgefordert worden war.

»*Der alte Mann und das Meer?*« Der Eindringling sah das Buch in der Hand des Hausherrn an, als handele es sich dabei um ein Scherzgeschenk.

»Er liest sonst immer nur Krimis!«, rechtfertigte sich Edda. »Jetzt, als Pensionär, hat er auch mal Zeit für richtige Literatur! Nicht immer nur für diesen Mist.«

Noch immer klangen mehr oder weniger stimmungsvolle Weihnachtslieder aus dem Radio.

»Also gut, dann öffnest du jetzt wieder ein Geschenk!«

Edda trat an den Baum und griff eines der Päckchen, auf denen ihr Name stand. Kurz darauf zog sie ein längliches Glas mit schwarzem Inhalt hervor.

»Sind das Vanilleschoten?« Der Weihnachtsmann beugte sich vor und kniff die Augen leicht zusammen.

Paul kam seiner Frau mit der Antwort zuvor: »Aus Madagaskar! Die Pflanzen werden da von Hand bestäubt und getrocknet. Meine Frau backt so gern, da blüht sie richtig auf. Und sie sagt immer, dass echte Vanille viel besser schmeckt als Vanillearoma.«

»Man gönnt sich einfach viel zu selten mal was!« Der Weihnachtsmann senkte den Lauf seiner Waffe. »Und irgendwann klopft das Schicksal an die Tür, und plötzlich ist es zu spät.«

Die Musik im Radio verklang, und das Jingle der Nachrichten wurde eingespielt.

»Ruhe jetzt, ich will das hören!«

Das Ehepaar verstummte schlagartig, während der Sprecher sich an seine Hörer wendete:

»Es ist Heiligabend, der 24. Dezember, 18 Uhr. Hier sind die Nachrichten für Berlin und Brandenburg: Die Kriminalpolizei Berlin fordert in einer Eilmeldung alle zu zweit feiernden Ehepaare dazu auf, in ihren Wohnungen zu bleiben und niemandem die Tür zu öffnen, den sie nicht kennen. Ein offenbar geistig verwirrter Mann hat heute Abend bereits drei Berliner Ehepaare in ihren Wohnungen überfallen und jeweils einen von ihnen getötet. Den Aussagen der Überlebenden zufolge habe der noch immer flüchtige Täter die Situation im Haus zunächst durch die Fenster ausspioniert, an die Tür geklopft und sei dann gewaltsam in die Häuser eingedrungen. Dort habe er die Paare ihre Geschenke auspacken lassen, um dann jeweils einen der beiden zu erschießen. Da der Täter seine Opfer offenbar im gesamten Bereich der Hauptstadt sucht, kann nicht vorhergesagt werden, ob oder in welchem Stadtteil er als Nächstes zuschlagen könnte. Eine Großfahndung läuft, mehr als hundert Beamte sind auf der Suche nach dem Mann. Öffnen Sie bitte trotzdem niemandem, und ziehen Sie Ihre Vorhänge zu, bis Entwarnung gegeben werden kann! Zum momentanen Stand ist mir jetzt Heinz Neumeier, Einsatzleiter der Berliner Polizei, zugeschaltet!«

»Du kannst ausschalten, der Rest ist unwichtig!« Der Weihnachtsmann sah Edda an, die der Aufforderung mit zittriger Hand nachkam.

»Soll das etwa bedeuten, unsere gegenseitigen Geschenke entscheiden darüber, wer von uns am Leben bleibt?«, fragte Paul zögerlich.

»Das ist der Plan!« Der Weihnachtsmann atmete mit jeder Minute schwerer.

»Und was, wenn ich mich freiwillig als Ihr Opfer melde? Töten Sie dann mich und lassen meine Frau in Ruhe?«

»Tut mir leid. Mein Spiel – meine Regeln! Wenn ihr nicht mitmacht, dann lege ich euch beide um.«

»Im Radio wurde gesagt, Sie seien ein Verrückter.« Paul versuchte, großväterlich-besonnen zu klingen. »Ich glaube eher, Sie haben eine Botschaft, die Sie den Menschen mitteilen wollen. Sie scheinen gesundheitlich ziemlich angeschlagen zu sein. Hängt es vielleicht damit zusammen?«

»Du bist ein kluger Mann, Paul! Mein Arzt hat bei mir Krebs festgestellt, der bereits in meinen ganzen Körper gestreut hat. Ich müsste laut seiner Prognose schon vor zwei Wochen gestorben sein, aber noch bin ich da. Ich glaube, dass irgendjemand da oben möchte, dass ich noch dieses letzte Weihnachtsfest erleben darf. Ein letzter bedeutsamer Abend, an dem ich tun und lassen kann, was ich will. Weil weder Richter noch Henker mir mehr etwas wegnehmen können.«

»Aber was wollen Sie denn damit erreichen, dass Sie gewaltsam Ehepaare auseinanderreißen?«

»Das erfahrt ihr, wenn wir mit den Geschenken fertig sind!«

»Was ist denn bitte so wichtig an diesen verdammten Geschenken?« Edda stampfte auf, während eine Träne über ihre Wange lief.

»Das verstehst du nicht? Weihnachtsgeschenke sagen mehr als tausend Worte! Der Mann in Prenzlauer Berg hat seiner Frau ein Ölbild der Enkel gemalt, dafür hat er extra einen Kurs besucht. Sie dagegen hat ihm ein paar Socken gekauft. Ich glaube, der frisch gebackene Witwer wird an meinem Grab Blumen niederlegen. Genauso wie die Frau aus Spandau. Sie hat ihrem Ehemann ein Wochenende in seinem Traum-Oldtimer geschenkt – er ihr hundert Euro in bar. Die wird sie dann bei dem Ausflug auf den Kopf hauen, wenn sie den Oldtimer-Gutschein selbst einlöst!«

Mit einem Mal war es still im Raum, nur das sanfte Knistern des Feuers im Kamin war zu vernehmen. Paul stand in Sonntagsanzug und Hausschlappen vor der Wand mit den Ziertellern, Edda vor dem Regal mit den ausgelesenen Büchern, dem Röhrenfernseher und dem Radio, und der Weihnachtsmann saß auf dem abgewetzten Ledersessel neben dem wärmenden Kamin und legte seine Füße auf den gefliesten Couchtisch mit der Karaffe voll Rotwein darauf.

»Vanille!«, herrschte Edda ihren Mann plötzlich an. »Dem feinen Herrn Baron schmeckt mein Kuchen mit einfachem Vanillin wohl nicht, oder was? Und wenn ich dann für zwei fünfzig eine echte Vanilleschote kaufe, dann guckst du wie ein Steuerprüfer ins Haushaltsbuch und wirfst mir vor, dass ich deine Pension verschwende!«

»Aber Edda ...« Weiter kam Paul nicht.

»Und jeden Tag muss ich es aushalten, dass du stinkst wie ein Iltis, weil du einfach nicht in der Lage bist, mal ein vernünftiges Parfum zu kaufen! Und immer deine Belehrungen bei jeder Gelegenheit. *Weißt du, warum das Bild von Nachtsichtgeräten immer grün ist? Weißt du, warum die Ränder von Münzen immer eingekerbt sind? Weißt du dies, weißt du das?* Immer der Oberlehrer!«

»Jetzt kommt hier endlich mal Schwung in die Kiste! Möchtest du dich verteidigen, Paul?« Der Killer griff eins der bereitgestellten Rotweingläser und schenkte sich einen großzügigen Schluck aus der Karaffe ein.

»Nein, das möchte ich nicht!« Paul sah zu seiner Frau. »Es tut mir sehr leid, dass du all die Jahre unter mir leiden musstest, mein Schatz. Ich weiß, dass ich als Lehrer nicht aus meiner Haut kann. Und dass das dann meistens dich trifft. Und es tut mir leid, dass ich dir nicht das Leben bieten konnte, das ich dir gewünscht hätte.« Damit wandte sich Paul dem Weihnachtsmann zu. »Also los, tun Sie schon, weswegen Sie gekommen sind. Erlösen Sie meine Frau von mir.«

»Köstlich!«

»Bitte?« Paul sah sein Gegenüber mit großen Augen an.

Dieser schwenkte das Weinglas und roch ein weiteres Mal daran.

»Der Wein! Vorzüglich, an Heiligabend gönnt man sich mal was Gutes, oder?«

»Das ist dieser Quercus! Ein Spätburgunder aus dem Rheingau.« Edda verdrehte die Augen. »Wissen Sie, warum ich den immer trinken muss? Weil der Kommissar aus einem dieser schrecklichen Thriller, die mein Mann immer liest, diesen Wein so mag. Eine Romanfigur schreibt mir vor, was ich trinken soll!«

»Jetzt erschießen Sie mich doch endlich!« Paul wurde lauter.

Der Killer hob seine Waffe und richtete sie auf seinen unfreiwilligen Gastgeber.

»Erst öffnet jeder von euch noch ein letztes Geschenk.«

»Das ist doch gar nicht mehr nötig!« Edda verschränkte die Arme vor der Brust. »Sie sehen doch selbst, wie sehr ich unter diesem Kerl leide!«

Der Weihnachtsmann stieß auf, hustete und sagte dann klar und mit fester Stimme:

»Los, Paul. Mach noch ein Päckchen auf!«

Der Angesprochene zögerte kurz, nickte, trat an den Baum und öffnete wahllos ein weiteres seiner Geschenke.

»Schatz!« Seine Miene hellte sich auf, und ein Lächeln erfüllte sein Gesicht. »Wie lieb von dir!«

»Was ist es denn?« Der Weihnachtsmann reckte seinen Hals.

»Eine Zusammenstellung von Liedern für sein Autoradio«, erklärte Edda. »Die hat unser Sohn für mich auf eine CD gebrannt. Schlager aus unserer Zeit. Im Radio dudeln die doch immer nur dieses schreckliche moderne Zeug.«

»Wie gern hätte ich die mit dir zusammen gehört!« Paul klang aufrichtig. »Versprich mir, dass du sie für mich hören wirst, wenn ich nicht mehr da bin!«

Der Weihnachtsmann stellte sein Weinglas ab und richtete sich mühsam im Sessel auf.

»Dann kommen wir jetzt zur entscheidenden Runde! Edda, öffne dein letztes Geschenk!«

»Was für ein Mist wird das wohl wieder sein?« Sie trat forschen Schrittes an den Baum.

»Haben dir die Karten für Helene Fischer denn nicht gefallen?« Der Weihnachtsmann hustete erneut, dieses Mal noch länger und heftiger als zuvor.

»Nur, weil ich ein einziges Mal gesagt habe, dass ich *Atemlos durch die Nacht* gut finde, denkt dieser Ignorant, dass ich mich jetzt stundenlang in eine überfüllte Arena zwischen Tausende stinkende Menschen stellen und mir aus hundert Metern Entfernung eine Frau auf einer Riesenbühne angucken möchte? In meinem Alter? Na, danke!«

Während Paul betrübt das Haupt senkte, griff Edda eins ihrer Geschenke und riss es achtlos auf. Ein kleiner Karton kam zum Vorschein.

»Was ist da drin?«

Der Weihnachtsmann schloss kurz die Augen und räusperte sich. Edda nutzte diesen Augenblick, um einen schnellen Blick in den Karton zu werfen.

»So ein ...« Sie stockte.

»Na los, zeig her!« Der Killer umklammerte den Griff seiner Pistole fester.

Edda sah immer wieder zwischen dem Karton und dem Weihnachtsmann hin und her, während sich ihr Atem beschleunigte. Schließlich richtete sie das Wort an ihren Mann: »Paul, das ist ja wohl das Ignoranteste, das du mir hättest schenken können!«

Damit trat sie an den Kamin und warf den Karton mitsamt Inhalt in die Flammen.

»Was machst du denn da?!«

Der Weihnachtsmann versuchte aufzuspringen, doch seine schwindenden Kräfte ließen ihn wieder in den Sessel zurückfallen. Mit seiner freien Hand stützte er sich auf den Couchtisch, wobei das Weinglas umfiel und dessen Inhalt sich über den Teppich ergoss. Mit letzter Kraft schob der Fremde Edda beiseite, fasste kurzerhand mit bloßen Händen in den Kamin und zog unter Schmerzensschreien den Karton aus dem Feuer.

»Bitte, das ist ...« Edda stockte, während Paul auf sie zutrat und sich wieder zwischen sie und den Killer stellte. Dieser öffnete das Päckchen und sah hinein.

»Wer ist das?« Er nahm den versilberten Bilderrahmen mit dem Schwarz-Weiß-Foto darin aus dem Karton und hielt ihn Paul direkt vor das Gesicht.

»Das ist ...« Er druckste. »Das ist die Mutter meiner Frau. Nichts Besonderes. Nur ein altes Foto.«

»Wo hast du das Foto her? Los, sag's mir!« Die Stimme des Killers bebte, seine Hand roch nach verbranntem Fleisch und war rot angelaufen. »Und labere jetzt keinen Scheiß!«

Paul zögerte. Schließlich entschied er sich für die Wahrheit: »Wir hatten vor langer Zeit mal einen Brand. Nicht sehr schlimm, kein großer Schaden. Aber alle alten Fotoalben der Familie meiner Frau wurden dabei zerstört. Diese Aufnahme von ihrer Mutter habe ich auf umständlichen Wegen aus der Stadt organisiert, in der sie groß geworden ist. Die Tochter einer alten Freundin meiner Schwiegermutter hatte dieses Bild noch in einem Fotoalbum.«

Für scheinbar endlose Sekunden sagte niemand ein Wort.

»Dann fasse ich das mal zusammen.« Der Weihnachtsmann trat von den Westphals weg. »Edda, jedes Geschenk, das Paul dir gemacht hat, zeugt von Aufmerksamkeit, Liebe und dem Wunsch, dir eine Freude zu bereiten. Pauls Geschenke von Edda sind dagegen allesamt nichts weiter als Kritik. Er stinkt, er liest nur dumme Bücher, er hört die falsche Musik. Und, lieber Paul, als wäre das noch nicht genug, fällt dir deine Frau trotz dieser bezaubernden Geschenke auch noch in den Rücken, nachdem sie mitbekommen hat, dass ich immer einen Ehepartner am Leben lasse. Obwohl du sie die ganze Zeit vor mir beschützen wolltest!«

»Der wollte doch nur ...«, setzte Edda an. Doch weiter kam sie nicht.

»Halt die Fresse, du dumme Kuh!« Mit hochrotem Kopf stand der Killer mit ausgestreckter Waffe mitten im Raum. »Meine Frau hat mich über zwanzig Jahre lang terrorisiert! Und damit sie bloß ruhig bleibt, habe ich versucht, immer genau das zu machen, was sie von mir wollte. Was aber nicht funktioniert hat, weil sie ja immer nur das wollte, was ich gerade *nicht* gemacht habe! Die ganze Welt drehte sich nur um sie, ich war für nichts anderes da, als sie wie die Sonne im Mittelpunkt des Universums dastehen zu lassen. Und dann, nachdem ich fast zwanzig Jahre in der furchtbarsten Ehe ausgehalten habe, die man überhaupt nur führen kann, stürzt diese alte Hexe doch tatsächlich beim Wandern von einem Hügel und bricht sich das Genick! Und das exakt eine Woche, nachdem ich die Diagnose erhalten habe, dass ich bald sterben werde!«

Paul und Edda rührten sich nicht. Mit starrem Blick sahen sie auf die Waffe.

»Also los, Edda! Du hast mir doch gerade erklärt, wie furchtbar das Leben mit deinem Paul ist. Und Paul hat mich ja heute auch schon mehrmals gebeten, dass ich ihn töte und dich am Leben lasse. Eigentlich entscheide ich ja darüber, wer es verdient, von wem erlöst zu werden. Aber was soll's, man muss auch mal spontan sein. Machen wir es doch dieses Mal einfach so, dass du jetzt entscheiden darfst!«

»Wie meinen Sie das?«

»Du wirst jetzt bestimmen, ob ich deinen Mann vor deinen Augen abknallen soll, weil du mit dem Finger auf ihn gezeigt und ihn damit zum Tode verurteilt hast, nachdem er die ganze Zeit versucht hat, dein Leben zu retten. Oder ob du es dir ersparen möchtest, mit dieser Schuld zu leben und dich freiwillig für den Mann opferst, der dir so liebevolle Geschenke gemacht hat.«

Edda sah zu Paul, der kein Wort sagte, sondern sie abwartend ansah.

»Ist das ein Test?«, fragte sie den Killer in sachlichem Ton.

»Nein, ist es nicht! Wen soll ich erschießen? Wenn du in drei Sekunden nicht geantwortet hast, erschieße ich euch beide!«

Edda atmete tief durch.

»Eins!«

Sie sah noch einmal zu Paul.

»Zwei!«

»Also gut!« Sie trat einen Schritt von Paul weg und sagte, als sei es das Selbstverständlichste auf der Welt: »Erschießen Sie meinen Mann!«

Der Killer sah Paul in die Augen.

»Ganz ehrlich, sei froh, dass du die nicht mehr länger aushalten musst! Da ist der Tod doch das Beste, was dir jetzt passieren kann.« Er zielte auf Pauls Stirn.

Der alte Mann kniff die Augen zusammen, weswegen er nicht sehen konnte, dass der Killer sich plötzlich krümmte. Erst als er ein lautes Keuchen hörte, öffnete Paul die Augen und wurde Zeuge, wie der ausgelaugte Kerl in dem besudelten Kostüm ächzend zu Boden sank, röchelte, Blut spuckte und sich nach etwa einer Minute des würdelosen Windens schließlich nicht mehr bewegte.

»Ist er ...?«, hauchte Edda.

Paul beugte sich hinunter. Er griff sein Handy, aktivierte die Taschenlampe und leuchtete dem Mann in die Augen. Die Pupillen reagierten nicht.

»Ja, er ist tot. Sein Krebs hat ihn wohl dahingerafft.«

Edda sank auf die Knie.

»Das ist ja nicht zu glauben! Da kommt dieser Irre in einer Stadt mit vier Millionen Einwohnern ausgerechnet zu uns, um sein Psychospiel durchzuziehen. Und dann bricht er doch tatsächlich in allerletzter Sekunde tot auf unserem Teppich zusammen!«

»Das ist wirklich ein unfassbarer Zufall!« Paul dachte kurz nach, bevor er hinzufügte: »Aber eine Sache ist trotzdem sehr unglücklich gelaufen.«

Edda sah ihren Mann mit fragendem Blick an.

»Was meinst du?«

Paul nahm die Hand des Toten, die noch immer die Pistole umklammert hielt, und richtete die Waffe auf seine Frau.

»Dass er dich kurz vor seinem Tod noch erschossen hat, du selbstsüchtiges Miststück!« Dann feuerte er die Waffe mit der Hand des Toten ab.

Paul atmete tief durch, erhob sich, schenkte sich ein Glas Quercus aus der Karaffe ein, trank einen großen Schluck, stieg über die Leichen seiner Frau und des Weihnachtsmannes, ging zum Telefon und wählte den Notruf.

4

Michaela Kastel

Mutter und Tochter

Tullnerbach (Niederösterreich)

Über die Autorin:

Michaela Kastel, geboren 1987, studierte sich nach ihrem Schulabschluss in einer katholischen Privatschule quer durch das Angebot der Universität Wien, ehe sie beschloss, Traum in Wirklichkeit zu verwandeln und Schriftstellerin zu werden. Da sie auch abseits des Schreibens von Literatur umgeben sein möchte, arbeitet sie in einer Buchhandlung und berät Leseratten zur passenden Lektüre. Sie lebt in Wien. Für den Thriller *So dunkel der Wald* wurde sie 2018 mit dem *Viktor Crime Award* ausgezeichnet.

Tochter

Sie sagen, ich brauche keine Angst zu haben. Das verstehe ich nicht, ich hab doch gar keine Angst. Ich finde es hier nur ein bisschen komisch. Die haben hier alle diese ernsten Gesichter. Und es gibt auch keine Holzwände und keinen Wald. Nicht mal eine Wiese mit Blumen oder so. Alles ist aus Beton. Ich mag Beton nicht. Beton ist hässlich. Aber der Kakao ist lecker. Sie sagen, ich darf so viele Becher davon haben, wie ich will. Ich soll bloß mit ihnen reden.

Es sind eine Frau und ein Mann. Den Mann mag ich nicht, die Frau finde ich nett. Sie erinnert mich an Mami. Obwohl sie eigentlich ganz anders aussieht, nicht so hübsch, aber irgendwie sieht sie ihr doch ähnlich. Sie und Mami haben die gleiche Augenfarbe. Aber vielleicht habe ich ja auch vergessen, wie Mami aussieht. Es ist einfach schon so lange her, seit ich sie das letzte Mal gesehen habe. Der Mann und die Frau stellen ganz viele Fragen über sie. Und sie wollen auch viel über die Hütte wissen. Ich finde diese Fragen blöd. Ich will nicht über die Hütte oder Mami reden. Ich will zurück nach Hause.

»Wo ist denn dein Zuhause?«, fragt die Frau, als ich ihr das so richtig laut ins Gesicht sage.

»Na, dort im Wald. In der Hütte.«

»Und davor? Wo hast du davor gewohnt?«

»Wie, davor? Ich hab immer schon dort gewohnt. Wann darf ich denn wieder gehen?«

»Bald«, sagt der Mann. Er hat so eine strenge Stimme. Alles, was er sagt, klingt so, als hätte ich was ausgefressen. Ich mag ihn wirklich nicht. »Wir möchten uns vorher noch ein wenig mit dir unterhalten.«

»Über was?«, schnaube ich.

»Über deine Mutter, zum Beispiel.«

Ich fummle an meinem Zopf. Es fängt an, langweilig zu werden. Der Kakao ist auch schon kalt. Der Mann faltet die Hände auf dem Tisch, als wolle er beten. Mami hat auch gebetet. Ganz starr hat sie in den Himmel geschaut damals. Es sah aus, als hätte sie Gott gesehen.

»Weißt du, welcher Tag heute ist?«, fragt die Frau.

Ich schüttle den Kopf.

»Heute ist Weihnachten. Du hast dich doch sicher schon gefragt, warum im Büro draußen alles so schön geschmückt ist.«

»Ja, schon«, antworte ich.

»Ist es bei euch zu Hause etwa nicht geschmückt?«

»Nein. So was machen wir nicht.«

»Habt ihr denn nicht mal einen Baum?«

»O ja, wir haben sogar ganz viele Bäume! Aber wir schmücken sie nicht.«

»Weißt du, zu Weihnachten sind die meisten bei ihrer Familie. Kannst du mir sagen, was mit deiner Familie passiert ist? Wo ist deine Mutter?«

»Mami betet.«

»Was meinst du denn damit? Ist sie in die Kirche gegangen?«

»Nein«, maule ich, weil die Frau so dumm ist. »Wir gehen doch niemals weg. Wir müssen zu Hause bleiben.«

»Wer? Du und deine Mutter?«

Ich nicke.

Der Mann beugt sich über den Tisch, als wolle er mir ein Geheimnis verraten. »Wo ist deine Mutter jetzt? Du kannst es uns sagen.«

»Nein«, antworte ich.

»Wieso nicht?«

»Na, weil sie es mir verboten hat. Ich darf es niemandem erzählen. Es ist ein Geheimnis.«

Mutter

Er hat das Haus geschmückt. Und den Garten. Alles leuchtet bunt. All die Lichter und roten Schleifen. Es tut mir in den Augen weh, dieses Leuchten.

Ich schalte den Motor ab, steige aus dem Wagen und gehe raus in die Kälte. Seit Jahren ist es nicht mehr so kalt und verschneit gewesen. Ganz Tullnerbach ist weiß. Der Garten sieht wunderschön aus. Wie im Märchen. Und die Lichter noch dazu. Mit mir wollte er nie das Haus schmücken. Mit mir wollte er auch keine Kinder haben. Jetzt hat er drei. Drei Kinder unter dem Weihnachtsbaum. Eins davon ist meins. Es gehört mir, und er hat es mir weggenommen. Alles hätte er sich nehmen können. Jeden Cent, den ich besitze. Aber er nahm sie. Bloß, um mich zu verletzen.

Durch den Garten, durch den Schnee, bis zu seiner Tür. Ich muss klopfen. Ich besitze keinen Schlüssel mehr. Auch den hat er mir weggenommen. Seine neue Frau macht mir auf. Mit dem Baby auf dem Arm. Sie lächelt und bittet mich hinein. Ich bringe kein Wort über die Lippen. Kann mich nicht rühren. Nie wieder werde ich einen Fuß in dieses Haus setzen. In das Haus, in dem es nach Keksen und Braten duftet. Das auf die gleiche märchenhafte Art geschmückt ist wie der Garten. Das alles hätte meins sein können. Mein Garten, meine Festtagsbeleuchtung, mein Baby auf dem Arm. Im Hintergrund ertönt eine hohe Stimme. »Mami ist da!«

Sie kommt auf mich zugelaufen, mein kleines Mädchen, drückt sich an mich, möchte mich ins Haus ziehen.

»Wollen wir einen Spaziergang machen?«, frage ich sie.

Seine Frau runzelt die Stirn. »Aber es wird doch bald dunkel. Komm rein, ich mach dir einen Kaffee.«

Ich schüttle den Kopf. Von dieser Frau möchte ich nichts. Nicht ihr Mitleid, nicht ihre Freundschaft, am allerwenigsten ihren Kaffee. Ich deute auf das kleine Paar Moonboots neben dem Eingang. »Komm, zieh dich an, mein Mäuschen. Wir fahren noch ein bisschen in den Park. Bevor es dunkel wird.«

»Yippie!«

Während das Mädchen aufgeregt in Schuhe, Jacke und Schal schlüpft, kommt ihr Vater an die Tür. Wie glücklich er aussieht. Er lächelt mich an.

»Sie will mit der Kleinen noch in den Park fahren«, sagt seine Frau.

»Jetzt noch?«, fragt auch er. Aber dann sieht er, wie aufgeregt unsere Tochter ist, und gibt nach. »Aber nicht zu lange«, sagt er zu mir. »Um fünf kommt das Christkind.«

»Um fünf schon?« Unsere Tochter kann vor Freude kaum stillstehen. »Sind wir bis dahin wieder zurück, Mami?«

»Aber natürlich, mein Kleines. Bis dahin sind wir längst zurück.«

Tochter

Ich glaube, ich habe etwas falsch gemacht. Der Mann und die Frau schauen so ernst. Also ernst schauen sie schon die ganze Zeit, aber jetzt sind ihre Augen auch noch voller Sorge. Ich verstehe nicht, wieso ich nicht einfach nach Hause darf. Dort ist es nämlich wirklich schön. Wir haben einen eigenen Wald. Mami hat immer gesagt, jeder Baum in diesem Wald gehört uns. Manchmal haben wir stundenlange Spaziergänge unternommen. Wir sind gegangen und gegangen und gegangen, und der Wald hat einfach nie aufgehört. Mami sagte, so etwas nennt sich Freiheit. Wenn es einfach immer so weitergeht, ohne dass man an ein Ende kommt.

»Du hast erzählt, du und deine Mutter habt in einer Hütte gewohnt«, sagt die Frau. »Erzähl uns doch davon. Habt ihr dort allein gewohnt?«

»Sicher haben wir das. Mami wollte niemanden bei sich haben außer mir.«

»Und dein Vater, wo ist der?«

»Bei seiner neuen Familie.«

»Verstehe.« Die Frau lächelt, aber es wirkt irgendwie nicht echt. Eher so, als wollte sie mich damit zu etwas überreden. Ich kenne mich mit so etwas aus, Mami hat das auch oft versucht. Immer, wenn ich böse auf sie war, hat sie so gelächelt, damit ich wieder nett zu ihr bin. Manchmal hat es geklappt, manchmal nicht.

»Reden wir doch über deine Puppe«, fährt die Frau fort.

»Über Fräulein Else?«

»Genau. Über Fräulein Else. Du hast den Polizisten erzählt, du hättest sie im Wald gefunden.«

»Das stimmt auch! Ich hab sie nicht gestohlen, ich bin kein Dieb! Ich hab sie nur gefunden!«

Der Mann und die Frau heben die Arme. »Schon gut«, sagt die Frau. »Du brauchst nicht gleich zornig zu werden. Wir glauben dir.«

»Gut, denn ich hab sie nicht gestohlen!«, sage ich noch einmal. Man muss immer ehrlich sein. Das hat Mami mir so beigebracht. Ich verschränke die Arme vor der Brust und werde wieder leiser. »Ich mag es nicht, wenn man denkt, ich wäre ein Dieb. Dann werde ich wütend.«

»Und wirst du öfter wütend?«, möchte der Mann wissen.

»Was machst du, wenn du wütend wirst? Wirst du dann manchmal etwas ungestüm? Machst Sachen kaputt?«

Ich schnappe nach Luft, fühle mich plötzlich ganz schwindlig. »Das war ein Versehen!«, rufe ich. »Die Sache mit Fräulein Else, das war ein Versehen! Ich wollte sie nicht kaputt machen. Ich wollte nur mit ihr spielen. Sie ist ganz von allein kaputtgegangen.«

Der Mann und die Frau sehen sich an. Der Mann steht auf und verlässt den Raum.

»Wo geht er hin?«, frage ich. »Darf ich jetzt nach Hause?«

Die Frau hat tiefe Sorgenfalten auf der Stirn. Schon wieder habe ich das Gefühl, etwas falsch gemacht zu haben.

»Wo ist deine Mutter?«, fragt sie streng.

»Sie betet.«

»Wo betet sie?«

»Dumme Frage. Unter der Erde natürlich.«

Sie macht den Mund auf. Nichts kommt heraus. Sie sieht aus wie ein doofer Fisch.

»Sie hat mir nicht erlaubt, die Hütte zu verlassen, wenn ich wollte«, sage ich trotzig. »Das hat mich wütend gemacht.«

Mutter

»Mami, wo fahren wir hin?«

Sie sitzt neben mir. Dieses zarte, wunderschöne Ding. Auf dem Rücksitz liegt die Tasche, die ich heute Morgen gepackt habe. Viel ist nicht drin. Ein hübsches gelbes Kleidchen und eine dazu passende Haarspange. Schühchen in der richtigen Größe. Und eine Kette. Sie soll schön aussehen. Ich kümmere mich um mein kleines Mädchen.

»Mami. Ich bin müde. Und um fünf kommt das Christkind.«

»Nur noch ein Stückchen, Kleines. Wir sind bald da.«

Sie sieht aus dem Fenster. Ihre kleinen Finger malen Linien auf die Scheibe.

»Wieso sind wir nicht in den Park gefahren?«, möchte sie wissen.

»Weil ich einen Ort kenne, an dem es noch viel schöner ist als im Park.«

»Und wo ist das?«

»Das ist eine Überraschung.«

Schweigsam schaut sie nach draußen.

Ich stelle mir vor, wie entzückend sie in dem gelben Kleid aussehen wird. Wie ein kleiner Engel. Ihr Vater würde sterben, um sie so zu sehen.

Ich biege nach rechts. Die Straße verschmälert sich. Wird rumplig und vereist. Wir fahren in den Wald.

»Machen wir einen Waldspaziergang?«, fragt meine Tochter.

»Genau das machen wir.«

Tochter

Es ist komisch. Auf einmal fehlt mir die Hütte gar nicht mehr. Ich will lieber noch einen Kakao. Und meine Puppe hätte ich gern zurück. Ich verstehe nicht, warum sie dauernd davon reden. Diese Leute sind doch schon erwachsen. Die brauchen keine Puppen. Aber vielleicht wissen sie, wie besonders Fräulein Else ist. Es gibt da nämlich etwas, das ich dem Mann und der Frau nicht erzählt habe: Fräulein Else kann zaubern! Sie wird lebendig, wenn man nur lange genug wartet. Praktisch ist das aber nicht immer. Sie ist weggelaufen, mitten in den Wald, obwohl ich ihr gesagt habe, dass sie bei mir in der Hütte bleiben muss. Dummes Fräulein Else. Ich hoffe, jemand kann sie reparieren. Es war wirklich keine Absicht, dass ich sie kaputt gemacht habe, wirklich nicht, sie muss schon vorher kaputt gewesen sein. So fest war das gar nicht. So fest hab ich sie nicht gegen den Baum geschlagen. Ich wollte sie bloß fliegen lassen. Wie einen Vogel.

Der Mann kommt zurück in den Raum. So richtig ernst und finster sieht er jetzt aus. Er sollte mal ein bisschen Obst essen. Mami hat immer gesagt, wenn man andauernd nur ernst und grimmig dreinschaut, hat man zu wenige Vitamine im Blut.

»Wir haben deine Mutter gefunden«, sagt der Mann zu mir.

Mir wird heiß. Es ist richtig unangenehm. Heißt das, sie haben gegraben? Sie haben Mamis Garten umgegraben? Das wird Mami nicht gefallen.

»Du musst uns jetzt die Wahrheit sagen«, spricht er weiter. »Über dich und deine Mutter. Und das kleine Mädchen.«

Mein Kakaobecher ist leer. Blöder finsterer Mann, seinetwegen muss ich warten, bis ein neuer Kakao kommt. Ich denke an Mamis Garten. Ich hab so gut darauf aufgepasst. Auch als sie bloß noch in den Himmel gestarrt hat, ich habe immer auf ihren Garten achtgegeben. Und die graben ihn einfach um. Stören Mami beim Schlafen.

»Reden wir noch mal über die Puppe«, sagt die Frau. »Erzähl uns doch, wo du sie gefunden hast.«

»Eigentlich hab ich sie gar nicht gefunden. Sie saß einfach vor meiner Tür.«

»Aber sie war doch nicht allein, oder? Wer war noch bei der Puppe? War da eine Frau?«

Ich schnaube. An diese böse fremde Frau will ich gar nicht denken. Gut, dass sie umgeflogen ist, als ich mit dem Stein gegen ihren Kopf gehauen hab. Sie hat nur geschrien und geheult. Sie wollte mir die Puppe nicht geben.

Mutter

Ein Engel, ich wusste es. Ich lasse sie eine Drehung machen. Das gelbe Kleidchen passt perfekt. Die Spange glitzert in ihrem wunderschönen blonden Haar. Ich hebe die Tasche auf und nehme meine Tochter bei der Hand.

»Mami, mir ist kalt.«

»Wir gehen nicht lange. Nur ein kleines Stück in den Wald hinein.«

»Diese Schuhe drücken ganz arg.«

»Bald ist es vorbei.«

Wir lassen das Auto auf der Lichtung zurück. Durch den Tiefschnee führt kein Pfad. Wir müssen stapfen. Ihre kurzen Beine tun sich schwer. Ich nehme sie auf den Arm und trage sie.

Nicht mehr weit. Dann sind wir da. Ich kann es schon vor mir sehen. Die verlassene Hütte mitten im Nichts. Dort werde ich es tun. Ich habe nun keine Angst mehr. Was geschehen wird, muss sein. Ich kann sie ihm nicht überlassen. Nicht sie, nicht meine Tochter. Es gibt nur eine Möglichkeit, um sie zu behalten. Nur diesen einen Weg, um zusammen zu sein, Mutter und Tochter.

Ich lasse sie runter und sehe zu, wie sie neugierig auf die Hütte zugeht. Sie sieht nicht, dass ich die Tasche öffne und den Thermobehälter heraushole. Ich habe vergessen, wie viele Tabletten ich zum Kakao gegeben habe. Genug, um zu schlafen. Wir beide werden schlafen gehen, ein letztes Mal. Ich rufe nach ihr. Ihr gelbes Kleid leuchtet wie Gold in der Sonne. Ein paar wenige Tränen. Ich gehe ihr hinterher.

»Sieh nur, Mami!« Plötzlich zeigt sie auf eines der Fenster. »Da drin ist eine Frau!«

Tochter

Sie wollen mir keinen Kakao mehr bringen. Sie sagen, zuerst müsse ich reden. Ich weiß nicht, was sie noch wissen wollen. Wieso es sie überhaupt interessiert. Mami ist schlafen gegangen. Ihr Pech, wenn sie sie aufwecken. Und um die Puppe tut es mir leid, ehrlich. Ich hätte gern wieder eine neue.

Der Mann und die Frau reden jetzt sehr schnell.

»Was ist passiert, als du die Puppe gefunden hast?«

»Wolltest du nicht, dass man sie dir wegnimmt?«

»Was hast du mit der Frau gemacht, die bei der Puppe war?«

Ich bin ganz durcheinander. Ihre Stimmen sind so laut, mein Kopf tut weh. Ich lege die Wange auf die Tischplatte und mache die Augen zu.

Ich stehe wieder in der Hütte. Durch das Fenster beobachte ich, wie die Puppe an meine Tür klopft. Die fremde Frau ist gleich dahinter. Sie ruft etwas, schimpft mit der Puppe. Fräulein Else ist so hübsch. In ihrem schönen gelben Kleid. Ich wollte sie haben, unbedingt. Endlich wieder eine Puppe und jemand zum Spielen. Seit Mama sich schlafen gelegt hat, hatte ich niemanden zum Spielen.

Die Stimme des Mannes reißt mich aus meiner schönen Erinnerung heraus.

»Warum hast du die beiden umgebracht?«, fragt er.

Ich hebe den Kopf, brüllen kann ich auch. »Es war ein Versehen! Das mit der Puppe war ein Versehen! Sie war schon kaputt! Und die Frau wollte mir die Puppe nicht geben! Warum hat sie überhaupt eine? Sie ist doch erwachsen. Erwachsene spielen nicht mit Puppen!«

Der Mann weicht zurück, wirkt irgendwie erschrocken. Ich habe keine Lust mehr. Die Fragen gehen mir auf die Nerven.

»Ich will zurück nach Hause!«, rufe ich.
»Das geht nicht«, sagt die Frau.
»Wieso nicht?«
»Du musst hier bei uns bleiben. Du kannst nicht mehr nach Hause.«

Mutter

Schmerz. Überall ist Schmerz. Die Welt ist gekippt. Alles liegt auf der Seite. Ich blinzle, versuche zu rufen, mein Baby, mein kleines Baby. Sie nimmt mir mein Baby weg und bringt es in die Hütte. Diese dürre, bleiche Frau mit dem Stein in der Hand. Ich höre, wie meine Tochter nach mir ruft. Das gelbe Kleid flattert im Wind. Sie ruft nach mir. Mami ...

»Hübsche Puppe«, sagt die Stimme. »Ich taufe dich Fräulein Else.«

»Nicht ...« Ich hebe den Arm. Werde schwächer. Alles wird undeutlich.

Da dreht sie sich um, diese merkwürdige Frau mit den wilden Augen. Sie kommt zu mir zurück. Sieht auf mich herab.

»Ich glaub, dich lege ich zu Mami in den Garten.«

Tochter

Ein komischer Raum ist das. So ganz ohne Fenster. Sie sagen, dass ich noch für eine Weile hierbleiben muss. Wenigstens gibt es Kakao. Kakao trinke ich wirklich gern. Mami hat früher immer Kakao gemacht. Nein, eigentlich nicht immer. Nur an Weihnachten, da gab es Kakao. Und eine neue Puppe. Jedes Jahr. Eine neue Puppe für mich.

Wo Fräulein Else jetzt wohl ist? Ich war so wütend, dass sie kaputtgegangen ist. Ich hab sie einfach in den Fluss geworfen. Aber vielleicht hat sie ja noch eine Chance. Sie sagen, sie suchen nach ihr. Ich hoffe, sie finden sie bald. Weil doch Weihnachten ist. Mami hat immer gesagt, zu Weihnachten passieren Wunder.

5

Regine Kölpin

Der Weihnachtsmann wohnt nebenan

Dangast

Über die Autorin:

Regine Kölpin, geb. 1964 in Oberhausen (NRW), lebt seit ihrer Kindheit in Friesland an der Nordsee. Sie hat zahlreiche Romane und Kurztexte publiziert (u. a. für Droemer Knaur und den Oetinger Verlag) und ist auch als Herausgeberin tätig. Regine Kölpin wurde mehrfach ausgezeichnet, z. B. mit dem Stipendium Tatort Töwerland/ Titel: Starke Frau Frieslands. Mit ihrem Mann Frank Kölpin lebt sie in einem kleinen idyllischen Dorf. Dort konzipieren sie gemeinsam Musik- und Bühnenprojekte und genießen ihr Großfamiliendasein mit fünf erwachsenen Kindern und mehreren Enkeln.
Mehr Infos unter: www.regine-koelpin.de

Es hat einmal Zeiten gegeben, da habe ich nicht an den Weihnachtsmann geglaubt und das Ganze für einen Nepp gehalten. Wie sollte das alles auch gehen? Rein wissenschaftlich gesehen war der Weihnachtskitsch doch ein einziger Humbug. Allein die unterschiedlichen Versionen führten das Ganze ad absurdum.

In Nürnberg stand das Christkind auf der Empore der Kirche, im Norden kam der Weihnachtsmann mit einem Schlitten und einem Schimmelchen (das in einem Weihnachtslied dann auch noch unter dem Tisch Platz haben sollte, damit es Heu und Hafer fressen konnte), in den USA nutzte Santa Claus Rentiere. Mal wohnte der Rotbemützte am Nordpol, dann wieder in Lappland, und Briefe von ihm gab es in Deutschland aus Engelskirchen oder Himmelsthür. In Italien flog die Hexe Befana durch die Gegend, wobei in der deutschen Weihnachtstradition diese hakennasige Dame nur aus dem Hexenhaus schauen durfte und ich nie begriff, was denn nun Hänsel und Gretel wiederum damit zu tun hatten.

Und überhaupt war der gute Mann doch nur wegen der Coca-Cola-Werbung ganz in Rot gekleidet. Weiterhin war es mir unbegreiflich, wie ein Himmelswesen, das angeblich das Raum-Zeit-Kontinuum außer Kraft setzen konnte, nur ein dreifaches, hohles »Ho Ho Ho« hervorbrachte, wenn es einen Raum betrat. Nein, für mich war Weihnachten ein völliges Kuddelmuddel, das ich mit meiner nordischen Ruhe und Analytik nicht vereinbaren konnte.

Ich war Wissenschaftler, genauer gesagt Biologe, aber man musste für einen solchen Unsinn wahrlich nicht sonderlich gebildet sein, um zu erkennen, dass all diese Dinge einzig der

Fantasie und der Sehnsucht nach Wundern geschuldet waren. Trotzdem wurde Jahr für Jahr der Verstand außer Kraft gesetzt, und alle Menschen verfielen in eine Art Weihnachtswahn.

Auch vor meinem kleinen Dorf Dangast, das ist ein Küstenbadeort mit Künstlerflair am südlichen Jadebusen, machte der Weihnachtswahnsinn nicht halt. Überall blinkte und blitzte es, überall guckten Wichtel und Weihnachtsmänner um die Ecke oder standen beleuchtet in den Vorgärten herum. Die Stromlobby feierte jährlich ein wahres Fest, wenn die Vorgärten, Häuser und Wohnungen in ein Lichtermeer verwandelt wurden.

Meine Frau Elvi war in der Adventszeit wie besessen. Sie befand sich jedes Jahr mit unserem Nachbarn Tammo Wiehnacht (der Gute hieß tatsächlich und überflüssigerweise so) in einem immensen Wettstreit, wer von beiden das weihnachtlichere Haus hatte. Tammo war leider nicht nur der weihnachtliche Name zu eigen, er sah auch noch aus wie der Weihnachtsmann persönlich. Sogar ohne roten Mantel war die Ähnlichkeit frappierend.

Jedenfalls wurde es jedes Jahr schlimmer. Mir ging das massiv auf die Nerven. Was der Lichterzauber und das ganze Brimborium überhaupt mit der Geburt von Jesus zu tun hatten, verstand ich sowieso nicht.

»Hättest du Florian Silbereisen geguckt, dann wüsstest du das«, konterte Elvi jedes Jahr, wenn ich meine Kritik mal wieder nicht zurückhalten konnte. »Es geht um den Frieden in der Welt. Da haben sie extra einen Jungen nach Bethlehem in die Geburtsgrotte geschickt, damit er dort sein Licht anzündet. Das ist dann eingeflogen worden und wird nun überall in der Welt verteilt!«

»Von Klimaschutz haben die wohl noch nie was gehört«, grummelte ich. Wegen einer Laterne gleich einen Flieger zu bemühen, war doch völlig übertrieben! Und überhaupt! Es war ja wohl nicht anzunehmen, dass Jesus das Licht in der Grotte selbst angezündet hatte. Und war der nicht eigentlich in einer Krippe geboren, neben Ochs und Esel?

Kurzum, unsere jährliche Ehekrise begann meistens schon Mitte August, wenn Elvi Stift und Block zückte, um in die Weihnachtsplanung einzusteigen. Sie brauchte mittlerweile diesen monatelangen Vorlauf, damit am Ende alles perfekt verlief. Tagelang brütete sie mit hochrotem Kopf über Katalogen und im Internet, um den passenden und ausgefallensten Weihnachtsschmuck auszusuchen. Dann folgten ellenlange Geschenkelisten und Rezeptvariationen für die Weihnachtskekse und Stollen, das Festmahl und die Adventssonntage.

Tammo Wiehnacht und meine Elvi redeten sich die Köpfe schon heiß, wenn die Badegäste in Dangast noch am Strand schwitzten. Es hätte nur gefehlt, dass sie dem Phallussymbol, das am Dangaster Strand sein viereckig geriffeltes Dasein führte, schon einmal probehalber eine Lichterkette verpasst hätten. Auch der überdimensionale Holzstuhl oder die Figur, die zwar im Watt steht, aber in Richtung Land starrt, waren schon jetzt vor dieser Verschandelung nicht gefeit.

Wenn die Gespräche zu anstrengend wurden, zog ich es vor, ausgedehnte Spaziergänge am Meer zu machen oder durch den Ort zu flanieren. Vorbei am *Franz-Radziwill-Haus,* benannt nach dem bekannten Maler, der hier einst gelebt und gewirkt hatte. Ich liebte die Bilder aus all seinen Schaffensphasen und war den Hinterbliebenen sehr dankbar, dass er mit seiner Kunst in diesem Haus weiterleben durfte. Wenn es mir mit der Weihnachtsdudelei zu viel wurde, zog ich mich gern hierher zurück. Oder ich ging am Deich spazieren und hoffte, der frische Nordseewind würde mir den Kopf freipusten.

Ich konnte bis nach Petershörn laufen oder in die andere Richtung zur Vareler Schleuse, wo man im Bistro übrigens wunderbar frühstücken konnte. Aber das nur nebenbei.

Als in diesem Jahr der November ins Land zog und der erste Advent nahte, spitzte sich die Lage zu. Elvi war eine Kooperation mit Tammo Wiehnacht eingegangen, weil sich die Außenbeleuchtung unserer Gärten jetzt ergänzen sollte. Der beleuchtete Weihnachtsschlitten schwebte also nun von unserem Haus über eine beleuchtete Nordpollandschaft hinüber zu Tammo Wiehnacht, wo in bunten Lichtern eine Miniaturfachwerkstadt leuchtete.

Es war unmöglich, dem Weihnachtswahnsinn zu entkommen, denn Elvi sah partout nicht ein, warum sie alles allein vorbereiten sollte. Schließlich war Weihnachten das Fest der Liebe, der Familie und Freunde, und ich wäre naturgemäß ein Teil davon. Ich kam folglich nicht umhin, ihr beim Schmücken des Hauses zu helfen. Das beanspruchte mehrere Tage. Keiner soll hier glauben, dass das mit ein paar Stunden getan war!

Jahr für Jahr erstaunte mich, wie man ein übersichtlich strukturiertes Zuhause in einen kitschigen Weihnachtsladen umgestalten konnte. Elvi beschränkte sich nicht darauf, nur die ständig bewohnten Räume zu dekorieren, nein, das Weihnachtsflair spuckte mich aus allen Ecken und Enden des Hauses an. Sogar auf der Toilette begrüßte mich, sobald ich die Tür öffnete, ein Weihnachtsmann mit Augenaufschlag und einem dreifachen »Ho Ho Ho«.

Und in dem Augenblick fing es an. All die Jahre hatte ich müde über den Wahnsinn lächeln können, aber in diesem Jahr war es anders. Ich fühlte mich plötzlich in jeder Ecke des Hauses von Engeln, Wichteln und Weihnachtsmännern verfolgt! Es kam nicht selten vor, dass ich mitten in der Nacht hochschreckte, weil ich ein »Ho Ho Ho« vor dem Fenster zu hören glaubte. Eine Stunde später erwachte ich vom Klang selig läutender Glöckchen. Und wieder später glaubte ich, das zaghafte Seufzen von kleinen, hübschen Engeln zu hören.

Einmal begegnete mir sogar ein Weihnachtswichtel beim Mittagsschlaf und kitzelte meine Wade. Dort, wo das Hosenbein hoch- und die Socke runtergerutscht war.

Ruhe fand ich nur noch bei meinen Spaziergängen, die ich mehr und mehr ausdehnte. Damit es nicht zu langweilig wurde, kaufte ich mir ein E-Bike, mit dem ich kilometerweit fahren konnte, selbst wenn der vermaledeite Küstenwind heftig von vorn blies. Ich genoss die frische Luft, die auf den Wiesen grasenden Gänse, die im Winter an der Nordsee Zuflucht suchten, und ich liebte das Kreischen der vielen Möwen. Mental so gestärkt hoffte ich darauf, auch dieses Weihnachtsfest irgendwie schadlos zu überstehen.

Aber es kam noch schlimmer, da halfen weder Radtouren noch Spaziergänge. Elvi bestand darauf, dass ich sie nach Oldenburg zum Shoppen begleitete. Es seien noch ein »paar Kleinigkeiten« zu erstehen. Ich hasste das Wort »Kleinigkeiten«, vor allem, wenn es in Zusammenhang mit Weihnachten fiel. Aber »Großigkeiten« hatte man ja noch nicht erfunden. Zudem mochte ich Innenstädte per se nicht, aber wenn die Weihnachtswütigen die Straßen unsicher machten und schwer bepackt alles anrempelten und über den Haufen latschten, was im Weg stand, war das einfach nicht auszuhalten. Das, was im Weg stand, war dann meist ich, weil ich die Hitze in den angeblich wunderhübsch geschmückten Lädchen kaum ertrug und lieber draußen wartete.

Meine Frau hatte es trotz allem einfach: Wäre ich ein Hund, hätte sie mich anleinen müssen. Ich aber wartete. Damit mein Rücken es aushielt – Spazierenstehen in der Weihnachtszeit belastete das Kreuz –, bewegte ich mich höchstens ein bis zwei Geschäfte weiter, ehe ich umkehrte. Jede Runde mit einem schmerzenden Zeh oder blauen Fleck mehr.

Wenn Elvi dann wieder herauskam, lag ein weihnachtlich

frohes Leuchten auf ihrem Gesicht, weil sie wieder irgendeine Weihnachtskugel oder einen Weihnachtswichtel erstanden hatte, der Frau Meier oder dem Postboten bestimmt große Freude machen würde. Meine aufkeimenden Zweifel behielt ich lieber für mich. Zumal mich der neu erstandene Weihnachtswichtel ohnehin warnend angrinste.

»Du hast aber wieder eine miese Laune«, herrschte Elvi mich nach etwa einer Stunde intensiven Weihnachtsshoppings an. »Sieh doch nur, wie wunderbar weihnachtlich das alles ist! Und du tust so, als wären wir auf einer Beerdigung! Das ist doch romantisch hier!«

Ich sah mich um, doch alles, was ich entdeckte, waren hektisch durch die Innenstadt hastende Menschen, über und über mit ihrem Konsumwahn bepackt. Da meine Frau für weitere Überraschungen (für Nichten, Neffen, Kollegen, den Nachbarssohn und den Briefträger, den Zeitungsausträger dürfen wir auch nicht vergessen, genau wie den Schornsteinfeger …) die Hände frei haben musste, trug ich selbstverständlich alle »Kleinigkeiten« und nahm es ebenso selbstverständlich hin, dass meine Hände abstarben, weil die Träger der Taschen und Tüten tief in die Haut einschnitten.

Die Aussicht auf den abschließenden Glühwein auf dem Weihnachtsmarkt ließ mich zwar durchhalten, aber auch dieser Lichtblick wurde schnell getrübt, wenn man a) die Preise und b) die langen Schlangen an den Ständen erlebte.

Elvi aber kämpfte sich wie jedes Jahr durch, und mit dem Blick einer Goldmedaillengewinnerin hielt sie mir schließlich den Glühweinbecher entgegen. Dass wir nach diesem Genuss (er war natürlich viel zu süß und nur lauwarm) erneut anstehen mussten, um auch das Pfand zurückzubekommen, war nur das Tüpfelchen auf dem i.

Wieder verstummte mein Protest im Keim, als ich den bitterbösen Blick des Schokoladenweihnachtsmanns sah. Für einen Moment dachte ich wirklich, er kneife die Augen zusammen und hätte kurz die Rute erhoben.

Wir kämpften uns zum Parkhaus durch, reihten uns in die Endlosschlange der ausfahrenden Autos ein und kamen schließlich völlig erschöpft in Dangast an. Nein, nicht *wir* waren, *ich* war völlig erschöpft. Elvi begeisterte sich zu Hause noch einmal an jedem erworbenen Tüdelkram und brach in Verzückungsschreie aus, die teilweise mit einem Weihnachtslied ergänzt wurden.

Es gab in all den Jahren zuvor keine Situation, die ich je zum Anlass genommen hätte, an Scheidung zu denken. In diesem Jahr aber hielt ich die Idee, trotz der ansonsten großen Gemeinsamkeiten mit meiner Elvi, für eine überlegenswerte Option. Nie wieder würde ich in einem geschmückten Weihnachtshaus sitzen müssen. Nie wieder dieses süße klebrige Zeug trinken, das keinem normalen Sterblichen schmeckte, wenn er nicht gerade weihnachtsverblendet war. Nie wieder durch einen Garten spazieren, der der Helligkeit wegen an eine beleuchtete Flugzeuglandebahn erinnerte.

Ein Spaziergang war nach diesem Shoppingtrip unvermeidlich. Ich musste nachdenken und zu einem Entschluss kommen, sonst würde ich hier langsam verrückt werden. Es dämmerte bereits, die ruhige Stunde am Deich würde mir helfen.

Ich spazierte also in Richtung Strand, wandte mich kurz davor nach links und schlug den Weg zum *Kurhaus* ein. Dort gab es im Sommer den leckersten Rhabarberkuchen aller Zeiten. Hier übertrieb ich wirklich nicht. Heute aber war mir nicht nach Kuchen, sondern einfach nur nach einem feinen Jever Pils. Es war schon recht leer, das *Kurhaus* würde bald schließen, aber dafür reichte die Zeit noch. Ich holte mir Flasche und Glas am Tresen und setzte mich so, dass ich Blick auf den Jadebusen hatte. Doch diese

Auszeit reichte mir nicht als Ausgleich für das gefürchtete Weihnachtswunderland zu Hause. Erfahrungsgemäß durfte ich nach meiner Rückkehr nicht AC/DC anstellen, sondern musste mir *Let it Snow* anhören, gepaart mit der Litanei, wie schade es war, dass Frau Holle (Elvi sagte wirklich immer Frau Holle! Mann, die gab es doch auch nicht!) es noch nicht hatte schneien lassen. Es war besser, mir noch ein bisschen den Nordseewind um die Nase wehen zu lassen, damit ich das nachher ertrug.

Nachdem ich mich schön warm eingemummelt hatte – es blies nämlich ein scharfer Ostwind, der einem an der Küste jedes Mal die Ohren abfrieren ließ –, lief ich weiter über das Siel am Deich entlang Richtung Petershörn. Dort bestand die geringste Gefahr, irgendwas zu begegnen, das mit Weihnachten zu tun hatte. Und es war eine idyllische Strecke. Rechts der Jadebusen, links im Deichvorland ein See mit Feuchtgebiet, auf dem sich meine Freunde, die Gänse und andere Vögel, aufhielten. Ich sog die Luft tief ein.

Das Wattenmeer lag glänzend rechts von mir. Keine einzige Weihnachtskugel störte das wunderbar friedliche Bild, selbst der im Watt aufgestellte Phallus fügte sich heute ein. Vermutlich, weil ihm dankenswerterweise bisher kein Weihnachts-Scherzkeks eine Lichterkette umgelegt hatte.

Ich wählte den Weg auf der Deichkrone entlang, damit ich besser über den Jadebusen sehen konnte. Es wurde langsam kälter, als ich mich Petershörn näherte. Auf den Wiesen erhoben sich die letzten Graugänse in den Abendhimmel, um zu ihrem Nachtquartier zu gelangen. Es war wie immer ein beeindruckendes Naturschauspiel, das mich den Weihnachtstrubel fast vergessen ließ.

Inzwischen war es aber doch ziemlich dunkel geworden. An mein Handy und die Taschenlampe hatte ich leider nicht gedacht, und im Stockdunkeln am Deich herumzustapfen gefiel mir gar nicht. Deshalb beschloss ich, lieber umzukehren. Ich würde mit Elvi reden müssen. Sie konnte unsere Ehe doch nicht diesem überdimensionierten Fest opfern! Es würde mir ja schon reichen, wenn sie sich ein bisschen, nur ein winziges bisschen zurücknahm.

Als ich aber mitten auf dem Deich stand, Dangast schon im Blick, sah ich ihn. Nicht den Wichtel. Keinen bimmelnden Engel. Nein, *ihn* in Persona.

Dick. Rot. Rauschebart.

Sack auf dem Rücken.

Vor mir stand der Weihnachtsmann.

Ich war zunächst unschlüssig, ob mir eine Begegnung mit dem Christkind lieber gewesen wäre, aber hier im Norden in Dangast war nun mal der Weihnachtsmann zuständig.

Ich kniff mir dennoch vorsichtshalber in den Handrücken, aber der dicke Typ verschwand einfach nicht. Und er sah tatsächlich aus wie Tammo Wiehnacht. Vielleicht ein kleines bisschen fülliger, aber das konnte auch am dicken Mantel liegen.

»Rolf? Bist du Rolf Janßen?« Der dicke Mann stellte sich mir schnaufend in den Weg und setzte den schweren Jutesack ab.

»Kennen wir uns?« Ich lächelte vorsichtig. Das konnte nur so ein armer Irrer sein, der auf einer Weihnachtsfeier den roten Mann gespielt hatte.

Trotzdem war mir mulmig zumute. Den Mann umgab eine merkwürdige Aura. Er roch auch ein bisschen. So eine Mischung aus Weihnachtskerze, Zimt und Holzlack.

Er rieb sich den Bart und musterte mich. »Du bist Rolf Janßen, kein Zweifel.«

Leugnen half nichts, also nickte ich stumm.

»Mir ist zu Ohren gekommen, dass du das Weihnachtsfest mit all seinen Wundern ablehnst und deiner Frau das Leben schwer machst!«

Ich lachte laut und zählte auf, was ich alles anstellte, damit meine Frau ihrem Weihnachtswahn frönen konnte. Dass ich überlegt hatte, sie zu verlassen, verschwieg ich dem bärtigen Irren lieber. Der Blick, mit dem er mich durchbohrte, ging mir durch Mark und Bein. Konnte der Weihnachtsmann Gedanken lesen?

»Es geht um die Einstellung, mein Lieber. Wenn man sich Weihnachten nicht öffnet, wird sich das eines Tages bitter rächen. Das ist nur eine Warnung. Vertrau Elvi – und verlass sie nicht!« Er nahm seinen Sack wieder hoch und machte sich auf den Weg in Richtung Petershörn. »Da steht mein Schlitten, hast du den gar nicht gesehen?«

Natürlich nicht! Ich schüttelte mich. Es gab weder den Weihnachtsmann noch seinen Schlitten. Und schon gar nicht in Petershörn, wo Fuchs und Igel sich Gute Nacht sagten.

Doch kurz bevor ich das *Kurhaus* erreichte, zischte es laut. Ich drehte mich um und sah einen Feuerstreif, der in Richtung Himmel schoss.

Hatte ich im *Kurhaus* etwa kein Bier, sondern etwas Stärkeres getrunken? Wieder schüttelte ich mich. Diese Merkwürdigkeiten machten mir nun doch langsam Angst. War ich dabei, den Verstand zu verlieren, oder gab es diesen Weihnachtswahnsinn tatsächlich?

Nein, sagte mein analytischer Verstand. Es gibt keinen Weihnachtsmann, der gen Himmel fliegt, und vor deinem Fenster tanzen auch keine glockenschwingenden Engel.

Ich musste fort aus diesem Leben mit meiner weihnachtswahnsinnigen Frau. Mit jedem Schritt, dem ich meinem Haus näher kam, wuchs in mir die Entscheidung, dass ich Elvi noch vor dem Heiligen Abend verlassen würde. Ich begann ja schon durchzudrehen!

Als mir unser Haus grell und im Takt von *O du fröhliche* entgegenleuchtete, atmete ich einmal tief ein. Ich würde es sofort beenden. Es durfte nicht auf die lange Bank geschoben werden.

Elvi stand schon breit lächelnd in der Tür, als ich durchs Gartentor trat. Ein untrügliches Zeichen, dass ihr wieder eine wunderbare Weihnachtsneuerung eingefallen war.

Mir schwebte bereits der Duft von Zimtsternen entgegen. Das Ganze untermalt mit den leichten Würzaromen von Nelken.

»Wo warst du denn?«, empfing Elvi mich. Die scharfe Stimme passte so gar nicht zu ihrem seligen Weihnachtslächeln.

»Ich musste mal wieder alles allein machen.«

Ich seufzte. Dieses »mal wieder« und »alles allein« ging mir gehörig auf die Nerven. Elvi aber schnatterte weiter wie eine Weihnachtsgans auf der Flucht vor der Bratröhre. »Hallo? In zwei Wochen ist Weihnachten, wir haben jetzt jeden Tag zu tun!« Dann glitt ein versonnenes Lächeln über ihr Gesicht. Leider verhärtete es sich sofort wieder. Weil ich ja ständig weg war und … und … und … »Aber sieh nur, wie schön jetzt alles leuchtet. Tammo war mir behilflich. Auch dabei, dass wir die Lichter passend zum Takt der Musik hinbekommen haben.«

»Tammo also«, quetschte ich zwischen den Zähnen hervor. Der Typ baggerte meine Elvi schon länger an, und mit seiner Ähnlichkeit zum Weihnachtsmann hatte er bestimmt gar nicht so schlechte Karten.

»Ich wollte sowieso mit dir reden«, sagte ich. Wenn Tammo ohnehin schon in der Warteschlange stand, würde Elvi meinen vorweihnachtlichen Abgang sicher leicht verschmerzen können. Ich zögerte noch, aber es gab kein Zurück. Elvi schien plötzlich zu ahnen, was auf sie zukam. Ich konnte mich nicht gut verstellen, und sie war in der Lage, in meinem Gesicht abzulesen, was ich dachte.

Sie zog die Brauen zusammen. »Du willst Weihnachten nicht mehr mit mir feiern«, sagte sie in gefährlich ruhigem Tonfall.

Ich nickte und erzählte ihr, was der Weihnachtswahnsinn mit mir machte. Dass ich schon Wichtel und Engel sah und mir heute tatsächlich der Weihnachtsmann begegnet war, obwohl das ja eigentlich gar nicht ging. Weil der doch noch am Nordpol Geschenke einwickelte oder eben in Lappland. Oder mit dem Coca-Cola-Laster durchs Land fuhr. Ich stammelte am Ende nur noch zusammenhangloses Zeug.

Elvi presste den Mund zusammen und wurde immer schmallippiger. Ihr gefiel überhaupt nicht, was ich sagte. Ich schloss mit den Worten: »Und deshalb werden wir zukünftig getrennte Wege gehen. Ich kann das alles nicht mehr ertragen.«

»Rolf!«, begann sie. Ihre Stimme klang merkwürdig dünn. »Du bildest dir das alles nicht ein. Es! Gibt! Den! Weihnachtsmann! Es gibt die Elfen, und es gibt die Engelein.«

Elvi glaubte den Mist tatsächlich! Vielleicht sollte ich sie mal einem Nervenarzt vorstellen. Nicht ich wurde verrückt, meine Frau war es bereits!

Es rumpelte, und dann trat Tammo in den Flur. Warum hielt sich der Typ immer noch in meinem Haus auf? Elvi schnellte herum. »Er will mich verlassen. Hab ich doch gesagt! Wir machen es, wie du gesagt hast! Es geht nicht! Kein Mensch darf vor Weihnachten fliehen und mein Mann schon gar nicht! Was wäre das für eine Blamage in der Weihnachtswelt! Was sollen die Elfen sagen?«

Tammo griff hinter sich, ich spürte einen heftigen Schlag, hörte das Zerbersten von Porzellan, und dann war es dunkel.

Jetzt sitze ich hier in dieser Werkstatt. Überall hängen geschmückte Tannengirlanden, überall duftet es nach Gebäck und Punsch. Es ist warm, weil der Kamin an ist. Ich trage eine rote Zipfelmütze und gelbe Leggings zu einem blauen Shirt. Vor mir steht immer abwechselnd ein Becher Kakao oder roter Punsch.

Zu essen bekomme ich Weihnachtskekse. Jeden Tag eine andere Sorte. Heute waren die von Oma Grete dran. Dinkelvollkorn mit einem Hauch Sternanis und einem Topping von Zuckerguss und Liebesperlen. In der Luft hängen die Aromen von Nelken und Kardamom, dazwischen schieben sich die von handgefertigten Bienenwachskerzen.

Bewacht werde ich von Elvi, die jetzt Engelsflügel trägt und sich sehr liebevoll um den Weihnachtsmann kümmert. Der wiederum hat unverkennbare Ähnlichkeit mit Tammo. Ich musste lernen, dass es ihn gibt, diesen Weihnachtsmann. Hab ihn immerhin vor Petershörn mit dem Schlitten fliegen sehen.

Da kommt Elvi, ich muss weiterschnitzen, sie kann sonst echt fünsch werden, wie man das hier im Norden so schön sagt.

»Na, Rolfi, hast du das Auto fertig? Dann verpacken wir es schön. Morgen ist Weihnachten. Da warten die Kinder auf ihre Geschenke.« Sie spricht mit mir wie mit einem Kleinkind. Mein Kopf schmerzt nämlich noch recht oft. Ich glaube, da stimmt nicht mehr alles in meinem Schädel, aber im Weihnachtswunderland macht das nichts.

Hier ist das ganze Jahr Saison, damit zum nächsten Fest alles rechtzeitig fertig ist. Ich war so dumm! Hätte ich gewusst, dass der Weihnachtsmann eigentlich Tammo heißt, mein Nachbar ist und in Dangast gleich nebenan wohnt, hätte ich meinen Mund nicht so voll genommen. Dem echten Weihnachtsmann widerspricht man nicht, vor allem, wenn man mit dem Weihnachtsengel verheiratet ist.

Gestern hat es geklingelt, und ich habe gehört, dass die Polizei mich sucht, weil ich nicht zur Arbeit erschienen bin. Natürlich werden sie mich nicht finden. Man kommt nicht ins Weihnachtswunderland, wenn man kein Elf ist ...

6

Catalina Ferrera

Das Fest der Hiebe

Berlin

Über die Autorin:

Catalina Ferrera ist das Pseudonym von Eva Siegmund, 1983 in Bad Soden geboren. Sie arbeitete als Kirchenmalerin, Juristin und Verlagsmitarbeiterin, bevor sie sich voll und ganz dem Schreiben widmete. Für ihre Kurzgeschichten hat sie bereits zahlreiche Preise gewonnen. Ferrera lebt in Barcelona und Berlin.
Mehr Infos unter: www.Eva-siegmund.de

20. Dezember,
Wohnung von Christoph und
Charlotte Schellenberg,
Berlin-Charlottenburg

»Ich glaub das alles nicht!«, schrie Christoph, kaum dass sich die Wohnungstür geöffnet hatte. »Was für ein beschissener Albtraum!« Wutentbrannt riss er sich den schweren Wintermantel herunter, von dem ein paar Schneeflocken auf das blank polierte Fischgrätparkett rieselten.

»Sei still, du weckst noch die Kinder!«, mahnte Charlotte, doch auch sie sah aus, als hätte sie auf eine besonders saure Zitrone gebissen. Und als sagte sie es nur, weil sie sich dazu verpflichtet fühlte.

Wie auf Kommando öffnete sich die Zimmertür ihres ältesten Sohnes Leopold, und Margarita, ihre Kinderfrau, trat mit alarmiertem Blick in die Diele.

»Ist alles in Ordnung?«, fragte sie leise, dann huschten ihre Augen zu Annemarie und Martin, die gerade hinter Charlotte die Wohnung betraten.

»Oh, Herr Schellenberg, Frau Reichelt. Ich wusste gar nicht, dass Sie heute kommen wollten.«

Christophs jüngere Geschwister nickten Margarita abwesend zu.

»Wir nehmen nur noch einen Absacker im Wohnzimmer, Margarita. Kein Grund, dir Umstände zu machen!« Charlotte lächelte zwar, doch ihre Augen lächelten nicht mit. Sie nickte knapp.

Margarita arbeitete schon lange genug bei den Schellenbergs, um zu wissen, dass sie damit entlassen war, mehr noch, dass sie sich wortlos zurückzuziehen hatte. Die Kinderfrau schenkte dem Herrn des Hauses noch einen besorgten Blick und verzog sich anschließend wieder ins Kinderzimmer.

»Los, kommt«, knurrte Christoph. »Ich brauche jetzt auf jeden Fall was zu trinken.«

Sie ließen sich alle vier einen viel zu großen Scotch in die Hand drücken und verteilten sich im herrschaftlichen Wohnzimmer von Christoph und Charlotte, als seien sie Laienschauspieler kurz vor Beginn eines Stückes von Agatha Christie. Martin ließ sich stöhnend auf die große, graue Designercouch fallen, während Charlotte auf dem äußersten Rand eines Freischwingerstuhls Platz nahm, Christoph sich an den Fensterrahmen lehnte und Annemarie unsicher von einem Sitzmöbel zum anderen sah, als sei sie nicht sicher, ob sie sich mit ihren Second-Hand-Klamotten überhaupt irgendwo hinsetzen durfte. Sie nahm einen Schluck für die Nerven, schüttelte sich kurz und ließ sich dann vorsichtig am anderen Ende der Couch nieder.

»Der Weihnachtsmarkt ist in diesem Jahr besonders schön, findet ihr nicht?«, versuchte Charlotte mit zittriger Stimme, ein Gespräch anzufangen, doch Christoph fuhr herum und zischte: »Jetzt schieb dir den Scheißweihnachtsmarkt doch bitte mal in den Arsch, Lotte!«

»Sehr kultiviert, Euer Ehren!« Martin kicherte und nahm einen Schluck. Sein Glas war bereits fast leer.

»Und du hältst am besten auch die Klappe!« Christoph massierte sich mit der freien Hand die Schläfen. »Mir ist weder nach sinnlosen Scherzen noch nach hohlem Geplänkel zumute. Nicht heute Abend.«

»Ja, das ist ein ziemlicher Albtraum«, murmelte Charlotte und blickte zu ihrem Mann, der mittlerweile aussah, als würde er versuchen, sich die Gesichtshaut vom Schädel zu pellen.

»Großer Gott, was machen wir denn jetzt?«

Martin schnaubte belustigt. »Mama ist fast siebzig, Chris, und somit nach sämtlichen internationalen Statuten volljährig. Was sollen wir schon machen?«

»Außerdem sah sie sehr glücklich aus«, warf Charlotte zaghaft ein. »Wollen wir ihr das wirklich verderben?«

»Glücklich?« Christoph riss die Augen auf. »Sie wirkte, als hätte ihr dieser Wichser ins Gehirn geschissen!«

»Jetzt zügel doch mal deine Zunge, Chris«, sagte Annemarie müde. »Vom Schimpfen wird das Ganze auch nicht besser.«

»Für mich schon«, gab Christoph zurück, doch er setzte sich und atmete einmal tief durch.

»Euch ist doch sicher auch klar, was das Ganze bedeutet, oder?«, fragte er nach ein paar Sekunden der Stille, nun deutlich ruhiger.

»Wir müssen mit einem Mitte-Zwanzigjährigen an Heiligabend in den Wald fahren und in einheitlichen, weihnachtlichen Strickpullovern eine Nordmanntanne schlagen. Nachdem wir sie alle wie eine große, glückliche Familie geschmückt haben, wird das Milchgesicht uns feierlich auffordern, ihn ›Papa‹ zu nennen, und ich werde ihm im Gegenzug eine reinhauen. Oder, je nach Alkoholpegel, einfach auf seine Füße kotzen.« Martin räkelte sich bei dieser Vorstellung genüsslich auf dem Sofa und schaute nach, ob vielleicht doch noch ein kleiner Rest in seinem Glas zu finden war. Doch die letzten Tropfen hatte er bereits über seine Zunge laufen lassen. Also erhob er sich, um zum Wandschrank mit den Spirituosen zu gehen.

»Halt dich zurück, Martin«, knurrte Christoph. »Ich habe keine Lust, dass du zu Übungszwecken heute auf meinen Hochflorteppich kotzt. Außerdem müssen wir jetzt gemeinsam überlegen, was zu tun ist. Also bleib bitte halbwegs klar.«

Er ging zu seinem jüngeren Bruder hinüber und nahm ihm sowohl Glas als auch Karaffe aus der Hand.

»Einspruch, Euer Ehren!«, kicherte Martin und hob die Hände, als würde er gerade verhaftet. Annemarie verdrehte die Augen.

Christoph tat, als hätte er seinen Bruder gar nicht gehört, und richtete den Blick auf die beiden Frauen. »Noch mal: Habt ihr eine Ahnung, was das für uns alle bedeuten könnte?«

Niemand antwortete ihm. Alle schauten auf den Fußboden, nur Martin schlenderte durch das Wohnzimmer und bedachte jedes Objekt darin mit neugierigem Blick, als sähe er das alles zum ersten Mal.

Alles hoffnungslose Fälle – Christoph fühlte sich wie im Gerichtssaal. Er versuchte es anders. »Was glaubt ihr, will ein junger, gut aussehender Bursche wie dieser Kai von einer wie unserer Mutter?«

»Krampfaderbingo?«, schlug Martin vor, doch im gleichen Augenblick sagte Annemarie trocken: »Na, was wohl? Geld!«

Christoph hob den Zeigefinger in ihre Richtung. »Du sagst es, Annemie. Und ich glaube nicht, dass der Typ Lust hat, die nächsten zwanzig Jahre für Mama den Gigolo und Pfleger zu spielen. So kam er mir nicht vor.«

»Eure Mutter wird sowieso hundert«, murrte Charlotte. »Mit ihren Chiasamen und dem Smoothie-Mist und ihren Fitnessgruppen. Ist ja nicht so, als stünde sie schon mit einem Bein im Grab. Vielleicht verliert er auch irgendwann die Lust und verzieht sich.«

Christophs Augen begannen böse zu funkeln. »Ihr seid alle so naiv. Wisst ihr, wie oft ich Fälle wie diesen auf den Tisch bekomme?«

»Was meinst du damit?« Martin schien auf einen Schlag wieder nüchterner zu werden; der ernste Tonfall seines Bruders hatte ihn aufhorchen lassen.

»Mordfälle, in denen der jüngere Ehepartner den wohlhabenden, älteren umbringt.«

Charlotte stieß einen spitzen, kleinen Schrei aus, und Annemarie fasste sich schockiert an den Hals. Auch Martin wurde eine Nuance blasser und ließ sich kraftlos auf einem der Esszimmerstühle nieder.

»Du meinst ...«

»Es kommt öfter vor, als ihr vielleicht denkt. Und sicher noch öfter, als es die Polizei überhaupt mitbekommt. Alte Menschen sind leichte Opfer. Sie sind schwach, meist wehrlos und leicht um den Finger zu wickeln. Wenn da einer stirbt, guckt kein Arzt genauer hin. Es wird einfach von Herzversagen ausgegangen und gut.«

»Meine Güte«, murmelte Annemarie leise. »Das würde natürlich passen. Er bringt unsere Mutter um, reißt sich das Geld unter den Nagel, und wir haben gar nichts mehr.«

»Na ja, nicht unbedingt gar nichts«, sagte Martin gedehnt. Dann ließ er den Blick über die billige Kleidung seiner Schwester wandern und spottete: »Gut. In deinem Fall vielleicht schon.«

»Sollen wir vielleicht zur Polizei gehen?«, schlug Charlotte zaghaft vor. »Mit denen reden?«

Christoph schnaubte. »Was sollen wir der Polizei denn sagen, Lotte? Dass unsere Mutter gedenkt, einen jüngeren Mann zu heiraten und wir uns deswegen wünschen, dass die Beamten bitte schön rund um die Uhr ein Auge auf die beiden haben? Wir können es doch gar nicht beweisen!«

»Und was, wenn sie sich wirklich lieben?«

»Charlotte, manchmal frage ich mich ernsthaft, wie ein so naiver Mensch wie du es bis in die Führungsetage bringen konnte!«

Auf Charlottes Wangen zeichneten sich zwei perfekte, kirschrote Kreise ab. Beschämt klappte sie den Mund wieder zu.

»Bevor er Mama umbringt, bringe ich ihn um«, grollte Martin nun. Auch auf seinem Gesicht hatten sich rote Flecken breitgemacht, doch eher vor Erregung und Stress als vor Scham. Scham war für Martin Schellenberg ein Fremdwort.

»Das ist vielleicht gar keine so schlechte Idee«, sagte Annemarie nun müde und massierte sich die Schläfen.

»Ach, ihr seid doch verrückt!«, warf Charlotte ein. »Stellt euch mal vor, was passieren würde, wenn das rauskäme. Unser aller Leben wäre ruiniert. Christophs Karriere am Ende!«

»Aber Christophs Erfahrung könnte genau das sein, was uns vor einer Entdeckung bewahrt!«, hielt Martin dagegen. Der Alkohol in seinem Blut schien wie weggeblasen. Er wirkte wacher und konzentrierter als zuvor.

»Du weißt doch bestimmt, welche Zutaten man für den perfekten Mord so braucht«, wandte er sich an seinen Bruder. Dieser hatte sich mittlerweile selbst noch einmal großzügig aus der Karaffe bedient, die er wortlos an seinen Bruder weiterreichte. Man konnte sehen, wie es hinter Christophs Stirn arbeitete. Martin sah sich nach seinem Glas um, und als er feststellte, dass Christoph es noch in der Hand hielt, nahm er kurzerhand einen kräftigen Schluck direkt aus der Karaffe.

»Es ist nicht so, als hätte ich mir darüber noch nie Gedanken gemacht«, gab Christoph nach einer Weile zu. Charlotte starrte ihren Mann an, als sähe sie ihn zum ersten Mal.

Christoph begann, gemessenen Schrittes im Wohnzimmer auf und ab zu gehen. Mit dem ausgestreckten Zeigefinger klopfte er immer wieder nachdenklich gegen das markante Grübchen in seinem Kinn, wegen dem sich so einige Frauen in der Berliner Anwaltschaft schon in seine Arme geträumt hatten.

»Wir müssten alle zusammenarbeiten«, sagte er nach einer Weile. »Jeder hätte seine Rolle. Wir müssten absolut akkurat vorgehen.« Sein Blick schoss zu seinem jüngeren Bruder. »Und wir müssten verschwiegen *und* pünktlich sein.«

Martin hob mit feierlichem Ernst die rechte Hand an die Brust und stand stramm. »Für Mama tue ich alles!«, beteuerte er.

24. Dezember, 09.30 Uhr,
Wohnung von Christoph und
Charlotte Schellenberg,
Berlin-Charlottenburg

Sie wusste, dass ihr Mann sie manchmal für beschränkt hielt, doch er unterschätzte sie. Er unterschätzte sie gewaltig. Charlotte stand im gemeinsamen Schlafzimmer über zwei große, geöffnete Koffer gebeugt und stopfte wahllos Kleidung hinein. Christoph konnte doch nicht ernsthaft glauben, dass sie bei diesem hirnrissigen Mordkomplott mitspielte. Sie hatten zwei gemeinsame Kinder, verflucht. Und dieses ganze Gesülze von wegen ›Wir müssen meine Mutter retten!‹ war doch nur vorgeschoben. Seit Jahren trug Christoph schon einen latenten Menschenhass mit sich herum, das wusste sie genau. Wahrscheinlich brachte das die Arbeit als Strafrichter in Berlin irgendwann mit sich – wundern würde es sie nicht. Aber das war noch lange kein Grund, sie und die Kinder da mit reinzuziehen.

Nein, nein und nochmals nein. Wenn die Polizei an ihrer Tür klingelte, dann wären sie und die Kinder schon längst auf Gran Canaria. Margarita würden sie mitnehmen, die arme Frau konnte ja schließlich auch nichts dafür; sie wollte nicht, dass Margarita zu allem Überfluss auch noch aufflog. Charlotte war ein guter Mensch, Herrgott noch mal.

Sie versuchte, nicht daran zu denken, was passieren würde, wenn Christophs genialer Plan schiefging. Zum Ende des denkwürdigen Abends vor vier Tagen hatten sie sich darauf verständigt, Kai die Aorta an der Innenseite des Oberschenkels mit einer Axt zu durchtrennen und zu behaupten, der ungeschickte Jungspund hätte sich die Verletzung selbst beigebracht. Charlotte war ja schon froh, dass sie von der Schnapsidee mit dem fallenden Baum abgekommen waren, aber so wasserdicht, wie Christoph glaubte, war der Axtplan nun auch wieder nicht.

Gut, Martin war Mediziner, der würde schon wissen, wo man hinschlagen musste, aber ob die Polizei Christoph so bereitwillig glauben würde, wie der vermutete, wagte sie zu bezweifeln. Natürlich war er bekannt unter den Berliner Polizisten, das stimmte, doch es brauchte nur einen einzigen, der etwas genauer hinsah.

Dann doch lieber der Kanarenstrand.

Ihr Blick wanderte zum Fenster. Vor zwei Stunden hatte es angefangen, in dicken Flocken zu schneien, und sie mussten sich sputen, wenn sie es noch rechtzeitig zum Flughafen schaffen wollten. Das Verkehrschaos, das sich in Berlin sehr zuverlässig bei den ersten drei Schneeflocken einstellte, könnte zum Problem werden.

»Mama«, tönte es vom Türrahmen her, und Charlotte schloss kurz die Augen, um Kraft zu tanken. Dann setzte sie ihr strahlendstes Lächeln auf und drehte sich zu ihrem Sohn um.

»Was ist denn, mein Schatz?«, fragte sie so fröhlich sie konnte.

»Warum müssen wir wegfahren?«

»Weil Papa so viel zu tun hat, dass er dieses Jahr nicht mit uns Weihnachten feiern kann. Da habe ich gedacht, es wäre lustig, wenn wir in den Urlaub fliegen. Nur wir drei und Margarita.«

Leopold zog einen Flunsch. »Wir können doch auch zu Oma fahren«, sagte er leise.

»Oma möchte dieses Jahr mit ihrem neuen Freund feiern«,

sagte Charlotte und presste die Lippen aufeinander. »Das müssen wir akzeptieren.«

»Und wenn wir einen Baum kaufen und einfach hier feiern? Das haben wir noch nie gemacht!«

Es stimmte. Charlotte konnte die Vorstellung einer Tanne in ihrem Wohnzimmer einfach nicht ertragen. Wenn der Baum dann auch noch Nadeln verlor, die sie aus dem Hochflorteppich klauben musste – nein, danke.

Sie ging zu ihrem Sohn und hob ihn auf den Arm. »Ich sag dir was. Wir zwei essen jetzt noch einen Lebkuchen.« Charlotte trat auf den Flur hinaus und ging in Richtung Küche, wo noch das Radio vom heutigen Frühstück lief.

»Dann bittest du Margarita, dir beim Packen zu helfen, und heute Abend trinken wir alle zusammen bunte Cocktails am Strand, bevor es Geschenke gibt.«

Leos Augen begannen zu funkeln. »Geschenke?«

Charlotte drückte ihrem Sohn einen Kuss auf die Wange. Manchmal war es so einfach.

»Natürlich, mein Schatz, was denkst du denn?«

Sie öffnete den oberen Küchenschrank, in dem sie die Lebkuchen verstaute, damit die Kinder nicht ungehindert drankamen, und holte einen klebrigen Schokoladenstern heraus, den sie Leo in die Hand drückte.

»So, und jetzt ab mit dir. Sag Margarita, dass wir uns beeilen müssen.«

»Wir unterbrechen unser Programm für eine wichtige Sondermeldung«, hörte sie im nächsten Moment eine Stimme im Radio sagen. »Wegen des heftigen Schneesturms, der seit den Morgenstunden über Berlin hinwegfegt, wurden die Flughäfen Schönefeld und Tegel für den heutigen Tag geschlossen.«

24. Dezember, 9.40 Uhr,
Görlitzer Bahnhof,
Annemarie Reichelt

Gott, Christoph würde sie umbringen. Martin vielleicht nicht, der würde seine Scherze machen über die chaotische kleine Schwester, die im Leben noch nichts auf die Reihe bekommen hatte, doch Christoph würde sie nicht so einfach vom Haken lassen.

Sie kam zu spät. Zu spät zu einem Mord! Eigenartig, dass sie gerade mehr Angst vor dem Zorn ihres Bruders hatte als vor der Tat selbst oder den Konsequenzen, die sie nach sich ziehen könnte.

Aber auch Annemarie war Mutter einer Tochter, und sie hatte die kleine Karma erst zu ihrem Vater bringen und mit dessen Mutter noch ewig über die Geschenke diskutieren müssen, bevor sie endlich vom Haken gelassen worden war. Und jetzt war aufgrund des Wetters schon die dritte Bahn ausgefallen. Die Anzeige blinkte bereits seit einer Viertelstunde.

Annemarie fluchte. Im Winter war Berlin wirklich nicht zu gebrauchen. Aber ihre feinen Brüder hätten sie ja auch abholen können. Immerhin hatte in dieser Familie nicht jeder ein Auto.

Ihr Handy brummte. Es war eine Nachricht von Christoph. *Wo steckst du?*

Mit steif gefrorenen Fingern tippte sie eine Antwort. *Die Bahnen fahren nicht. Ich komme zu spät. Fangt schon mal ohne mich an.*

Das ist ein Scherz, oder?, kam die prompte Reaktion von Christoph. Annemarie stapfte auf dem Bahnsteig hin und her. Manchmal hatte sie das Gefühl, ihr ganzes Leben sei ein Scherz.

24. Dezember, 9.50 Uhr,
Stadtautobahn A 100,
Martin Schellenberg

Er drückte das Gaspedal bis zum Anschlag durch. Heute ging aber auch alles schief. Tamara hatte ihm eine Szene gemacht, die sich gewaschen hatte, weil er noch einmal wegfuhr. Der Weihnachtsmorgen gehörte traditionell nur ihnen beiden, bevor sie um achtzehn Uhr zu seiner Mutter aufbrachen. Sie gingen auf den Markt und stürzten sich ins Getümmel, um noch ein paar letzte Geschenke zu kaufen. Tranken Champagner und Glühwein, machten Bescherung zu Hause, vögelten noch ein bisschen, wenn es die Zeit zuließ. Doch heute war alles anders. Warum das so war, konnte er seiner Freundin natürlich nicht erklären. Dass sie allerdings so ausrastete, hätte er nicht gedacht. Vielleicht sollte er sich nach einer anderen umsehen, wenn dieses Weihnachtsfest erst mal überstanden war.

Er musste unbedingt pünktlich sein, ohne ihn war der Plan nicht durchführbar. Martin war Arzt, ihm fiel die Rolle des Mörders und Ersthelfers zu. Das war das Geniale an ihrem Plan. Er würde »versuchen«, den Freund ihrer Mutter zu retten, nachdem er dessen Hauptschlagader durchtrennt hatte, aber leider, leider mit dem Rettungsversuch scheitern. Schließlich machte er mit seinen Geschwistern nur einen Weihnachtsspaziergang, da hatte er nicht seine gesamte medizinische Ausrüstung dabei. Dann noch der Blutverlust und die Kälte, tja, was sollte man machen. Tragisch.

Für sie alle war es wichtig, dass er dabei war. Und außerdem, so musste er sich eingestehen, wollte er es tun. Sein ganzes Berufsleben lang mühte er sich ab, Menschen zu retten. Sie wieder zusammenzuflicken. Heute würde es endlich einmal andersherum sein. Allein der Gedanke versetzte ihm einen Kick.

Sein Handy klingelte zum wiederholten Mal. Christoph wurde langsam nervös. Der große Bruder: wie immer nervtötend pünktlich. Martin trat aufs Gaspedal und biss die Zähne zusammen. Er konnte kaum einen Meter weit sehen, so dicht fiel der Schnee, doch das war jetzt egal. Er musste zum Grunewald, bevor sich der ganze Plan in Luft auflöste. Immerhin ging es hier um das Leben seiner Mutter!

Doch dann wurde es urplötzlich spiegelglatt auf der Fahrbahn, und Martin verlor die Kontrolle über sein Fahrzeug.

24. Dezember, 10.00 Uhr,
Grunewald am Ufer des Pechsees,
Christoph Schellenberg

Das war mal wieder typisch. Er stand hier pünktlich auf die Minute am vereinbarten Treffpunkt, und von seinen Geschwistern fehlte jede Spur. Zu allem Überfluss ließ sogar das Opfer auf sich warten. Christoph schnaubte und wirbelte mit seiner Fußspitze den Schnee auf.

Diese Chaoten würden in einem Gerichtssaal keine Woche überleben.

Er hatte mehrfach versucht, Martin zu erreichen, doch der war nicht an sein Handy gegangen. Und jetzt war es zu spät. Hier am Pechsee hatte man keinen Handyempfang. Ein Grund, warum sich die Geschwister diesen Ort für ihr Treffen mit Kai ausgesucht hatten. Sie kannten die Gegend schon von klein auf, hier waren sie mit ihrem Vater immer Wandern gegangen. Und später mit ihren eigenen Kindern. Mittlerweile war das Gebiet rund um den See zu einem Moor versumpft, und es war gefährlich, vom Weg abzukommen. Gut so.

Der Plan sah vor, dass Christoph Kai von hinten mit einem

Stein auf den Kopf schlug, während der sich bückte, um den Baum zu fällen. Dann würde Martin ihm mit einem Axthieb die Aorta durchtrennen, und sie würden ihn so auf dem blutigen Stein drapieren, dass es aussah, als wäre er unglücklich darauf gefallen. Martin würde versuchen, die Wunde zu versorgen (leider vergeblich), und Annemarie würde durch den Wald zurück in die Zivilisation laufen, um Hilfe zu holen. Die allerdings zu spät kommen würde. Christoph würde später mit den Polizisten sprechen und ihnen alles erklären. So weit, so brillant. Wenn endlich jemand käme.

Er begann, sinnlose Spiele auf seinem Telefon zu spielen. Und er schaute immer wieder auf die Uhr. Eine Viertelstunde verging, dann eine halbe. Nach vierzig Minuten regte sich endlich etwas im Unterholz. Lautes Krachen und Knacken kündigte die Ankunft eines anderen Menschen an.

Schon von Weitem hörte er die Stimme seiner Schwester seinen Namen rufen.

»Christoph!«, schrie sie aus voller Kehle. »Chris!«

»Ich bin hier, Annemie!«, gab er ruhig zurück, auch wenn ihm das Herz bis zum Hals schlug.

Annemarie kam schlitternd und mit hochrotem Kopf vor ihm zum Stehen. Ihre ohnehin wirren Haare standen in jede erdenkliche Richtung ab. Sie sah abgekämpft und vollkommen panisch aus.

»Was ist denn passiert?«

»Martin!«, japste sie. »Martin hatte einen Unfall und ...«

Annemarie beugte sich vornüber und stützte sich auf den Knien ab. »Frau Bachmüller hat angerufen. Vor Mamas Haus stehen Polizei- und Krankenwagen!«

Christoph wurde bleich. Konnte es wirklich sein, dass sie zu spät kamen?

Etwas unsanft packte er seine Schwester am Arm.

»Mein Auto steht dahinten. Komm! Weißt du, wie es Martin geht?«

»Er hat selbst angerufen. Gehirnerschütterung und Platzwunden, nichts Ernstes.«

»Gott segne Mercedes-Benz«, brummelte Christoph. »Immerhin.«

»Er kommt zu Mama, sobald er kann.«

24. Dezember, 12.05 Uhr,
Haus von Gabriele Schellenberg,
Nikolassee

Christoph sah die Blaulichter schon von Weitem. Sie zuckten über die dichte, weiße Schneedecke, die sich auf Autos und den weitläufigen Vorgärten dieser Gegend gebildet hatte. Die Nachbarn standen links und rechts der langen Auffahrt Spalier, in dicken Jacken und mit rotgefrorenen Nasen. Sie beobachteten gebannt und starr vor Sensationslust, wie eine verdeckte Trage aus dem Haus bugsiert und in einen Krankenwagen gehoben wurde.

Christoph parkte direkt hinter einem Polizeiauto und riss die Tür auf. »Was ist hier passiert?«, schrie er, kaum dass er ganz aus dem Auto gestiegen war. Resolut stapfte er auf den jungen Polizeibeamten zu, der vor dem Eingangstor Wache hielt.

»Gehören Sie zur Familie?«, fragte dieser mit zittriger Stimme. Ob das Zittern von der Kälte kam oder ob er Angst vor dem resoluten, hochgewachsenen Mann hatte, der da auf ihn zueilte, war schwer zu sagen.

»Das will ich aber meinen!«, donnerte Christoph. »Mein Name ist Richter Christoph Schellenberg, das ist meine Schwester Annemarie.« Er zeigte vage hinter sich, ohne sich zu ihr umzudrehen. »Wir wollen jetzt sofort wissen, was mit unserer Mutter ist.«

Der Polizist nickte, zog ein Funkgerät hervor und wandte sich ein wenig von ihnen ab.

»Die Familie ist hier. Ja, ihre Kinder«, hörten sie ihn leise sagen. Dann summte das Tor, und der Polizist drückte es für sie auf.

»Sie können reingehen«, sagte er nur. Christoph und Annemarie stürmten die Einfahrt hinauf und durch die Haustür.

»Mama?«, rief Christoph lauthals, sobald sie im Flur waren, der vor Polizeibeamten nur so wimmelte.

»Im Wohnzimmer!«, sagte einer der Beamten unbeteiligt und zeigte den Flur hinunter.

»Ich bin hier aufgewachsen, verdammt«, knurrte Christoph. »Da werde ich wohl wissen, wo das Wohnzimmer ist.«

»Na, Ihnen ooch frohe Weihnachten, wa?«, murmelte der Polizist kopfschüttelnd, doch Christoph ignorierte ihn.

Annemarie und er betraten das Wohnzimmer, und beiden fiel ein tonnenschwerer Stein vom Herzen, als sie ihre Mutter in Polizeidecken gewickelt auf dem Sofa sitzen sahen. Blass und klein und sichtlich erschüttert, aber offenbar unversehrt. Eine junge Polizistin hatte ihr gerade eine Tasse Tee in die Hand gedrückt.

»Chris, Annemie!«, rief sie aus, als sie ihre Kinder erblickte. »Wie gut, dass ihr da seid!«

Die Kinder ließen sich links und rechts ihrer Mutter auf dem Sofa nieder und nahmen sie nacheinander in den Arm.

»Was ist denn passiert, Mama?«, fragte Annemarie, doch Gabriele Schellenberg verbarg nur das Gesicht an der Schulter ihres Sohnes und schluchzte: »Ach, Kinder, es ist alles so fürchterlich!«

»Der junge Mann, der mit Ihrer Mutter hier im Haus lebte, hatte einen Unfall«, beeilte sich die Polizistin zu erklären. Sie schaute auf das Klemmbrett in ihrer Hand. »Kai Wiese?«

Ihre Mutter nickte. »Nun, er ist die Kellertreppe hinabgestürzt und hat sich das Genick gebrochen.«

Die Geschwister tauschten einen überraschten Blick. Was für ein Zufall.

»Aber wie …?«, brachte Christoph völlig perplex heraus.

»Offenbar war der junge Mann alkoholisiert, und das Kellerlicht war defekt.«

»Wir hatten ein Sektfrühstück im Bett!«, schluchzte Gabriele, und Christoph versteifte sich. Die freundliche Polizistin schenkte ihm einen mitfühlenden Blick. »Dann habe ich ihn in den Keller geschickt, damit er den Truthahn für heute Abend noch hochholt, bevor er sich mit euch trifft. Ich dachte, er hätte das Licht vor Tagen ausgewechselt!«

Sie krallte sich an Christophs Hemd, und dieser strich ihr mechanisch über die Schulter. Allerdings entging ihm nicht, dass sein Hemd, obwohl seine Mutter so bitterlich schluchzte, knochentrocken blieb.

»Wir sichern noch ein paar Spuren, die Aussage Ihrer Mutter haben wir schon. Nicht mehr lange, und wir sind verschwunden.«

Christoph rang sich ein Lächeln ab. »Danke, das ist sehr freundlich. Sie wollen sicher auch alle mit Ihren Familien Weihnachten feiern.«

24. Dezember, 18.30 Uhr,
Haus von Gabriele Schellenberg,
Nikolassee

Sie waren alle da. Martin saß mit Gabriele Schellenberg auf der Couch und ließ sich bewirten, die Halskrause und die diversen Platzwunden hatten Tamara offenbar besänftigt, die nicht müde wurde, ihn mit Weihnachtsplätzchen zu füttern und Portwein nachzuschenken. Charlotte und die Kinder waren ebenfalls eingetroffen; Leo plapperte bereits seit Stunden von Gran Canaria, was sich niemand erklären konnte – Kinder und ihre blühende Fantasie!

Christoph und Annemarie hatten sich, nachdem die Polizisten verschwunden waren, des Truthahns angenommen. Sie waren sich alle einig gewesen, dass der arme Vogel auch nichts dafür konnte, dass Kai sich das Genick gebrochen hatte. Warum also das gute Fleisch verkommen lassen?

Im Haus hatte sich ein köstlicher Duft ausgebreitet, und die Geschenke lagen auf einem großen Stapel in einer Ecke bereit. Nur einen Baum gab es bei den Schellenbergs dieses Jahr nicht. Aus nachvollziehbaren Gründen.

Als alle am Tisch vor dem weihnachtlichen Festmahl saßen und sich auf ihren Gesichtern ein weihnachtlicher Glanz ausbreitete, sagte Tamara plötzlich: »Also, Gabi, ich muss schon sagen: Wie du das, was heute passiert ist, einfach so wegsteckst, ist schon bewundernswert!«

Gabriele Schellenberg griff nach ihrem Rotweinglas und zuckte die Schultern. »Ach wisst ihr, Kinder. Ich habe schon viele Männer kommen und gehen sehen. Doch dieser Kerl, der war eine ganz eigene Nummer. Hungrig, unersättlich und dann auch noch so anhänglich!« Sie schüttelte den Kopf. »Nach Weihnachten hätte ich ihm sowieso den Laufpass gegeben.«

Christoph verschluckte sich an seinem Riesling.

»Aber er ist tot!«, protestierte Tamara, sichtlich um Fassung bemüht. Martin griff nach ihrer Hand und drückte etwas zu fest zu. Vielleicht wurde es wirklich langsam Zeit, sich nach einer anderen Frau umzusehen.

»Wir müssen alle sterben. Und Kai hatte heute den ganzen Morgen glänzende Laune, einen Schwips und einen schnellen Tod. Das ist mehr, als die meisten Menschen bekommen.«

Christoph tauschte einen Blick mit seinen beiden Geschwistern aus und wusste instinktiv, dass sie alle drei dasselbe dachten. Zwar hatten sie noch am Morgen vorgehabt, Kai eigenhändig zu töten, doch das Verhalten ihrer Mutter konnte einem schon Angst machen. Er fragte sich, ob Kai tatsächlich gefallen war oder ob Gabriele vielleicht ein wenig nachgeholfen hatte. Es war, nicht richtig, so über seine eigene Mutter zu denken. Und dennoch ...

Er würde nachher das Licht auf der Kellertreppe auswechseln. Für alle Fälle.

7

Anne von Vaszary

Deadline

Raufeld (fiktives Dorf in Brandenburg)

Über die Autorin:

Anne von Vaszary, geboren 1975, studierte Dramaturgie und Drehbuchschreiben an der Filmuniversität Babelsberg Konrad Wolf und schlug den damals ungewöhnlichen Weg ins interactive Storytelling ein. Sie erhielt mehrere Preise, u. a. den *Lara Kino Award* für die Beste Kinoadaption 2009 für das Spiel *Die wilden Kerle 5* und den *Deutschen Entwicklerpreis* für die Beste Story 2016 für das Spiel *Silence*. 2016 gewann sie das Arbeitsstipendium der »Mörderischen Schwestern«, das den Weg zum ersten Kriminalroman *Die Schnüfflerin* ebnete. Ihr Debütroman *Rock mich!* erschien 2007 beim Mitteldeutschen Verlag.
Anne von Vaszary lebt mit ihrer Familie in Berlin und schreibt in Brandenburg, Sachsen und auf Sylt.

Muss es eine Weihnachtsgeschichte sein?«, habe ich Anke gefragt.

»Es ist der Krimi für das letzte Adventstürchen, für den Weihnachtstag! Also ja, er sollte schon mit Weihnachten zu tun haben.«

»Drei Tage sind zu kurz, purer Stress, ich steigere mich dann zu sehr rein.«

»Ich denke, du brauchst Zeitdruck zum Schreiben? Bitte, du bist meine letzte Rettung. So kurz vor Weihnachten halst sich doch sonst keiner so was auf.«

»Aber ich oder wie?«

»Na klar, du hasst Weihnachten, und du willst sowieso nicht feiern, also hast du Zeit.« Ankes Argumentation folgte immer schon einer bestechenden Logik.

»Wo soll ich überhaupt schreiben?«, versuchte ich es mit praktischen Argumenten. »Keiner aus der WG fährt heim, stattdessen feiern sie zusammen, putzen, drucken Rezepte aus und hören Wham! Außerdem hasse ich Weihnachten nicht, nur diese Kinkerlitzchen, die angeblich zum Fest dazugehören. Den Geschenkehype, die Massen an Nippes, das bunte Licht, künstliche Weihnachtskugeln. Aus jedem Lautsprecher schleimige Gesänge, die von Freude über das Jesuswunder künden. Ja, wo waren diese Stimmen denn, als Maria sie gebraucht hätte? Und dann diese klebrigen Gerüche überall. Also das ganze sinnbefreite Theater kann mir so was von gestohlen bleiben.«

»Herrlich, schreib gleich los. Bring den Weihnachtsmann um. Oder vergifte die Heiligen Drei Könige. Meine Leser freuen sich drauf!«

Dann hat Anke mir den Schlüssel für das Haus im Oderbruch

gegeben, in dem ihr Vater gelebt hat und das jetzt leer steht. Sie überlegt, es zu verkaufen, aber die Preise für Immobilien in Hauptstadtnähe steigen gerade, und sie will abwarten, bis sie noch höher geklettert sind. Es ist außerdem renovierungsbedürftig und ziemlich speziell. Die Heizungsanlage hat Ankes Vater selbst konstruiert und eingebaut. Seit er im Altersheim wohnt und seine Hände betrachtet, als gehörten sie ihm nicht, kennt sich nur noch Frau Speckmann mit dem Mechanismus aus, die Nachbarin im Haus nebenan. »Sie heißt eigentlich Beckmann, aber sie ist doppelt so breit wie ihre Haustür und kann nicht mehr raus. Oder vielleicht will sie auch einfach nicht raus. Sie hat jedenfalls seit zehn Jahren ihr Haus nicht mehr verlassen. Ihre Einkäufe hat mein Vater für sie gemacht. Na ja, jetzt bestellt sie bestimmt online.«

»Oje. Und wie soll sie mir dann die Heizung erklären?«

»Du rufst sie an, wenn du direkt vor der Heizung stehst, und sie erklärt dir alles, sie hat die ganzen Hebel und Griffe genau im Kopf. Kein Problem, sie ist ja immer da, klopf bei ihr, richte ihr Grüße von meinem Vater aus, und dann gibt sie dir ihre Nummer garantiert.«

Anke leiht mir sogar ihr Auto, denn die Busse fahren im Oderbruch nur einmal in der Stunde, und der Wind fegt über die Felder dahin und zieht in jedes Knopfloch. Von Berlin aus sind es siebzig Kilometer, nur eine Stunde und fünfzehn Minuten Richtung Oder. Der Ort heißt Raufeld. Sechs Häuser und Gehöfte schmiegen sich in eine weite Senke, rundherum Felder. Das Haus, das am weitesten abseits liegt, ist Ankes. »Es ist totenstill da draußen, geh bloß nicht hinterm Haus spazieren, dort fängt ein Sumpf an. Die Landschaft ist im Winter komplett trostlos und morbide, und die Dorfleute sind allesamt verrückt«, gab mir Anke noch mit auf den Weg. »Du wirst dich wohlfühlen.«

Den Kofferraum und die Rückbank hat sie mit Decken vollgepackt, mit Dosensuppen und allem, wovon sie meint, dass ich es gebrauchen könnte. Der nächste Supermarkt ist in Letschin; in Raufeld gibt es nicht mal einen Bäcker, auch keinen Briefkasten oder Dorfplatz. »Nur den kaputten, alten Brunnen, na ja, und die Dorfleute Einen verwirrten Alten, der seit Jahrzehnten seine Katze sucht. Einen Uniformfetischisten. Eine Kräuterfrau, die nachts durch die Gärten schleicht. Und einen fiesen Jungen, der entweder im Baumhaus sitzt oder auf Vögel schießt. Nicht zu vergessen Frau Speckmann. Wieso schreibst du deine Geschichte nicht über die Raufelder und lässt einen nach dem anderen umkommen? Jeden Tag schubst der Mörder einen in den Brunnen. Der ist noch aus Feldsteinen gebaut, mit Drehkurbel und Eimer. Er ist hundert Meter tief oder noch mehr, und wenn man einen Stein reinwirft, dann schlägt er nicht auf, man hört gar kein Geräusch, der Stein verschwindet einfach, genau wie die Leute, die reinfallen. Übrig bleibt nur die Schriftstellerin. Sie ist die Mörderin und wird am Ende von der Geisterkatze gefressen, die der Alte die ganze Zeit gesucht hat.«

Anke betreibt ihren Krimiblog schon sehr lange, zu lange, fürchte ich. Aber die Idee mit den häppchenweise ermordeten Dorfbewohnern gefällt mir.

Vom Küchentisch aus hat man alle Häuser von Raufeld im Blick. Ich habe auch schon das Baumhaus des kleinen Vogelhassers entdeckt. Der verschwindet vielleicht als Erster im Brunnen.

Dem alten Mann, der seine Katze sucht, bin ich bereits begegnet. Als ich auf den Weg eingebogen bin, der an den anderen Häusern vorbei zu Ankes Haus führt, da lief er genau in der Mitte, der Rücken krumm und bucklig, der Gang o-beinig, und immer hat er nach Dorle gefragt. »Dorle? Dorle? Dorle?« Und sich umgeschaut. Er hat mich im Auto hinter sich herzuckeln sehen, ist aber nicht zur Seite gegangen. Verwirrt, genau wie Anke gesagt hat. Am Brunnen ist er stehen geblieben, hat sich über den hüfthohen Rand gebeugt und wieder »Dorle?« gerufen. Man hätte nur seine Füße etwas anheben müssen, dann wäre er weg gewesen. Aber ich will es langsam angehen lassen. Warum würde ein Mörder das tun? Warum sollte er in so ein entlegenes Dörfchen kommen und es leer morden? Aus Rache natürlich, vor Jahren wurde ihm dort etwas Schlimmes angetan, alle wussten es und haben geschwiegen. Aber würde so einer einen kleinen Jungen umbringen, auch wenn der Tiere quälte? Über das Mordmotiv muss ich noch etwas länger nachdenken.

Um den Brunnen kann man herumfahren und wenden. In meiner Geschichte könnte er der Dorfplatz sein, auf dem sich alle Bewohner für einen weihnachtlichen Umtrunk treffen, in dessen weiterem Verlauf sie dann das Zeitliche segnen.

Der Brunnen ist wirklich nicht mehr in Betrieb. Das Gestell mit der Drehkurbel wurde abgebaut, ich hab es im Schuppen hinter dem Haus gefunden und kaum erkannt. Daneben liegen Zeichnungen, die eine neue Konstruktion darstellen, mit Leitern und zig Kurbeln und seltsamen Spiralwinden. Ankes Vater scheint ein Faible für technischen Schnickschnack zu haben. Selbst der Wasserhahn im Garten, an dem man die Gießkannen füllt, kommt nicht ohne doppelte Drehknäufe aus. Außerdem ist Ankes Vater Apfelfan. Im Garten gibt es sieben Apfelbäume, vier große, drei krüppelige. Und im Haus stehen, über alle Räume verteilt, in Schränken, unter Betten, in Kisten und Kästen – Apfelmostflaschen, Apfelschnaps und Apfelmusgläser für Jahrzehnte.

Durch das andere Küchenfenster schaut man an einem Apfelbaum vorbei bis zu Speckmanns Haus und ihrer Scheune.

Frau Speckmann ist nicht da, oder jedenfalls macht sie die Tür nicht auf. Ich habe schon dreimal geklingelt und bin einmal um ihr Haus herumgegangen. Durch die Fenster konnte ich nichts sehen, da hängen weiße Gardinen vor, solche netzartigen, die man heute kaum noch irgendwo sieht, Stores.

Wie soll ich denn ohne ihre Hilfe die Heizung ankriegen? Die Konstruktion von Ankes Vater sieht aus wie ein Gerät aus dem Filmfundus von Jules Vernes *Reise zum Mittelpunkt der Erde*. Der ganze Anbau am Haus ist nur von dieser Heizung belegt. Von da führen Leitungen zu Heizkörpern in der Küche und in allen anderen Räumen. Die Klappe für die Holzscheite und den Verbrennungsschacht habe ich bald gefunden, auch den Hebel zum Öffnen der Sauerstoffzufuhr. Ohne Luft kein Feuer. Es gibt zahlreiche Temperaturanzeiger, vielleicht für die verschiedenen Räume im Haus, und jede Menge Kessel. In einem scheint Frostschutzmittel zu sein. Anke hat gar keine Ahnung von der Heizung, da hat sie sich nie herangetraut. Außerdem war sie von Kindheit an nur selten zu Besuch. Das letzte Mal Weihnachten vor einem Jahr, als sie verstand, dass ihr Vater nicht nur nach Worten ringt, weil er länger braucht, um sie zu finden, sondern weil sie weg sind. Die Substanz aller Fächer und Schubladen, in denen sie über siebzig Jahre lang gesammelt und aufbewahrt worden waren, hatte sich aufgelöst.

Jetzt besucht Anke ihn in dem Heim um die Ecke bei sich in Berlin in einer Woche öfter als in ihrem ganzen bisherigen Leben. »Warum« habe ich ihn erst so spät hergeholt?«, fragte sie mich. »Wie konnte ich ihn in der Einöde nur so lange allein lassen?«

Bis es dunkel ist, habe ich es geschafft, den Heizkörper in der Küche warm zu bekommen. Der Gasherd funktioniert zum Glück mit einem Hebelsystem, das sich sofort begreifen lässt, und so eine Dosensuppe ist schnell erwärmt. Ich löffle sie direkt aus dem Topf. Dann klappe ich den Laptop auf und begin-

ne mit dem Krimi für Ankes Advents-Krimi-Blog. Sie hat mir die Zugangsdaten dafür gegeben und gesagt, ich könne meine Geschichte dann am 24. morgens vom Internetcafé in Letschin aus hochladen. Sie meinte, sie weiß, dass ich ihre Leser nicht enttäuschen werde. Sie erwarten eine Geschichte, die dem letzten Türchen würdig ist, für den Tag, auf den alles hinausläuft, eine Geschichte mit Showdown-Charakter.
Mir bleiben noch zwei Tage.

Der Junge könnte der Dämon des Dorfes sein. Er lebt dort schon viel länger als die anderen, wächst aber nicht, bleibt immer ein zehn Jahre altes Kind, das auf Vögel schießt. Die Vögel sind die Seelen der Leute, die qualvoll sterben, ohne zu begreifen, wer ihnen das angetan hat. Der Junge ernährt sich von den fremden Seelen, und in der Dämmerung nimmt er selbst die Gestalt eines Vogels an.

Im Apfelbaum vor dem Fenster sitzt ein Rabe und schaut mich an. Er fliegt auch nicht weg, als ich das Fenster öffne und mit dem Küchentuch wedle. Das mit dem dämonischen Kind lasse ich lieber, soll ja ein Krimi werden und keine Horrorgeschichte.

Die Dunkelheit ist hier ganz anders als die in Berlin, viel schwärzer, so als würde sie jedes Licht schlucken. Und die Lampen in Ankes Haus flackern. Am schlimmsten flackert die über dem Waschbecken im Bad. Ich trinke meinen Tee nur in ganz kleinen Schlucken. Aber trotzdem muss ich irgendwann aufs Klo. Und wenn ich mir dann die Hände wasche und unter der Flackerlampe in den Spiegel schaue und leise »Dorle« flüstere, überkommt mich ein Grausen. Es nützt auch nichts, das Wort nicht zu flüstern, ich denke es ja trotzdem und das hat denselben Effekt.

Immerhin komme ich mit dem Krimi gut voran. Ich weiß, dass der Mörder nicht von außen kommen kann, es muss einer aus der Dorfgemeinschaft sein, einer aus den eigenen Reihen. Ich stelle mir die Kräuterfrau als schöne Dame vor. Sie heilt die Leute mit ihren Mondsteinen und Tinkturen, und sie vertrauen ihr. Heutzutage würde keiner mehr einer Kräuterfrau etwas Böses unterstellen, außer vielleicht Impfverweigerung. Ihr Mordmotiv bewahrt sie seit Jahrzehnten für den Moment der perfekten Mars-Pluto-Konstellation an Weihnachten 2019. Ihr Triumph wird gnadenlos sein, und auf den Gräbern ihrer Opfer wird sie Rosmarin und Myrrhe pflanzen. Also bis jetzt gefällt mir die Kräuterfrau als Mörderin am besten.

Gegen zwanzig Uhr sehe ich im Augenwinkel die Lichtkegel zweier Taschenlampen auf Frau Speckmanns Grundstück herumwackeln. Von den dunklen Gestalten, denen die Lampen gehören, ist kaum etwas zu erkennen, das Licht der Mondsichel gibt nicht viel her. Sie nähern sich der Scheune. Ich lösche vorsichtshalber mein Küchenlicht, um selbst nicht gesehen zu werden. Das Scheunentor wird mit lautem Quietschen ungeniert geöffnet, und die komplette Beleuchtung geht an. Die Leute scheinen zu wissen, dass Frau Speckmann nicht da ist.

Im Scheunenlicht, das die Büsche und Hecken gespenstisch beleuchtet, bewegen sich lange Schatten. Sie laufen hin und her und hantieren mit irgendwas herum. In den verzerrten Schattenbildern kann ich erkennen, wie sie einen riesigen, leblosen Körper auf eine Schubkarre wuchten. Frau Speckmann? Als sie mit der Fuhre aus der Scheune kommen, erkenne ich einen prall gefüllten Müllsack. Frau Speckmann wird da ja wohl nicht drin sein, dafür ist der Sack zu klein. Aber auf jeden Fall ist er schwer, die beiden Gestalten schieben ihn unter Anstrengung vom Grundstück zum Brunnen hin. Ich laufe zum anderen Fenster, um besser sehen zu können. Am Brunnen angekommen, wuchten sie den Sack auf den Rand und leeren den Inhalt in den Schacht aus. Ich halte den Atem an. Wo ist mein Handy? Ich sollte alles dokumentieren, aber auf dem Display ist nur schwarze Suppe: Es ist viel zu dunkel da draußen, Laternen gibt es in Raufeld nicht, die ganze Szenerie wird nur vom schmalen Mond und dem Scheunenlicht beleuchtet. Die dunklen Gestalten laufen zurück und kommen erneut mit der Schubkarre heraus, die diesmal mit mehreren Müllsäcken beladen ist. Und wenn sie Frau Speckmann in Einzelteile zerlegt haben? Wenn sie es ist, die im Brunnen verschwindet? Stück für Stück? Nach einer weiteren Fuhre kehren beide zur Scheune zurück und bleiben drin. Kein Schatten bewegt sich mehr.

Ich denke daran, dass Frau Speckmann und Ankes Vater Freunde waren. Er hat ihr die Einkäufe gebracht, und sie war der einzige Mensch, der seine Heizung verstanden hat. Keiner von beiden würde wollen, dass ich hier nur stehe und glotze – ich muss mich hinauswagen! Einmal kräftig durchatmen und dann Jacke und Schuhe angezogen und die Taschenlampenfunktion meines Handys aktiviert. War die immer schon so funzelig? Oder die Oderbruchnacht ist wirklich ein Lichtfresser. Ich muss meinen Augen Zeit geben, sich an das Mondlicht zu gewöhnen. Das Gras in Ankes Garten ist kniehoch und nass, ab morgen wird es steifgefroren sein. Es soll eiskalt werden, pünktlich zu Weihnachten werden Minusgrade und Schneefall erwartet.

Direkt hinter mir knackt es. Das Dämonenkind! Die Kräuterfrau! Aber es ist nur ein morscher Ast, auf den ich getreten bin. Die Männer in der Scheune haben nichts davon bemerkt. Sie laufen wieder herum und werfen Schatten in das Licht, das durch die Ritzen der Holzbretter dringt. Ich muss einen Blick hineinwerfen, muss sehen, was sie in die Müllsäcke stopfen. Am Jägerzaun angekommen, heißt es drüberklettern, und zwar leise.

Zu spät. Das Licht in der Scheune geht aus, und die Männer kommen raus. Mir bleibt gerade noch genug Zeit, mich auf Ankes Gartenseite ins Gras fallen zu lassen.

Die beiden reden leise miteinander. Der mit den breiteren Schultern hat eine brummige Stimme. »Das kriegen wir schon hin«, sagt er und: »Verlass dich auf mich.« Der andere spricht leiser, tonloser. Sie bleiben beide vor der Haustür von Frau Speckmann stehen, klappern mit Schlüsseln, öffnen die Haustür, das Licht im Haus geht an, und jetzt erkenne ich, dass einer der beiden eine Frau ist. Kurze Haare, Wattejacke, Jeans und Gummistiefel. Sie trampelt damit ins Haus. Der Mann bleibt draußen und zündet sich eine Zigarette an. In dem Licht, das durch die geöffnete Haustür auf ihn fällt, kann ich goldene Knöpfe und Abzeichen an seiner Jacke erkennen. Die breiten Schultern kommen von aufgenähten Klappen. Das ist der Mann mit der Uniform, von dem Anke gesprochen hat. Die Frau kommt mit mehreren Taschen heraus, geht wieder rein, holt sogar Blumentöpfe herbei, zieht dann die Haustür zu. Zusammen schleppen sie weg, was sie tragen können. Ein Blumentopf bleibt auf den Stufen zurück.

Die Lichter ihrer Taschenlampen wackeln am Brunnen vorbei die dunkle Straße hinunter. Wer sind diese Leute, und was haben sie mit Frau Speckmann gemacht?

Mit steifen Fingern tippe ich eine Textnachricht an Anke: *Brauche mehr Infos über Uniformmann. Frau mit kurzen Haaren bekannt?*

Die klamme Feuchtigkeit ist mir in die Glieder gezogen, aber ich klettere trotzdem noch über den Zaun und laufe mit dem funzligen Handylicht zur Scheune. Eine Blutspur sehe ich nicht; das Scheunentor ist abgeschlossen. Dann laufe ich zu Frau Speckmanns Haus und klingle Sturm. Nichts. In dem zurückgelassenen Topf auf den Stufen wächst Basilikum. Jetzt weiß ich, wer die Frau mit den kurzen Haaren ist. Wer sonst würde pünktlich zur gradgenauen Mars-Pluto-Konstellation einen Mord begehen, dann seelenruhig das Haus des Opfers plündern und dabei noch Kräutertöpfe stehlen? Auf wackligen Beinen laufe ich zum Brunnen, zögere, über den Rand zu schauen. Was, wenn mir der Gestank von verwesendem Fleisch entgegenschlägt? Ich nehme einen Stein und werfe ihn in den Brunnen, erwarte ein aufklatschendes Geräusch und erschaudere noch mehr, als nichts dergleichen zu hören ist, nur ein *Flusch*, so als würde der Stein von Luft verschluckt. Irgendwann schaue ich doch in den Brunnen hinein: Ein dunkleres Schwarz habe ich nie gesehen.

Gut, dass es genug Apfelschnaps in Ankes Haus gibt. Nach einigen Gläsern hört mein Körper langsam auf zu zittern. Sicher gibt es eine vernünftige Erklärung für alles. Morgen, bei Tag. Ich schaue auf den Brunnen im Mondlicht und nehme noch ein paar kräftige Schlucke.

Die Küche ist der einzige Raum, der halbwegs warm ist, also schlage ich mein Schlaflager dort auf. Die Couch aus dem Wohnzimmer passt gerade so durch die Küchentür. Ich wickle mich bis zur Nasenspitze in Decken ein, den Apfelschnaps in Griffweite. Während ich noch daran zweifle, einschlafen zu können, werde ich vom Piepen einer eingehenden Textnachricht geweckt. Es ist gleißend hell, die Welt draußen von einer Schneedecke überzogen, die Küche total ausgekühlt.

Anke hat geschrieben: *Papa hat den Mann immer Oberst genannt. Kurzhaarfrau – k. A.*

Ich rufe Anke sofort an. »Frau Speckmann könnte tot sein«, sage ich ohne eine Begrüßung.

»Wunderbar. Läuft bei dir.«

»Nein, im Ernst, sie ist nicht da. Ich denke, sie geht nie aus dem Haus?«

»Oje. Tut mir leid wegen der Heizung. Hast du sie trotzdem angekriegt?«

»Ja, ja. Sag mal: Oberst ... ist das ein Dienstgrad von der Bundeswehr?«

»NVA, dachte ich. Aber seine Uniform ist dunkelblau, nicht grün. Ich weiß nicht, warum der Kerl privat so rumläuft. Oderbruchschaden, schätze ich mal.«

Ich schäle mich aus den Decken und wuchte mich aus den Couchpolstern hoch, mein Rücken schmerzt höllisch. Und mein Kopf erst. »Gibt es hier Aspirin?«

»Im Badschrank. Du hast den Apfelschnaps probiert, stimmt's?«

»Diese Kräuterfrau, wie sieht die aus?«

»Helle, lange Haare, mit Beuteln unterwegs, aus denen Grünzeug ragt. Ich hab sie allerdings immer nur nachts gesehen. Und es ist Jahre her.«

Haare lassen sich färben und abschneiden, und Beutel trug die Frau gestern mehr als genug. Ich tappe aus dem Bad in die Küche zurück, will zum Haus von Frau Speckmann rübersehen. Und schaue direkt in das runzlige Gesicht des buckligen, alten Mannes. Er hält die Hände Schatten werfend über die Augen und schaut mit platt gedrückter Nase durchs Fenster zu mir rein. Ich muss wohl vor Schreck ins Handy geschrien haben, denn Anke beschwert sich. Dem Alten werde ich die Meinung geigen. Ich laufe raus zu ihm, aber er sucht nur wieder nach Dorle und geistert noch zehn Minuten in Ankes Garten herum, bis er zu Frau Speckmann weiterzieht und dort Runden um die Scheune dreht. Mein Herz schlägt noch immer rasend schnell, und nun zieht mir die Kälte in die Knochen. Die Temperaturen sind tatsächlich um fast zehn Grad gesunken. Es fängt gerade wieder an zu schneien. Mit klappernden Zähnen halte ich mein Handy ans Ohr, Anke ist noch dran.

»Ich weiß nicht-t-t-t, was mit-t-t der Speckmann ist-t-t.«

»Frierst du? Ja, das ist eine sibirische Kälte dort.«

»Was geht hier ab, Anke? Kann es sein, dass ich mir das alles nur einbilde? Dass ich mich mal wieder reinsteigere, weil die Deadline zu knapp ist?«

»Ist wirklich nicht mehr viel Zeit. Setz dich lieber wieder ran!«

»Soll ich vielleicht in ihr Haus einbrechen, um zu schauen, ob sie drin ist, oder besser in die Scheune?«

»Wieso in die Scheune?«

»Na, wegen der Müllsäcke. Nein, zuerst muss ich zum Brunnen.«

Der Akku ist alle, Anke ist weg. Und ich weiß, dass ein Blick in den Brunnen mir nichts verraten wird, denn über allem liegt Schnee.

Ich schaue trotzdem nach. Aus dem Brunnen ist ein Baum gewachsen. Eine zwei Meter hohe Tanne. Mit dem Brunnen als Sockel schaut man bis zur Spitze drei Meter hinauf. War der Baum gestern schon dort, und ich habe alles nur geträumt?

In meinem Kopf beginnt sich das Apfelschnapskarussell wieder zu drehen.

Auf dem Weg zurück zum Haus kommt mir der bucklige Dorlemann entgegen, in jeder Hand ein Glas Apfelmus. Aus Ankes Haus? Inzwischen bin ich mir sicher, dass er nur so tut, als wäre er verwirrt. Auf diese Weise kommt er überall rein, checkt die Fluchtwege in den Gärten ab, schaut den Leuten in die Fenster, weiß immer, wann wer allein zu Hause ist, und wird von allen unterschätzt. Die perfekte Tarnung für einen Mörder. Ankes Idee war verkehrt herum gedacht: Nicht alle Dorfbewohner sind verrückt und werden ermordet, sondern alle morden und sorgen dafür, dass ihr Opfer vorher verrückt wird. Und sie haben es auf die Schriftstellerin abgesehen, nicht andersherum. Frau Beckmann ist die Drahtzieherin. Sie rächt sich dafür, die ganze Zeit Speckmann genannt worden zu sein. Vom Sofa im Obergeschoss ihres Hauses aus schaut sie schon seit gestern zu mir herüber und dirigiert das ganze Dorf nach ihrem Willen.

Da bewegt sich wirklich etwas hinter Beckmanns Gardinen im Obergeschoss. Die Scheunentür steht offen. Soll das eine Falle sein?

Ich lausche eine ganze Weile in mich hinein und wäge ab, ob meine Neugierde tatsächlich das Misstrauen überwiegt. Schließlich betrete ich Frau Beckmanns Grundstück und nähere mich dem geöffneten Scheunentor so weit, bis ich etwas erkennen kann. Da hängen seltsame Strippen und Schlaufen von der Decke, überall stehen Gerätschaften herum, die wie Folterinstrumente aussehen. Es gibt auch eine Kühltruhe. Daneben steht eins von diesen Trimm-dich-Rädern mit seltsamen Proportionen und einem Sattel zum Staunen. Er hat die Größe eines Gullydeckels und muss eine Spezialanfertigung sein, dreifach verstärkt und mit zwei Seitenstützen, damit der gigantische Hintern, der sich darauf niederlässt, die ganze Konstruktion nicht zerstört. Anke hat demnach mit ihrem Spitznamen für Frau Beckmann voll ins Schwarze getroffen.

Was wohl in der Tiefkühltruhe ist?

Mir war noch nie so kalt. Der Parka mit dem Kunstfell, der mich durch die letzten Winter gebracht hat, ist hier ein Witz. Ich will so schnell wie möglich nach Berlin zurück, auf den Krimi pfeife ich!

Zurück im Haus muss ich allerdings feststellen, dass der Autoschlüssel weg ist. Ich bin mir sicher, dass ich ihn auf den Küchentisch gelegt habe, doch dort ist er nicht mehr. Im Auto ist das Ladekabel für mein Handy. Telefonieren fällt also auch aus.

Hinter dem Haus ist der Sumpf und vor dem Haus das Dorf. Wo soll ich hin? Es ist zu kalt zum Nachdenken, und jetzt fängt es auch schon wieder an zu schneien. Bevor ich erfriere, muss ich die Heizung anschmeißen. Die Mechanik der tausend Hebel und Klappen erscheint mir unbegreiflicher als gestern. Irgendwo miaut eine Katze – Dorle?

Zurück in der Küche sehe ich zu, dass ich alle Türen verrammle, auch wenn ich weiß, dass das keinen entschlossenen Bösewicht aufhalten wird, eine Geisterkatze schon gar nicht. Mit blauen Fingern koche ich mir eine große Kanne Tee mit einem Schuss Apfelschnaps und setze mich auf meinen Platz, von dem aus ich beide Fenster gut im Blick habe. Der Schnee deckt alles zu, auch den Baum im Brunnen.

Auf Frau Beckmanns Grundstück beginnt der Auftakt zum Showdown. Die Kräuterfrau, das Dämonenkind, der Oberst und der Dorlemann versammeln sich dort. Bald werden sie herkommen, an der Klinke rütteln, die Fenster einschlagen und dann ...

Ich muss fast gestorben sein, denn jemand schreit, dass ich noch lebe. Leute klatschen Beifall – oder klatschen sie mir auf die Wangen? Mein Gesicht brennt. Jemand presst mir eine Atemmaske auf Mund und Nase. Das Gesicht des Oberst ist ganz nah an meinem, ich kann die Schweißperlen auf seiner Stirn sehen. Sie drehen sich um seine Nase. Das Gesicht der Frau mit den kurzen Haaren taucht auf und dreht sich mit.

»Anke, was machst du denn für Sachen, komm doch zu mir, wenn du mit der Heizung nicht zurechtkommst.«

»Ich bin nicht Anke«, rufe ich in die Maske hinein.

Als ich das nächste Mal zu mir komme, liege ich unter einer rotkarierten Decke auf einer blauen Couch und schaue durch weiße Gardinen zu Ankes Haus hinüber. Ich begreife, dass ich mich in Frau Beckmanns Haus befinde, und will sofort weg. Aber ich fühle mich zu schwach, um aufzustehen. Die Frau mit den kurzen Haaren rückt auf einem Stuhl sitzend in mein Sichtfeld hinein und schaut mich freundlich an.

»Na, hallo! Schön, dass du wieder da bist. Lisas Minzöl weckt die Lebensgeister. Wie fühlst du dich?«

Wie sich herausstellt, habe ich eine Klappe an der Heizung übersehen und mich mit Kohlenmonoxid vergiftet. Frau Beckmann war die Frau mit den kurzen Haaren, sie hat mich über dem Tisch liegend gefunden und mithilfe des Dorlemanns und des Jungen nach draußen getragen, an die frische Luft. Gerade noch rechtzeitig. Frau Beckmanns Freund, der Oberst, hat mich wiederbelebt. Er gehört der freiwilligen Feuerwehr Raufeld an, ist Oberbrandmeister im Landkreis Letschin, Oberst sein Spitzname. Seine Uniform mit Dienstgradabzeichen und goldener Kordel am Kragen trägt er mit Stolz, und zwar immer, Freizeit kennt er nicht. Das Sauerstoffgerät, mit dem er mich ins Leben zurückgeholt hat, gehört Lisa, der Kräuterfrau und Heilpraktikerin. Sie hat die ganze Nacht neben der Couch gesessen, meinen Puls und meine Atmung überwacht. Frau Beckmann hat sie am Morgen abgelöst, damit sie sich hinlegen konnte.

Am Morgen? Dann ist heute der 24., Abgabetermin für den Krimi! Ich muss unbedingt nach Letschin ins Internetcafé, Anke hat gesagt, dass es nur bis zwölf geöffnet ist. Ich habe noch nie eine Deadline verpasst! Noch nie!

»Es ist schon zehn nach zwölf. Und die Welt dreht sich trotzdem weiter«, sagt Frau Beckmann, die möchte, dass ich sie Bea nenne. Sie hat mich für Anke gehalten, weil ich mit ihrem Auto gekommen bin und die Haare, ähnlich wie sie, zu einem Zopf zusammenbinde.

Jetzt möchte Bea wissen, wie es Ankes Vater geht. Als ich ihr erkläre, dass seine Demenz schon sehr weit fortgeschritten ist, geht sie Tee holen und kommt eine ganze Weile nicht zurück. Später erzählt sie mir, wie es kam, dass sie sich wieder aus ihrem Haus traute und zu einem beweglichen Körper zurückfand. Der Tag, an dem Anke ihren Vater nach Berlin geholt hat, war der Tag, an dem sich das Leben von Bea, von allen Raufeldern, grundlegend änderte. Unmerklich erst, aber über das Jahr hinweg immer spürbarer. Ankes Vater fehlte. Es war, als wäre eine Figur von einem Schachbrett genommen worden. Mit der Zeit wurde Bea auch klar, welche Figur es war, die fehlte: der König.

Er hatte jede noch so unsinnig erscheinende Sorge ernst genommen und eine Lösung dafür ertüftelt: ein Hochbeet für Lisas schattige Gartenecke, mit Solarsensoren, die dem Sonnenstand folgten, eine Multifunktionsleiter für den Oberst, einen Fitness-Parcours nach Beas Wünschen in ihrer Scheune und für Malte, das einzige Kind des Dorfes, ein Baumhaus auf höhenverstellbaren Stelzen, das von innen wie ein Raumschiff aussieht und sich auf Knopfdruck auch wie eins bewegt. Zum Dank bewacht der Junge seitdem die Apfelbäume, die Ankes Vater so am Herzen liegen, und vertreibt jeden Vogel, den er sieht. »Ankes Vater hat mal gesagt, wenn es ein Problem gibt, das sich nicht mit einer Erfindung lösen lässt, dann pflanz einen Baum. Am besten natürlich einen Apfelbaum.«

»Wieso das?«

»Vielleicht weil so ein Apfelbaum etwas Schönes, Lebendiges ist, das aus dem Problem erwächst, und nachher kann man die Früchte essen und hat das Problem auf diese Weise symbolisch besiegt. Oder er mag Äpfel einfach nur gern.«

Und dann hat sie es getan: Bea ist im Frühjahr das erste Mal nach zehn Jahren aus ihrem Haus hinausgegangen und hat einen Apfelbaum gepflanzt.

Den hatte ich mir von Lisa mitbringen lassen. Also, ich hab ihn gepflanzt, und dann hab ich einfach so getan, als wäre damit alles erledigt. Und irgendwie hat es funktioniert, ich hab mich an meinen Ernährungsplan gehalten, auf den Heimtrainer geschwungen und bin früh ins Bett, hab nicht mehr nächtelang wach gelegen.« Sie wünschte, sie hätte diesen verdammten Baum gepflanzt, bevor Ankes Vater weg war.

Eine seiner wichtigsten Erfindungen hatte er für seinen alten Freund, den Dorlemann Johan, gebaut. Johan war nie über den Verlust seiner Tochter Dora hinweggekommen, die als Kind in den Brunnen gefallen und ertrunken war. Das Mädchen war gefunden und begraben, der Brunnen danach trockengelegt und versiegelt worden. Irgendwann hatte Johan angefangen, wieder nach ihr zu suchen, hatte jeden gefragt, ob er Dorle gesehen hätte, und war immer um den Brunnen herumgeschlichen, hatte die Versiegelung abgerissen und wäre fast hineingestürzt. Ankes Vater hatte dann eine Vorrichtung gebaut, eine Mischung aus Seilwinde und Treppenlift, mit dem er Johan bis zum Grund des Brunnens hinunterließ, damit er sich davon überzeugen konnte, dass Dorle dort nicht mehr war.

Danach war Johan ruhiger geworden. Aber als Anke ihren Vater zu sich holte, fing es mit Johans Unruhe wieder an. Übers Jahr füllten die Raufelder dann mit vereinten Kräften den Brunnen mit Erde, aus Sicherheitsgründen, weil Johan jede Abdeckung abriss.

»Als wir dann dein – also Ankes – Auto gesehen haben, haben wir uns gefreut und gedacht, sie bringt ihren Vater an Weihnachten zurück, sodass wir vielleicht sogar alle gemeinsam das Fest feiern können und Johan wieder zur Ruhe kommt. Ich hatte die Idee, den letzten Rest des Brunnens mit guter Muttererde zu füllen und eine Tanne einzupflanzen als Weihnachtsbaum.«

Das musste natürlich vor dem Temperatursturz passieren. Und an dem Abend, an dem Bea und der Oberst die frische Erde in den Brunnen füllten, war sie noch locker gewesen. Mein Stein war darin mit diesem *Flusch*-Geräusch versunken. Das Einpflanzen des Baumes später in der Nacht hatte ich wegen des Apfelschnaps verschlafen. Gestern Mittag waren dann alle vorbeigekommen, um Hallo zu sagen, Essen vorbeizubringen und Weihnachten zu planen, doch da hatte ich mich schon fast selbst vergiftet. Pünktlich zu Jesu Geburt wäre ich tot gewesen.

Aber dank der Raufelder lebe ich – wenn das kein Grund zum Feiern ist!

Und wie schön wäre es, wenn Anke und ihr Vater wirklich herkämen! Ich rufe sie von Beas Telefon aus an, die Nummer hab ich ja im Kopf, aber noch bevor ich etwas sagen kann, schreit Anke mich an, weil ich die Deadline für ihren Krimiblog nicht eingehalten habe.

»Hör mal«, halte ich mit dünner Stimme dagegen, »die Deadline habe ich eingehalten, und zwar wortwörtlich! Ich bin nämlich fast gestorben!«

Dann nimmt Bea mir das Telefon aus der Hand und erklärt Anke, was passiert ist und wie es mir jetzt geht. Sie fragt nach Ankes Vater, lässt Grüße ausrichten und gibt mir den Hörer zurück.

Ankes Stimme hört sich kleinlaut an. »Tut mir leid, diese Heizung wird verschrottet, das versprech ich dir! Kann ich irgendwas für dich tun?«

»Ja, komm her – und bring deinen Vater mit.«

»Was? Nein, das geht nicht, ich hab schon alles vorbereitet, es soll diesmal ein richtig schönes Fest für Papa werden.«

»Ein schöneres Weihnachtsfest als hier, mit allen zusammen, also das kann es gar nicht geben!«

Anke stutzt, dann fragt sie: »Sag mal, warst du schon beim Arzt?«

Der Oberst hupt dreimal, als er losfährt, um Anke und ihren Vater vom Bahnhof in Letschin abzuholen. Kann sein, sie kommt nur, weil sie sich ernsthaft Sorgen um mich macht, aber mir geht's gut. Ich sitze in eine Decke gehüllt auf einer der Bierbänke, die der Oberst um den Weihnachtsbaumbrunnen aufgestellt hat. Lisa hält die Multifunktionsleiter fest, auf die Malte geklettert ist, um Sterne und Engel an die Zweige zu hängen. Ich helfe auch beim Schmücken. Fummle Fäden an Apfelstiele, um sie als Weihnachtskugeln an die Zweige zu hängen. Der Keller von Ankes Vater ist voller schöner, roter Äpfel mit langen Stielen, die sich ganz hervorragend dafür eignen. Der Oberst, Bea und Malte haben sie geerntet und eingelagert.

»Wenn es Frühling wird, kommt die Tanne zurück in den Wald, und ich pflanze meinen Apfelbaum in den Brunnen um. Das hier soll von jetzt an unser Dorfplatz sein«, wirft Bea in die Runde. »Verrückte Idee?«

Johan läuft nicht mehr herum, sondern steht schon eine ganze Weile still vor dem Baum und schaut auf die goldenen Engel. »Dorle«, sagt er, und diesmal klingt es nicht fragend.

8

Thomas Kastura

Alles erledigt

Schrobenhausen

Über den Autor:

Thomas Kastura, geboren 1966 in Bamberg, lebt ebendort mit seiner Frau und seinen beiden Töchtern. Er studierte Germanistik und Geschichte und arbeitet seit 1996 als Autor für den Bayerischen Rundfunk. Er hat zahlreiche Erzählungen, Jugendbücher und Kriminalromane geschrieben, u.a. *Der vierte Mörder* (2007 auf Platz 1 der *KrimiWelt*-Bestenliste). Unter dem Pseudonym Gordon Tyrie schreibt er seit 2018 bei Droemer Thriller, die auf den Hebriden angesiedelt sind.

Alles erledigt. Karen schließt die Tür des Gefrierschranks und verriegelt den Deckel der Kühlbox. Für die Feiertage hat sie sich eingedeckt: Brötchen zum Aufbacken, Wok-Gemüse, eine Entenbrust, dänische Eiscreme und vieles mehr. Aber noch ist der 24. Dezember, und am Heiligen Abend steht ihr nicht der Sinn nach Festlichkeiten. Da sehnt sie sich nach Ruhe.

Eine stille Nacht wird es im Zentrum von Schrobenhausen bestimmt nicht werden. Karens Wohnung am belebten Lenbachplatz geht nach hinten zur Stadtpfarrkirche St. Jakob mit ihrem ewigen Glockengeläut. In einer Stunde um 17 Uhr ist Kindermette, später um halb elf Christmette mit Kirchenchor und Orchester. Hochbetrieb.

Sie macht sich belegte Brote sowie eine große Thermoskanne Grüntee. Auf dem Küchentisch liegt die *Schrobenhausener Zeitung*. Ihr Blick fällt auf die Titelseite. »Wieder eine Frau verschwunden«, lautet die Schlagzeile und darunter: »Polizei ratlos – Angehörige in Sorge.«

Was für ein Aufreger kurz vor Weihnachten! Journalisten kennen da nichts, Hauptsache, die Auflage stimmt. Na ja, die machen auch nur ihren Job.

Karen packt alles in ihren Rucksack, auch die Zeitung. Sie schlüpft in ihre Daunenjacke und schlingt sich ihr neues Tuch aus Atlasseide um den Hals. Ihr Pfefferspray steckt sie in die Hosentasche. Im Hinausgehen nimmt sie noch die Kühlbox mit, die muss zurück ins Auto. Dann stapft sie durch den Schneematsch zu ihrem Fiat und fährt los Richtung Pöttmes. Zum Katzenparadies. Die Sonne geht gerade unter.

Sie will den Artikel später lesen, ist schon gespannt, was dieses Mal drinsteht. Als eingefleischte Krimiliebhaberin hat sie gewissermaßen ein fachliches Interesse daran. Fälle, bei denen Menschen spurlos verloren gehen, haben Karen schon immer fasziniert.

In einem Fernsehkrimi sieht man immer gleich die Leiche oder zumindest den Tatort. Und damit es auch wirklich jeder kapiert, grummelt ein Kommissar etwas von »Mord«. Aber wenn jemand bloß verschwindet, von einem Tag auf den anderen, besser noch von einem Augenblick auf den anderen, etwa an einer Raststätte an der Autobahn oder in einem Kaufhaus oder einem Museum, beim Spaziergang im Park – dann findet Karen das viel spannender. Beunruhigender. Darauf kommt es doch an bei einem Krimi, auf das Gefühl der Verunsicherung. Dass nichts so ist, wie es scheint. Dass plötzlich alles aus den Fugen gerät und niemand weiß, ob es am Ende zumindest halbwegs gut ausgeht. Ob es überhaupt ein Ende gibt.

Karen fährt vorsichtig, allmählich heizt sich der Innenraum auf. Wenig Verkehr stadtauswärts, ein paar hell erleuchtete Supermärkte mit leeren Parkplätzen. Dann ein Industriegebiet, völlig verlassen, hier ist niemand mehr auf der Straße. Die Schrobenhausener haben ihre letzten Besorgungen getätigt und bleiben jetzt wohl lieber zu Hause, bereiten sich auf den Heiligen Abend vor.

Muss ja nicht immer gleich Mord sein, denkt Karen. Auch eine Entführung hat Unterhaltungswert, gegen Lösegeld, kennt man ja. Oder Verschleppung, Menschenraub. Düstere Schicksale sind das, Geschichten von Kellerverliesen und moderner Sklaverei. Gar nicht so selten, wie man glauben könnte.

Dass jemand Zigaretten holen geht und niemals mehr auftaucht, um woanders ein komplett neues Leben zu beginnen – das gibt es ebenfalls. Warum kommt so etwas nicht in Krimis vor? Keine Gewalt, zu unspektakulär, vermutet sie.

Manchmal würde Karen selbst gern verschwinden. Von heute

auf morgen alle Brücken abbrechen und auf Nimmerwiedersehen aus Schrobenhausen fortgehen. Da würden die Leute aber Augen machen! Wie bei den Frauen, die als vermisst gelten, inzwischen sind es drei. Seit Wochen wird in der Stadt über nichts anderes geredet, beim Bäcker, auf dem Christkindlmarkt, auch in der Apotheke, wo sie arbeitet. Das nervt, Karen kann es kaum noch hören.

Einfach abhauen, genau. Doch was wird dann aus den Katzen?

Es schneit wieder. Dicke Flocken taumeln aus dem Nichts des schwarzblauen Himmels herab. Die Straße nach Pöttmes führt durch ein Waldgebiet. Mächtige Nadelbäume erheben sich zu beiden Seiten und bilden eine Art Gewölbe, als berührten die Spitzen einander. Die Fahrbahn ist rutschig und unbeleuchtet, eine schwierige Strecke im Winter. Karen ist nie ganz wohl dabei.

Sie sieht den Mann beinahe zu spät. Er trägt keine Warnweste. Sein Wagen steht an der Einmündung eines Forstweges mit geöffneter Motorhaube. Offenbar eine Panne.

Karen kann gerade noch bremsen und am Straßenrand anhalten. Tief ist der Schnee auf dem Bankett, die Reifen ihres Fiats scheinen stecken geblieben zu sein.

Der Mann nähert sich im Licht ihrer Scheinwerfer.

Karen ist mehr so der hilfsbereite Typ, jemand, der sich gerne um andere kümmert. Auch deshalb hält sie an Feiertagen die Stellung im Katzenparadies und passt auf die Tiere auf, füttert sie, behandelt Krankheiten und Verletzungen, leert die Katzenklos und verteilt jede Menge Streicheleinheiten.

Sie betrachtet die Szenerie vor ihr. Der Mann ist groß, das hat sie schon vorhin gesehen. Groß und breitschultrig. Sein Gang ist ein wenig gebückt, die langen Arme schlenkern an den Seiten herab, als gehörten sie nicht zu ihm. Er trägt einen Parka mit

Kapuze, die er in die Stirn gezogen hat. Das Pannenfahrzeug ist ein alter Kombi.

Karen bleibt sitzen. Sie lässt die Fensterscheibe herunter.

Er sagt: »Entschuldigen Sie, aber mein Wagen springt nicht mehr an.« Sein Atem riecht nach Tabakrauch und Alkohol, vielleicht Glühwein.

Sie sagt: »Tut mir leid.«

»Wahrscheinlich ist es die Batterie.«

»Soll ich schieben helfen?«

»Weiß nicht, ob das viel bringt auf dem glatten Untergrund.«

Sie überlegt. Er klingt nicht betrunken. Sein Gesicht ist das eines jungen Mannes, grob und unausgeprägt, aber offen. Karen meint erkannt zu haben, dass er eine Arbeitshose anhat, wie Handwerker sie tragen, an seinen Füßen macht sie schwere, helle Gummistiefel aus.

»Ich könnte Sie nach Pöttmes mitnehmen«, schlägt Karen vor.

»Ich muss weiter nach Nördlingen.«

»Da haben Sie noch eine ganz schöne Strecke vor sich.«

»Und Sie? Wohin fahren Sie?«

»Zum Katzenparadies in Pöttmes«, entgegnet sie unbekümmert. »Leider bringt Ihnen das nicht viel.«

»Am Heiligen Abend wollen Sie da hin?«, wundert er sich.

»Jemand muss sich um die Katzen kümmern. Sonst macht es ja keiner.«

Er pustet in die Hände und tritt auf der Stelle. »Wissen Sie, ich hab selber eine Katze. Einen Kater.«

»Wie heißt er?«

»Horst.«

»Seltsamer Name für einen Kater. Originell.«

»Ist mir vor Kurzem zugelaufen, und da hab ich den kleinen Kerl einfach behalten.«

Karens Argwohn erwacht. »Sind Sie sicher, dass er niemandem gehört?«

»Äh, nein. Aber ich hab beim Tierheim angerufen. Da soll ich ihn vorbeibringen, und die checken dann, ob er gechippt ist und so.«

»Machen Sie das! Vielleicht wird Horst vermisst. Dann würden Sie seinen Besitzern einen Riesengefallen tun.«

Er nickt. »Klar.«

Karen ist besänftigt. Der junge Mann scheint sich ein wenig auszukennen mit Katzen und zu wissen, worauf es ankommt. Das ist nicht selbstverständlich.

Man könnte das Katzenparadies als eine Art Alternative zum Tierheim bezeichnen, eine auf Katzen spezialisierte, unabhängige, privat betriebene Initiative wegen der großen Zahl an Bedürftigen. Dort landen: ausgesetzte Katzen, misshandelte Katzen, verunfallte Katzen, vor einem Urlaub lästig gewordene Katzen, bei einem Umzug zurückgelassene Katzen, nach dem Tod des Besitzers verwaiste Katzen, streunende Katzen, schwangere Katzen, die ihre Jungen in Sicherheit zur Welt bringen möchten. Ganze Katzenwürfe.

Karen liebt sie alle. Sie hat ein großes Herz.

Der junge Mann sagt: »Horst sah total mitgenommen aus. Anfangs war sein Fell grau und verfilzt. Dann hab ich ihn aufgepäppelt, und in ein paar Tagen wurde er kohlrabenschwarz.«

»Er war krank, deswegen die Verfärbung des Fells.«

»Ich hab ihm frisches Rinderhack mitgebracht und Innereien. Ich bin Metzger.«

»Besser hätte es Horst nicht treffen können.«

»Hoffentlich sieht er das genauso.« Er lächelt.

Karen beginnt, den jungen Mann zu mögen. Und mit dem Lächeln in seinem Gesicht wirkt er richtig sympathisch.

Ihre Kolleginnen in der Apotheke meinen, sie sähe »ganz passabel« aus – was Karen nicht für ein Kompliment hält, dafür sind ihre Kolleginnen zu neidisch auf alles und jeden. In Wirklichkeit sieht sie sogar ziemlich gut aus für eine Frau Ende dreißig – wenn sie auf ihr Äußeres achtet und sich zu einem Lächeln zwingt. Das mit dem Lächeln fällt ihr oft schwer.

»Haben Sie zufällig Überbrückungskabel?«, fragt der junge Mann. Inzwischen friert er erbärmlich.

Überbrückungskabel ... So etwas hat sie seit Längerem nicht mehr benutzt. Ihr Fiat ist noch relativ neu und überaus zuverlässig. Doch von ihrem alten Golf hat sie noch diese schwarzen und roten Kabel mit den Stromklemmen dran. Unter dem Fahrersitz.

Karen ist nicht misstrauisch. Für den Fall der Fälle hat sie ja ihr Pfefferspray dabei. Also steigt sie bei laufendem Motor aus. »Das kriegen wir schon hin.«

»Wie? Sie haben solche Kabel?«

»Ja, bei meinem alten Auto brauchte ich die öfter mal.«

»Im Kofferraum?«

»Nein!«, wehrt Karen ab und öffnet die hintere Beifahrertür. Ein Griff, und sie hat die Kabel in der Hand. Sie holt sie heraus. »Hier!«

»Super!«

»Gut, dann fahre ich meinen Wagen in Position. Motorhaube an Motorhaube.«

Karen reicht ihm die Überbrückungskabel und setzt sich wieder in ihren Wagen. Erst drehen die Reifen durch, doch dann greifen sie. Mit einem Ruck setzt sich der Fiat in Bewegung. Kurz vor der Schnauze des Kombi hält Karen an und stellt den Motor ab. Sie entriegelt die Kühlerhaube und steigt wieder aus. Gemeinsam befestigen sie Kabel an den beiden Autobatterien. Sie startet den Fiat erneut, der junge Mann macht das Gleiche mit dem Kombi, der Motor springt sofort an. Er drückt ein paarmal aufs Gas.

Sie löst die Kabel und stellt sich neben die geöffnete Fahrertür des Kombi. Es ist eiskalt, sie zupft ihr Halstuch zurecht. »Hört sich gut an. Jetzt müsste es gehen, oder?«

»Sie sind ein Engel!«

»Ich heiße Karen.«

»Stepan.«

»Das klingt ...«

»Ich bin aus der Ukraine.«

»Du sprichst aber gut Deutsch.«

»Danke, meine Eltern kamen nach Deutschland, als ich noch ganz klein war.«

Erst jetzt bemerkt Karen seine Augen. Sie sind kristallklar, zwei grünblaue Gebirgsseen, in denen sich bestimmt schon das eine oder andere Mädchen verloren hat. Empfindsam. Vertrauenerweckend. Sehr attraktiv.

Er lächelt erneut, breit, übers ganze Gesicht. Die Augen lächeln mit. Dieses Lächeln würde sie gern mitnehmen zum Katzenparadies und auch zurück nach Schrobenhausen über die Feiertage. So ein Lächeln wärmt von außen und innen.

Stattdessen sagt sie: »Gute Fahrt nach Nördlingen!«

Er schenkt ihr einen langen Blick. Dann sagt er bedeutungsvoll: »Ich würde ja gern aussteigen und mich richtig bei dir bedanken.«

»Nicht nötig.«

»Riskieren könnte ich's ...«

Karen fragt sich: Was meint er bloß mit »sich richtig bedanken«? Etwa ... eine Umarmung? Einen Kuss? Ihre letzte Beziehung liegt schon eine Weile zurück. Am besten kommt sie allein klar, ohne Rücksicht auf jemand anderen nehmen zu müssen. Zusammenleben – das sagt sich so einfach.

Aber zusammen sein für eine Nacht? Mit einem jungen, willigen Körper, noch dazu dem eines gefühlvollen Katzenfreundes? Unter der Bettdecke zur Abwechslung mal etwas spüren? Seine Haut auf ihrer. Wie sich seine Brust hebt und senkt. Das wäre doch drin, oder?

»Und?«, fragt er.

Sie schweigt. Irgendwie ... wäre es falsch. Ob diese Augen immer noch strahlen würden, nachdem Stepan bekommen hat, was sie ihm zu geben vermag, möchte sie lieber nicht herausfinden. Sie hat schon genug Enttäuschungen erlebt.

Er ist ein wenig ungeduldig. Wartet auf ihre Antwort. Auf die richtige Antwort.

Karen sagt nichts. Kein Wort. Im Gegensatz zu ihm lächelt sie nicht. Sie friemelt an ihrem Halstuch herum. Es schnürt ihr die Luft ab, so kommt es ihr vor. Sie zerrt daran, krampfhaft, will es loswerden. Aber der dünne Stoff hat sich im Reißverschluss ihrer Jacke verklemmt.

»Was ist los?«, fragt Stepan.

Sie kämpft mit dem Tuch, funkelt ihn dabei wütend an, als hätte er Schuld an ihrem Dilemma. Manchmal ist sie etwas impulsiv.

»Du gefällst mir, Karen«, sagt er resigniert und wohl auch abgeschreckt. »Pass gut auf die Katzen auf. Und auf dich.« Er schließt die Fahrertür und kurbelt die Scheibe herunter. »Ach ja, frohe Weihnachten!«

Der Kombi fährt los, schwenkt auf die Straße und beschleunigt.

»Frohe Weihnachten!«, ruft Karen den roten Rücklichtern hinterher. »Auch für Horst!«

Endlich gelingt es ihr, das Halstuch abzulegen. Zu spät.

Stepan verschwindet. Von einem Augenblick auf den anderen. Und mit ihm alles, was sie sich gemeinsam mit ihm in dieser Nacht vorgestellt hat. Die Gelegenheit – vertan. Weil sie erst begriffsstutzig und dann unentschlossen gewesen war. Weil ihr

Halstuch anscheinend ein Eigenleben besaß. Oder weil er nicht in ihr Schema gepasst hatte.

Was hat sie überhaupt für ein Schema? Sie ist doch schon froh, sich überhaupt mal mit jemandem vernünftig unterhalten zu können.

Karen geht zum Fiat zurück und verstaut die Kabel wieder unter dem Sitz. Dann will sie einsteigen. Doch die Scheinwerfer sind immer noch eingeschaltet und beleuchten die Stelle, wo das Heck des Kombi stand. Etwas Dunkles ist da auf dem schneebedeckten Boden, ein großer Fleck.

Wenn Jäger einen erlegten Rehbock vor dem Kofferraum ihrer Geländewagen aufbrechen, entstehen solche Flecken. Hier in der Gegend ist das nichts Besonderes, weiß Karen. Niemand macht sich darüber Gedanken.

Aber Stepan ist Metzger, überlegt sie. Zumindest hat er das behauptet. Nach einem Jäger sah er nicht aus.

Ihr fallen seine Gummistiefel ein. Helle Gummistiefel in Weiß oder Beige, keine schwarzen oder dunkelgrünen wie üblich. Und klebten nicht dunkle Spritzer daran? Blut hinterlässt solche Spuren. Aber säuberten Metzger ihre Gummistiefel nicht nach der Arbeit und zogen sie aus, um in Alltagskleidung zu schlüpfen?

Karen denkt unwillkürlich in solchen Bahnen. Einer Krimileserin kann man nichts vormachen. Sie geht den Dingen gern auf den Grund, achtet auf jedes Detail. Das hat sich schon häufig als nützlich erwiesen.

Doch jetzt lässt sie die Flecken Flecken sein und ihre Beobachtungen auf sich beruhen. Weil sie diesen Ort möglichst schnell verlassen will.

Außerdem ruft das Katzenparadies. Längst ist ihre Schicht angebrochen, sie hat sich als einzige der »Katzenladys« dazu bereit erklärt. Alle anderen Ehrenamtlichen feiern inzwischen Bescherung im Kreis der Familie, vermutet Karen. Oder sie sitzen im Gottesdienst in St. Jakob. Oder sie essen Würstchen mit Kartoffelsalat. Oder sie schauen einen spannenden Film, der sie ihr verpfuschtes Leben für ein paar Minuten vergessen lässt.

Karen dagegen hat einem Menschen in Not geholfen. Das ist doch etwas am Heiligen Abend!

Sie fährt nach Pöttmes. Das Halstuch ruht neben ihr auf dem Beifahrersitz wie eine Katze, die sich zum Schlafen eingerollt hat. Es glänzt seidig. Karen tastet danach. Es ist unbeschreiblich weich, anschmiegsam.

Das Katzenparadies liegt ein bisschen außerhalb, keine Straßengeräusche sollen die kleinen Bewohner stören. Die Betreiberin wohnt nahebei, macht aber gerade Urlaub auf Teneriffa. Das ist Karen nur recht. Nach einem Gespräch steht ihr heute nicht mehr der Sinn.

Sie parkt den Fiat und nimmt ihren Rucksack aus dem Fußraum mit nach draußen. Vor dem Katzenparadies hält sie inne und atmet tief durch. Lässt alles hinter sich. Auch Stepan, nimmt sie sich vor. Ab jetzt ist sie nur noch für ihre besten Freunde da.

Sie dreht den Schlüssel in dem veralteten Schloss, betritt den Windfang und schließt rasch die Haustür. Eine überschwängliche Begrüßung kündigt sich an, Karen hört es schon erwartungsvoll miauen. Dann öffnet sie die innere Tür, und da sind sie, reiben sich an ihren Beinen, kratzen an ihren Schuhen, wälzen sich vor ihr auf dem Boden oder beäugen sie nur skeptisch, ein paar haben sich auch versteckt: Suzette, Milo, Smokie, Schnüffel, Fritzi, Boris, Düsentrieb, Batman, Minzchen und wie sie alle heißen.

Karen nimmt zuerst diejenigen hoch, die das gern haben, und schmust sie der Reihe nach durch. Dann macht sie ihre Runde, kümmert sich um alle, auch um die Einzelgänger und Angstopfer. Danach ist Fütterungszeit und, während gefressen wird,

Kloentleerungszeit. Schließlich werden tränende Augen behandelt, Risswunden, Zahnbeschwerden und vieles mehr.

Zwei Stunden später ist alles Dringliche erledigt. Karen verteilt noch Leckerlis, dann isst sie ihre belegten Brote und macht es sich in einem Ohrensessel mit Milo, dem einäugigen Mini-Kater, auf dem Schoß gemütlich.

Milo wurde im Abfalleimer einer Tankstelle gefunden. Nicht, weil dort neben Motorölbehältern oder Trockentüchern etwas Fressbares zu finden gewesen wäre, sondern weil ihn jemand hineingestopft hatte. Von allein kam er nicht mehr heraus.

Karen hat zwar ein großes Herz, aber mindestens genauso groß ist ihr Hass auf Katzenhasser, Katzenmisshandler, Katzenvergifter, Katzeneinsperrer, Katzenaussetzer, Katzenverscheucher, Katzen-mit-Steinen-Bewerfer und so weiter.

Plötzlich muss sie an Stepan denken. Und daran, dass ihr über ihrem Katzenhasserhass vielleicht etwas verloren gegangen ist: die Liebe und Zuneigung für all jene, die Katzen mögen.

Egal. In einigen Fällen weiß Karen ganz genau, wer sich schuldig gemacht und ihre Schützlinge wie Fußabstreifer, Putzlappen oder Schlimmeres behandelt hat. Sie weiß zum Beispiel, von wem Smokie, eine reine Indoor-Katze, völlig vernachlässigt wurde, bis sie nur noch aus Haut und Knochen bestand. Sie weiß, dass sich Minzchen nicht mit dem Dobermann ihrer früheren Besitzerin vertrug, weil der Dobermann zu einem Kampfhund ausgebildet und zur Probe auf Minzchen losgelassen worden war. Karen weiß auch, wer Batman fast zu Tode geprügelt und danach behauptet hatte, es sei ein Obdachloser gewesen.

Sie weiß, wer der Feind ihrer besten Freunde ist. Und damit auch ihrer.

»Geht's dir gut, Milo?«

An den Backen streicheln mag der Winzling besonders. Er schnurrt, was das Zeug hält. Eine Handvoll Glück.

Karen angelt die *Schrobenhausener Zeitung* aus ihrem Rucksack. In dem Artikel werden die Fälle der drei verschwundenen Frauen rekapituliert.

Vor einer Woche erwischte es eine Anhalterin, die nach einer langen Nacht in der Kneipe heim nach Langenmosen wollte. Nachdem sie die Gaststätte verließ, verlor sich ihre Spur.

Kurz darauf wurde eine Joggerin vermisst. Mit ihrem Hund lief sie bei Aresing eine späte Trainingsrunde. Auch sie: wie vom Erdboden verschluckt, nur der Hund tauchte wieder auf.

Das dritte Opfer ging erst vor zwei Tagen auf dem Stadtwall von Schrobenhausen spazieren, angeblich, um Luft zu schnappen und auf einer der Sitzbänke noch ein Feierabendbier zu trinken, trotz der winterlichen Temperaturen am Abend. Statt einer leeren Bierflasche fand die Polizei eine leere Wodkaflasche. Keine Frau.

»Wen trifft es als Nächstes?«, schloss der Redakteur.

»Tja, wen wohl?«, fragt Karen laut. »Was meinst du, Milo?«

Milo berührt ihre Hand mit seiner Schwanzspitze und seufzt wohlig.

Die jungen Kolleginnen in der Apotheke haben zahlreiche Theorien: ein Triebtäter, ein Psychopath, ein zügelloses Monster in Menschengestalt! Jede dieser Theorien läuft zwingend auf Sex hinaus. Weil die Kolleginnen ausschließlich an Sex denken, bei ihrem Getratsche ist das stets Thema Nummer eins. Auch einen Serienmörder können sie sich nur als animalische, unausgelastete Sexmaschine vorstellen, vielleicht weil sie selbst gern ausgelasteter wären. Das merkt Karen an der Art, wie sie über ihre Partner reden – und wie sie mit ihren langen Fingernägeln über potenzsteigernde Pillenpackungen streichen, wenn keiner hinsieht. Erbärmlich.

Na ja, vorhin bei Stepan hatte sie ähnliche Anwandlungen. Erst wirkte er ein wenig bedrohlich, dann ... verlockend. Sie kriegt ihn nicht aus dem Kopf.

Milo räkelt sich auf ihrem Schoß. Die meisten anderen Katzen dösen mit vollen Bäuchen friedlich vor sich hin. Der Rest ist zumindest nicht in Kampf- oder Herumtolllaune. Sie geben Ruhe, selbst die launische Suzette. So ein Aufpassermensch bedeutet Überwachung. Und Sicherheit.

Es ist ganz still.

Stille Nacht, so heißt es doch?

An keinem Ort würde Karen jetzt lieber sein. In diesem Sessel, dessen Bezug mehr aus Katzenhaaren zu bestehen scheint als aus Stoff.

Trotz des Grüntees aus der Thermosflasche wird sie schläfrig. All die Aufregung und die Anstrengungen der letzten Tage fordern ihren Tribut.

Das Knacken eines ... Zweiges?

War sie eingenickt? Hat sie das geträumt?

Wieder ein Geräusch. Von draußen.

Diesmal sind es Schritte. Deutlich vernehmbar.

Hat sie die Haustür abgeschlossen?

Karen schreckt hoch, Milo sucht erschrocken das Weite. Sie erinnert sich daran, Stepan bereitwillig erzählt zu haben, dass sie zum Katzenparadies unterwegs war, um dort allein die Stellung zu halten. Mithilfe eines Navigationsprogramms ist das bestimmt leicht zu finden.

Was, wenn er hereinkäme und plötzlich vor ihr stünde? Mit diesem einnehmenden, wissenden Lächeln im Gesicht, mit diesen unwiderstehlichen Augen? Um ihnen beiden eine zweite Chance zu geben.

Sie würde nicht Nein sagen. In diesem Sessel war viel Platz.

Plötzlich kratzt etwas an der Haustür. Heftig. Laut. Ein unkontrolliertes Scharren, als würde jemand mit aller Gewalt einbrechen wollen in der Annahme, es wäre abgeschlossen.

Karen holt das Pfefferspray aus der Hosentasche. Ihre Benommenheit weicht.

Was, wenn Stepan nicht mit einem bezauberndem, sondern einem sadistischen Lächeln vor ihr stünde, mit irrem, stechendem Blick? An den Gummistiefeln das Blut seiner Opfer und einen Satz Metzgermesser griffbereit zum Abhäuten, Ausbeinen, Zerlegen? Psychopathen gibt es ja wirklich.

Dann lächelt Karen. Zum ersten Mal an diesem Tag.

Sie lächelt über sich selbst. Schüttelt den Kopf. Das Pfefferspray steckt sie wieder ein. Heute wird sie es bestimmt nicht mehr brauchen.

Sie öffnet die innere Tür, geht in den Windfang, schließt die Tür. In der Ecke lehnt ein Besen. Den schnappt sie sich und öffnet die Haustür.

Es ist Heidi, die neugierigste Bulldogge, die Pöttmes je gesehen hat. Heidi stromert gern durch die Gegend, und der Geruch der Katzen zieht sie magisch an. Sie ist keine Bedrohung, nicht wirklich. Sie hat rosa Schleifchen an den Ohren und ist vom Scharren an der Tür völlig erschöpft.

Karen verscheucht Heidi mit dem Besen. Niemand mag Heidi zu nahe kommen. Sonst sabbert sie einen voll.

Alles gut.

Kein Stepan weit und breit. Auch kein Triebtäter. Kein Monster in Sicht.

Nach einer Weile beruhigt sich alles, auch Milo, er klettert zurück auf Karens Schoß. Die Nacht wird wieder still. Und bleibt auch still, es gibt keine weiteren Störungen.

Dennoch findet Karen keinen Schlaf. Stattdessen macht sie Pläne für die kommende Woche. Spätestens an Silvester will sie alles erledigt haben, was noch ansteht. Und das ist nicht wenig.

Es gibt noch viel zu tun im alten Jahr. Unangenehmes. Aber auch Befriedigendes.

Um Mitternacht beendet sie ihre Schicht. Bis zum Morgengrauen kommen die Katzen ohne sie zurecht, dann übernimmt eine andere Katzenlady. Die Ehrenamtlichen machen Dienst nach Plan. Alles ist bestens organisiert.

Karen verabreicht Milo noch hochkalorisches Futter und gibt ihm eine Vitaminspritze, ein schwaches Präparat aus der Apotheke, auch für Katzen geeignet. Sie päppelt ihn schon auf, komme, was da wolle!

Bevor sie geht, verabschiedet sie sich von allen. Ihre Lieblinge schauen ein bisschen traurig und anklagend. Es bricht ihr fast das Herz.

Eigene Katzen hat Karen nicht.

Sie hatte mal eine. Einen kleinen Kater wie Milo.

Damals wusste sie noch nicht, wie man junge Katzen aufzieht. Sie war häufig außer Haus, ignorierte Gefahren durch Nachbartiere, nahm allerlei Tabletten, wenn Prüfungen während der Ausbildung anstanden. Von den Bedürfnissen eines geschwächten, wurmbefallenen Mini-Katers hatte sie nicht die geringste Ahnung. Sie machte Fehler. Verhängnisvolle Fehler. Schwer wiedergutzumachende Fehler.

Der Fiat springt sofort an. Auf dem Rückweg fährt Karen eine andere Strecke nach Schrobenhausen, auf Nebenstraßen. Um diese Zeit kommt hier niemand mehr vorbei, erst recht nicht am Heiligen Abend – oder, besser gesagt, am Ersten Weihnachtsfeiertag, inzwischen ist es 0.20 Uhr.

Bei Petersdorf biegt sie in einen Feldweg ein und macht die Scheinwerfer aus. Langsam nähert sie sich dem Schweinestall. Er gehört einem Bauern, der außer zum Füttern selten nach seinen Tieren sieht, zumindest nicht nachts. Der Stall ist nie abgeschlossen, er liegt in einer Senke, umgeben von schneebedeckten Äckern und Brachen. Das nächste Wohnhaus ist fast einen Kilometer entfernt. Außer Sicht.

Karen streift Einmalhandschuhe über. Eine ganze Packung davon bewahrt sie in einem Fach in der Mittelkonsole auf. Dann steigt sie aus und öffnet den Kofferraum. Er ist vorsorglich mit Plastikfolie ausgekleidet. Außerdem steht dort die elektrische Kühlbox, verbunden mit einer Zwölf-Volt-Steckdose. Karen löst das Kabel und trägt die Box in den Stall. Sie entriegelt den Deckel und entnimmt das Gefriergut.

Die Schweine grunzen fröhlich. Im Internet hat Karen gelesen, dass Schweine über höhere Intelligenz verfügen als ein drei Jahre altes Menschenkind. Sie sind sogar klüger als Hunde.

Karen isst kein Schwein, sie ist Vegetarierin.

Schweine sind Allesfresser.

Vor allem diese Schweine.

Erst fraßen sie die Anhalterin, die Smokie vernachlässigt hatte. Dann die Joggerin, deren Dobermann über Minzchen hergefallen war. Und jetzt fressen sie die Spaziergängerin, eine schwere Alkoholikerin, die Batman im Rausch fast zu Tode geprügelt hatte.

Karen wickelt die säuberlich in Plastikfolie verpackten Leichenteile nach und nach aus. Sie sind ein wenig angetaut, quasi halbgefroren. Aber den Schweinen ist das egal, sie stürzen sich mit Heißhunger darauf. Ihre Eckzähne sind scharf, ihre Kiefer kräftig. Es knirscht und knackt, während sie fressen. Sie werden nichts übrig lassen.

Zwanzig Liter fasst die Kühlbox. Karen wird während der Feiertage noch ein paarmal zum Füttern kommen müssen.

Bislang hat sie ihre Zielpersonen mit Pfefferspray außer Gefecht gesetzt und dann mit einem Halstuch stranguliert. Das ist nicht besonders ausgefeilt, bei der Anhalterin hat es sich eher zufällig ergeben. Aber es funktioniert, hat sich bewährt.

Karen findet ihre Vorgehensweise elegant, nur in Maßen brutal und, ganz wichtig, unblutig – ein Pluspunkt bei der Spurenbeseitigung. Blut spielt erst beim Zerlegen der Leichen im Wald eine gewisse Rolle, weit entfernt vom Tatort. Inzwischen kann Karen gut mit Axt und Knochensäge umgehen. Sie ist nicht zimperlich, wenn sie sich um ihre Opfer kümmert.

Doch sie übt noch. An Frauen. Die es verdient haben.

Nach Weihnachten sind Männer dran. Karen weitet ihr Schema aus. Anstelle des Halstuchs muss sie sich etwas Handfesteres besorgen, vielleicht einen Baseballschläger. Oder einen Teleskopschlagstock, damit lässt sich viel Schaden anrichten. Ihr Pfefferspray wird sie weiterhin benutzen, das hat gute Dienste geleistet.

Entscheidend sind drei Faktoren: (1) Vertrauen gewinnen, (2) Ablenkung und (3) das Überraschungsmoment.

Die Begegnung mit Stepan hat sie auf eine Idee gebracht. Ein Pannenfahrzeug mit einer hilflos gestikulierenden Fahrerin – da hält man doch an und sucht Kontakt, oder?

Sie merkt sich den Trick und füttert weiterhin die Schweine. Keines soll zu kurz kommen. Wer mag noch mal, wer hat noch nicht?

Schließlich ist die Kühlbox leer. Als Karen nach draußen geht, wird sie vom Licht einer starken Taschenlampe geblendet. Sie hält sich die Hand vor die Augen, kann nichts erkennen.

»Alles erledigt?«, fragt jemand.

Est ist die Stimme von Stepan.

9

Elisabeth Kabatek

Die teuflische Weihnachtsfeier

Stuttgart

Über die Autorin:

Elisabeth Kabatek, gebürtige Schwäbin, studierte Sprachen und Politikwissenschaft. Sie lebt in Stuttgart als Autorin, Kolumnistin und Bloggerin und bemüht sich, dem Rest der Republik klarzumachen, dass Schwaben auch nur Menschen sind. Ihre Romane *Laugenweckle zum Frühstück, Brezeltango, Spätzleblues, Ein Häusle in Cornwall* und *Zur Sache, Schätzle!* wurden auf Anhieb zu Bestsellern. *Schätzle allein zu Haus* ist ihr jüngster Roman.
Mehr Infos unter: www.e-kabatek.de und https://ekabatek.wordpress.com

Man hätte mich ja nicht gleich umbringen müssen. Hätte es nicht ausgereicht, mir einen tüchtigen Schrecken einzujagen? Ich weiß, dass ich Fehler gemacht habe. Aber jeder verdient schließlich eine zweite Chance! Ich war noch so jung. Jung, leichtsinnig und ein wenig zu selbstsicher. Um nicht zu sagen: Überheblich. Ich würde es gerne wiedergutmachen, wirklich.

Ich nahm also all meinen Mut zusammen und bat um einen Termin beim Chef. Es dauerte ewig. Nicht, dass das ungewöhnlich wäre. Zeit ist eine irdische Dimension, die bei uns keine Rolle spielt. Der Chef hatte ein Meeting nach dem anderen und war unabkömmlich. Ist ja auch kein Wunder, so wie es da oben gerade ausschaut. In letzter Zeit ist die Zahl der Neuzugänge sprunghaft explodiert, da gab es eine Menge zu organisieren, Fegefeuer, Folterkammer, Dämonen, die ganze Planung und Belegung eben, das verstehe ich schon.

Endlich wurde ich zu ihm vorgelassen. Er war elegant wie immer hinter seinem riesigen Schreibtisch. Todschicker Anzug, auf Hochglanz gewienerte Schuhe, das Gesicht so glatt rasiert wie ein Babypopo, dazu paffte er eine seiner dicken Zigarren. Mit der linken Hand wedelte er hektisch und bedeutete mir so, dass ich mich setzen sollte. Er wirkte, gelinde gesagt, gestresst. Auf der Lehne seines Stuhls saß eines dieser jungen Girls mit langen blonden Haaren und kleinen festen Brüsten, mit denen er sich gerne umgab, Typ Cheerleader. Das Mädchen trug nicht besonders viel, kicherte ab und zu aus heiterem Himmel albern und streichelte leicht abwesend die Hörner des Chefs.

»Fünf Minuten«, knurrte er. »Du hast genau fünf Minuten.« Ich senkte demütig mein Haupt.

»So lange brauche ich gar nicht«, sagte ich leise. »Ich habe nur eine Bitte: Ich möchte noch einmal zurück. Zurück zur Weihnachtsfeier. Was mit Steffi passiert ist, quält mich.«

Der Chef sah mich an, in seinem Blick lag Verachtung.

»Glaub mir, du hast nicht die geringste Ahnung, was Qual wirklich bedeutet. Im Vergleich zu den anderen bist du hier im Paradies.«

»Ich weiß. Schließlich kann ich nachts ihre Schreie hören. Und trotzdem ...«

Der Chef drückte die Zigarre aus. »Was versprichst du dir davon?«, bellte er.

»Inneren Frieden?«

Der Chef starrte mich einen Moment lang ungläubig an. Dann lehnte er sich zurück und brach in schallendes Gelächter aus. Das Girl guckte ein wenig überrascht und stimmte nach ein paar Sekunden Reaktionszeit kichernd mit ein.

»Inneren Frieden? Mein Lieber, ich glaube, du hast noch immer nicht ganz begriffen, wo du hier gelandet bist. Für den inneren Frieden ist der Laden weiter oben zuständig, aber doch nicht wir! Warum entspannst du dich nicht einfach?« Er legte die Zigarre im Aschenbecher ab und zwickte das Mädchen in den Hintern. Es quietschte halb empört, halb entzückt.

»Ich möchte einfach eine zweite Chance«, murmelte ich.

»Eine zweite Chance? Du sagst mir offen ins Gesicht, dass du versuchst, hier rauszukommen? Ausgerechnet zu einer Weihnachtsfeier, dem Geburtstag meines größten Gegners? Nicht sehr diplomatisch«, erklärte der Chef belustigt. Er nahm die Zigarre wieder, paffte und schwieg ein paar Sekunden. Dann seufzte er.

»Na schön. Wir sind sowieso überbelegt, da kommt's auf einen mehr oder weniger nicht an. Aber wenn es schiefgeht, ist Schluss mit Streichelzoo. Dann legen wir dir härtere Bandagen an. Ist dir das klar?«

Ich nickte stumm. Ich hatte gewonnen. Zu welchem Preis, das würde sich erst noch weisen.

Wie sie das machten mit dem Zurückschicken, kann ich nicht sagen. Es ging ganz schnell. Plötzlich stand ich vor unserem Werkstor in Stuttgart, als sei ich nie weg gewesen. Es war eine unglaubliche Erleichterung, wieder in meinem menschlichen Körper zu stecken, ich hatte aber auch vollkommen vergessen, wie viel Gewicht man im wirklichen Leben so mit sich herumträgt. Nicht, dass ich jemals übergewichtig gewesen wäre. Ich hatte immer sehr auf meine äußere Erscheinung geachtet. Regelmäßiges Joggen, mindestens dreimal die Woche Fitnessstudio, viel Obst und Gemüse, keine Zigaretten und vor allem kein Bier, höchstens mal ein Gläschen Wein oder Gin und natürlich Champagner. Es gab Kollegen in meinem Alter, die hatten schon eine Wampe. Ekelhaft, mit Mitte dreißig! Ihre Frauen taten mir leid.

Ich sah an mir herunter. Ich trug den Anzug von damals; damals, als es passierte. Ich hatte keinen Mantel an, und die Kälte war ein Schock. Auch das hatte ich vergessen: Wie sich das anfühlte, wenn man zu dünn angezogen war. Es dämmerte. Schon fast automatisch warf ich einen Blick auf meine Armbanduhr, als wäre ich nie in der Hölle gewesen, wo es keine Uhren gab. Es war kurz vor halb fünf, ich war zur richtigen Uhrzeit zurückgekommen, und der Baum mit der Lichterkette auf dem Dach des Gebäudes war ein Beweis dafür, dass auch die Jahreszeit stimmte. Ich tastete in die Tasche meines Jacketts und fand den Autoschlüssel. Autos waren in der Hölle auch sehr weit weg gewesen.

Ich wollte die Geschichte drehen. Ich wollte nicht zurück in die Hölle – wer will das schon? –, ich wollte in den Himmel. Ich würde Steffi das Leben retten. Mit der Kälte kam auch die Erinnerung zurück wie ein Schock, ein brennender Schmerz im Gedächtnis.

Angefangen hatte alles ganz harmlos. Erst war es nur so eine Idee gewesen. Nicht meine Idee, nur dass das klar ist! Es war an einem Freitag, ich weiß es noch genau, in der Kantine war es voller als sonst, es hatte geschmälzte Maultaschen gegeben. Ich hatte mit Marc noch einen Cappuccino getrunken, normalerweise nahm ich mir dafür nicht die Zeit, sondern ging gleich wieder zurück an meinen Computer. Ich war besessen von meiner Arbeit, Pausen ertrug ich nur schwer. Die Kollegen hielten mich für einen Nerd, aber ich war keiner. Nerds gingen nicht ins Theater oder besuchten einen philosophischen Salon, so wie ich. An jenem Freitag aber war mein Gehirn wie ausgetrocknet. Es war einer dieser schwülen Tage, die für den Stuttgarter Sommer so typisch sind, Gewitter waren vorhergesagt, zwischen den Werkshallen brannte die Sonne gnadenlos auf den Asphalt und machte die Wege dazwischen schier unerträglich. Ich war in Gedanken schon im Wochenende, ein Vorgesetzter mit eigenem Boot hatte mich nach Konstanz eingeladen. Es kommen noch ein paar Leute aus der Branche, hatte er gemeint, deshalb hatte ich zugesagt. So etwas konnte nie schaden, dabei hasste ich Segeln. Ich hörte Marc nur mit einem Ohr zu. Er redete irgendwas davon, was wir für ein super Team seien und dass wir mehr daraus machen sollten, jeder von uns da, wo er seine Stärken hatte, er im Marketing, ich in der Entwicklung, blablabla.

»Nur ein kleiner Eingriff«, raunte er, nachdem er sich vorsichtig umgesehen hatte, ob uns auch niemand belauschte, und da horchte ich endlich auf.

»Eingriff? Was für ein Eingriff?«

»Hörst du mir überhaupt zu? Das mit der Abgasreinigung ist einfach nervig. Und es kostet uns viel zu viel Geld.«

»Schon, aber was willst du machen? Die Grenzwerte sind nun mal festgelegt.«

»Ich denke nur laut. Nimm das gar nicht ernst. Ein paar ... Anpassungen hier und da, die es uns leichter machen, die Werte einzuhalten.«

»Anpassungen? Wie stellst du dir das vor?«

Er lachte. »Du bist der nicht wirklich heimliche Star unter den Software-Entwicklern hier. Was meinst du, warum ich mit dir rede und nicht mit jemand anderem? Dir fällt was ein, da bin ich mir ganz sicher. Mein Job wäre dann wiederum die Kommunikation mit den richtigen Leuten an der richtigen Stelle.«

Erst da fiel bei mir der Groschen. Ich stellte die Kaffeetasse ab und starrte Marc an.

»Willst du damit sagen, ich soll die Werte manipulieren? Ich soll betrügen?«

»Nicht so laut«, zischte Marc. »Manipulieren, was für ein hässliches Wort! Wir reden hier von Anpassung. Du weißt doch selber, wie vollkommen übertrieben die Grenzwerte sind, die irgendwelche Umweltfuzzis in Latzhosen und Blümchen-T-Shirts durchgesetzt haben. Das tut doch keinem weh, wenn wir da ein bisschen drübergehen! Und es geht ja auch nur um den Moment, wo das Fahrzeug geprüft wird!«

»Du hast sie doch nicht mehr alle. Wenn das rauskommt, sind wir geliefert.«

»Es wird nicht rauskommen, wenn wir den Vorstand ins Boot holen. Die sind doch froh, wenn sie Geld sparen. Und das Geld könnte dann an anderer Stelle fließen. Wenn du verstehst, was ich meine. Suchst du nicht schon ewig nach einer Immobilie in Stuttgart, und alles ist zu teuer?«

»Und unsere Kunden? Die Autokäufer?«

»Die würden doch gar nichts mitkriegen, denen kann das doch komplett egal sein, was das Auto wirklich raushaut. Das ist es doch. Wir würden niemandem wirklich wehtun!«

In den ersten Tagen nach dem Gespräch dachte ich nicht einmal über Marcs Vorschlag nach, so absurd fand ich ihn. Ich war doch kein Betrüger! Aber dann legte sich der Schock. Marc hatte schließlich recht, wir würden niemandem wehtun. Letztlich war das doch nur ein Kavaliersdelikt, kein Verbrechen, bei dem Blut floss oder jemand ernsthaft zu Schaden kam, dazu war ich ein viel zu kleiner Fisch. Und wenn mir das einen winzigen Bonus einbrachte, umso besser. Ich sagte Marc, ich würde unter gewissen Umständen mitmachen, aber nur dann, wenn er bei den Chefs vorfühlte und meinen Namen erst einmal aus der Sache heraushielt. Die Chefs hatten aber überhaupt kein Problem damit, im Gegenteil, sie waren begeistert und lobten Marcs Engagement zum Wohle der Firma. Danach ging alles ganz schnell. Eine Software zu entwickeln, die die Emissionen eines Autos im Prüfstand unter den erlaubten Höchstwert drückte, weckte meinen Ehrgeiz und war letztlich ein Klacks für mich. Marc dachte sich eine total witzige Kampagne aus, in der er damit warb, dass wir die grünsten und abgasärmsten Autos herstellten, die es jemals gegeben hatte. Die Prüfwerte sanken, die Verkäufe schnellten in die Höhe, die Chefs zeigten sich zufrieden und erkenntlich. Ein paar Monate später kaufte ich mir eine Wohnung am Frauenkopf mit riesiger Dachterrasse für 800 000 Euro, ohne Kredit. Ein schlechtes Gewissen hatte ich nicht, ich fühlte mich immer noch als kleiner Fisch. Marc hatte recht, die Abgaswerte waren schließlich komplett überzogen. Deutschland hatte sich zum Autohasserland entwickelt, überall legte man uns Steine in den Weg, an jeder Ecke wurden Klagen eingereicht. Die Folgen für Stuttgart waren eine einzige Katastrophe. Ohne die Autoindustrie wäre die Stadt schließlich niemals so reich geworden! Selbst der grüne Ministerpräsident hatte mittlerweile kapiert, dass er sich besser nicht mit der Autolobby anlegte.

Alles lief wie am Schnürchen, und so hätte es auch weitergehen können. Aber dann kam diese Weihnachtsfeier, und ich geriet ohne Vorwarnung in einen Strudel, der mich in die Tiefe zog und vernichtete. Auch heute Abend würde ich sie nicht überleben, darum ging es mir gar nicht. Ich wusste ja mittlerweile, wie sich das anfühlte, ermordet zu werden, und konnte dem mit einer gewissen Gelassenheit entgegensehen. Aber mit ein wenig Glück würde ich am Ende des Abends an der Himmelspforte anklopfen und nicht wieder in der Hölle schmoren. Weihnachten im Himmel, das wär's doch! Engelsgesänge statt teuflischem Hohngelächter!

Ich löste mich aus dem Schatten der Werkshalle, um hinüber in die Kantine in unser Bürogebäude zu gehen. Ich drückte die Nervosität weg und freute mich darauf, endlich einmal wieder etwas zu schmecken. Vielleicht war das das Schlimmste an der Hölle: Man verspürte weder Hunger noch Müdigkeit. Die Einteilung des Tages in Mahlzeiten und Schlaf war komplett aufgehoben. Es gab nur Monotonie, eine unerträgliche Monotonie, die man hellwach und ohne Unterbrechung ertragen musste. Doch heute Abend würde ich endlich wieder essen und trinken. Die ganze Firma würde schon da sein, die komplette Chefriege und alle Angestellten bis hinunter zum Pförtner und der Putzfrau. Sie würden schon das erste Glas Sekt in der Hand halten, und meine Kollegen würden darüber spotten, dass ich mich selbst am Abend der Betriebs-Weihnachtsfeier kaum vom Bildschirm meines Computers hatte lösen können. Der Caterer würde schon das Buffet aufgebaut haben, und die Servicekräfte würden diskret im Hintergrund auf ihren Einsatz warten. Riesige Kerzenständer würden den sonst so nüchternen Raum in festliches Licht tauchen. Marc würde mir winken; er würde dafür gesorgt haben, dass der Platz zwischen ihm und Stefanie für mich frei war, so wie wir es abgemacht hatten. Steffi würde mich fast übermütig anlächeln, der Sekt auf nüchternen Magen würde bei ihr schon Wirkung zeigen, sie würde ein enganliegendes schwarzes T-Shirt tragen mit einem tiefen Ausschnitt, das ihren hübschen Busen zur Geltung brachte, und seit langer Zeit würde ich wieder einmal Begehren verspüren. Beim Schrottwichteln würde ich einen entsetzlich hässlichen Korkenzieher gewinnen, mit einem Griff, der aussah wie ein knorriger Ast, und auf dem Ast würde ein Eichhörnchen aus abgewetztem Plüsch mit großen Knopfaugen kauern. Der Geschäftsführer würde eine Rede halten, die witzig gemeint war, aber nicht witzig rüberkam, und wir würden alle höflich lachen. Danach würde er das Buffet eröffnen und uns mit scherzhaft erhobenem Zeigefinger warnen, uns nicht zu betrinken. Und danach würden sie die Treppe heraufkommen ...

Jemand stand am Eingang des Bürogebäudes, ich konnte nicht erkennen, wer es war. Ich hatte vergessen, wie es sich anfühlte, wenn mein Herz in der Brust hämmerte, so wie jetzt. Niemand war mir damals begegnet. Irgendetwas stimmte hier nicht. Reiß dich zusammen, befahl ich mir. Das muss nichts bedeuten, gar nichts; das ist nur eine winzige Abweichung. Auch das Schicksal macht mal kleine Fehler.

»Hallo!«, rief ich der Gestalt übertrieben fröhlich zu.

»Hallo.« Die Stimme war emotionslos.

»Marc! Ich dachte, du bist längst oben und reservierst mir einen Platz! Ich will doch neben Steffi sitzen! Wieso stehst du hier in der Kälte rum, hast du plötzlich mit Rauchen angefangen?«, fragte ich und lachte, um meine Nervosität zu überspielen. Marc antwortete nicht und packte mich stattdessen grob am Arm, sein Gesicht lag im Dunkeln. Ich erschrak fürchterlich. Noch nie hatte mich Marc auch nur angefasst, er war nicht der körperliche Typ.

»He, was soll das?«, protestierte ich, riss mich los und öffnete die schwere Feuerschutztür zum Treppenhaus. Vom Flur fiel Licht auf Marcs Gesicht, und nun erschrak ich noch viel mehr. Marcs Gesichtszüge waren von Hass verzerrt. Ich hatte ihn noch nie so gesehen. Bitterböse, fast teuflisch.

»Ich weiß, was du vorhast«, zischte er. »Und ich warne dich. Ich lass mir von dir nicht die Tour vermasseln.«

»Du spinnst wohl«, rief ich. »Wovon redest du?«

»Du weißt ganz genau, wovon ich rede. Wenn du das durchziehst, fließt noch viel mehr Blut als beim letzten Mal, das verspreche ich dir.«

Ich ließ ihn stehen und stolperte an ihm vorbei ins Treppenhaus. Mir stand der Angstschweiß auf der Stirn. Es konnte doch unmöglich sein, dass Marc wusste, was ich plante? Ich rannte die Treppe hinauf und krachte oben beinahe in Steffi, die sich gerade aus ihrem Mantel schälte.

»Keine Sorge, ausnahmsweise hast du nichts verpasst«, sagte sie belustigt. »Die Caterer haben sich verspätet. Es gibt noch nicht mal was zu trinken. Alle stehen dumm rum und wissen nicht, worüber sie reden sollen, so ganz ohne Alkohol.«

»Wieso ... wieso trägst du nicht dein schwarzes T-Shirt«, platzte ich heraus und hätte mich ohrfeigen können.

Steffi sah mich an, als sei ich nicht recht gescheit. »Ich kann mich zwar nicht daran erinnern, dass ich mit dir darüber gesprochen hätte, was ich heute Abend anziehe«, antwortete sie schließlich langsam, »aber ich wollte mein schwarzes T-Shirt anziehen, ja.« Sie musterte mich. »Es ist übrigens neu. Du hast es noch nie an mir gesehen. Bist du nicht nur ein Nerd, sondern auch Hellseher?« Sie klang verärgert, ließ mich stehen und ging zur Garderobe. Auf halbem Weg drehte sie sich noch einmal um.

»Ich hatte Angst, dass ich mich erkälte«, rief sie. Sie trug eine festliche, aber sehr hochgeschlossene blaue Bluse. Vielleicht war es besser so, das Blut würde dann nicht so grauenhaft aussehen. Halt, verbesserte ich mich. Steffi wird heute Abend nicht sterben. Du wirst es verhindern und dir damit einen Platz im Himmel verdienen, schon vergessen? Mehr Leute trafen ein, dabei sollte ich doch der Letzte sein. Es war falsch. Alles war falsch.

Ich ging in die Kantine hinein. Mit hochroten Köpfen warfen die Caterer gerade Tischdecken auf die Tische am Rand des Saals, überall türmten sich Flaschen und Warmhaltebehälter. Immerhin hatte unser Küchenpersonal schon die Esstische festlich eingedeckt und mit Kerzen, Kugeln und Schokoweihnachtsmännern geschmückt. Die Sekretärin unseres Abteilungsleiters zündete gerade die Kerzen an. Alle anderen standen herum wie bestellt und nicht abgeholt. Als sie mich sahen, lachten sie, einige johlten.

»Dass wir dich mal im Anzug sehen!«, rief Tina, Marcs Assistentin vom Marketing.

»Es ist schließlich Weihnachten«, erklärte ich achselzuckend und sah aus den Augenwinkeln, dass der Geschäftsführer mit den Caterern verhandelte. Auch das war falsch. Er sollte sich doch verspäten!

Er drehte sich um und klatschte in die Hände. »Liebe Kolleginnen und Kollegen, nachdem unsere Caterer im Stau standen, würde ich meine Rede vorziehen und wir stoßen hinterher an, damit sich nicht alles noch mehr verzögert!«

Es gab höflichen Beifall. Die Reden des Chefs waren eigentlich nur mit Alkohol zu ertragen, aber das war im Moment egal. Mir stand der Schweiß auf der Stirn. Marc war nun ebenfalls aufgetaucht, er plauderte liebenswürdig und wirkte wieder völlig normal. Hatte ich mir das alles etwa nur eingebildet? Er spürte meinen Blick, kam herüber, klopfte mir auf die Schulter und rief: »Unser Nerd im Anzug und ohne Pizzakartons! Dass wir das noch erleben dürfen!«, und alle lachten. Dann ging er weiter. Deine Fantasie ist mit dir durchgegangen, schalt ich mich. Ist ja auch kein Wunder, wenn man direkt aus der Hölle kommt.

Der Geschäftsführer winkte nun, und alle Führungskräfte versammelten sich um ihn herum. Im Hintergrund schenkten die Caterer hektisch Sekt ein, der Boss redete und gestikulierte und redete, das beste Jahr in der Betriebsgeschichte, Rekordumsatz, ich schwitzte und fror gleichzeitig. Es war falsch, alles war falsch. Die Caterer gingen mit einem Tablett herum und verteilten Gläser, der Geschäftsführer schüttelte den Chefs die Hände und überreichte Weinflaschen, wir applaudierten und stießen an. Dann wurde es kurz hektisch, weil sich jeder einen Platz möglichst weit weg von den Leuten aus der Chefetage sichern wollte, das Licht ging aus, und der sonst so nüchterne Raum wirkte im Kerzenlicht beinahe festlich. Ich fand mich weit weg von Steffi wieder, auch weit weg von Marc, neben zwei faden Ingenieuren, die ich kaum kannte und die schweigend die Suppe löffelten, die die Caterer serviert hatten. Im Hintergrund dudelte *Jingle Bells*. An jenem Abend aber hatte es einen winterlichen Salat mit warmen Champignons zur Vorspeise gegeben, Steffi hatte das Dressing gelobt, und dazu war *White Christmas* gelaufen. Es stimmte nicht, es stimmte einfach alles nicht! Ich rührte die Suppe kaum an, dabei hatte ich mich so aufs Essen gefreut. Warum passierte denn nichts?

Dann ging alles ganz schnell. *Jingle Bells* wurde von Tatütata übertönt, und ich war unendlich erleichtert. Also doch! Das Sirengeheul kam immer näher, Unruhe machte sich im Raum breit, blau-weißes Licht leuchtete in die Kantine hinein und warf gespenstische Schatten an die Wand. Unten wurde die Tür aufgerissen, schwere Schuhe polterten die Treppe hinauf, es dauerte nur ein paar Sekunden, dann wimmelte es nur so von Polizisten. Ihre Uniformen vermischten sich mit der festlichen Kleidung der Kollegen, alle waren aufgesprungen und redeten wild durcheinander. Ein Mann im Anzug ging auf den Geschäftsführer zu, in der einen Hand hielt er einen Dienstausweis, in der anderen ein Blatt Papier. Der Geschäftsführer starrte auf das Papier und wurde bleich, und ich arbeitete mich, so schnell ich konnte, nach vorne. Jetzt kam es drauf an, ich schlängelte mich an Tischen und Stühlen und Leuten vorbei, niemand beachtete mich.

»Schwabbacher, Kripo Stuttgart, leider müssen wir Ihre Weihnachtsfeier unterbrechen. Wir haben einen Durchsuchungsbefehl wegen Betrugsverdachts. Bitte begleiten Sie uns in Ihre Geschäftsräume, und unterstützen Sie die Kollegen, so gut Sie können. Und die anderen feiern einfach weiter.«

Für ein paar Sekunden blieb die Zeit stehen, es schien, als sei die ganze Firma in Schockstarre verfallen. Ich bereitete mich mental vor. Aus dem Nichts würde in der Hand des Chefs die Pistole auftauchen. Er würde sie sich an die Schläfe halten und brüllen: »Ich gehe nicht in den Knast, niemals!« Und dann würde Marc auf ihn zurennen, um ihm die Waffe aus der Hand zu reißen, und der Chef würde schreien: »Du bist doch an allem schuld!«, und die Pistole auf ihn richten, und es würde ein Handgemenge geben. Das Bild, wie das Blut aus Steffis weißem Busen quoll, direkt oberhalb des T-Shirt-Ausschnitts, wie sie zu Boden sank mit diesem erstaunten Blick, hatte sich mir ins Gedächtnis gebrannt, aber heute würde ich mich dazwischenwerfen, damit die verirrte Kugel mich traf und nicht sie. Ich würde mich opfern und dafür in den Himmel kommen. Es würde nur eine Leiche geben und nicht zwei wie damals, als ich erschüttert vor Steffis noch warmem Körper zu Boden gesunken war und Marc angebrüllt hatte: »Mörder! Du bist ein Mörder!« Und Marc hatte ausgerufen: »Es war doch alles deine Idee!« Um einen Sekundenbruchteil war er schneller gewesen als der Kommissar, der wie er nach der Pistole hechtete, die der Chef hatte fallen lassen, um sich entsetzt die Hände vors Gesicht zu schlagen. Marc hatte die Waffe an sich gerissen und mich erschossen. Das Letzte, was ich sah, war sein hassverzerrtes Gesicht.

Nun hatte ich es geschafft, ich stand neben dem Kommissar und wartete darauf, dass der Geschäftsführer die Pistole zückte. Ich sah mich hektisch um. Wo war Marc? Er stand ein paar Meter hinter mir in der Menge. Unsere Blicke trafen sich, und er grinste. Es war ein Grinsen, so diabolisch, dass es mir eiskalt den Rücken hinunterlief. Da wusste ich plötzlich, was passieren oder sagen wir besser: nicht passieren würde. In der Hölle hatte es das Gerücht gegeben, auch Marc sei dort gelandet, erschossen von der Polizei. Gesehen hatte ich ihn nie. Auf einmal war ich mir ganz sicher, dass es am Abend der Weihnachtsfeier nicht nur zwei, sondern drei Leichen gegeben hatte. Deshalb hatte Marc sich so seltsam verhalten, deshalb hatte mir der Teufel eine zweite Chance gegeben. Nicht etwa aus Großmut, er war schließlich der Teufel, nein, er spielte ein doppeltes Spiel und Marc und mich gegeneinander aus. Auch Marc war aus der Hölle zurückgekommen, auch er versuchte, der Geschichte eine andere Wendung zu geben. Er würde ganz entspannt zusehen, wie sich der Geschäftsführer selber erschoss, natürlich, das war es, und dann würde er den ganzen Dieselbetrug abstreiten und alles auf mich schieben. Er hielt mich für einen Feigling – und dann passierte es, diesmal blieb die Geschichte sich selber treu, der Geschäftsführer presste plötzlich die Mündung einer Waffe an seine Schläfe und brüllte: »Ich werde niemals in den Knast gehen, niemals!« Und nun war ich es, der nach vorne hechtete und mit ihm um die Waffe rang.

Jemand rief: »Waffe fallen lassen!« Wir kämpften und keuchten stumm, und dann verpasste mir der Chef einen Faustschlag ins Gesicht, und ich ging zu Boden. Etwas Warmes rann aus meiner Nase, ich war halb benommen, in meinen Ohren dröhnte das Echo des Schusses, der sich beim Kampf gelöst hatte, und ich schloss die Augen. Ich hatte verloren. Steffi war tot, ich hatte die Geschichte nicht ändern können, das Einzige, was sich geändert hatte, war, dass ich lebte, dabei war mein einziges Ziel gewesen, Steffi zu retten, und nun war alles noch viel schlimmer, und ich trug eine Mitschuld an ihrem Tod und würde zurück in die Hölle kommen. Ich hörte Schreien und Schluchzen.

»Marc! O mein Gott ...«

Ein Polizist kniete neben mir und reichte mir ein Taschentuch.

»Alles in Ordnung mit Ihnen?«, fragte er. Ich gab keine Antwort, nahm das Taschentuch, drückte es gegen meine blutende Nase und kam taumelnd auf die Beine. Ein paar Meter von mir entfernt lag Marc in einer Blutlache, seine Augen waren weit geöffnet, in ihnen stand große Verwunderung zu lesen. Die Polizisten schoben die schluchzenden Kollegen zur Seite und schirmten die Leiche ab, jemand telefonierte nach einem Krankenwagen. Der Geschäftsführer hatte die Hände vors Gesicht geschlagen und wimmerte, zwei Polizisten hielten ihn fest. Ich aber war am Leben. Steffi stand mit Tina vom Marketing weinend zusammen, sie hielten sich fest umarmt.

Das ist also meine Geschichte. Wie sie ausging? Der Teufel

lässt mich seither in Ruhe. Der Geschäftsführer wurde wegen fahrlässiger Tötung angeklagt und bekam fünf Jahre. Ich sitze wegen des Dieselbetrugs eine sechsmonatige Haftstrafe ab. Steffi hat mich ein paarmal besucht. Wir werden sehen, was daraus wird. Natürlich kann ich nicht in die Firma zurück. Dort halten mich die einen für einen Verräter, die anderen für einen Helden.

Manchmal denke ich daran, wie es war, in die Hölle zu kommen. Ich verspürte keinen Schmerz, alles löste sich in grelles Licht auf, und dann fand ich mich an der Pforte zur Hölle wieder, voller Verwunderung darüber, dass man wegen eines klitzekleinen Betrugs an ein paar Autofahrern, ja geradezu wegen eines Bagatelldelikts nicht mehr im Himmel eingelassen wurde. Ich habe meine Lektion gelernt. Ich werde nicht mehr betrügen und bin unendlich dankbar, dass ich ins Leben zurückkehren durfte. Eigentlich geht meine Haftstrafe bis zum Jahresende, aber ich hoffe, dass man mich vor Weihnachten wegen guter Führung entlässt. Ich werde vor meinem Weihnachtsbaum stehen und daran denken, dass mir ausgerechnet der Teufel die Chance gegeben hat, ein besserer Mensch zu werden.

10

Angelika Svensson

Schachmatt

St. Peter-Ording

Über die Autorin:

Angelika Svensson ist das Pseudonym der Krimiautorin Angelika Waitschies. Die Autorin wurde in Hamburg geboren und lebt heute in Schleswig-Holstein. Nach der Ausbildung zur Fremdsprachenkorrespondentin begann sie 1972 ihre berufliche Tätigkeit beim Norddeutschen Rundfunk in Hamburg. Ihre Stationen innerhalb des NDR führten sie in unterschiedliche Bereiche, so auch in die Abteilung Unterhaltung/Fernsehspiel, wo sie auf Produktionsseite an der Entstehung vieler Shows und Krimis mitgewirkt hat. Mittlerweile ist die Autorin freiberuflich tätig.
Angelika Svensson ist Mitglied im »Syndikat« und bei den »Mörderischen Schwestern«.
Mehr Infos unter: www.angelika-svensson.de

Der Ort hatte sich gewandelt. Nicht zum Besseren, wie viele sagten. *In ein paar Jahren ist das hier ein zweites Sylt,* war die vorrangigste Meinung, *zugebaut mit Hotels auf jedem freien Flecken, die sich nur noch die Reichen leisten können.*

Simon Hartwigsen fochten derlei Befürchtungen nicht an. Er war Investor und Architekt und als solcher angetreten, um in St. Peter-Ording ein zweites Lifestyle-Hotel zu erbauen, bevor er sich mit neuen Projekten der Ostseeküste zuwandte.

Nicht kleckern, sondern klotzen. Wenn es einen Menschen gab, der diese Devise in jeder Pore seines Körpers verinnerlicht hatte, dann war das Simon. Und so hatte er sich in dieser dritten Dezemberwoche ein weiteres Mal nach SPO aufgemacht, um endgültig das Hindernis zu beseitigen, das seinem Bauvorhaben noch im Wege stand.

»Du hättest über die Weihnachtstage kommen sollen, dann ist hier noch einiges mehr los.«

Laura und er hatten sich wie üblich an ihrem Treffpunkt verabredet, einem kleinen Andenkenladen in St. Peter-Bad. Sie war ihm im Oktober auf der Erlebnispromenade über den Weg gelaufen. Nein, nicht gelaufen, sie war in ihn hineingerannt. Auf nagelneuen Skates, die sie an diesem Tag zum ersten Mal ausprobiert hatte, wie sie ihm beim Abendessen gestand, zu dem sie ihn als Wiedergutmachung eingeladen hatte. Seitdem waren sie zusammen. Obwohl ... zusammen traf es nicht so ganz. Jedenfalls nicht von seiner Seite aus, denn daheim in München wartete eine Ehefrau auf ihn, die er niemals verlassen würde. Schließlich gehörte ihr das renommierte Architekturbüro, dessen alleiniger Geschäftsführer er seit der Eheschließung vor acht Jahren war.

»Ja, das hätte ich auch am liebsten getan, aber meine Eltern legen nun einmal großen Wert auf Traditionen. Da müssen meine Schwester und ich Weihnachten antanzen, ob wir wollen oder nicht.«

Er war ein Einzelkind, und seine Eltern waren tot. Die Weihnachtstage würde er mit seiner Frau in Kitzbühel verbringen, wie in den Jahren zuvor. Laura hatte ihm seine Entschuldigung abgekauft, wie sie überhaupt damit zufrieden schien, wenn er einmal im Monat für zwei bis drei Tage anreiste. Manchmal irritierte ihn diese vollkommene Unabhängigkeit, die er von seinen bisherigen Geliebten nicht kannte. Da er sich aber selten Gedanken über seine Mitmenschen zu machen pflegte, hielt er sich mit diesen Überlegungen nicht lange auf.

»Ich hab Hunger«, sagte Laura, nachdem sie einige Schritte gegangen waren.

»Ich auch.« Er nahm ihr Gesicht in beide Hände und küsste sie leidenschaftlich.

»O nein, jetzt brauche ich erst mal etwas zu essen.« Sie lachte und entwand sich seinen Armen.

Sie schlenderten Richtung Dünen-Therme und ließen sich in einem Restaurant in dessen Nähe nieder. Der Ort begann sich zu füllen, und wie immer war der Trubel im Ortsteil Bad am größten. Weihnachtliche Beleuchtung, wohin man schaute, der Duft von gebrannten Mandeln hing in der Luft. Holzbuden mit weihnachtlichem Gedöns, weihnachtliches Gedudel, das von *Last Christmas* bis *Stille Nacht* reichte. Definitiv nicht seins, aber die Touris liebten es nun mal. Aus diesem Grund hätte er das Hotel auch am liebsten wieder in Bad errichtet, nur war hier leider seit dem Bau seines ersten Hauses vor vier Jahren mittlerweile jeder freie Quadratmeter zugebaut worden. Deshalb war er nach Ording ausgewichen und hatte dort ein Grundstück in begehrter Lage entdeckt. Allerdings hatte der Eigentümer, der mit seinen achtzig Jahren längst ins Altenheim gehört hätte, bis jetzt ums Verrecken nicht verkaufen wollen. Deshalb hatte Simon beschlossen, die Samthandschuhe auszuziehen und zur harten Tour überzugehen. Was das anbelangte, kannte er keine Skrupel und verfügte mittlerweile über einiges an Erfahrung: Telefonterror, eingeschlagene Fensterscheiben, tote Tiere im Garten; er würde dem Alten einheizen, bis dieser auf Knien angekrochen kam, um den Kaufvertrag abzuschließen. Dieses Geduldspiel würde er gewinnen.

»Hallo, hier bin ich. Wo bist du denn mit deinen Gedanken?« Laura stupste ihn an. »Wieder bei deinem Hotelneubau?«

Er hatte ihr bei ihrer ersten Begegnung erzählt, dass er Architekt wäre und sich für einen Investor im Ort umsähe, ob es hier noch Möglichkeiten für den Bau eines neuen Hotels gäbe. In der Vita, die er damals vor ihr ausgebreitet hatte, stimmten nur sein Vorname und sein Alter. Er hatte sich langsam vorgetastet, wie sie als Einheimische zu solchen Plänen stand. Sie hatte sich von der Idee sehr angetan gezeigt, denn ihrer Meinung nach konnte der Ort noch eine Reihe weiterer Auffrischungen vertragen. Beim zweiten Besuch hatte er dann von seinem Widersacher erzählt.

»Ach, es ist alles gerade etwas kompliziert.« Er schenkte ihr noch einen Schluck Wein nach.

»Immer noch der sture Alte?«

»Ich hab doch bei meinen Besuchen gesehen, wie gebrechlich er ist. Er scheint sich bei jedem Schritt zu quälen und kann das Haus bestimmt nicht mehr in Ordnung halten. Mal ganz abgesehen von Einkaufen und Kochen und dem ganzen Kram.«

»Vielleicht hat er eine Haushaltshilfe.«

Simon zuckte die Schultern. »Keine Ahnung. Jedenfalls

habe ich bei meinem letzten Besuch den Vorschlag gemacht, dass wir ihm zusätzlich zu dem Kaufpreis für das Haus noch den Platz in einer Seniorenwohnanlage seiner Wahl bezahlen. Auf unbeschränkte Zeit. Aber er will nicht.« Er lächelte gequält. »Mein Chef ist mit seiner Geduld mittlerweile am Ende und macht mich dafür verantwortlich, dass das Projekt nicht vorankommt. Letzte Woche stand schon das Wort Kündigung im Raum, weil ich seinen Anforderungen nicht genügen würde.« Er strich sich über das Gesicht und sah sie mit einem niedergeschlagenen Blick an. »Ich weiß nicht, was ich noch machen soll, Laura.«

Sie griff nach seiner Hand und streichelte sie. »Vielleicht kann ich dir ja helfen.«

Wie erhofft hatte Laura während seiner Abwesenheit ihre Kontakte spielen lassen. Simon hatte sie nicht direkt darum bitten wollen, sondern gehofft, dass sie von alleine darauf käme. Er hatte sie richtig eingeschätzt. Seit seinem letzten Besuch hatte sie sich umgehört und jemanden ausfindig gemacht, der den sturen Alten kannte und ihm noch einmal gut zugeredet hatte.

»Er hängt eben an dem Haus, schließlich ist es sein Elternhaus. Das verkauft man nicht so einfach.«

Simon bemühte sich, den Verständnisvollen zu spielen. »Das kann ich ja verstehen, aber er muss doch auch an sich und seine Gesundheit denken. Mit seiner Sturheit tut er sich doch keinen Gefallen.«

Laura lächelte. »Das scheint er ja nun eingesehen zu haben. Er erwartet dich morgen Abend um acht Uhr, um den Kaufvertrag abzuschließen.«

Voller Erstaunen sah er sie an, denn diese Nachricht haute ihn nun wirklich um. »Dein Ernst?«

»Mein vollster.«

Er beugte sich über den Tisch und hauchte ihr einen Kuss auf die Wange. »Dann sollten wir jetzt schnellstens ins Hotel gehen, damit ich dir meine Dankbarkeit beweisen kann.«

Er hatte nur wenig geschlafen und wachte um acht Uhr wie gerädert auf, noch in den Fängen eines verworrenen Traums. Ein Holzverschlag am Strand, Sturm und Regen, der durch die Ritzen peitschte, Wasser von allen Seiten, das unaufhörlich stieg. Nasser Sand unter seinen nackten Sohlen. Ein Stuhl, an den er mit Händen und Füßen gefesselt war, unmöglich sich zu bewegen. Er musste hier raus, denn es war eine Sturmflut angesagt worden. Mit aller Kraft zerrte er an seinen Fesseln und stieß einen Schmerzenslaut aus, als der Kabelbinder immer tiefer in seine Handgelenke schnitt.

Was für ein Horror. Stöhnend richtete er sich auf. Die andere Seite des großen Doppelbetts war leer, auch Lauras Kleidung, die auf dem Boden verstreut gelegen hatte, war verschwunden. »Laura?«

Als keine Reaktion erfolgte, ließ er sich noch einmal zurücksinken. Ein dumpfer Schmerz pochte hinter seinen Schläfen, dabei war der Wein am Vorabend exzellent gewesen.

Die Dusche vertrieb dann schließlich die Morgengespenster, und das ausgiebige Frühstück brachte seine Lebensgeister wieder auf Trab. Der Ärger auf Laura allerdings blieb. Wieso hatte sie sich so klammheimlich davongemacht?

Als er in die Hotelsuite zurückkehrte, empfing ihn das Klingeln seines Handys. Laura. Bestimmt wollte sie sich für ihr Verhalten entschuldigen, aber er würde sie noch ein bisschen schmoren lassen.

Der Blick aus dem Fenster zeigte ihm ein Postkartenmotiv. Salzwiesen, Strand, die Pfahlbauten im Hintergrund, alles von einer weißen Schneeschicht bedeckt, die im Licht der aufgehenden Sonne funkelte. Das war es, was die Hochglanzprospekte zeigten, die für einen Winteraufenthalt in SPO warben. Nur leider hatte das Wetter in den vergangenen Jahren selten mitgespielt, denn Schnee war hier mittlerweile die große Ausnahme. Deshalb waren Wellness-Hotels mehr denn je gefragt, um das häufig schlechte Wetter im Herbst und Winter zu kompensieren und auch in dieser Jahreszeit weitere Gäste nach SPO zu locken. Und in diesem Bereich würde er mit seinem zweiten Hotel am Ort endlich an vorderster Front mitspielen.

Laura versuchte es weiterhin, aber erst beim fünften Anruf nahm er das Gespräch entgegen und meldete sich mit einem knappen Ja.

»Tut mir leid, dass ich einfach so abgehauen bin, aber ich wollte dich nicht wecken.«

Er beschloss, großmütig zu sein. »Ist schon okay.«

»Was hältst du davon, wenn wir uns nach deinem Termin heute Abend bei mir treffen? Deine Suite ist zwar schön, aber irgendwie auch ziemlich unpersönlich.«

»Und was machst du tagsüber?«

»Oh, da muss ich noch einiges erledigen.«

»Na gut.« Dann würde er sich den Tag eben alleine um die Ohren schlagen, auch kein Problem.

»Dann sieh zu, dass du den Kauf schnell unter Dach und Fach bringst, ich hab nämlich eine Überraschung für dich.«

Überraschungen waren nun so gar nicht sein Ding, aber er wollte ihr den Spaß nicht verderben und sagte zu. Kurz erwog er den Gedanken, ihr ein Geschenk mitzubringen, denn schließlich würde er dank ihrer Unterstützung heute den lang ersehnten Vertrag unterzeichnen. Nichts Großes, eine Kleinigkeit für maximal dreißig Euro wäre vollkommen ausreichend. Aber dann verwarf er die Überlegung wieder, schließlich hatte er bereits am Vorabend das teure Essen bezahlt. Das musste reichen.

Simon verbrachte den Tag in heiterer Gelassenheit, nun, da er endlich am Ziel seiner Wünsche war. SPO bot eine Reihe von Freizeitaktivitäten, die er bei seinen letzten Besuchen vor lauter Anspannung nicht so recht hatte genießen können. Er besuchte den gemütlichen Ortsteil Dorf, wo er im Geschäft des Nordseebernstein-Museums einen großen Klunker für seine Frau erwarb, speiste in der *Friesenstube* vorzüglich zu Mittag und machte sich dann zu einem Strandspaziergang auf, der am Nachmittag in der Dünen-Therme in Bad endete. Schwimmen, Sauna und eine entspannende Massage rundeten diesen vollkommenen Tag ab, der am Abend seinen krönenden Abschluss finden würde.

Gegen Abend verschlechterte sich das Wetter, und auf dem Weg nach Ording setzte dichtes Schneetreiben ein. Trotz Winterreifen geriet der Maserati mehrere Male ins Schleudern, und Simon war froh, als er endlich am Ziel angelangt war.

Die Vorderfront des Hauses lag im Dunkeln, und so tapste er etwas unbeholfen durch die Finsternis, bis er die Haustür erreichte. Nachdem auf sein Klingeln und Klopfen niemand reagierte, drückte Simon die Klinke herunter und stellte fest, dass die Tür offen war. »Hallo? Sind Sie da, Herr Claasen? Ich bin es, Simon Hartwigsen.«

Keine Reaktion, nur das Rauschen des Windes, der stärker geworden war und den Schnee mittlerweile fast waagerecht peitschte. Kälteschauer jagten durch seinen Körper. Vorsichtig betrat er das Haus, dessen Äußeres ihm jetzt, bei Dunkelheit, unheimlich erschien. Es war ein Friesenhaus mit hölzernen Fachwerkbalken und schon ziemlich verwittert. Baujahr 1910, höchste Zeit, dass man den alten Kasten endlich abriss. Das Innere hatte er noch nicht zu Gesicht bekommen, da Claasen ihn stets an der Tür abgefertigt hatte.

Ein spärlich beleuchteter Flur, auf der rechten Seite führte eine Holztreppe ins Obergeschoss. Verputzte Wände, auch hier

Fachwerkbalken. Die ausgetretenen Fußbodendielen knarrten bei jedem Schritt.

Geradeaus schien es ins Wohnzimmer zu gehen. Die doppelflügelige Tür war ein Stück geöffnet, und als Simon näher trat und sie weiter aufzog, erblickte er einen prächtig geschmückten Weihnachtsbaum an einem Sprossenfenster und einen rechteckigen Tisch, an dem jemand saß, der ihm den Rücken zuwandte. Allem Anschein nach handelte es sich um einen Mann, die hohe Rückenlehne des Stuhls verhinderte eine genauere Sicht. Simon trat näher, von einem plötzlichen Frösteln erfüllt. »Herr Claasen?«

Die Person rührte sich nicht. Simon trat noch näher, als er ein Geräusch hinter sich vernahm. Er wollte sich umdrehen, da verspürte er einen Einstich am Hals. Nur Sekunden später wurde die Welt um ihn herum schwarz.

Ein lautes Scheppern ließ ihn das Bewusstsein wiedererlangen. Bevor sein Kopf realisierte, wo er sich befand, hatte ihm sein Körper bereits Gefahr signalisiert. Er wollte aufspringen, aber die Kabelbinder, mit denen seine Hände und Füße an einem Stuhl festgezurrt waren, verhinderten sein Vorhaben.

Wie in meinem Traum, zuckte es durch seinen Kopf.

Dann kehrte eine Erinnerung an die Person zurück, die am Tisch gesessen hatte. Sein Kopf ruckte hoch, und ihm wurde schlecht.

Es handelte sich tatsächlich um einen Mann, und er saß noch immer auf dem Stuhl. Seine Augen standen weit offen, sein Gesicht war wächsern. Auf seiner Brust prangte ein großer Blutfleck.

»Du hattest recht. Wird Zeit, dass dieses alte Gemäuer endlich abgerissen wird. Jetzt schließen sogar nicht mal mehr die Fenster richtig.«

Simons Kopf fuhr herum, als er die vertraute Stimme hinter sich vernahm. »Laura?«

»Ich hatte doch gesagt, dass ich heute Abend eine Überraschung für dich habe.«

Er hörte ein leises Lachen, dann wurde das Fenster mit einem Ruck geschlossen, und Laura tauchte in seinem Blickfeld auf.

»Ich verstehe nicht ...« Was um alles in der Welt war hier los?

»Nein, mein Lieber, wie solltest du auch.« Sie nahm ihm gegenüber Platz und musterte ihn mit einem feinen Lächeln, als würde sie seine Verwirrung erheitern.

Seine Gedanken rasten. Wer hatte ihn mit der Spritze außer Gefecht gesetzt und hier festgekettet? Doch nicht etwa ... sie? Während er noch nach Worten suchte, wurde er auf die Pistole aufmerksam, die in der Mitte des Tisches lag. Und auf die Latexhandschuhe an Lauras Händen ...

»Unsere Begegnung war kein Zufall«, drang ihre Stimme in seine Gedanken. »Ich wusste, wer du bist.«

Fassungslos schaute er sie an. »Woher?«

»Von der Veranstaltung im Sommer, als du deinen geplanten Hotelneubau vorgestellt hast.«

Sein Kopf schwirrte. »Aber ... du hast doch gesagt, dass du erst im Oktober von deinem einjährigen USA-Aufenthalt zurückgekehrt bist.«

Ein amüsiertes Lachen war die Antwort. »Auch andere Menschen können lügen, mein Lieber.«

»Dann hast du dich ganz bewusst an mich rangemacht?«

»Ja, natürlich. Glaubst du, dass nur ihr Männer so etwas könnt?« Sie faltete ihre Hände, die sie auf dem Tisch abgelegt hatte, und unwillkürlich richtete sich sein Blick wieder auf die Latexhandschuhe an ihren Fingern.

»Wer bist du?«

Sie tippte mit dem Zeigefinger wie zum Gruß an ihren Kopf. »Maria Büttner. Ich denke, der Name sagt dir etwas.«

Der Sturm heulte um das Haus und ließ die Fenster erzittern. Das Szenario hatte etwas von einem Albtraum, nur dass es dieses Mal kein gnädiges Erwachen geben würde.

Maria Büttner.

Natürlich sagte ihm der Name etwas. Büttner Real Estate, Standort Frankfurt, deren Hotelneubauten seit einigen Jahren die schleswig-holsteinische Nord- und Ostseeküste überzogen. Genormte Kästen, die das Auge eines jeden Architekten beleidigten. Maria Büttner hatte die Firma vor fünf Jahren von ihrem Vater übernommen, aber im Gegensatz zu diesem hielt sie nichts von öffentlicher Zurschaustellung. Simon hatte bisher noch kein einziges Foto von ihr im Netz entdeckt, was ihm missfiel, da er immer gern wusste, wie seine schärfsten Konkurrenten aussahen.

Jetzt begriff er auch, warum sie sich nie bei ihr getroffen hatten. Er hatte ihr seine Besuche immer per Mail angekündigt, und sie hatte für dieselbe Zeit dann auch ein Hotelzimmer oder eine Ferienwohnung gebucht. Was ihren Job anbelangte, hatte sie ihm erklärt, dass sie sich nach ihrem Amerikaaufenthalt erst einmal akklimatisieren müsse und dann etwas in der Tourismusbranche anstrebe.

»Du bist mir in SPO bereits vor einigen Jahren in die Quere gekommen. Damals habe ich den Kürzeren gezogen, aber dieses Mal wirst du das Nachsehen haben.« Maria deutete auf den toten Mann. »Ich konnte ihn übrigens auch nicht rumkriegen. Er war wirklich sehr stur, da hattest du vollkommen recht. Deshalb habe ich mich zu einer anderen Lösung entschlossen.«

»Du hast ihn umgebracht.«

»Nein, das warst du.« Sie zog die Pistole zu sich heran. »Mit dieser Waffe.«

Er stieß ein ungläubiges Lachen aus. »Damit kommst du nicht durch.«

»O doch.« Sie deutete auf die Waffe. »Hier sind nur deine Fingerabdrücke drauf. Ging ganz einfach, als du bewusstlos warst.«

»Ich werde aussagen, wie es wirklich war.«

»Dazu wird es nicht mehr kommen, mein Lieber.« Sie erhob sich und ging zum Weihnachtsbaum hinüber. Dort zog sie ein Feuerzeug aus ihrer Jackentasche und begann damit die Kerzen anzuzünden.

Die Erkenntnis traf ihn mit voller Wucht. Sie wollte das Haus abfackeln! Sein Herz verkrampfte sich vor Angst. Während er verzweifelt über einen Ausweg aus dieser Situation nachsann, hörte er sie wieder reden.

»Brände in der Weihnachtszeit sind ja nichts Ungewöhnliches. Mal brennt ein Adventskranz, dann ein Weihnachtsbaum. Und bis die Feuerwehr kommt, kann es dauern. Die hiesige Wehr ist gerade zu einem Einsatz in Böhl gerufen worden.« Ihr Lächeln ließ das Blut in seinen Adern gefrieren.

»Du hast …«

»Nur eine verfallene Kate, ich will doch nicht, dass Menschen zu Schaden kommen.« Sie kicherte. »Jedenfalls nicht dort. Und diese Zeitzünder sind ja so was von praktisch, da hatte ich noch jede Menge Zeit, hierherzukommen.«

»Die Polizei wird dir auf die Schliche kommen.«

»Das glaube ich kaum.« Sie entzündete die letzte Kerze und kam zum Tisch zurück. Simon wollte sie stoppen, wollte etwas sagen, was sie zur Umkehr bewegte, aber er konnte nur wie gelähmt dasitzen und zusehen, wie sie ihre Handtasche vom Stuhl nahm und eine Spritze herausholte. Mit zwei schnellen Schritten stand sie neben ihm. Er stieß einen Schmerzensschrei aus, als der Einstich erfolgte, und spürte fast augenblicklich, wie seine

Glieder erschlafften. Maria beobachtete ihn einige Minuten und begann dann seine Fesseln zu lösen. Er wollte aufspringen und fliehen, aber vergebens.

»So.« Sie platzierte seine Hände auf dem Tisch und drückte die Pistole zwischen die Finger seiner rechten Hand. Er versuchte erfolglos, sie von sich zu stoßen. »Wehr dich nicht, mein Lieber, das hat keinen Zweck. Du wirst ganz sanft hinübergleiten und keine Schmerzen leiden. Wenn die Bude hier abgefackelt ist, wird man dich und Claasen finden und davon ausgehen, dass du ihn erschossen hast. Er hatte sich nach wie vor geweigert, an dich zu verkaufen, da bist du ausgerastet. Und bevor du fliehen konntest, kam dir dieser dumme Brand dazwischen. Ich denke, dass ich da noch einen Artikel lancieren werde. Unter diesen Umständen werden seine Erben das Grundstück natürlich nicht an die Firma deiner Frau veräußern. Und da es keine anderen Interessenten gibt, habe ich freie Bahn. Meine Anwälte haben den Vertrag bereits aufgesetzt.« Sie ging noch einmal zum Weihnachtsbaum und versetzte ihm einen Stoß, woraufhin er gegen das Fenster fiel. Sofort fing die weiße Spitzengardine Feuer, das in Windeseile auf die anderen Gardinen übergriff. Ein zufriedener Ausdruck breitete sich auf Marias Gesicht aus. Sie ergriff ihre Handtasche und strich ihm leicht über den Kopf. »Mach dir nichts draus, mein Lieber, so ist nun mal das Leben. Mal gewinnt der eine, mal der andere.«

11

Iny Lorentz

Süßer die Plätzchen nie schmecken

Berlin

Über die Autoren:

Hinter dem Namen Iny Lorentz verbirgt sich ein Münchner Autorenpaar, das mit *Die Wanderhure* seinen Durchbruch feierte. Seither folgt Bestseller auf Bestseller, die auch in zahlreiche Länder verkauft wurden. *Die Wanderhure* und fünf weitere Romane sind verfilmt worden. Dazu wurde *Die Wanderhure* für das Theater adaptiert und auf vielen Bühnen in Deutschland, Österreich und der Schweiz aufgeführt. Für die Verdienste um den historischen Roman wurde Iny Lorentz 2017 mit dem *Wandernden Heilkräuterpreis* der Stadt Königsee geehrt und in die *Signs of Fame* des Fernwehparks Oberkotzau aufgenommen.
Besuchen Sie auch die Homepage der Autoren: www.inys-und-elmars-romane.de

Der Stollen roch auch heuer wieder verführerisch. In den letzten Jahren hatte Katharina sich stets beherrschen müssen, um ihn nicht sofort anzuschneiden und zu probieren. Es hätte sich jedoch schlecht gemacht, mit einem bereits angeschnittenen Stollen bei Christianes Weihnachtsfest zu erscheinen.

Diesmal nahm sie den Stollen sehr vorsichtig und mit Handschuhen aus dem Schrank, in dem er die letzten Wochen gereift war, und bemühte sich, nirgends mit der blanken Haut an ihn zu kommen. Dabei sagte ihr der Verstand, dass dies völlig unnötig war. Ihr Bauchgefühl widersprach jedoch, und so wickelte sie den Stollen sofort in Weihnachtspapier ein. Kurz darauf hatte sie ein rotes Band mit einem Schleifchen darum gewickelt und legte ihn in einen Karton, damit er die Bahnreise nach Berlin gut überstand.

Nun waren alle Vorbereitungen für ein schönes Weihnachtsfest getroffen. Mit einer gewissen Schadenfreude dachte sie daran, dass sich ihr Neffe Hermann und dessen Familie auf einem von Albert Ballins Schiffen im Mittelmeer befanden. Sie nannten es Kreuzfahrt, obwohl es mit einem Kreuz nichts zu tun hatte. Christiane hatte ihr in einem Brief erklärt, der Reeder wolle mit einer solchen Fahrt die Zeit überbrücken, in denen seine Schiffe wegen des schlechten Wetters nicht auf ihren gewohnten Routen nach Nordamerika fahren konnten. Außerdem ging es um Eisberge und ähnliche Dinge, von denen sie nichts verstand.

Da Hermann samt Frau und Kindern unterwegs war, würde sie zum ersten Mal seit Jahren mit ihrer Schwester allein sein. Nur noch wenige Stunden, dachte sie, dann hatte sie Christiane all das heimgezahlt, was ihr von dieser im Lauf von mehr als fünf Jahrzehnten angetan worden war. Bereits in der Kindheit hatte Christiane alles getan, um sie auszustechen. So hatte diese sich bei allen Leuten lieb Kind gemacht und war dadurch öfter als sie gestreichelt und geherzt worden. Auch hatte Christiane immer mehr und auch schönere Geschenke erhalten. In der Mädchenschule hatten ihre Leistungen die der Schwester zwar übertroffen, dennoch war Christiane von den Lehrerinnen besser benotet worden.

Christiane hatte ihr auch den feinen Kaufmannserben Oskar Schmid abspenstig gemacht, sodass ihr nichts anderes übrig geblieben war, als den einfachen Beamten Krause zu heiraten. Aber der hatte sich als übler Trinker entpuppt und sie bei jeder Gelegenheit verprügelt. Zwanzig Jahre hatte sie dieses Martyrium ertragen, während Christiane sich als Ehefrau eines reichen Mannes jeden Luxus hatte leisten können. Nun war sie selbst seit fünfzehn Jahren Witwe und lebte von einer Rente, die kaum für das Nötigste reichte. Zwar hatte auch Christiane mittlerweile ihren Mann verloren, konnte aber ihren Lebensstil ohne Einschränkungen weiterführen.

Um der armen Schwester etwas Gutes zu tun, lud Christiane sie seit Jahren zu jedem Weihnachtsfest ein. Dieses Miststück tat das aber nicht aus Edelmut oder Gutmütigkeit, sondern nur, um ihr zu zeigen, um wie viel besser sie es im Leben getroffen hatte.

Katharinas Blick schweifte über den eingepackten Stollen. Dessen wichtigste Zutat war nicht Orangeat, auch nicht Zitronat und Sultaninen, sondern ein harmlos aussehendes graues Pulver, dessen Wirksamkeit sie bereits vor einigen Monaten an ihrer Katze erprobt hatte. Diese war in weniger als einer Viertelstunde eingegangen. Bei Christiane würde es vielleicht eine Stunde dauern, dann würde auch sie tot sein, und all die Demütigungen, die sie von ihr hatte hinnehmen müssen, waren gerächt.

Mit diesem Gedanken packte Katharina alles für die Reise zusammen, zog ihr bestes Kleid an und verließ das Haus. Diesmal leistete sie sich sogar eine Droschke zum Bahnhof. Die letzten Jahre war sie immer zu Fuß gegangen, mochte das Wetter auch noch so schlecht gewesen sein. An so kleinen Bequemlichkeiten, dachte sie, würde sie in Zukunft nicht mehr sparen müssen. Immerhin hatte Christiane ihr gesagt, dass sie ihr eine gewisse Summe hinterlassen wolle. Natürlich glaubte die Schwester nicht, vor ihr zu sterben. Doch der in der Schachtel verstaute Stollen würde sie etwas anderes lehren.

Katharina lächelte, als sie daran dachte. Christiane war versessen auf ihren Stollen und würde jetzt, da ihre Familie fort war, genug essen, um von dem Gift dahingerafft zu werden. Für diesen Zweck hatte sie giftige Pflanzen gesammelt, getrocknet und zu Pulver zerrieben. Mehr als einmal hatte sie befürchtet, dadurch selbst zu sterben oder zumindest krank zu werden.

Das war jedoch nicht geschehen. Deshalb hatte sie das Gift der Katze beigebracht, um zu sehen, ob ihre Arbeit vielleicht umsonst gewesen war. Der Tod der Katze hatte ihr jedoch deutlich gezeigt, dass sie dies nicht befürchten musste.

In ihren Gedanken versunken nahm Katharina kaum wahr, dass sie den Bahnhof erreichte. Ein Dienstmann brachte ihren Koffer und die Schachtel mit dem Stollen zu ihrem reservierten Abteil und freute sich über den Groschen, den sie ihm als Trinkgeld gab. Die Fahrt selbst dauerte nur eine gute Stunde, dann erreichte der Zug Berlin und hielt am Lehrter Bahnhof an.

Katharina winkte einen Dienstmann so gebieterisch zu sich, wie sie es bei ihrer Schwester gesehen hatte, und wies ihn an, Koffer und Schachtel zu einer Droschke zu bringen. Zufrieden folgte sie ihm. So, sagte sie sich, würde ihr Leben verlaufen, wenn Christiane endlich auf dem Gottesacker ihre letzte Ruhe gefunden hatte. Plötzlich wusste sie nicht mehr, was in ihr den Trieb erweckt hatte, die Schwester umzubringen. War es wirklich wegen der ewigen Demütigungen in ihren frühen Jahren gewesen oder doch mehr die Aussicht auf ein Erbe, durch das sich ihre Lebensumstände endlich zum Besseren wenden würden?

Eines von Christianes Dienstmädchen öffnete, als Katharina den Türklopfer anschlug, der aus einem Ring bestand, den ein Bronzelöwe im Maul hielt.

»Guten Tag, Frau Krause«, grüßte sie gerade noch höflich. Wie die anderen Bediensteten in diesem Haus wusste auch sie, wie wenig die Schwester ihrer Herrin hier galt.

»Guten Tag!«, antwortete Katharina und wies auf den Koffer und den gut verschnürten Karton mit dem Stollen. »Schaffe alles in mein Zimmer.«

»Sehr wohl!« Die Frau bückte sich und hob den Koffer auf. Ein Trinkgeld würde sie von Katharina Krause nicht bekommen, dachte sie. Dabei war Weihnachten.

Katharina sah sich unterdessen in der Empfangshalle der großen Villa um. Auch in diesem Jahr hielt Christiane es nicht für nötig, herunterzukommen und sie zu begrüßen. Im ersten Augenblick ärgerte sie sich darüber, dann aber zog ein spöttischer Zug über ihr Gesicht.

»Die Herrin ist in ihrem Salon«, berichtete das Dienstmädchen und verschwand mit dem Koffer.

Katharina wandte sich nun dem Raum zu, in dem ihre Schwester sich meistens aufhielt. Es war ein großes Zimmer mit wunderschönen Möbeln, wie sie sich nur wirklich reiche Leute leisten konnten. Allein die Ottomane, auf der Christiane ruhte und ihr lächelnd entgegensah, war mehr wert als ihre gesamte Einrichtung. Katharina empfand den Neid auf die Schwester noch stärker und sagte sich, dass diese den Platz einnahm, der eigentlich ihr gebührte.

»Guten Tag, Christiane«, grüßte sie mit süßlicher Stimme.

Christiane Schmid war doppelt so breit wie ihre magere Schwester, sah aber jünger aus. Nun nickte sie ihr freundlich zu.

»Sei mir willkommen, Katharina! Ich freue mich, dass du auch heuer gekommen bist. Diesmal ist es mir noch lieber als sonst, da Hermann unbedingt diese dumme Seereise antreten musste. Jetzt werde ich meine Enkel erst im neuen Jahr wiedersehen.«

Du hast wenigstens einen Sohn und Enkel, dachte Katharina voller Hass. Sie selbst war nur einmal schwanger geworden und hatte ein totes Kind geboren.

»Wir werden übrigens heute Abend allein sein, denn ich habe meinen Hausperlen erlaubt, das Christfest bei ihren Familien zu verbringen. Hab keine Angst, sie haben alles für uns vorbereitet. Wir werden Champagner trinken und von deinem köstlichen Stollen naschen. Auch wenn wir nur unter uns sind, so wollen wir den Heiligen Abend so feiern, wie es sich gehört«, fuhr Christiane fort.

Katharina nickte, denn es kam ihr zupass, wenn nur sie und ihre Schwester am Abend hier waren. Dann konnte sie die Reste des Stollens heimlich verschwinden lassen und würde am nächsten Morgen voller Entsetzen von Christianes Ableben erfahren.

»Ich freue mich, mit dir zusammen zu feiern! Auch wenn es immer schön war, wenn dein Sohn, dessen Frau und die Kinder dabei waren«, sagte sie und blickte dann an sich hinab. »Wenn es dir recht ist, würde ich gerne auf mein Zimmer gehen und mich frisch machen. Ich habe doch wieder dasselbe wie immer?«

»Selbstverständlich!«, antwortete Christiane. »Vielleicht legst du dich auch noch ein wenig hin, damit du heute Abend frisch bist. Auch wenn wir beide nicht mehr die Jüngsten sind, sollte Mitternacht doch hinter uns liegen, bevor wir zu Bett gehen.«

»Es wird alles so geschehen, wie du es wünschst«, antwortete

Katharina und verließ das Zimmer. Der Blick der Schwester folgte ihr, und für einen Moment lag der Ausdruck höchster Verachtung auf Christianes Gesicht.

Der Abend begann so, wie Christiane es angekündigt hatte. Um sechs Uhr abends verließen die Köchin und die beiden Dienstmädchen das Haus, und die beiden Schwestern blieben allein zurück.

Christiane hatte auftischen lassen, was es in den Berliner Delikatessenläden zu kaufen gab. Mit großen Augen starrte Katharina auf die großen Schinkenstücke und die köstliche Wurst. Sogar Lachs gab es, fein säuberlich in Scheiben geschnitten, und ein Dutzend anderer guter Dinge. In einer mit zerstoßenem Eis gefüllten Schüssel steckten bizarr geformte Muschelschalen. Katharina hatte bislang nicht gewusst, dass man das Innere essen konnte. Ihre Schwester nahm eine davon, öffnete sie mit einer Art Zange, presste etwas Zitronensaft auf den Inhalt der Muschel und schlürfte ihn voller Vergnügen.

»Das sind Austern, Kathi«, sagte sie. »Du solltest auch ein paar essen. Sie schmecken superb!«

Katharina folgte ihrem Beispiel, doch fand sie die Auster weniger superb als vielmehr glitschig, um nicht zu sagen, eklig. Trotzdem lobte sie diese über den grünen Klee und ließ ihre Blicke weiterwandern.

»Wenn du die guten Plätzchen suchst, die unser Konditor immer macht, so muss ich dich enttäuschen. Mina, dieses dumme Stück, hat vergessen, die Bestellung weiterzugeben. Doch hoffe ich, dass diese Plätzchen deinen Geschmack ebenfalls treffen!«

Ein sanftes Lächeln lag auf Christianes Lippen, als sie eine Schale mit den genannten Plätzchen vor Katharina hinstellte.

Diese schmollte ein wenig, denn jene besonderen Plätzchen waren einer der Hauptgründe, weshalb sie Weihnachten hierherkam. Der Konditor sparte nicht mit teuren Zutaten wie exquisitem Rum aus Westindien, echter Vanille und besten Gewürzen. Das sah Christiane ähnlich, dass sie an dieser Stelle nicht nachgefragt hatte, ob auch alles richtig vorbereitet war. Mit einer gewissen Abneigung ergriff sie eines der Plätzchen, biss ein Stückchen davon ab und begann zu kauen.

Zu ihrer Verwunderung schmeckten sie fast noch besser als die in den vergangenen Jahren. »Ausgezeichnet!«, sagte sie, nachdem sie das erste Plätzchen gegessen hatte, und griff nach dem nächsten.

»Und nun wollen wir auch deinen köstlichen Stollen anschneiden. Du hast ihn doch dabei?«

In Christianes Stimme schwang ein gewisser Neid mit. Wenn Katharina eines konnte, so war es Stollen backen. Es war ihr unverständlich, wie es der Schwester trotz ihrer beengten Lebensverhältnisse jedes Mal wieder gelang, einen so wundervollen Stollen hinzuzaubern. Er erinnerte sie an den in der Kindheit, den die Mutter gebacken hatte. Selbst die teuersten Erzeugnisse der Konditoren kamen da nicht mit.

Katharina aß ein weiteres Plätzchen, nahm dann den Stollen aus dem Karton, den sie mitgebracht hatte, und dachte voller Schrecken daran, dass sie diesen mit bloßen Händen aus der Hülle nehmen und anschneiden musste, damit ihre Schwester keinen Verdacht schöpfte.

Es kostete sie ihre gesamte Selbstbeherrschung, den Stollen auszupacken und drei Scheiben davon abzuschneiden. Sie legte sie auf einen Teller, der aus echtem Porzellan bestand, wie sie bemerkte, und schob ihn der Schwester zu.

»Iss nur! Ich halte mich derweil an deine Plätzchen. Die sind sogar noch besser als im letzten Jahr!«, sagte sie.

Ein eigenartiges Lächeln umspielte Christianes Lippen. »Das freut mich! Ich habe sie nämlich selbst gebacken. Nun, vielleicht nicht ganz. Einen Teil der Arbeit hat die Mina gemacht, aber ich habe abgeschmeckt und nur die besten Sachen dafür genommen. Ich weiß doch, wie gerne du diese Plätzchen hast.«

»Das ist lieb von dir!« Katharina lächelte, doch innerlich dachte sie, dass Christiane ihr wieder einmal vorführte, in welch ausgezeichneten Verhältnissen sie lebte.

Natürlich hatte die Schwester nicht mehr getan, als ein wenig am Teig zu probieren, während ihre Köchin alles andere machen musste. Doch dies war ihr im Augenblick gleichgültig, denn dafür schmeckten die Plätzchen einfach zu gut. Doch auch alles andere reizte Katharina ungemein, und so griff sie auch beim Schinken, der Wurst und dem Lachs kräftig zu. Es war ein Festmahl, wie sie es sich niemals leisten konnte, ebenso wenig den Champagner, den ihr die Schwester immer wieder einschenkte. Es war ein Leben, auf das Katharina so viele Jahre lang nur neidisch hatte blicken können. Zu Weihnachten hatte Christiane ihr stets vorgeführt, wie sie schlemmen konnte. Beim nächsten Christfest wird sie das nicht mehr können, dachte Katharina und probierte erneut eine Auster. Nach mehreren Gläsern Champagner schmeckte ihr diese sogar gut.

Der Abend verlief zunächst ganz normal. Die beiden Schwestern ließen sich die angehäuften Delikatessen schmecken und tranken dazu perlenden Champagner.

Während sie schmausten, unterhielten sie sich. Katharina lobte dabei die köstlichen Plätzchen, den wohlschmeckenden Lachs und den Schinken und die Würste und aß dabei so viel, dass sie zuletzt glaubte, im nächsten Augenblick platzen zu müssen. Christiane hielt etwas mehr Maß, allerdings nicht bei dem Stollen, der zu einem großen Teil in ihren Magen wanderte.

Katharina sah es mit heimlicher Zufriedenheit. Nach einer Weile fühlte sie sich jedoch seltsam. Zuerst dachte sie, der

Champagner würde ihr zu Kopf steigen und dafür sorgen, dass ihr die Arme und Beine nicht mehr richtig gehorchen wollten.

»Ich weiß nicht, ob ich es wirklich bis Mitternacht aushalte«, sagte sie mit schleppender Stimme.

Nun fiel ihr auch noch das Reden schwer, stellte sie verwundert fest.

»Das glaube ich auch nicht«, antwortete Christiane mit überraschend harter Stimme. »Um es genau zu sagen, glaube ich, dass du in weniger als einer Stunde tot bist und dem Satan deine Weihnachtslieder vorsingen kannst.«

»Was soll das?«, brachte Katharina mühsam hervor und wollte aufstehen. Ihre Beine gaben jedoch sofort unter ihr nach, und sie fiel in den Sessel zurück.

»Was das soll, kann ich dir sagen! Ich bin es leid, jedes Jahr aufs Neue zu hören, um wie viel besser ich es getroffen hätte als du. Immer tust du so, als hätte ich dir etwas weggenommen. Dabei bist du an deinem Elend selbst schuld. Du hättest den Beamten Krause nicht heiraten müssen. Aber du wolltest dich als armes Opfer darstellen, dem ich den erwählten Bräutigam weggenommen habe. Dabei machte sich mein Oskar nicht das Geringste aus dir. Er fand dich im Gegenteil widerwärtig und hätte dir am liebsten unsere Tür versperrt. Dann aber hättest du bei unseren Bekannten und Freundinnen sofort auf die böse Schwester gehetzt, die dir nicht einmal zwei schöne Tage zu Weihnachten gönnt, obwohl sie so reich ist.« Christiane wurde direkt giftig. »Stets hast du dich als mein Opfer hingestellt! Selbst hier in meinem eigenen Haus hast du immer darauf hingewiesen, wie sehr du gegen mich zurückgesetzt worden bist. Mein Mann hat es nur mit Mühe ertragen, und mein Sohn sagte nach dem letzten Mal zu mir, solange du dabei bist, würde er zu Hause nie mehr Weihnachten feiern. Er ist deiner giftigen Schmeichelei ebenso überdrüssig geworden wie ich. Auch meine Schwiegertochter will dich nicht mehr sehen.«

Christiane verstummte einen Augenblick und steckte sich ein weiteres Stück Stollen in den Mund. »Deinen Stollen werde ich in Zukunft vermissen. Er ist das Einzige, das bei dir etwas taugt. Doch verzichte ich gerne darauf, wenn ich beim nächsten Weihnachtsfest wieder meine Lieben um mich versammeln kann.«

Christiane lächelte zufrieden, denn sie hatte ihren Sohn und dessen Familie selbst auf die Kreuzfahrt geschickt. Begründet hatte sie es damit, allein mit ihrer Schwester sprechen zu wollen und dieser zu erklären, dies sei das letzte Weihnachten, welches sie in ihrem Haus miterleben würde. Aus diesem Gedanken heraus war auch der Vorsatz entstanden, sich Katharinas ganz zu entledigen.

»Du warst schon immer ein elendes Miststück!«, würgte Katharina mühsam hervor.

»Ein Kompliment, das ich mit Vergnügen zurückgebe«, antwortete Christiane höhnisch. »Das Gift habe ich bei einer Reise ins Ausland erworben. Es wird niemand etwas auffallen. Wenn ich morgen den Arzt hole, wird dieser gerne bestätigen, dass das viele Essen und der genossene Champagner zu viel für dich gewesen wären und zum Tod geführt hätten.«

Christiane aß ein weiteres Stück Stollen und schenkte sich ein Glas Champagner ein. »Auf deinen Tod!«, sagte sie lächelnd und trank.

Ihre Schwester spürte, wie das Leben förmlich aus ihr herausrann. Sie konnte nicht einmal mehr sprechen. Christiane hingegen sah so aus, als würde ihr der vergiftete Stollen nicht das Geringste ausmachen. Mit einer verzweifelten Enttäuschung sah Katharina zu, wie die Schwester ihren Sieg feierte. Ein weiterer Bissen Stollen wanderte in Christianes Mund, und ein weiteres Glas Champagner folgte. Wieso hat mein Gift die Katze umgebracht, aber nicht dieses elende Biest?, dachte Katharina.

Da erinnerte sie sich daran, dass ihrer Katze zunächst auch nichts anzumerken gewesen war. Diese war dann wie auf einen

Schlag umgefallen, hatte noch einmal mit den Beinen gezuckt und war dann tot gewesen. Bei Christiane, so war ihr letzter Gedanke, würde es hoffentlich ebenso sein.

Gegen Mittag des nächsten Tages standen zwei Herren in dem Zimmer, in dem Christiane und Katharina ihr Weihnachtsfest gefeiert hatten. Bei ihnen war das Hausmädchen, das die beiden Schwestern am Morgen tot aufgefunden hatte. Obwohl sie gewiss nicht zartbesaitet war, saß die Frau mit verheultem Gesicht auf einem Stuhl und wagte es nicht, die beiden nebeneinander aufgebahrten Leichen anzusehen.

Von den beiden Männern war einer der Arzt, der andere ein Leichenbestatter. Sie beachteten das Hausmädchen nicht, sondern musterten die Überreste des Festmahles, die sich noch auf dem Tisch befanden, sowie die leeren Champagnerflaschen.

»Was meinen Sie, Herr Doktor? Müssen wir die Criminal-Behörden hinzuziehen?«, fragte der Bestatter.

Der Arzt musterte die beiden Frauen und überlegte. »Wenn Sie es für nötig halten …«

»Ich verlasse mich ganz auf Ihr Urteil«, wehrte der Bestatter ab.

Nach einem weiteren Blick auf die fast vollständig geleerten Teller und Schüsseln schüttelte der Arzt den Kopf. »Für mich stellt sich die Sache so dar, dass eine der Schwestern aufgrund der übertriebenen Völlerei und des reichlich bemessenen Champagnergenusses verstorben und der Schwester daraufhin vor Schreck das Herz stehen geblieben ist. Welche als Erste starb, könnte nur eine Obduktion ergeben. Das aber halte ich für ebenso überflüssig wie die Hinzuziehung der Criminal-Behörden. Diese würden nur Unruhe ins Haus bringen, und das zur Weihnachtszeit. Ich werde jetzt die Totenscheine ausstellen und den Rest Ihnen überlassen.«

»Müssen wir nicht den Sohn von Frau Schmied benachrichtigen?«, fragte der Bestatter.

»Herr Schmied befindet sich derzeit mit seiner Familie auf Reisen im Mittelmeer«, wandte das Hausmädchen ein, das sich nun etwas beruhigt hatte.

»Eine seltsame Sitte, ausgerechnet zu Weihnachten nicht zu Hause zu sein! Wäre er hier gewesen, hätte er vielleicht eingreifen können. Da es nun einmal nicht so war, sollten wir nach Kairo und anderswohin kabeln, dass seine Mutter und seine Tante verstorben sind. Bis zur Beisetzung wird er wahrscheinlich nicht hier sein können. Aber so ist nun einmal der Lauf der Welt.«

Der Arzt sah bei diesen Worten die paar Plätzchen, die sich noch in der Schale befanden, begehrlich an. Doch er beherrschte sich und stellte stattdessen die Totenscheine aus. Anschließend winkte er das Hausmädchen heran.

»Bringe die Überreste nach draußen auf den Abfall! Hier locken sie nur Ungeziefer an!«

»Sehr wohl, Herr Doktor«, antwortete die Frau und machte sich ans Werk.

Niemand fiel auf, dass in den nächsten Tagen etliche der Mäuse und Ratten verendeten, die über die Speisereste in dem Müllbehälter hergefallen waren. Die Beerdigung der beiden Schwestern wurde trotz des Fehlens des Sohnes der einen und Neffen der anderen ein würdiges Ereignis, bei dem etliche Tränen flossen. Auch wenn Christiane gestorben war, hatte sie eines erreicht: Ihr Sohn und dessen Familie konnten die nächsten Weihnachtsfeste zu Hause feiern, ohne sich ständig von der Tante anhören zu müssen, wie privilegiert sie im Gegensatz zu dieser wären.

12

Jürgen Seibold

Gut Holz!

Schwäbischer Wald

Über den Autor:

Jürgen Seibold, gelernter Journalist, veröffentlichte in den Neunzigern einige Musikerbiografien, darunter einen *Spiegel*-Bestseller über die Kelly Family. 2007 erschien sein erster Schwabenkrimi *Endlich ist er tot* und neben Theaterstücken und Liebeskomödien, nach einem Psychothriller und einem historischen Roman schreibt er auch heute noch vorwiegend Krimis, gern mit schwarzem Humor versetzt. Ob neugieriger Bestatter, wehleidiger LKA-Ermittler oder ins Allgäu neig'schmeckter Niedersachse: Neben den Mordfällen haben seine Hauptfiguren immer auch private Verwicklungen zu lösen – und manche machen Musik wie ihr Erfinder.
Jürgen Seibold lebt mit seiner Familie in der Nähe von Stuttgart.

Peter Büttel tätschelte sein Pferd und gönnte ihm eine Pause. Er zog einen Zigarillo hervor, zündete ihn an und inhalierte den ersten Zug tief und genussvoll. Dann lauschte er. Die Motorsäge, die er vorhin drunten im Kuhnbachtal gehört hatte, war verstummt. Es war ruhig im Wald. Nur der Wind raschelte in den Zweigen und im Unterholz und wirbelte hier und da ein paar gefrorene Blätter und etwas Schnee auf. Er zog erneut am Zigarillo und freute sich nicht zum ersten Mal an diesem Tag über seine heutige Aufgabe. Holz rücken, die abgesägten und, wenn nötig, in Stücke zerteilten Stämme mit dem Rückepferd beiseiteziehen, eins sein mit der Natur, Zeit für Gedanken haben, die sonst zu kurz kommen. Wenn er mit dem Pferd im Wald arbeitete, konnte er einfach er selbst sein.

Vor allem unter der Woche, gerade in der Adventszeit bei kaltem Wetter wie heute, musste er den Wald mit keinem anderen Menschen teilen. Alles, was er sah, waren Füchse, Rehe und was er sonst noch aufscheuchte, wenn er mit seinem Kaltblüter zum Rückeplatz kam.

In der Ferne war ein Martinshorn zu hören, das schnell lauter wurde und sich von Kuhnweiler her näherte. Er horchte, ob der Rettungswagen womöglich an seinem Hof zum Stehen kam, aber das Fahrzeug brauste an dem Gehöft vorbei und schien dann auf einen Waldweg einzubiegen. Das Martinshorn verstummte, und das hochtourige Motorengeräusch kam nun aus dem Wald. Der Rettungswagen brauste offenbar auf das Kuhnbachtal zu. Die Motorsäge, die nicht mehr zu hören war, kam ihm in den Sinn, und dann griff er auch schon nach dem Zügel des Rückepferds und rannte mit dem Tier auf dem schmalen Weg tiefer in den Wald hinein. Auf dem letzten steilen Stück hinunter zum Bach sah er die Sanitäter ratlos vor einem gefällten Baum in der Senke stehen. Einer der beiden drehte sich zu ihm um, als Büttel und sein Pferd auf sie zukamen. Er nickte ihm grüßend zu, winkte aber auch gleich ab und gab ihm zu verstehen, dass sie seine Hilfe einstweilen wohl nicht brauchen würden.

Kriminalhauptkommissar Klaus Schneider hatte unterwegs noch seinen Kollegen Rainer Ernst aufgesammelt, nun ließ er seinen Wagen auf dem Waldweg ausrollen und musterte die Szenerie, die sich ihm bot. Ein Baum war gefällt worden, der Stamm lag quer über dem Weg, und direkt am Stumpf knieten zwei Kollegen von der Kriminaltechnik und sicherten Spuren. Nicht weit entfernt stand ein Rettungswagen, daneben, rauchend, zwei Sanitäter und ein Mann in grober Arbeitskleidung. Ein Polizist in Uniform kam auf Schneider und Ernst zu, begrüßte sie und deutete auf einen älteren Herrn mit Stock und Hut, der ein paar Meter vom Baumstamm entfernt auf und ab ging, zu Boden starrte und leise vor sich hin murmelte.

»Er hat den Toten entdeckt«, sagte der Uniformierte. »Hat sofort den Notruf gewählt und dort drüben auf uns gewartet. Aber es wird nicht viel Wert haben, wenn ihr jetzt mit ihm reden wollt: Er ist ziemlich durch den Wind.«

»Okay – und was hat er so früh am Tag hier gewollt, mitten im Wald?«

Der Uniformierte zuckte mit den Schultern. »Er ist Frühaufsteher. Walter Herder wohnt in Vorderbüchelberg, das ist ein Dorf gleich dort hinter dem Wald, zu Fuß eine gute halbe Stunde. Für ihn natürlich weniger.«

»Warum das?«

»Herder ist passionierter Wanderer, der ist ständig auf Tour in der Gegend – die Leute nennen ihn nicht umsonst Wander-Walter.«

Der Uniformierte lachte, und weil Schneider ihn fragend anschaute, schob er die Erklärung nach: »Wander-Walter – wie die App, Sie verstehen? Touren durch den Schwäbischen Wald, direkt auf Ihr Handy und –«

»Ja, danke, schon gut. Wenn Ihr Wandersmann gerade unpässlich ist, würde ich mir jetzt gern die Leiche anschauen.«

Die Rechtsmedizinerin Dr. Zora Wilde war offenbar gerade damit fertig, sich einen ersten Eindruck zu verschaffen. Sie grüßte Schneider mit einem knappen Kopfnicken und streifte seinen Kollegen nur mit einem kurzen Blick. Schneider sah aus den Augenwinkeln, wie Rainer Ernst die Lippen zusammenpresste – der Kollege hatte es noch immer nicht verwunden, dass er die Beziehung mit der attraktiven Medizinerin in den Sand gesetzt hatte. Da musste Ernst jetzt eben durch.

»Guten Morgen, Frau Doktor Wilde«, sagte Schneider. »Was haben wir hier?«

»Sie haben hoffentlich nicht zu fett gefrühstückt«, antwortete sie und führte sie die letzten Schritte zu dem Toten. »Als die Sanis hier eintrafen, war schon nichts mehr zu machen. Der Mann ist unter den Baumstamm geraten, er muss sofort tot gewesen sein. Und er hat eine ordentliche Fahne – gestern Abend zu viel Wein erwischt, würde ich sagen.«

Der Leichnam war übel zugerichtet. Schneider hatte keine Ahnung vom Bäumefällen, aber dass hier etwas gründlich schiefgegangen war, erkannte sogar er. Der Stumpf wies eine schräge Schnittfläche auf, der Baum selbst lag mit seinem unteren Ende auf dem Unterleib des Toten, und bis hinauf zu seinem Schädel hatte das Gewicht des Stammes alles zerquetscht. Der linke Arm war ebenfalls unter den Stamm geraten, der rechte lag ausgestreckt im Moos, eine Motorsäge war nur Zentimeter neben der rechten Hand zum Liegen gekommen. Der Leichnam trug Handschuhe, Jeans, Jacke und Straßenschuhe.

Zora Wilde zeigte auf die Stelle, wo sich unter dem Stamm der Kopf befand.

»Seine Schutzbrille trägt er noch«, sagte sie leichthin. »Hat ihm in dieser Situation aber natürlich auch nicht viel geholfen.«

Schneider sah kurz tadelnd zu ihr hin, dann musterte er den Leichnam weiter. Neben ihm knirschte gefrorenes Laub, und der Rauch eines brennenden Zigarillos umwehte ihn. Schneider wandte den Kopf und erblickte einen Mann um die fünfzig, der ihn freundlich anlächelte und mit dem Zigarillo auf den Toten zeigte.

»Ihre Kollegen von der Spurensicherung meinten, ich soll Ihnen erzählen, was hier meiner Meinung nach passiert ist.«

Der Mann sprach Hochdeutsch.

»Und Sie sind …?«

»Peter Büttel ist mein Name. Ich betreibe mit meiner Frau den Biohof drüben an der Landstraße. Und ich habe heute Morgen mit meinem Pferd in der Nähe Holz gerückt.«

Schneider musterte das ruhig am Wegesrand stehende Pferd. Es sah kräftig aus und hatte ein Geschirr um die Schultern, das über Gurte auf beiden Seiten mit einer Art Holzscheit verbunden war, das hinter dem Schweif des Tiers hing. Der Mann war Schneiders Blick gefolgt.

»Ich kann Ihnen das Rücken gern erklären, wenn Sie wollen.«

»Das – was?«

»Das Holzrücken mit dem Pferd. Ist eine Art Steckenpferd von mir.«

»Nein, danke, das wird nicht nötig sein. Sie sind nicht von hier, stimmt's?«

»Ursprünglich nicht, aber wir leben jetzt schon einige Jahre in Kuhnweiler. Warum fragen Sie?«

»Na ja, als Badener habe ich manchmal so meine Schwierigkeiten, das Schwäbisch der Leute hier zu verstehen. Da muss ich mir in Ihrem Fall wohl keine Sorgen machen. Also schießen Sie los.«

»Auf den ersten Blick würde ich sagen, dass sich da einer zu viel zugetraut hat. Hat keine Arbeitskleidung an und nur normale Straßenschuhe. Und dann die Art, den Baum zu fällen ...« Büttel beugte sich vor und deutete auf die schräge Schnittfläche. »Hat das Holz einfach abgeklotzt, anstatt erst einen Fallkerb zu schneiden und dann von der anderen Seite den Fällschnitt anzusetzen.«

Schneider verzog das Gesicht. »Ich war wohl etwas voreilig mit meiner Hoffnung, Sie besser zu verstehen als die Einheimischen ...«

Büttel lachte und versuchte es noch einmal ohne Fachbegriffe. »Normalerweise sägt man einen Keil in den Stamm, und zwar auf der Seite, auf die sich der Baum legen soll. Dann schneidet man einige Zentimeter oberhalb dieses Keils, also des Fallkerbs, von der anderen Seite in den Stamm und stoppt die Säge ein paar Zentimeter vom Fallkerb entfernt. Das Holz, das dadurch stehen bleibt, ist die sogenannte Bruchleiste. Sie dient gewissermaßen als Scharnier für den fallenden Baum. So weit alles verstanden?«

Schneider zuckte mit den Schultern.

»Gut«, fuhr Büttel fort. »Hier dagegen wurde einfach ein Schnitt schräg von oben nach unten durch den Stamm angesetzt. Das nennt man ›abklotzen‹, und das kann hilfreich sein, wenn Bäume so eng beieinanderstehen, dass der Baum, den man fällen will, nicht umfallen kann. Aber hier ...« Er machte eine umfassende Geste. »Hier ist eigentlich Platz genug – und der gute Mann hat sich dabei auch noch selten dämlich angestellt. Ich meine: Einen Baum auf diese Weise zu fällen, ihn quer über den Weg fallen zu lassen und dann auch noch so blöd im

Weg zu stehen, dass er sich selbst unter dem Stamm begräbt ...
Dieser Laie hätte sein Kaminholz mal lieber im Baumarkt gekauft.«

Der Kombi des Toten samt Anhänger war ein kleines Stück von der Unglücksstelle entfernt gefunden worden, das Gespann stand neben einer Grillstelle. Zwanzig, dreißig Meter weiter lagen mehrere Stapel Baumstämme, bereit zum Abtransport. Wozu, fragte sich Schneider, fällte der Mann extra einen Baum, wenn doch hier Holz genug bereitlag, das er nur noch etwas zerkleinern und auf seinen Hänger hätte laden müssen?

Als Halter des Kombi wurde ein gewisser Timo Unger ermittelt, der am Ortsrand des Dorfes Däfern wohnte, gut eine halbe Stunde Fahrt entfernt. Schneider und Ernst trafen bei dem kleinen, in die Jahre gekommenen Häuschen einen älteren Mann an, der gerade den Gehweg vor dem Nachbargebäude fegte. Als er den fremden Wagen sah, unterbrach er seine Arbeit, stützte sich auf den Besenstiel und schaute die beiden Männer aufmerksam an.

»Bloß net klingla!«, rief ihnen der Alte zu, als Schneider fast schon Ungers Haustür erreicht hatte. »Des isch viel z'früh für mein Mieter!«

Schneider und Ernst gingen zu dem Mann und stellten sich vor.

»Bollizei? Om dr älles! Was hot'r denn agschtellt?«

»Nichts, Herr ...«

»Häberle. Manfred Häberle. Mir ghört des Haus ond die zwoi drnäba au ond ...«

Ernst registrierte lächelnd, dass sein Vorgesetzter den Redeschwall des alten Schwaben nur bruchstückhaft verstand. Also übernahm er die weiteren Nachfragen, bedankte sich schließlich und fasste, als sie im Wagen saßen, auf Hochdeutsch zusammen, was er erfahren hatte.

»Herr Unger hat das kleine Haus von Herrn Häberle gemietet und wohnt seit einigen Jahren hier. Er arbeitet als Zeichner, vor allem illustriert er Kinderbücher. Er lebt allein, wobei er seit zwei Jahren immer wieder Besuch von einer jungen Frau bekommt, seiner Freundin. Sie heißt Denise Rieb und wohnt bei ihrem Vater in Lippoldsweiler.«

»Ach, und der Vermieter weiß ganz genau, wie die Freundin seines Mieters heißt und wo sie wohnt? Neugierig seid ihr Schwaben gar nicht, was?«

Ernst lachte. »Häberle kennt sogar den Vater der Freundin. Der sägt und hackt dort drüben immer sein Brennholz klein.«

Er deutete auf ein Wiesenstück, auf dem vor einem Geräteschuppen Holzstückchen und Sägemehl den Boden bedeckten.

»Häberle hat seinen Mieter gestern Abend zum letzten Mal gesehen, so gegen halb sieben. Und er war ja davon ausgegangen, dass Unger noch daheim ist und schläft – er hat ihn also nicht wegfahren sehen. Gehört hat er auch nichts, aber seine Ohren sind wohl nicht mehr die besten.«

»Ist ihm nicht aufgefallen, dass das Auto fehlt?«

»Unger stellt seinen Wagen immer in die Garage.«

»Und den Anhänger?«

»Als ich ihn nach einem Anhänger gefragt habe, war er überrascht – er wusste wohl gar nicht, dass Unger einen hatte. Vielleicht hatte er sich einen geliehen für die Holzaktion. Aber ...«

»Aber?«

»Ich habe ihm erzählt, dass sein Mieter im Wald unter einen Baum geraten ist. Das konnte er kaum glauben. Er meinte, Unger habe zwei linke Hände gehabt, vom Zeichnen abgesehen, und so etwas wie Baumfällen sei nun gar nicht seine Welt gewesen. Der habe sogar Reparaturen seiner Freundin überlassen, die es wohl ganz gut mit Werkzeug und Maschinen kann.«

In Lippoldsweiler reagierte auf ihr Klingeln lange niemand. Kurz bevor Schneider und Ernst schon wieder unverrichteter Dinge zum Wagen zurückkehren wollten, schwang die Haustür doch noch auf und eine junge Frau im Bademantel stand vor ihnen, auf dem Kopf ein zum Turban geknotetes Handtuch.

»Ja, bitte?«, fragte sie.

Schneider zeigte ihr seinen Dienstausweis. »Frau Denise Rieb, nehme ich an.«

Sie nickte. Die Frau sah müde aus, war aber auch mit Augenringen und missmutig verzogenem Mund eine auffallende Schönheit von Anfang, Mitte zwanzig. Unger dagegen war Ende dreißig gewesen, ein stämmiger, etwas untersetzter Mann mit lichtem Haar. Schneider fragte sich, wie die beiden ein Paar geworden waren.

»Wir würden gern mit Ihnen reden. Können wir reinkommen?«

Ihre Stirn legte sich in Falten, dann zuckte sie mit den Schultern und trat in den Hausflur zurück. Im Wohnzimmer setzte sie sich auf die Kante eines Sessels und wartete darauf, dass Schneider erklärte, was die Kripo von ihr wollte. Er brachte ihr den Tod ihres Freundes so schonend bei, wie es eben ging, und über die Umstände sagte er nur, dass Timo Unger im Wald zwischen Wüstenrot und Mainhardt unter einen umstürzenden Baum geraten war.

»Im Wald?«, wunderte sie sich. »Was hat er denn im Wald gewollt?«

»Im Moment gehen wir davon aus, dass er versucht hat, den Baum zu fällen, unter dem er schließlich zu Tode kam.«

»O Gott! Warum macht er denn so was? Das bisschen Holz, das er im Sommer in der Feuerschale verbrennt, hat er bisher immer gekauft.«

»Bei ihrem Vater?«

»Nein, ganz sicher nicht. Wie kommen Sie denn darauf?«

»Ihr Vater hackt und sägt doch direkt vor Herrn Ungers Haus.«

»Ja, und das hat die beiden nicht gerade zu Freunden werden lassen. Mein Vater ist recht laut, wenn er dort zugange ist – und Timo braucht zum Arbeiten Ruhe. Das hat sich nicht gut vertragen, wie Sie sich vorstellen können.«

»Wann haben Sie Herrn Unger zum letzten Mal gesehen?«

»Ich war gestern Abend bei ihm, und es ist spät geworden. Wir haben was getrunken und danach noch lange … na, egal. Jedenfalls war ich heute früh völlig gerädert, als mein Wecker klingelte. Und weil an der Uni heute nichts Wichtiges ansteht, hab ich mich lieber noch mal umgedreht.«

»Haben Sie die Nacht bei Herrn Unger verbracht?«

»Ich bin gegen halb drei nach Hause gefahren.«

»Obwohl Sie was getrunken hatten?«

»Ja, schon, aber Timo war noch betrunkener als ich.« Sie lächelte, dann bemerkte sie Schneiders erhobene Augenbrauen. »Oh … sorry«, fügte sie schnell hinzu, »stimmt ja … ich … Aber es ist ja nicht weit, und die kurze Strecke hab ich bisher noch jedes Mal ohne Unfall bewältigt.«

»Jedes Mal?«

»Ja, immer mal wieder, ich …«

Schneider musterte die junge Frau. Sie wirkte müde, aber nicht verkatert, und sie duftete nach Shampoo und Hautcreme, aber nicht nach Alkohol.

»Lassen wir das jetzt lieber, Frau Rieb – geben Sie bitte künftig mehr auf Ihren Führerschein acht. Sie sind also nach Hause gefahren und haben Herrn Unger nach halb drei nicht mehr gesehen?«

»Nein.«

»Haben Sie noch telefoniert oder Textnachrichten ausgetauscht?«

»Nein, ich war hundemüde und hatte ja ...«

Sie unterbrach sich und senkte den Blick. Schneiders Handy klingelte. Er zog es aus der Tasche, ohne Denise Rieb aus den Augen zu lassen, und reichte das Telefon an Ernst weiter, der das Gespräch entgegennahm.

»Wie haben Sie Herrn Unger eigentlich kennengelernt?«

»Ich studiere Grafikdesign in Stuttgart. Während eines Praktikums in der Werbeagentur von Oliver Gilvy in Backnang habe ich Timo getroffen, der damals an einer Kampagne der Agentur mitarbeitete.« Sie lächelte traurig. »War ein folgenreiches Praktikum damals ... Ich habe mich in Timo verliebt, und meine Mutter lebt heute mit Oliver zusammen.«

»Sind Ihre Eltern geschieden?«

»Noch nicht, aber es ist alles auf den Weg gebracht.«

»Und Ihr Vater?«

»Ist stinksauer auf meine Mutter und auf mich. Ihn traf die Trennung von Mama wie ein Blitz aus heiterem Himmel. Und auf Oliver ist er natürlich auch nicht gut zu sprechen.«

»Wo können wir Ihren Vater jetzt antreffen?«

»Keine Ahnung. Er arbeitet im Bauhof der Gemeinde, aber wo die im Moment zu tun haben, kann ich Ihnen nicht sagen.«

Denise Rieb hatte all ihre Fragen erfreulich gefasst beantwortet, aber dann stiegen ihr doch die Tränen in die Augen, und die beiden Kripobeamten verabschiedeten sich.

»Zora war dran«, begann Ernst, während sie das Dorf auf der Straße verließen, die sie direkt zum Bauhof von Auenwald führen würde. »Sie soll uns von der Kriminaltechnik ausrichten, dass die Motorsäge, die neben der Leiche gefunden wurde, aus dem Bestand des Auenwalder Bauhofs stammt. Und sie selbst hat auch eine Neuigkeit für uns: Unger war schon tot, als der Baum auf ihn stürzte. Zora hat eine Bruchstelle am Schädel gefunden, die nicht zum Aufprall des Stammes passt. Ungers Stirnbein wurde auf der linken Seite mit einem Hammer oder etwas Ähnlichem eingeschlagen.«

»Also hat nicht der ungeschickte Unger einen Baum gefällt, sondern er wurde getötet und danach so hingelegt, dass der gefällte Baum möglichst die Spuren der tödlichen Verletzung beseitigte.«

»So sieht's aus. Zora meinte, Unger wurde gegen drei Uhr heute Nacht erschlagen, plus/minus eine Stunde. Genauer kann sie das erst sagen, wenn sie die Obduktion durchgeführt hat.«

Schneider nickte anerkennend. »Sie ist schon gut in ihrem Job, nicht wahr?«

Ernst presste die Lippen zusammen und starrte aus dem Fenster. Nach kurzem Schweigen deutete er auf die Kreuzung vor ihnen. »Da rechts rein geht's zum Bauhof.«

Auf dem Bauhofgelände standen unter anderem ein älterer weißer Pick-up und ein kleiner Bagger. Ein Mann mittleren Alters war damit beschäftigt, Werkzeug auf die Ladefläche eines Kleinlasters zu legen. Er hatte eine Kippe im Mundwinkel und nahm sie auch nicht heraus, als er Schneider und Ernst mitteilte, dass sein Kollege Wolfgang Rieb auf dem Spielplatz nebenan kleine Reparaturarbeiten ausführte. Die beiden Beamten folgten dem lauten Hämmern und sahen jemanden an einem hölzernen Gestell hantieren.

»Herr Rieb?«, rief ihm Schneider schon von Weitem zu.

Der Mann richtete sich auf und sah den beiden blinzelnd entgegen. Rieb war Anfang fünfzig, ein etwas fülliger Typ mit großer Nase und geröteter Gesichtshaut. Ihre Schönheit musste seine Tochter von der Mutter geerbt haben.

»Was gibt's?«, knurrte Rieb, knetete den Griff des Hammers in seiner rechten Hand und hörte sich mürrisch an, wer ihn da besuchte und warum.

»So«, brummte er anschließend, »meiner Tochter haben Sie das auch schon erzählt? Und warum, wenn ich fragen darf?«

»Wir wollten eigentlich zu Ihnen, aber Sie waren nicht daheim ...«

»Einer muss ja arbeiten. Das feine Fräulein studiert, und nicht einmal dazu hat sie heute Lust, wie's scheint.«

»... und außerdem war sie die Freundin des Toten.«

»Na ja, Freundin!« Rieb schnaubte und winkte ab. »Unger war immerhin schon knapp vierzig, der Schönste war er auch nicht. Und meine Tochter haben Sie ja gesehen – die hat so einen Knödel doch gar nicht nötig!«

»Und trotzdem war sie mit ihm zusammen.«

»Ach was! Die hatte ein Praktikum in dieser Scheißwerbeagentur in Backnang gemacht, dort hat sie den Unger getroffen, und der ist ihr bei der ersten Gelegenheit an die Wäsche gegangen. Denise ist eine Schönheit, aber hier ...« Er tippte sich an die Stirn. »... hier ist noch Luft nach oben. Wie bei ihrer Mutter. Der Unger hat ihr Flausen in den Kopf gesetzt, hat ihr vorgeflunkert, dass sie als Zeichnerin Talent hätte und dass er seine Kontakte für sie spielen lassen würde und so.«

»Hat sie denn kein Talent?«

»Doch, zeichnen kann sie. Aber wie will sie denn davon mal leben?«

»Herr Unger lebte zum Beispiel davon.«

»*Pfff!* Haben Sie die Hütte gesehen, in der er wohnt? Der alte Häberle kann froh sein, dass er für das windschiefe Ding überhaupt noch einen Mieter gefunden hat. Viel wird er dafür nicht mehr verlangen können, und für mehr hat's dem Unger halt auch nicht gereicht.«

»Vielleicht ist Geld für Ihre Tochter nicht so wichtig?«, schlug Schneider vor.

»Schön wär's! Die geht essen, kauft Kleider und trödelt an der

Uni vor sich hin – und wer darf die Kohle dafür ranschaffen?« Er tippte sich mehrmals gegen die Brust. »Ganz die Mutter, sage ich Ihnen! Denn kaum macht der einer mit mehr Kohle schöne Augen, ist sie auch schon weg!«

»Sie reden von Herrn Gilvy, nehme ich an.«

»Von wem denn sonst? Brigitte hat sich bei diesem Werbefritzen eingenistet, fährt mit seinem Porsche zum Einkaufen und geht nur noch zum teuersten Friseur im Ort. Ich bin gespannt, was mir noch bleibt, wenn die Scheidung mal durch ist!« Rieb sank ein wenig in sich zusammen und fuhr mit gesenkter Stimme fort: »Und trotzdem würde ich sonst was dafür geben, wenn sich meine Tochter wieder mit mir aussöhnen würde. Schlimm genug, dass meine Frau abgehauen ist – aber wenn auch noch Ihre einzige Tochter Sie für einen Loser hält …!« Er seufzte.

»Warum wohnt sie denn noch bei Ihnen, wenn Sie beide kein so gutes Verhältnis haben?«

»Noch – das haben Sie genau richtig gesagt: noch! Der Werbefritze baut grad die Einliegerwohnung in seiner Villa aus, dort will sie einziehen, sobald alles fertig ist. Oder vielleicht kommt sie ja mit diesem stinkreichen Fabrikanten zusammen, der sie vorgestern nach Hause gebracht hat. Oder sie bleibt gleich bei Unger, diesem Waschlappen!« Er hatte sich wieder in Rage geredet, nun unterbrach er sich und zuckte mit den Schultern. »Na ja, das wenigstens nun nicht mehr.«

Schneider musterte ihn und wartete darauf, dass sich der Mann beruhigte.

»Muss ich jetzt so tun, als täte es mir leid, dass der Kerl tot ist?«, fragte Rieb schließlich.

»Warum sollten Sie?«

»Na, um mich nicht verdächtig zu machen. Am Ende glauben Sie noch, ich hätte ihn umgebracht!« Er lachte aufgesetzt.

»Da kommt es weniger auf das an, was Sie uns vorspielen

oder nicht. Eher schon darauf, dass wir von allen, die wir darauf angesprochen haben, hörten, dass Herr Unger zwei linke Hände hatte. Und dass sich keiner vorstellen konnte, dass er im Wald Holz holen wollte.«

»Der Stamm wird ja nicht von allein auf ihn draufgefallen sein. Sie haben doch gesagt, dass er den Baum fällen wollte und sich dabei blöd angestellt hat, oder nicht?«

»Warum hat er denn nicht von Ihnen Brennholz gekauft, wo Sie das doch direkt vor seinen Augen sägen und hacken?«

»Ebendrum! Unger hat vorher in der Stadt gewohnt, und wie alle Städter führt er sich im Dorf auf wie verrückt, wenn ihn was stört. Wann immer am Ortsrand Gülle ausgefahren wurde, hat er sich bei dem Bauern beschwert – und mir wollte er verbieten lassen, dass ich auf meiner eigenen Wiese Brennholz richte! Das muss man sich mal vorstellen!«

»Wie wollte er das erreichen?«

»Der hat mich im Rathaus angeschwärzt! Ich würde Ruhezeiten nicht einhalten – bloß weil dieser Faulpelz seine Ruhe haben will, wenn er seine Männchen kritzelt!«

»Haben Sie deshalb Schwierigkeiten bekommen?«

»Noch nicht, aber einer aus dem Ordnungsamt hat mir unter der Hand gesteckt, dass ich künftig etwas vorsichtiger sein soll und mich penibel an die Ruhezeiten halten muss.«

»Die Motorsäge, die wir neben ihm gefunden haben, stammt aus dem Bestand des Bauhofs. Wie erklären Sie sich das?«

»Wieso muss ich das erklären können? Der Unger wird mir die Säge vom Pick-up geklaut haben, da liegt sie manchmal über Nacht. Dann ist er raus in den Wald, damit er fürs Brennholz nichts bezahlen muss. Geld hat er eh nicht viel, und mir gönnt er nicht das Schwarze unterm Fingernagel. Und ehrlich: Dem hätte ich auch kein einziges Scheit verkauft, das sag ich Ihnen! Macht mit meiner Tochter rum und brockt mir Ärger ein!«

Rieb schüttelte heftig den Kopf, dann hob er die Hand mit dem Hammer.

»Kann ich jetzt weitermachen? Ich muss bis Mittag fertig werden, und Ihren Fall habe ich ja gerade für Sie gelöst.«

Auf der Rückfahrt zum Tatort ging der nächste Anruf von den Kollegen im Innendienst ein: Der Anhänger, der hinter Ungers Kombi im Wald gestanden hatte, war am Morgen als gestohlen gemeldet worden. Zwei Beamte hatten den Halter – einen älteren Herrn aus Althütte – bereits befragt. Er hatte den Anhänger auf einer Streuobstwiese nahe Däfern abgestellt und den Verlust am frühen Vormittag bemerkt. Der Name Timo Unger sagte ihm nichts.

An der Kopfstütze und der Rückenlehne des Fahrersitzes von Ungers Auto war ein wenig Blut gesichert worden. Etwas mehr Blut ließ sich auf dem Boden von Ungers Küche nachweisen – damit stand wohl auch der Ort fest, an dem Unger gestorben war.

Der gefällte Stamm im Kuhnbachtal war inzwischen mithilfe von Peter Büttels Rückepferd zur Seite geschafft und der so freigelegte Leichnam zur Obduktion ins Robert-Bosch-Krankenhaus nach Stuttgart gebracht worden. Die Kriminaltechniker sicherten rund um die Stelle, an der Unger gelegen hatte, weitere Spuren, steckten Täfelchen und fotografierten. Einer von ihnen begleitete Schneider und Ernst zu dem neben dem Grillplatz geparkten Wagen des Toten.

»Seht ihr diese Spur?«, sagte er und deutete auf Reifenabdrücke, die zu dem Kombi-Hänger-Gespann führten. »Diesen Weg nahm Unger mit seinem Wagen. Und hier …« Er deutete nun auf zwei Stellen, an denen die Spur von einer anderen überlagert wurde. »… ist nach Unger noch jemand entlanggefahren. Die beiden Fahrzeuge müssen übrigens gleichzeitig hier gewesen sein, denn dort ...« Jetzt deutete er auf eine Stelle direkt hinter dem Anhänger. »... sind die Reifenspuren des anderen Wagens von Ungers Gespann überlagert. Fotos von den Abdrücken habe ich schon an den Innendienst gemailt, aber ich gehe von einem Geländewagen älterer Bauart aus.« Der Techniker feuchtete seinen rechten Zeigefinger an, hielt ihn in die Luft und schloss die Augen. Dann fuhr er fort: »Ich würde sagen ... ein weißer Pick-up, etwas zerbeult und rostig, fuhr mit hohem Tempo Richtung Westen davon.« Der Kriminaltechniker öffnete die Augen, schien noch kurz nachzudenken und nickte dann. »Genau so wird's gewesen sein.«

Schneider sah ihn verblüfft an. »Und das schließen Sie aus der Windrichtung, oder wie?«

Der Kollege brach plötzlich in schallendes Gelächter aus. »Nein, ich hab nur Spaß gemacht! Dieser Wander-Walter hat sich vorhin noch an etwas erinnert. Bevor er auf dem Weg hierher den Kuhnbach erreicht hatte, sah er aus einiger Entfernung einen weißen, älteren, zerbeulten und an manchen Stellen verrosteten Pick-up aus dem Waldweg kommen und zügig in Richtung Großhöchberg davonfahren.«

»Sehr gut. Das könnte unser Täter sein.«

»Ja, und die Reifenspuren passen tatsächlich zu einem solchen Modell. Der Innendienst checkt schon die Halterdaten aller entsprechenden Fahrzeuge in der Umgebung.«

Schneider sah Ernst an. »Und wir beide wissen, wohin wir jetzt zu fahren haben, nicht wahr?«

Auf dem Gelände des Auenwalder Bauhofs stand nun ein weiteres Fahrzeug: Direkt hinter dem alten weißen Pick-up parkte ein Kleinwagen, dessen Heckfenster eine Banderole mit gezeichneten Figuren zierte. Wolfgang Rieb stand in der geöffneten Fahrertür des Pick-ups, seine Tochter Denise hatte sich vor ihm aufgebaut und herrschte ihn an. Als ihr Vater ihr mit einer Kopfbewegung zu verstehen gab, dass sie Besuch bekamen, verstummte sie und wandte sich den Kommissaren zu.

»Worüber streiten Sie sich denn?«, fragte Schneider, als sie sich zu den beiden gesellt hatten.

»Das geht Sie ja wohl kaum was an!«, polterte Rieb.

»Wenn wir in einem Mordfall ermitteln, geht uns alles was an.«

»Mordfall?«, meldete sich Denise Rieb zu Wort. »Wieso Mordfall? Ich dachte, Timo sei von einem Baum erschlagen worden.«

»Inzwischen wissen wir etwas mehr – wenn auch noch nicht ganz so viel wie Ihr Vater.«

»Was soll das heißen?«, empörte sich der.

Denise Rieb musterte ihren Vater. »Worauf spielt der Kommissar an, Papa?«

»Keine Ahnung, woher soll ich das wissen?«

Die Tochter behielt ihren Vater fest im Blick, bis der schließlich mit den Schultern zuckte und sich an die Kommissare wandte.

»Ich hab meiner Tochter schon so oft gesagt, dass dieser Unger nichts für sie ist. Wie der aussieht, und dann hat er nichts und ist auch noch viel älter als sie! Außerdem hat er ständig an mir rumgemeckert, wollte mir den Nebenverdienst mit meinem Brennholz kaputt machen. Sollte ich da wirklich tatenlos zusehen, wie dieser Kerl mein einziges Kind ins Unglück reißt?«

Er sah Denise an, sie erwiderte seinen Blick mit einer Miene, die Schneider nicht zu deuten wusste.

»Wann starb Timo denn, Herr Kommissar?«, fragte sie ihn schließlich. »Und wo? Ich nehme an, wenn Sie von einem Mord ausgehen, wird er wohl kaum erst unter dem gefällten Baum gestorben sein, stimmt's?«

Schneider schwieg. Denise Riebs Miene wurde eisig, und sie wandte sich wieder ihrem Vater zu. »Hast du heute Nacht auf der Lauer gelegen? Vor Timos Haus? Wieder mal? Hast du gesehen, wie ich um halb drei weggefahren bin – und dann bist du rein und hast ihn …?« Die junge Frau schnaubte, schüttelte den Kopf und fuhr sich mit der Hand über die Augen. »Ich kann es nicht fassen, dass du …! Papa! Ich habe Timo geliebt, egal, was du von ihm gehalten hast! Und du bringst ihn einfach um und –«

Wolfgang Rieb hatte den Kopf gesenkt und ließ ihren Wutausbruch stumm über sich ergehen. Als sie fertig war, hob er die Augen und sah sie fast flehend an. »Wirst du mich besuchen kommen?«

Ihre Kiefer mahlten.

»Wirst du?«

»Ja, meinetwegen.«

Rieb nickte zufrieden.

»Aber sag«, fuhr sie fort. »Wie hast du Timo getötet? Hast du ihn erschlagen? Und wo? Bei ihm zu Hause? Und dann diese seltsame Geschichte mit dem gefällten Baum!«

»Es wäre besser für ihn, wenn er das selbst erzählt. Machen Sie reinen Tisch, Herr Rieb. Ich bestätige dem Staatsanwalt gern, dass Sie aus freien Stücken gestanden haben.«

Rieb zögerte noch, aber der nächste strenge Blick seiner Tochter brachte ihn endlich zum Reden. Was er sagte, stimmte weitgehend mit dem überein, was die Kriminaltechniker und die Rechtsmedizinerin herausgefunden hatten. Und als er mit seinem Geständnis endete, streckte er Schneider beide Hände hin.

»Das wird nicht nötig sein, Herr Rieb.«

Denise Rieb wandte sich ab, stieg ohne ein Wort in ihr Auto und fuhr davon. Ihr Vater sah ihr eine Zeit lang nach, dann ging er mit hängenden Schultern auf Schneiders Dienstwagen zu und wartete neben der Hintertür, dass die Kommissare ihm folgten.

Den Brief, den ihr der Vater aus der Untersuchungshaft geschickt hatte, las sie am Tag vor Weihnachten zum letzten Mal. Weinerlich im Ton, fehlerhaft in der Rechtschreibung – und immer wieder die eine Frage: »Wirst du mich besuchen kommen?«

Wenigstens hatte er nichts darüber geschrieben, dass er in dieser Nacht nicht in Däfern gewesen war. Dass er gar nicht genau wusste, wo Timo gefunden worden war. Und dass er keine Ahnung hatte, warum sein Pick-up, den er noch am Vorabend geputzt hatte, morgens verdreckt vor seinem Haus abgestellt gewesen war. Er hatte dem Kommissar gegenüber lediglich erwähnt, dass er den Wagen am Morgen gewaschen hatte – und der war davon ausgegangen, dass er damit Spuren hatte beseitigen wollen, die ihn mit dem Mord an Timo Unger in Verbindung gebracht hätten.

»Wirst du mich besuchen kommen?«

Ja, sie würde ihn wohl von Zeit zu Zeit besuchen. Das war der Preis, den sie dafür zahlen musste, dass er den Kopf für sie hinhielt. Sie verbrannte den Brief im Spülbecken und ließ das Wasser laufen, bis die gesamte Asche im Abfluss verschwunden war.

Sie hatte schon gepackt. Ihr neuer Freund, der Fabrikant, würde sie in einer halben Stunde mit allen Kartons und Koffern in seine Villa holen. Klar, dass Timo das nicht verstanden hatte. Vielleicht hätte sie nicht noch mit ihm schlafen sollen, bevor sie mit ihm Schluss machte – aber sie hatte es anfangs für eine gute Idee gehalten, für eine Art Abschiedsgeschenk. Doch so betrunken, wie er gewesen war, hatte er das nicht zu schätzen gewusst. Hatte sie beschimpft, hatte in seiner Wut die Kontrolle verloren, hatte sie angegriffen, in der Küche bedrängt.

Dass der Hammer auf der Arbeitsfläche lag, war Zufall gewesen. Alles andere überlegte sie sich, nachdem Timo zu Boden gegangen war. Ihr Vater, von dem jeder wusste, dass er Timo Unger nicht leiden konnte, war der ideale Sündenbock, und als sie nach Hause gefahren war und in seinem Pick-up unter einer Decke die Motorsäge mit der Aufschrift »Bauhof Auenwald« gefunden hatte, stand ihr der Plan klar vor Augen. Mit etwas Glück würde Timos Tod als Unfall durchgehen, und falls nicht, wäre ihr Vater dran. Sie fuhr mit dem Pick-up nach Däfern, schleifte Timo Unger in die Garage und auf den Fahrersitz seines Wagens, hängte das Auto an die Abschleppvorrichtung am Heck des Pick-ups und zog den Wagen aus der Garage. Sie schloss das Garagentor, steuerte das Gespann aus dem Ort und über schmale Sträßchen weg von Däfern. Und alles fügte sich. Sie entdeckte einen Anhänger, fand eine abgelegene Stelle im Wald und inszenierte ihren Ex-Freund als Opfer einer ungeschickten Baumfällung. Den Umgang mit Motorsägen hatte ihr der Vater beigebracht, und noch bevor sie irgendjemand hätte entdecken können, lag Timo Unger zermalmt unter dem Stamm, und sie war mit dem Pick-up auf dem Weg zurück nach Lippoldsweiler.

»Wirst du mich besuchen kommen?«

Ihr neuer Freund rangierte seinen SUV rückwärts vor die Haustür und hupte. Sie riss sich aus ihren Gedanken und griff nach dem ersten Umzugskarton. Der Besuch im Gefängnis musste bis nach den Feiertagen warten.

13

Ivonne Keller

Rauschgoldteufel

Frankfurt am Main

Über die Autorin:

Seit ihrer Kindheit liebt Ivonne Keller das Spiel mit der Sprache. Aufgewachsen in einem hessischen Dorf, begeisterte sie sich bereits in der Schule für englischsprachige Literatur und lernte später während eines Auslandsstudiums im andalusischen Granada Spanisch. Die Faszination für Sprache, gekoppelt mit dem Interesse für alles Menschliche, führte sie neben ihrer früheren Tätigkeit als Personalerin zum Schreiben. Dabei interessiert es sie besonders, was mit Menschen passiert, die kurz davor sind, auszuflippen. Wenn das Leben so anstrengend wird, dass die Fassade bröckelt und man auf das schauen kann, was dahinter liegt. Meist sind Frauen ihre Hauptfiguren – so wie in ihren ersten Romanen *Hirngespenster*, *Lügentanz* und *Unglücksspiel*.
Sie lebt mit ihrer Familie in der Nähe von Frankfurt am Main.

Shit! Mike trat von einem Fuß auf den anderen. Wo blieb denn bloß die U-Bahn? Die war doch schon drei Minuten überfällig! Ah. Das Bahndisplay meldete *Einfahrt in Kürze*. Gott sei Dank.

Mike stellte sich exakt hinter die eingezeichnete Abstandslinie. Das hatte seine Mutter ihm eingetrichtert. Wahrscheinlich würde er das noch so machen, wenn er ein alter Sack war.

Er atmete tief durch. Drei Minuten Wartezeit konnte er gerade noch verschmerzen. Hauptsache, auf dem Rückweg lief alles glatt, denn dann musste es schnell gehen. Nicht, dass sich wieder irgend so ein Vollidiot auf die Gleise warf und damit die Pendler und Weihnachtsgeschenkeeinkäufer um ihre pünktliche Heimfahrt brachte. Und ihn und Kathi um ihren Fluchtweg.

Unauffällig schielte er in Richtung des Rauschgoldengels, der sich in etwa zwanzig Metern Entfernung am Gleis auch gerade in Position stellte. Viel zu nah an der Bahnsteigkante. Schnell sah Mike wieder fort. Dass sie auch ihn anschauen würde, war unwahrscheinlich. Sie war immer noch sauer.

Er hatte Scheiße gebaut. So richtig mit allem Drum und Dran. Hatte mit Janine gevögelt. Und zwar ziemlich genau vor Kathis Nase, nämlich auf ihrem Schreibtisch im Büro. Selbstverständlich, als sie schon zu Hause war, genauso wie die anderen Mitarbeiter im Bankenturm. Bloß die Überwachungskameras hatten er und Janine bei ihrem Quickie vergessen. Sein Schwanz hatte in dem Moment die Kontrolle über sein Gehirn übernommen, da hatte Kathi vollkommen recht. Janine und er waren deswegen gefeuert worden. Fristlos. Wegen *so was*. Und jetzt musste Kathi ihn »aushalten«, weil Mike mit dem miesen Zeugnis, das er unweigerlich kriegen würde, auf die Schnelle keinen neuen Job bekam.

Glücklicherweise verdiente Kathi richtig viel Asche in der Bank. Dort hatte er sie auch zum ersten Mal getroffen. Sie hatte an jenem Abend ihres Kennenlernens länger gearbeitet und ein Auge auf ihn geworfen, während er sich durch die Gänge arbeitete. Sie war zehn Jahre älter als er. Man sah ihr die Mitte dreißig aber nicht an. Die Titten waren nicht echt, die fühlten sich an wie betoniert, aber wen störte das?

Zum Glück gab sie ihm noch eine zweite Chance. Er sollte etwas Besonderes für sie tun. Etwas noch Riskanteres als den Quickie auf dem Bankschreibtisch. Sie ginge nämlich in ihrem Job auch andauernd Risiken ein. An den Finanzmärkten.

Wegen dem ganzen Stress in der Bank stand Kathi unter enormem Druck. Sie war Portfoliomanagerin. Er hatte noch immer nicht verstanden, was genau sie machte. Aber anscheinend war sie recht gut – sonst wäre sie ja keine Managerin. Manchmal warf sie mit Fachbegriffen um sich, die er dann googelte.

»Was genau schwebt dir vor?«, hatte er Kathi gefragt, bereit, auf jegliche Forderung einzugehen. Wenn sie ihn bei sich rauswarf, hatte er nicht nur keinen Job, sondern auch keine Bleibe mehr. Es sei denn, er zog wieder bei Mama ein, aber das war die schlechteste aller Optionen. Immer, wenn er seine Mutter um Hilfe bat, stand er danach nämlich ewig in ihrer Schuld. Bei Problemen in der Schule hatte sie ihn rausgeboxt, komme, was wolle. Selbst wenn er es echt verbockt hatte. Aber anschließend durfte er ihr in den Arsch kriechen. Das Klo in ihrem winzigen Bad zu schrubben war noch das geringste Übel, das machte er ja sogar ganz gern. Deshalb war er auch bei einem Gebäudereinigungsunternehmen gelandet, wie die Putzfirma sich ganz edel nannte. Also jedenfalls hatte er sich geschworen, als er endlich bei Mama ausgezogen war, nie mehr zurückzukommen. Er war zwar immer noch Fan der Eintracht, aber Tapete und Bettwäsche seiner Mannschaft mussten trotzdem nicht mehr sein

Schlafzimmer schmücken. Alter, es reichte schon, dass er jeden Sonntag zum Mittagessen antanzen und den Pulli tragen musste, den sie ihm letztes Jahr zu Weihnachten geschenkt hatte. In Beige. Mit dem Emblem der Eintracht auf der Brust. Mama tand voll auf Beige. Sein Eintrachtzimmer war der einzige Farbtupfer in der ganzen Wohnung. Schwarz-weiß-rot.

»Ich denke da an etwas Teures«, hatte Kathi geantwortet.

»Wie – teuer?« Ihr war ja bekannt, dass er nicht gerade Millionen auf dem Konto hortete.

»Ein Collier von Tucher«, hatte sie geantwortet, und da war so eine Art Schnarchen aus seiner Kehle entwichen, weil er gedacht hatte, sie machte einen Witz. Machte sie aber nicht.

Das Collier war wirklich schön, sie hatten es gemeinsam in der verschlossenen Vitrine beim Juwelier betrachtet. Das Ding war brillantbesetzt bis zum Gehtnichtmehr und glitzerte wie ein Kronleuchter. Kathi hatte einen exquisiten Geschmack. Es passte voll zu ihrem Style, wahrscheinlich wollte sie es an Heiligabend bei Mama tragen. Machte wirklich was her, das Teil. Und brachte dann auch gleich noch ein bisschen mehr Farbe in die Bude.

So, und jetzt kam's: Kathi kannte einen der Türsteher bei Tucher. Der Typ hatte früher in der Chefetage der Bank gearbeitet. Türsteher war eigentlich der falsche Begriff, darunter verstand er einen Kerl, der so hoch wie breit war, mit Tätowierung, Glatze und verspiegelter Sonnenbrille. Aber nee. Die Leute bei Tucher sahen aus wie die Bodyguards von Celebritys. In Anzug und Krawatte. Zwei am Eingang, zwei im Laden.

Die schnöseligen Kunden, die dort ein und aus gingen, dachten garantiert, die stünden dort ihnen zur Ehre herum, nur um ihnen freundlich einen guten Tag zu wünschen. Von wegen. Wenn da irgendwer 'ne falsche Bewegung machte, waren die zur Stelle, um demjenigen eine zu verpassen.

Normalerweise.

Endlich fuhr die U-Bahn ein. Mike wartete, bis alle ausgestiegen waren, dann sah er kurz zu dem Rauschgoldengel. Ihre Blicke trafen sich nun doch. Kathis Augen blitzten. Nur nichts anmerken lassen. Mike trat ein und positionierte sich direkt hinter der automatischen Tür. Unauffällig betrachtete er sein Spiegelbild in der Scheibe. Der blondgefärbte Bart war noch ungewohnt. Und am Kopf hatte er nicht alle Haare gleichmäßig erwischt. Er sah ein bisschen gescheckt aus, wie ein Leopard. Mama hatte ihm helfen wollen, aber er hatte abgelehnt. Er musste es ja bei ihr machen, weil sie das Zeug zu Hause hatte. Sie blondierte sich die Haare auch immer selbst. Blond passte einfach perfekt zu ihren beigefarbenen Klamotten, meinte sie. Dabei machte sie diese Kombi geradezu unsichtbar.

Wenn die Sache hier ausgestanden war, würde er natürlich alles wieder umfärben. Das Ganze war ja bloß Tarnung. Und bald würde Kathi ihn auch wieder ranlassen, das hatte sie versprochen. Wurde auch langsam Zeit. Ihm fehlte die gewisse Tiefe in ihrer Beziehung.

An der Haltestelle Römer stieg der Rauschgoldengel aus, Mike blieb noch drin. Für ihn ging es noch eine Station weiter. Nachher würden sie es genauso machen.

Unauffällig streckte er die linke Hand aus und betrachtete das zitternde Körperteil. *Alter, beruhig dich mal.* Vielleicht lag es aber auch an der Kälte. Bei knapp fünf Grad wäre 'ne dicke Jacke angebracht gewesen, aber wohin dann mit der bei Tucher? Eben. Außerdem hätte ihm die auch gar nicht mehr gepasst. Unter dem Sweater verborgen trug Mike nämlich ein karnevalistisches Hulk-Oberteil, das seine Schultern und Oberarme enorm anwachsen ließ. War schon geil, so ein breites Kreuz.

Am Willi-Brand-Platz stieg er aus, nahm den Ausgang zum Kaiserplatz. Die Rolltreppe endete direkt vor dem Springbrunnen am Fuß des Bankenturms. Das gelbe Firmenemblem spiegelte sich in den Pfützen vor der breiten Treppe zum Eingang. Links und rechts standen Blumenkübel, in denen mit roten Schleifen geschmückte Fichten steckten. Die sahen ein bisschen traurig aus nach diesem Dauerregen der letzten Tage.

Mike schielte zur Spitze des Towers. Dort oben war auch die Sache mit Janine passiert. Sie hatten seit ein paar Wochen in derselben Schicht gearbeitet. Er schrubbte die Böden, sie die Ablageflächen – dabei hatten sie sich manchmal unterhalten. Na ja, und wie er so seinen blauen Putzwagen vor sich hergeschoben hatte und sie plötzlich anrempelte, als sie sich in ihrem kurzen Dress ganz weit über Kathis Schreibtisch beugte, um den Staub an der Lampe zu entfernen ... da war dann eins zum andern gekommen.

Was Überwachungskameras betraf, war er seit dieser Erfahrung jedenfalls auf der Hut.

Dem Juwelier an der Ecke gegenüber hatte er nach der ersten Stippvisite mit Kathi, als sie ihm das Collier gezeigt hatte, schon mehrmals einen Besuch abgestattet. Man musste vor so einem Coup erst mal die Lage peilen. Der Laden hatte ihn wirklich beeindruckt. Zum einen die Bodyguards links und rechts des in Marmor eingefassten Eingangsbereichs. Dann gleich dahinter der Teppichboden. Der verschluckte jedes Geräusch. Es war, als liefe man über Watte. Man fühlte sich gleich genauso elegant wie die richtigen Kunden, die vor den auf Hochglanz polierten Ausstellungsmöbeln den Kopf wiegend und mit gedämpfter Stimme miteinander redend herumstanden und die hinter Glas perfekt in Szene gesetzten Kostbarkeiten inspizierten. Natürlich lag hier nichts einfach so herum, das wäre ja zu easy gewesen. Jemand vom Verkaufspersonal musste ihm heute natürlich erst mal Zugang zu dem Collier verschaffen. Aber dafür hatte er die perfekte Strategie.

In dem Laden gab es übrigens auch einen Bereich, wo die zahlungskräftigen Kunden ihren Schmuck zur Reparatur abgeben konnten. Oder ihre goldenen Armbanduhren, deren Uhrwerke nicht mehr auf die Nanosekunde genau liefen. Man musste die meisten dieser Dinger tatsächlich noch aufziehen. Diejenigen, die für die Reparaturannahme zuständig waren, trugen weiße Kittel und ebenso weiße Handschuhe. Sie sahen aus wie Apotheker.

Was für eine bessere Tarnung hätte es für ihn geben können als diese Aufmachung? Die war auf jeden Fall viel besser als so ein teurer Anzug, in dem die Verkäufer herumsprangen. So ein Teil hätte er sich niemals leisten können. Aber auch die Kittelträger wurden zu Verkaufsgesprächen hinzugezogen. Sie kannten sich mit den Innereien der Schmuckstücke eben am besten aus.

Nun konnte Mike aber nicht einfach so in einem weißen Kittel in den Laden spazieren und so tun, als sei er einer von ihnen. Und da war Kathis Bekannter ins Spiel gekommen. Der Türsteher. Er verlangte für seine und die Mitarbeit seiner Kollegen lediglich einen kleinen Anteil. Mit fünftausend Euro waren sie schon zufrieden. Blieben 24 999 Euro für ihn und Kathi. Boah. Was für eine Menge. Sie würden sich das hoffentlich gerecht teilen.

Mike ging zunächst ein paar Schritte Richtung Goetheplatz und überquerte dann die Fahrbahn hinüber zum Juwelier. Kathi würde sich in ihrem Engelskostüm mit Rauschgoldperücke und rosafarbenen Flügeln aus Kunstfedern aus der anderen Richtung nähern. Sie waren sich darüber einig gewesen, dass sie in diesem Aufzug beim Juwelier sofort die Aufmerksamkeit aller auf sich ziehen und von ihm ablenken würde. Momentan war sie allerdings noch nirgends zu sehen. Sie würde doch kommen? Mike ignorierte das ungute Gefühl in seinem Magen.

Er grüßte die beiden Türsteher am Eingang mit einem knappen Nicken und durchquerte zielstrebig den vorderen Teil des Verkaufsraums, drückte dann, wie ausgemacht, die Klinke zum Mitarbeiterraum, dessen Tür sich perfekt in die Mahagoni-Wandverkleidung einfügte. Sie war unverschlossen. Wie verabredet.

Mike stahl sich hinein und wischte sich die schweißnassen Finger an seiner schwarzen Jeans ab.

Seine Verkleidung in Größe L hing an einem Haken. Er schlüpfte in den weißen Kittel und knöpfte ihn zu, dann zog er die weißen Handschuhe über. Kathis Bekannter hatte ihr gesagt, dass derzeit täglich neue Gesichter auftauchten, weil Mitarbeiter aus anderen Filialen im Weihnachtstrubel einsprangen. Da fiel ein fremdes Gesicht mehr oder weniger gar nicht auf. Natürlich trug er auch ein Namensschild. Es war bereits am Revers des Kittels befestigt und wies ihn als *Paul Lang-Finger* aus. Mike runzelte die Stirn. Na ja. Das hätte zwar nicht sein müssen, ließ sich jetzt aber nicht mehr ändern.

Er musste sich nun bloß noch in der Nähe der Vitrine positionieren, in der das Collier hinter Schloss und Riegel lag. Und auf die erste Kundin warten, die sich dafür interessierte.

Sie hatten sich das so gedacht: Eine Kundin würde ihn als vermeintlichen Angestellten ansprechen und ihn fragen, ob sie sich das Collier einmal näher ansehen dürfte. Er würde einen der »Kollegen« herbeiwinken und um Hilfe bitten, da er selbst ja keinen Schlüssel hatte. (An den wäre Kathis Bekannter – im Gegensatz zu dem Kittel – nicht rangekommen.)

Dieser Kollege würde dann aufschließen, und Kathi alias Rauschgoldengel würde auf Mikes Zeichen hin das Juweliergeschäft betreten und genau vor den Augen der beiden Türsteher einen Schwächeanfall erleiden, der die Aufmerksamkeit aller auf sich ziehen würde. Und gleichzeitig würde er – Mike – die Nebelkerze zünden, die er gerade noch schnell unter seinem Pulli hervorzog und in der Tiefe der Kitteltasche versenkte. Etliche Pyrotechnik-Artikel hatte Mike als Eintrachtfan in seinem alten Zimmer unterm Bett gehortet. Bei einem Besuch im Stadion kam das immer gut an – vorausgesetzt, man bekam das Zeug mit rein.

Unter den stinkreichen Juwelier-Kunden würde bei dieser enormen Rauchentwicklung jedenfalls ganz sicher sofort die absolute Panik ausbrechen. Die würden denken, das wäre ein terroristischer Anschlag, es gäbe Geschrei und Gerenne, und er würde in all dem Trubel seelenruhig mit dem Collier aus dem Laden spazieren.

Mike knöpfte den Kittel zu und verließ die Kammer, positionierte sich unauffällig in der Nähe des Colliers.

Ob Kathi inzwischen da war? Sie wollte gegenüber an der Straßenecke auf sein Zeichen warten. Das konnte er ihr natürlich erst geben, wenn sich die erste Kundin an ihn gewandt und er den Kollegen mit dem Schlüssel bemüht hatte. Natürlich war es theoretisch möglich, dass sie den halben Tag warten mussten, bis jemand auftauchte, der nach dem Schmuckstück fragte. Aber nicht sehr wahrscheinlich. Die weibliche Kundschaft fuhr gerade jetzt vor Weihnachten total darauf ab, sich das Ding mal um den Hals zu hängen. Einige wollten sich sogar damit fotografieren lassen, um es zu Hause dem solventen Ehemann zu zeigen, aber das war streng verboten. Wer dabei erwischt wurde, musste vor den Augen der Türsteher die Bilder wieder löschen.

Na ja, das alles konnte Mike egal sein. Er hatte nicht vor, irgendwas zu fotografieren. Und was die Überwachungskameras betraf: Da war natürlich eine direkt aufs Collier gerichtet. War ja auch deren wertvollstes Stück. Und natürlich wäre Mike volle Breitseite auf dem Filmchen zu sehen. Aber er sah ja völlig anders aus als normalerweise. Der Bart, das Blond, die breiten Schultern. Einzig auf seine Stimme musste er achten. Er musste leise reden, so wie alle hier.

In diesem Moment tauchte wie aus dem Nichts eine ältere Dame neben ihm auf, deren Anblick ihm einen Schauder über den Rücken jagte. Sie war ganz in Beige gekleidet.

»Mama«, raunte Mike stirnrunzelnd, »was zum Geier machst du hier?«

Seine Mutter presste eine beigefarbene Henkeltasche an ihren Bauch.

»Dich vor einer riesengroßen Dummheit bewahren«, flüsterte sie. »Nachdem du gestern dein Haar blondiert hast, dachte ich, ich guck mal lieber nach dir. Dein Argument, das wäre für einen Job, konnte ich nicht so recht glauben. Wer verlangt von seinen Putzleuten denn so eine affige Aufmachung?« Sie packte ihn am Oberarm, ihre Finger gruben sich in den Schaumstoff des Hulkkostüms. »Und was ist das hier? Watte?«

Mike blieb ihr eine Antwort schuldig, sah zaudernd der schicken Mittvierzigerin im knallroten Steppmantel entgegen, die soeben das Juweliergeschäft betrat und einen Mann hinter sich herwinkte. Dieser trug ebenfalls eine rote Steppjacke, hatte allerdings auf den dazu passenden Lippenstift verzichtet. Die Blicke der beiden waren genau auf das Collier gerichtet.

Und schon waren sie da.

»Verehrter Herr, wir wollen das da …«, sagte die Frau zu Mike und deutete auf das Collier hinter der Scheibe, »… käuflich erwerben.«

Mike leckte sich über die Lippen. »Sicherlich wollen Sie es erst einmal anprobieren?«

Der Mann sagte in einem tiefen Bariton: »Ist alles schon erledigt. Mareike hat es schon tausend Mal«, er deutete mit seinen Fingern Gänsefüßchen an, »anprobiert. Sie redet von nichts anderem mehr, und jetzt wird es eben gekauft.«

Aha. Jetzt wurde es eben gekauft. Ein Brillantcollier im Wert von fast dreißigtausend Euro. Von wegen.

Mike reckte den Hals und hielt Ausschau nach Kathi. Und da entdeckte er auch endlich seinen Rauschgoldengel an der gegenüberliegenden Straßenecke. Die goldblonde Langhaarperücke stand ihr richtig gut. Das glitzernde Kostüm umschmeichelte ihre Kurven, die Engelsflügel hingen nur ganz leicht schief.

Er nickte ihr dezent zu. Hoffentlich hatte sie es gesehen. Obwohl, halt. Er hätte nicht nicken sollen. Mama stand nämlich immer noch neben ihm und sah ihn genauso erwartungsvoll an wie das rotgesteppte Pärchen. Die Vitrine war noch immer verschlossen. Kathi schaute nach links und rechts und überquerte die Straße.

Shit. Shit, shit, shit.

»Würden Sie so freundlich sein und die Vitrine entriegeln?«, verlangte die Frau in der roten Steppjacke. »Wir haben nicht den ganzen Tag Zeit. Wir sind gleich noch zum Lunch bei Rossini verabredet.«

Glücklicherweise tauchte in diesem Moment einer der vermeintlichen »Kollegen« auf. Er musterte Mike neugierig, bevor er sich dem Kundenpärchen zuwandte. »Kann ich Ihnen behilflich sein?«

»Bitte aufmachen«, murmelte Mike geistesabwesend. Kathi kam eben auf dem breiten Bürgersteig an.

Der Mann mit der roten Steppjacke beugte sich zu Mike und las mit zusammengekniffenen Augen das Namensschild ab. »Paul Lang-Finger.« Er lachte. »Das ist ja mal ein fantasievoller Doppelname.« Er stieß seine Frau in die Seite. »Mareike, erinnerst du dich an die Frau Dr. Kleine-Wilde, die uns damals bei der Sache mit Peters Garagenanbau beraten hat? Die machte ihrem Namen alle Ehre!«

In diesem Moment rückte Mama ganz nah an Mike heran und zischte: »Was wird das hier eigentlich?«

Er blitzte sie wütend an. Würde sie ihm die ganze Chose hier vermiesen? Als Zeugin aussagen, dass Paul Lang-Finger ihr Sohn war? Nein. Das würde sie ihm wohl nicht antun. Dann wäre sie ja Heiligabend allein.

Der echte Tucher-Mitarbeiter zog ein Schlüsselband aus seiner Anzugtasche und steckte einen der Schlüssel ins Schloss, drehte ihn einmal herum, und die Vitrine öffnete sich. Mike hielt die Luft an und griff in seine Kitteltasche. Er musste die Sache jetzt durchziehen. Mama hin oder her.

Kathi warf genau in diesem Augenblick die Arme hoch und stieß einen Schrei aus, sank dann in sich zusammen und ging filmreif im Eingangsbereich zu Boden. Regungslos blieb sie liegen.

Schlagartig war es still im Laden. Alle glotzten auf den reglosen Rauschgoldengel. Auch die beiden Rotgesteppten und Mama.

Eigentlich war verabredet gewesen, dass Kathis Bekannter, der Türsteher, seinen Kollegen sofort Befehle zurufen sollte, sich um die Ohnmächtige zu kümmern.

Doch der Kerl stand nur stumm herum. Stattdessen machte sich der anzugtragende Kollege auf den Weg zu Kathi und rief nach einem Arzt.

Mike schielte zum Collier, das nun völlig frei zugänglich dalag.

Beherzt zerrte er die Nebelkerze aus der Kitteltasche, entzündete sie mit einem Ruck und warf sie zu Boden. In Sekundenschnelle breitete sich zischelnd bunter Rauch aus und nebelte das Geschäft komplett ein. Wie geplant ertönten sofort die ersten panischen Schreie. Zwar sah er selbst auch nichts mehr, doch er war nicht so orientierungslos wie alle anderen.

Zielstrebig streckte er die Hand nach dem Collier aus – und griff ins Nichts. Die Büste war leer. Mike schnappte nach Luft. Fieberhaft tastete er mit beiden Händen am Samtbezug der

Büste entlang, dann am Sockel und in der Vitrine. Doch das Schmuckstück blieb verschwunden. Verdammt! Er wedelte mit den Armen und schielte nach den anderen. Wo waren denn die beiden Steppjackenträger? Die mussten es haben! Shit, wenn er nur etwas sehen könnte! Ah! Da waren sie. Wollten sich aus dem Staub machen!

Panisch setzte Mike sich in Bewegung, rempelte gegen Menschen, doch er hielt sich zielstrebig auf der Spur. Den wie Warnwesten leuchtenden Jacken nach.

Von fern hörte er Sirenen. Nur noch drei Schritte. Doch bevor er sich auf die Steppjackenträger stürzen konnte, packte ihn jemand am Arm und Handschellen klickten ein. Was zum Teufel?! Mike kniff die Augen zusammen. War das einer der Türsteher? Tatsache. Und Kathi!

»Na, mein Lieber«, hauchte sie. »Ich hab dir doch gesagt: Du bist einfach zu schwanzgesteuert. Ich denke, du wirst ein paar Jahre Zeit haben, dir zu überlegen, wohin dich das gebracht hat.« Sie kicherte. »Was wird bloß deine Mama dazu sagen? Heiligabend ohne ihren Schatz?«

Apropos Mama. Wo war die eigentlich? Inzwischen hatte sich der bunte Rauch etwas gelichtet. Schemenhaft erkannte Mike durch die Schwaden das beigefarben wiegende Hinterteil seiner Mutter und die an ihrem Handgelenk baumelnde Henkeltasche. Was gab sie ihm da hinter ihrem Rücken für ein Zeichen?

Tatsächlich. Sie zeigte auf die Tasche. Und schon war sie hinaus, tauchte in die Menge der Leute ein, die sich vor dem Eingang tummelten, und verschwand vollkommen in ihr.

Mike sank in sich zusammen und spürte, wie die zweite Handschelle sich um sein Handgelenk schloss.

Ergeben senkte er den Kopf. Einlochen konnten sie ihn sicher nicht. Aber Gefangenschaft drohte ihm trotzdem!

Ob Mama ihm erlauben würde, von einem Teil des Geldes die

Einrichtung seines Zimmers zu ändern? Oder wenigstens die Bettwäsche? Bei Damenbesuch machte die sich wirklich nicht gut.

Vielleicht konnte er seine Mutter ja zu einem schicken Beige überreden.

14

Sabine Trinkaus

Die Weihnachtsüberraschung

Bonn

Über die Autorin:

Sabine Trinkaus wuchs im hohen Norden hinter einem Deich auf. Zum Studium verschlug es sie ins Rheinland, wo sie nach internationalen Lehr- und Wanderjahren sesshaft und heimisch wurde. Heute lebt sie in Alfter bei Bonn. 2007 begann sie, ihre kriminellen Neigungen in schriftlicher Form auszuleben. Sie veröffentlichte Kurzgeschichten, für die sie einige Blumentöpfe gewann. 2012 begann sie dann, auch in langer Form zu morden. Im März 2019 erschien ihr sechster Roman und zweiter Thriller *Mutter Seelen Allein*.

23.12.
Robert

Robert steht vor dem Eingang der Hauptpost und wartet. Er denkt an Karl, fühlt einen wehmütigen Stich, aber das Adrenalin spült die Sentimentalität schnell weg. Es ist genau wie früher – diese gespannte Aufmerksamkeit kurz bevor man aufs Ganze geht. Ja, er hat es noch drauf. Manche Dinge verlernt man nicht.

Er kann es kaum erwarten. Für sie und ihn ist nämlich heute schon Weihnachten, hier auf dem Weihnachtsmarkt, wo alles begann. Einen Tag zu früh, aber es geht nicht anders. Heiligabend will sie zu ihrer Schwester. Und bei ihm wäre es sowieso nicht gegangen, im Heim. Obwohl am Heim nichts auszusetzen ist. Es trägt den Namen »Residenz« durchaus zu Recht, das Apartment ist nicht groß, dafür geschmackvoll und gemütlich. Aber er wohnt da eben nicht allein, sondern mit Karl. Und der darf nichts von ihr wissen, noch nicht, es soll ja eine Überraschung sein.

Sie ist spät dran. Aber sie wird kommen, ganz sicher. Er mag nicht mehr der Jüngste sein, aber er versteht sich noch darauf, das Herz einer Frau zu erobern. Selbst wenn er sich das eigentlich gar nicht leisten kann. Mit Karls Hilfe geht es ganz gut. Und das ist auch kein Problem, denn Karl bekommt ja ohnehin seit Monaten kaum noch etwas mit. Er hockt nur noch im Sessel und starrt trübsinnig aus dem Fenster. Trotzdem geht es auf Dauer natürlich nicht so weiter. Karl mag ein Schatten seiner selbst sein, aber die Blicke, die er ihm in letzter Zeit zuwirft, sprechen Bände. Er ahnt etwas. Und darum ist es höchste Zeit, die Dinge in die Hand zu nehmen. Genau das wird Robert also tun. Heute.

Jetzt gleich. Denn jetzt sieht er sie, da wippt die niedliche Pudelmütze in der Menge. Sie winkt, sie lächelt, schiebt sich durchs Gedränge zu ihm. Sein Herz macht einen aufgeregten Satz. Er umarmt sie lange, saugt den süßen Duft ein. Dann küsst er sie. »Da bist du ja, mein Herz«, haucht er.

23.12.
Karl

Karl hockt in seinem Sessel und starrt. Nicht aus dem Fenster, auch nicht trübsinnig, vielmehr verständnislos und auf das kleine Buch in seiner Hand. Ein Tagebuch. Roberts Tagebuch – er hat es kurz aufgeschlagen, die vertraute Handschrift gesehen. Es darum sofort wieder zugeschlagen, denn natürlich verbietet es sich, das Tagebuch seines besten Freundes zu lesen. Auch wenn es ganz offen hier im gemeinsamen Wohnzimmer herumliegt. Und ein Indiz für das zu sein scheint, was Karl schon seit einer Weile beunruhigt. Etwas stimmt nicht mit Robert. Er ist unruhig, fast aufgekratzt. Weicht Karls Fragen und Blicken beharrlich aus. Karl kennt das von früher. Robert war immer ein Geheimniskrämer, schon von Berufs wegen. Aber diese Zeiten sind lange vorbei. Nein, was immer da vorgeht, es ist nicht beruflich. Sondern privat. Persönlich. Und darum macht es Karl Angst.

Erst hat er gedacht, dass es an ihm liegt. Hätte er sogar verstanden, er kann sich im Moment ja selbst kaum ertragen. Seit Monaten hockt er hier herum, suhlt sich in Selbstmitleid und Scham. Ein erbärmlicher alter Sack, der auf einen noch erbärmlicheren und älteren Trick reingefallen ist. Darum ist er auch nicht zur Polizei gegangen. Das Geld ist ohnehin futsch. Aber das blöde Geld kann er verschmerzen. Anders als die Blicke, die man ihm bei der Polizei mit Sicherheit zugeworfen hätte. Diese Demütigung hat er sich lieber erspart. Was er nicht hat kommen sehen, ist allerdings die Wut, die seither in ihm brodelt. Der Gedanke, dass das Miststück einfach so davonkommt, ist zermürbend.

Er stoppt die mittlerweile sattsam vertraute, nutzlose Gedankenspirale. Es geht ja nicht um ihn, es geht um Robert, seinen besten Freund. Im Grunde sind sie wie ein altes Ehepaar. Nur eben ohne das, was Robert gern als Emokram bezeichnet, und eben das macht ihre Beziehung sehr angenehm und einfach. Darum sind sie auch zusammengezogen, mussten sie gar nicht lange drüber reden. Sie haben sich immer ohne viele Worte verstanden. Früher jedenfalls, denn jetzt versteht Karl Robert eben überhaupt nicht mehr. Noch viel weniger versteht er dieses Tagebuch, denn der Robert, den Karl kennt, würde nie ein Tagebuch führen. Schon von Berufs wegen hat er es immer vermieden, Dinge schriftlich zu fixieren. Er ist verändert. Senil, womöglich, denkt Karl, seinerseits von Berufs wegen – er war lange genug Arzt, um bestimmte Warnzeichen zu erkennen. Er flucht leise. Verzweifelte Situationen, erinnert er sich, erfordern verzweifelte Maßnahmen. Ein paar Zeilen nur. Aus aufrichtiger freundschaftlicher Sorge und diagnostischem Interesse. Er seufzt noch einmal und schlägt das Buch wieder auf.

24.11.

Süß, ach so süß, ein Kuss der Fortuna, die mich zur rechten Zeit zum rechten Ort geführt hat. Mir die Chance gewährt, diese Chance, die nur einmal im Leben kommt. Ein Geschenk, das man nicht ausschlagen darf. Denn was ist Vernunft, wenn es um so viel Größeres geht. Diese Erkenntnis hat mich getroffen wie ein

Blitz. Als ich sie gesehen habe, da am Glühweinstand. So strahlend schön, so lebendig, glitzernd und funkelnd. Ich habe kurz gezögert, mir dann ein Herz gefasst. Ich habe Glühwein geholt, sie einfach angesprochen. Und was soll ich sagen – ich habe es noch drauf! Aus einem Glühwein wurden zwei, dann drei, ein paar zu viel am Ende, aber es hat sich gelohnt. Zum Abschied hat sie mir ihre Nummer gegeben – das Herz, es will mir zerspringen vor Glück!

23.12.
Robert

Robert drängt sich mit den vollen Bechern vom Verkaufstresen zu dem Stehtisch, den sie ergattert haben. Dabei mogelt sich wieder Karl in seine Gedanken. Karl, mit dem er hier sonst gestanden hat, jedes Jahr am Tag vor Weihnachten, um beherzt von dem teuflischen Gesöff zu trinken. In diesem Jahr hat Karl sich geweigert, auch nur einen Fuß auf den Weihnachtsmarkt zu setzen. So geht das wirklich nicht weiter. Er schiebt den Gedanken weg, konzentriert sich auf das, was jetzt wichtiger ist. Er stellt den Glühwein ab. Sie bedankt sich mit strahlendem Lächeln, ihr Blick dabei zauberhaft erwartungsvoll. Er schaut sie an, und ein tiefer Seufzer entringt sich seiner Brust.

»Alles in Ordnung?« Da ist Besorgnis in ihren himmelblauen Augen. »Was ist denn los, mein Liebling?«

»Nichts«, sagt er eilig. »Es ist ... gar nichts!«

Ihre perfekte runde Stirn legt sich in Falten, ihr Blick wird prüfend. Robert seufzt erneut. »Es ist nichts, wirklich. Nur ... ich war bei diesem Quacksalber, dem schwachsinnigen Kardiologen. Entschuldige, die alberne Panikmache hat mir ein bisschen die Laune verhagelt.«

»Was?« Sie schlägt eine Hand vor den entzückenden Kirschmund. »Liebling, was hat er gesagt?«

Robert macht eine wegwerfende Handbewegung. »Nichts, was dich beunruhigen müsste, mein Spatz. Schau mich an – es geht mir gut. Es geht mir sogar fantastisch. Der Typ hat einfach keine Ahnung. Im Ernst – wenn ich das schon höre – Aufregung vermeiden! Was für ein Unsinn! Ich bin aufgeregt. Jetzt. Ich bin immer aufgeregt, wenn ich dich sehe. Wenn ich an dich denke. Und das schadet der alten Pumpe nicht, ganz im Gegenteil. Bitte, lass uns einfach nicht mehr darüber reden, ja?« Er klingt bestimmt.

Sie nickt zögernd, lächelt dann wieder, aber es wirkt bemüht.

»Ach, Spatz!« Er schüttelt betrübt den Kopf. »Jetzt habe ich dir die Stimmung verdorben. Ich hätte es nicht erwähnen sollen, verzeih! Aber warte – ich habe etwas, das dich aufmuntern wird!« Er kramt in der Tasche, zieht ein Hochglanzprospekt heraus, schlägt es auf und schiebt es über den Tisch. »Frohe Weihnachten, mein Herz!«

Sie schaut ungläubig auf die Seite. »Nein«, haucht sie. »Das ist nicht dein Ernst, oder?«

»Mein heiliger Ernst sogar. Du hast ja oft genug erwähnt, dass der Januar dir immer aufs Gemüt schlägt. Und da dachte ich, dass zwei Wochen Karibik mein süßes Spätzchen vielleicht aufmuntern.«

»Du bist verrückt!«, sagt sie. »Du bist ja völlig verrückt!«

»Allerdings!« Er wirft ihr einen zärtlichen Blick zu. »Verrückt nach dir!«

23.12.
Karl

Karl ringt um Fassung. *Kuss der Fortuna? Glitzernd und funkelnd?* Es ist offenbar schlimmer, als er befürchtet hat. Das ist nicht Robert. So würde Robert nie reden. Oder gar schreiben, in ein Tagebuch, doch nicht Robert! *Das Herz, es will mir zerspringen vor Glück?* Persönlichkeitsveränderung, denkt Karl, das ist ernst, das ist … krank, denkt er dann, schluckt und liest weiter.

30.11.

Ich habe mich am Riemen gerissen. Die Schmetterlinge im Bauch und auch das gierige Sehnen des Herzens im Zaum gehalten, zwei lange Tage, bevor ich ihr schrieb. WhatsApp, genau richtig, lustig, locker, scheinbar ganz unverbindlich. Sie hat sofort geantwortet! Dann ging es hin und her, bald kamen Emojis ins Spiel, mit Herzchen!!! Ich habe die Gelegenheit beim Schopf gepackt. Sie zum Essen eingeladen. Redüttchen *natürlich, muss ja was hermachen. Habe mir dafür Karls Kreditkarte geborgt. Merkt er sowieso nicht im Moment.*

Der Abend war perfekt. Das Essen fantastisch. Noch fantastischer die tiefen Blicke. Sie ist zauberhaft! Dazu so zugewandt, so aufmerksam. Sie stellt die richtigen Fragen, die dazu führen, dass man ihr unversehens die Seele öffnet. Und ach, es hat gutgetan, über all das zu reden – die Herzprobleme, die leidige Höhenangst, diese Panikattacken, die im Alter immer schlimmer werden. Sie hat einfach zugehört, irgendwann meine Hand genommen und mir gedankt. Für meine Offenheit und mein Vertrauen. Sie braucht nämlich keinen, der den harten Mann markiert, hat sie gesagt. Sie braucht eine ehrliche Seele. Und darum ist ihr mein Alter auch egal. Denn das Herz kennt kein Alter. Und die Liebe schon gar nicht.

Ja! Die Liebe! Das hat sie gesagt!

Seitdem ist das Leben wie ein Rausch. Es ist nicht nur ihre Schönheit, diese Anmut. Sie ist auch sehr klug. Und wie sie sich freuen kann! Wenn ich sie überrasche – mit dem schicken Schal, der ihr so gefallen hat, den Ohrringen aus dem Schaufenster, die so gut zu ihren Augen passen. Wie sie dann sanft errötet und »Das sollst du doch nicht« sagt. Und ich erwidere: »Nun gönn einem verliebten alten Narren doch die Freude!« Dann lacht sie und küsst mich. Jeder Kuss ein Versprechen.

Ich muss allerdings ein bisschen aufpassen, habe Karls Kreditkarte ziemlich strapaziert. Ich darf die Sache nicht überreizen, er soll nichts merken. Irgendwann werde ich ihm alles erklären, ihm, meinem guten, alten Karl. Irgendwann wird er mich verstehen. Aber noch ist die Zeit nicht reif.

Karls Hand zittert so, dass die Buchstaben vor seinen Augen verschwimmen. Er ist fassungslos. Nicht wegen der blöden Kreditkarte, die ist nicht das Problem. Er hat Robert immer gern ausgeholfen. Natürlich hat der auch immer gefragt, aber das ist nebensächlich, eine Petitesse gemessen an dem anderen. *Gieriges Sehnen, jeder Kuss ein Versprechen?* Und als sei die augenscheinlich schon erschreckend fortgeschrittene Persönlichkeitsveränderung nicht schlimm genug – offenbar sind bereits massive Wahnvorstellungen im Spiel. Herzprobleme, Höhenangst, Panikattacken? Das ist absurd. Davon hätte Karl doch etwas mitbekommen. Selbst wenn Robert versucht hätte, es vor ihm zu verstecken. Emokram hin oder her – sie leben zusammen, verdammt. Karl schluckt. Kein Hauch von hoffnungsvollem Zweifel scheint ihm vergönnt. Das, was er hier liest, sind die Äußerungen eines zerfallenden Geistes.

23.12.
Robert

»Mein Gott, ich ... ich kann das gar nicht fassen«, haucht sie.

»Das ist doch keine große Sache«, wehrt Robert ab. »Und abgesehen davon ist es ja nicht so, als hätte ich keine Hintergedanken.« Er wirft ihr einen schelmischen Blick zu. Sie wirkt kurz irritiert und kichert nervös.

»Entschuldige, das klang jetzt ... falsch. Ich meine nicht ... also, du weißt, ich würde dich nie drängen. Aber ... wir waren ja noch nie wirklich ... zusammen. Und ich dachte ...« Er kratzt sich verlegen am Nacken. »Ich weiß, ich bin alt. Aber mit dir fühle ich mich nicht so. Du tust mir einfach gut. Und bevor ich mich jetzt um Kopf und Kragen rede ... ich habe noch eine Überraschung.« Wieder kramt er, zaubert ein anderes Prospekt hervor. Er schlägt es auf, legt es vor sie auf den klebrigen Tisch. Sie schaut verständnislos auf die bunten Bilder der großzügig geschnittenen Maisonette-Wohnung mit Rheinblick. »Was ist das?«

»Eine Wohnung. Meine Wohnung. Ich habe sie gekauft. Ich brauche wieder einen Ort für mich. Das mit dem Heim ... es fühlt sich einfach nicht mehr richtig an. Und wie gesagt – ich will dich zu nichts drängen. Ich sage einfach nur, dass es eine schöne und geräumige Wohnung ist. Groß genug für mich. Und für dich!«

Ihre Augen werden groß. »Du meinst ...«, haucht sie, schlägt die Augen nieder. »Liebling ... ist das ein Antrag?«

»Nein, o mein Gott, natürlich nicht!« Er schüttelt entsetzt den Kopf.

Sie zuckt zusammen. Kurz huscht Enttäuschung über ihr Gesicht.

»Geliebte, das würde ich nie von dir verlangen!«, erklärt er bestimmt. »Ich bin ein alter Mann mit Herzproblemen. Und du ... ich meine, wie würde das aussehen, wenn du mich heiratest? Die Leute würden sich das Maul zerreißen über dich. Das würde ich dir niemals zumuten!«

Sie schluckt, greift nach seinen Händen und schaut ihm tief in die Augen. »Mein Liebling«, flüstert sie. »Oh, mein wunderbarer, rücksichtsvoller Liebling. Es ist mir egal, was die Leute reden. Wir lieben uns. Das ist alles, was zählt! Und ...« Sie zögert. »Es klingt vielleicht albern, aber ich bin eben ein bisschen altmodisch. Und romantisch ...«

Er schaut sie ungläubig an. »Du meinst ... oh, was bin ich für ein dummer alter Mann! Wenn ich das geahnt hätte! Dann hätte ich mir den ganzen Aufwand ja auch sparen können!«

»Aufwand? Wie meinst du das denn jetzt bitte?« Sie klingt ein bisschen spitz.

Er zögert. »Ich wollte es eigentlich gar nicht zur Sprache bringen. Aber natürlich bin ich mir meiner Verantwortung auch ohne Trauschein bewusst. Ich war beim Notar. Dieser dämliche Kardiologe hat mich irgendwie nervös gemacht. Und da dachte ich, dass es nicht schaden kann, gewisse Dinge zu regeln. Es ist mir schließlich wichtig, dass du versorgt bist. Für den Fall, dass mir etwas zustoßen sollte.«

Ihre Augen werden groß. Sie schaut ihn an. Schnieft dann, zieht ein Taschentuch hervor und schnäuzt sich damenhaft. »Liebling«, schluchzt sie leise. »Ich weiß gar nicht, was ich sagen soll ...«

»Dann sag einfach nichts. Ich hole uns etwas zum Anstoßen.«

13.12.

Wie nah ist man im größten Glück dem tiefsten Schmerz! Ich kann es nicht ertragen, ich halte es nicht aus, sie leiden zu sehen. Gleichzeitig ist es aber so anrührend, zeigt es doch die Güte ihres Herzens, die Tiefe ihres Fühlens, diese Hingabe, zu der sie fähig ist.

Sie hängt so an dem Tier. Und es ist ernst, eine Kolik. Es muss in die Klinik. Das kostet, und zwar nicht zu knapp. Sie hat natürlich keine Sekunde gezögert, hat ihr Konto bis zum Anschlag überzogen. Nun sitzt ihr der fiese Vermieter im Nacken, der für so eine Notlage kein Verständnis hat. Dazu all die laufenden Kosten, und es ist ja nicht abzusehen, wie lange der Klinikaufenthalt noch dauern wird.

Natürlich habe ich ihr ausgeholfen. Musste dafür Karls Konto noch einmal heftig in Anspruch nehmen. Aber es ist ein Notfall, es geht nicht anders. Ich hoffe und bete, dass es Black Beauty bald wieder besser geht!

Das Buch entgleitet Karls Händen. Für einen Moment ist er wie erstarrt. Fragt sich, ob es nicht sein Gehirn ist, das sich auflöst, ihn mit Halluzinationen narrt.

Denn das kann nicht sein! Es ist unmöglich. Black Beauty?

Er kann es nicht fassen. Diese Dreistigkeit, die Impertinenz, die ihresgleichen sucht. Die miese Schlampe hat es offenbar nicht einmal für nötig erachtet, den Ball eine Weile flach zu halten. Die Stadt zu wechseln gar. Verdammt, sie hat sich nicht mal die Mühe gemacht, sich einen neuen Namen für ihr erfundenes krankes Pferd auszudenken!

Und als wäre das nicht schlimm genug, hat eine perfide Boshaftigkeit des Schicksals ausgerechnet seinen Freund Robert in seinem wehrlosen Zustand direkt in die Fänge des Miststücks getrieben. Robert, dem Karl nichts von all dem erzählt hat. Obwohl er sein bester Freund ist. Aber Karl hat sich so geschämt. Es war schon peinlich genug gewesen, als Robert ihn einmal dabei erwischt hat, wie er ihr Foto in der Hand hielt und verträumt darauf starrte. Er hat das Bild schnell weggesteckt, hat so getan, als würde er Roberts wissend-herablassendes Grinsen nicht bemerken. Und als dann klar war, dass er sich zum absoluten Vollidioten gemacht hat, hat er es einfach nicht über sich gebracht, sich ausgerechnet Robert anzuvertrauen. Robert, der mit Emokram so gar nichts am Hut hat. Knallhart, analytisch, unsentimental, schon von Berufs wegen. Robert, dem so etwas nie hätte passieren können.

Ein fataler Irrtum offenbar, aber Robert ist ja auch nicht mehr Robert. All das ist nicht zu glauben, es ist nicht zu fassen, und doch steht es da, schwarz auf weiß, in diesem Buch, das Karl nun wieder aufgehoben hat. Er zwingt sich, ruhig zu atmen. Für den Moment das hinzunehmen, was er weder begreifen noch ändern kann. Er muss diesen unbändigen Hass, der in ihm aufwallt, kanalisieren. Ihn nutzen. Er muss Robert retten. Vor sich selbst und dem Miststück. Karl muss etwas unternehmen!

23.12.
Robert

Der Glühwein auf dem Tisch wird langsam kalt, während sie dastehen, die Hände ineinander verflochten, und sich verliebt anschauen. »Ich weiß nicht, was ich sagen soll«, haucht sie irgendwann wieder.

»Ach, mein Herz, nimm es einfach, wie es ist. Ich bin zu alt, um Dinge auf die lange Bank zu schieben. Und so unendlich dankbar, dass ich das hier noch erleben darf.«

»Ich auch!« Sie senkt den Blick. »Ich habe mich noch nie so sicher und geborgen gefühlt bei einem Mann!«

»Und ich habe mich lange nicht so lebendig gefühlt wie mit dir!« Er lacht, löst seine Hände aus der Umklammerung. »Lass uns das feiern!«, sagt er dann. »Lass uns das Leben feiern und unsere Liebe. Ich möchte etwas Verrücktes tun. Mit dir!« Sie schaut ihn fragend an.

»Flieg mit mir«, sagt er. »Flieg mit mir in den Himmel!« Er deutet vage in Richtung des Stahlturms, der rot leuchtend über den Dächern der Innenstadt aufragt. Der City-Skyliner, die Attraktion des Bonner Weihnachtsmarkts in diesem Jahr. Gerade steigt die runde Kabine in luftige Höhe.

Er schaut sie an. Bemerkt das Zögern und meint zu sehen, was sie denkt. Aufregung, denkt sie, herzkrank, Höhenangst, Panikattacken. Es scheint zu flackern hinter ihrer Stirn.

»Bitte«, sagt er schnell. »Bitte, mein Spatz, mach mir die Freude!«

Sie zögert noch einen winzigen Moment. »Natürlich«, sagt sie dann. »Natürlich, mein Liebling!«

23.12.
Karl

Karls Hände sind schweißnass, das elende Tagebuch fühlt sich widerwärtig glitschig an, als er sich zwingt, den letzten Eintrag zu überfliegen.

23.12.

Heute ist es so weit. Es ist an der Zeit, das Versteckspiel zu beenden. Nicht nur, weil die Kreditkartenabrechnung jeden Tag eintreffen kann. Sondern auch, weil Weihnachten fast da ist. Und zum Fest der Liebe möchte ich mit meinem guten alten Karl endlich wieder so glücklich sein wie früher.

Ich kann es kaum erwarten, sein Gesicht zu sehen. Er wird sich freuen, ich bin ganz sicher. Ich kenne ihn doch. Er wird nicht böse sein, er wird verstehen, warum ich die Sache so lange vor ihm verheimlicht habe. Er ist ein ganz wunderbarer Freund, aber er war immer ein Zauderer, ein ewiger Bedenkenträger. Er hätte Einwände gehabt, sich lauter unnütze Sorgen gemacht. Hätte mir gesagt, dass ich zu alt bin, dass es Wahnsinn ist. Er hätte damit nicht einmal wirklich unrecht gehabt. Aber manchmal muss man gewisse Risiken einfach in Kauf nehmen.

Es ist Zeit, aufzubrechen. Aufs Ganze zu gehen, Nägel mit Köpfen zu machen. Ich bin tatsächlich nervös, mein Herz hämmert wie verrückt. Ich bin so gespannt auf ihr Gesicht. Und auf Karls. Gott, ich liebe Überraschungen. Es wird groß, das wird ganz, ganz groß. Ich habe es noch drauf, verdammt, ich habe es wirklich noch drauf!

Karl springt aus dem Sessel. Er zittert vor Zorn und Entschlossenheit. Und Angst. Ja, Karl fürchtet sich vor dem, was da in ihm tobt. So etwas hat er noch nie gefühlt. Es ist mehr als Wut, stärker als Zorn, es ist ein Hass, so lodernd, dass er sich in nackter Mordlust niederschlägt. Karl geht in die Küche und nimmt sich das größte Messer, das er finden kann. Von wegen Zauderer, ewiger Bedenkenträger. Auch er hat seine Grenzen. Und die hat sie überschritten, endgültig. Sie hat ihm seine Würde genommen, jede Selbstachtung und alle Energie. Seinen besten Freund wird sie nicht auch noch bekommen. Er zieht die Jacke an. Er hat keine Ahnung, wie er sie finden soll im Getümmel des Weihnachtsmarkts. Aber er muss es versuchen, er muss es wenigstens versuchen.

Er nimmt sein Handy und wählt Roberts Nummer.

23.12.
Robert

Als sie am Fuß des Skyliners ankommen, klingelt Roberts Handy. Er wirft einen Blick aufs Display. »Entschuldige«, sagt er, »da muss ich kurz ran. Stellst du dich schon mal an?«

Sie nickt. Robert entfernt sich ein Stück, wischt das Gespräch weg. Er lächelt zufrieden. Auf Karls Neugier war immer schon Verlass. Und jetzt ist die Katze aus dem Sack, jetzt ist Karl vorbereitet. Jetzt gibt es kein Zurück mehr. *Wir sind am Skyliner*, tippt er in die Handytastatur. *Mach schnell, ich habe eine Überraschung für dich!* Er drückt auf Senden.

Die Gondel sinkt gerade nach unten. Er drängelt sich an der Schlange vorbei zu ihr. Sie steigen ein, setzen sich auf die schmale Bank. Er legt einen Arm um sie. Wie warm sie ist, wie fein sie duftet, und ach, wie gut sie sich anfühlt! Er betrachtet die goldenen Locken, die unter der flauschigen Mütze hervorlugen. Sein Herz schlägt ein bisschen zu schnell, aber erfreulich gleichmäßig. Er drückt sich ein bisschen fester an sie, als die Gondel zu steigen beginnt. Sie tätschelt sein Knie, bis sie fast achtzig Meter über der Bonner Innenstadt schweben. Alle stehen auf, treten nach vorn an die große Scheibe, kommentieren die spektakuläre Aussicht mit Ahs und Ohs. Auch sie. Robert bleibt noch kurz sitzen, atmet tief durch und greift dann in die Tasche. Er umschließt das kleine Röhrchen mit der Hand. Dann folgt er ihr, tritt hinter sie und umschlingt ihre Hüfte. Sie versteift sich ein wenig, lässt ihn aber gewähren. Er wird forscher, schiebt langsam ihre Jacke nach oben, dann den Pullover, bis er die weiche, zarte Haut ihrer Hüfte unter seinen Fingern spürt. Sie bemüht sich, ihr Unbehagen zu verbergen. Die Gondel dreht sich langsam, alle Blicke sind auf das weihnachtliche Lichtermeer unter ihnen gerichtet. Robert setzt das Röhrchen an, drückt auf den Knopf. Der Druckluftmechanismus macht ein leise seufzendes Geräusch. Sie zuckt zusammen, als der winzige Pfeil tief in ihren Körper dringt. Macht sich von ihm los, fährt herum, schaut ihn erschrocken an. Er reagiert blitzschnell, umschlingt sie mit beiden Armen und drückt ihr Gesicht an seine Brust. »Ruhig, mein Schatz«, sagt er, laut genug, dass die Umstehenden es hören können. »Ganz ruhig, es kann gar nichts passieren.« Sie wehrt sich, aber sie hat keine Chance. Er mag alt sein, aber er ist gut genug in Schuss, um so eine zarte Person wie sie körperlich im Griff zu behalten. »Höhenangst«, erklärt er den wenigen Umstehenden, deren Köpfe sich in ihre Richtung gedreht haben und die umgehend ihre Aufmerksamkeit zurück auf den fantastischen Blick wenden, für den sie schließlich bezahlt haben.

Er hält ihren Kopf an seiner Brust, bewegt seinen Mund ganz dicht an ihr Ohr. »Es tut mir leid«, sagt er leise. »Es ist wirklich schade um dich. Du hast deine Sache gut gemacht.« Er meint das ganz und gar ehrlich. Er hat immer gern mit Profis gearbeitet. Und sie versteht sich wirklich ausgezeichnet auf ihr Geschäft. Sie hat nicht ahnen können, dass sie an den Falschen geraten ist. Aber so ist es eben im Leben. Sie war gut, er war besser, so läuft das Spiel. An dessen Ende es doch immer um Loyalitäten geht, denkt Robert, und vielleicht sogar manchmal ein bisschen um Emokram. Er spürt, wie ihr Körper schlaff wird. Die Gondel beginnt zu sinken. Er holt tief Luft. »Um Himmels willen«, schreit er dann. »Was ist mit dir?« Er schüttelt sie. »Bitte, du musst atmen, atme doch ...« Er lässt sie langsam zu Boden sinken, kauert neben ihr. »Wir brauchen einen Arzt«, brüllt er. Das ist natürlich Unsinn, denn das Gift breitet sich rasend schnell aus. Ihr Blut wird mit jeder Sekunde dicker, während der kleine Pfeil in ihrem Fleisch sich auflöst. Ihr Herz wird jeden Moment aufhören zu schlagen. Der Einstich ist winzig, zu klein, um bei der Obduktion aufzufallen. Man wird keinerlei Erklärung für den blitzschnellen und letalen Infarkt finden. Er hätte das handliche, überaus praktische Gerät mitsamt Munition eigentlich bei der Pensionierung abgeben müssen, aber irgendwie hat er das damals verbummelt. Als hätte er geahnt, dass es ihm irgendwann noch einmal nützlich sein würde.

23.12.
Karl

Karl ist außer Atem, als er endlich am Skyliner eintrifft. Er umklammert fest das Messer in der Jackentasche. Immer wieder ringt er nach Luft, schaut sich um, sucht nach Robert, sucht nach ihr. Er sieht die Gondel nach unten sinken. Die Türen öffnen sich, auf einmal herrscht Aufregung. Sie wuchten etwas hinaus, jemanden, es ist ein Körper, den sie da tragen. Ein Martinshorn ertönt, ein Rettungswagen schiebt sich langsam durch die Menge. Karl wird kurz übel. Robert? Ist das etwa Robert? Er drängelt sich durch, späht, dann sieht er den Körper. Nicht Robert. Sie. Sie liegt da, und jetzt sieht er auch Robert. Der neben den Sanitätern steht, die an ihrem leblosen Körper herumfuhrwerken. Die schließlich aufstehen, betreten schauen, den Kopf schütteln und mit Robert ein paar Worte wechseln, bevor sie sie wegtragen. Jetzt schaut Robert sich um, entdeckt ihn. Er kommt lächelnd auf ihn zu. »Da bist du ja endlich wieder, alter Junge«, sagt er und boxt ihn freundschaftlich auf den Oberarm.

Karls schweißnasse Hand lässt das Messer los. Er zieht sie heraus, wischt hastig die Träne, die sich aus seinem Augenwinkel gelöst hat und langsam über die runzlige Wange rollt, weg. Er schluckt, will etwas sagen, aber Robert kommt ihm zuvor. »Hey, bitte kein Emokram jetzt, ja?« Er grinst. »Lass uns lieber einen Glühwein trinken. Auf die gelungene Überraschung!«

Karl nickt und räuspert sich. »Geht auf mich«, sagt er. »Hast du dir verdient, doch, echt – Überraschungen hast du immer noch drauf!«

15

Raoul Biltgen

Der Wurzelsepp

Mölltal (Kärnten)

Über den Autor:

Raoul Biltgen, geboren 1974 in Luxemburg, lebt und arbeitet seit 2003 als freier Schriftsteller, Schauspieler und Theatermacher in Wien. Seit einigen Jahren arbeitet er zusätzlich als Psychotherapeut bei der Männerberatung Wien und in der Justizanstalt Sonnberg. 2014 und 2017 war Raoul Biltgen für den Friedrich-Glauser-Preis in der Sparte »Kurzkrimi«, 2018 in der Hauptkategorie »bester Kriminalroman« nominiert.
Mehr Infos unter: www.raoulbiltgen.com

Am Großglockner ist genau gar nichts majestätisch. Da ragt ein grauer Zipfel zwischen den schwarzen Bergen hervor, schmutzig und langweilig, und man muss sich regelrecht krümmen, um ihn überhaupt zu Gesicht zu bekommen, den angeblich majestätischen Großglockner.

Und dafür bin ich extra nach Heiligenblut gefahren. Hätte ich mir sparen können. Hätte ich mir denken können. Und dass Heiligenblut das heilige Blut Christi in einer Phiole beherbergen soll, erfährt man auch nicht unbedingt, wenn man in Heiligenblut unterwegs ist. Den Einwohnern scheint das ziemlich wurscht zu sein. Auch Heiligenblut ist schmutzig. Und laut. Und der Alkoholgehalt liegt hier durchschnittlich bei über zwei Promille. Auf dem Hauptplatz steht neben dem verlassenen Siegertreppchen (für wen? Die Hobbyskifahrer, die neben der Kirche den Hügel runterschlittern?) eine bunte Bude, aus der heraus Après-Ski-Schlager hämmern und übersüßte Glühweine gereicht werden. Mit schweren Skischuhen und neonfarbenen Skioveralls ausgestattete Skitouristen schütten sich eine Tasse nach der anderen rein. Ich habe Kopfweh.

Und ich bin dankbar.

Ja, vielleicht war es doch keine so schlechte Entscheidung, den Umweg über Heiligenblut zu fahren und mir den ach so majestätischen Großglockner zu geben, um mir zu vergegenwärtigen, dass ich genau das nicht nur nicht brauch, sondern auf gar keinen Fall haben darf. Meine Beruhigungsmantras vor mich hin murmelnd versuche ich, den Ärger zu unterdrücken und schleich zurück ins Parkhaus, Nase zu, um vom Uringeruch nicht erschlagen zu werden, bis zum Auto, um diesem Alb- und Alptraum zu entkommen. Was die Heiligenbluter dem wehrten

Abhauenden, der leider nicht zur florierenden Wirtschaft der zweisaisonalen Tourismusregion beigetragen hat, gar nicht mal so einfach machen. Ich bin froh, dass es regnet und nicht schneit, als ich mich durch die enge Gasse nach oben zur Hauptstraße kämpfe.

Und ich lasse die Wahrzeichen hinter mir.

Und ich lasse die Warnzeichen hinter mir.

Ich gondele gemütlich zur ersehnten Gemütlichkeit im abgeschiedenen Kärntner Mölltal. Keine Touristen, keine Sportler, keine Schneehasen, keine Schlagerlaunigkeit, einfach nur Natur pur. Das nenn ich majestätisch. Je weniger Menschen, desto besser.

Als erstes fällt mir auf dem Parkplatz vorm Hotel ein quietschgelber Minibus auf, rundum beklebt mit Wappen, auf denen ein Stier prangt. Das Tier ist mir egal, aber Minibus heißt: Gruppe. Und Gruppe ist nicht gut. Denn Gruppe ist laut. Schweigemönche machen keine Winterausflüge ins Mölltal. Jugendgruppen schon. Teenager, die meinen, ihre Hormone lediglich durch erhöhten Alkoholkonsum zügeln zu können. Was aber nicht der Fall ist. Im Gegenteil. Schülerdisco und knutschende Pärchen, die jeden Abend unter viel Drama reihum die Partner tauschen, während die am schlimmsten Bepickelten draußen stehen und zuschauen, sich Alkopops in den Schädel hauen, bis sie in den unschuldig weißen Schnee vorm Hoteleingang kotzen. Wenn sie es bis dahin schaffen. Und die erwachsenen Begleitpersonen scheren sich einen Dreck.

Aber das sind ja vielleicht auch nur Vorurteile, Bruchstücke von in die vermeintliche Vergessenheit verdrängten Erinnerungen und Ausdruck meiner Angst, doch das falsche Hotel für meinen Weihnachtsurlaub gebucht zu haben. Gut möglich, es handelt sich um besonnene Matadore, welche sich und ihren edlen Tieren am Fuße des Mölltaler Gletschers ein paar Tage Entspannung und Kühle vor der beginnenden Saison in der sengenden Hitze Südspaniens gönnen wollen.

Mein Zimmer ist klein und geht nach hinten auf eine Wiese hinaus, welche sich in einer Steigung bis zu einem dichten Wald erstreckt. Ah, der Wald, den ich bereits beim Buchen auf den Fotos des Hotels ausgemacht habe. Der Wald, den ich zu erkunden hergekommen bin. Der Wald, in dem ich zufrieden und beseelt umherstreifen werde, alle Sorgen und Alltagsprobleme hinter mir lassend, dem Rauschen der Zweige lauschend, den quirligen Eichkatzen mit gespanntem Blick folgend, welche sich behände hüpfend von Ast zu Ast nachjagen, völlig ungeachtet dieser einen einsamen menschlichen Präsenz in ihrem Refugium der Glückseligkeit.

So hätte das Hotel das gerne auf seiner Website beschreiben können, mich hätte es angesprochen. Aber vielleicht auch noch viele andere, und dann strotzt das Refugium vor Kleinfamilien, welche die gestresst umherwuselnden Eichhörnchen mit ihren Handykameras ablichten wollen, um sie flugs auf Instagram zu teilen: Seht nur die Idylle, die wir für den Familienurlaub mit dem lieben Nachwuchs gefunden haben. Seht nur die Pampa, in die mich meine Eltern verschleppt haben.

Ich sehe ein Kind, das einen Rodel über das schwer in Mitleidenschaft gezogene Gras nach oben zerrt, sich darauf setzt, versucht sich mit den Füßen abzustoßen, doch nichts rutscht. Jetzt sitzt es da, es hat sogar einen Helm auf, doch es bewegt sich nicht vom Fleck. Gut so, sonst könnte es am Ende vielleicht noch jauchzen oder sonstige Freudenlaute von sich geben.

Das Kind sitzt am Abend brav zwischen Mama und Papa, die ebenfalls brav dasitzen, die Hände neben dem Teller aufgelegt, sich brav anlächelnd, das brave Kind brav anlächelnd, ach, sind wir nicht eine brave Familie? Ja, das sind wir, Schatz, ich bin so froh, dass ich dir über den Weg gelaufen bin. Und ich erst, ich erst, ach. Ja, ach, wenn ich zurückdenke, wie ich damals noch war, vor dir, da bin ich von Disco zu Disco gekrochen, habe mich jedem Kerl in die Arme geschmissen, der mich auffangen wollte, und das wollten alle, weil ich ja so eine gei… Aber diese Zeiten sind vorbei, seit ich dich hab. Und ich dich. Bussi. Bussi. Und auch das Kind wird abgebusselt rechts und links auf die Wangen. Immerhin kommt jetzt die Suppe, brav blasen, dass du dir nicht den Mund verbrennst. Ich kann beim besten Willen nicht erkennen, ob das Kind ein Bub oder ein Mädel ist.

Auch ich bekomme meine Suppe. Brühe mit Leberknödeln. Ich blase brav.

Da schreckt es mich, ich blase zu fest, die Suppe schwappt vom Löffel zurück in die Tasse, spritzt auf die Tischdecke. Was ist denn jetzt?

Jetzt ist der Einmarsch der Toreros. Neun Mann. Schrill gelb von Hals bis Hintern, darunter hellgrau. Es sind natürlich keine Matadore. Es ist auch keine Jugendgruppe wie befürchtet. Nach der braven Kleinfamilie am Nebentisch kommt jetzt also die Großfamilie herein. Vom vielleicht fünfjährigen Nachzügler über Töchter und Söhne quer durch die Pubertät bis hin zu den Eltern und Großeltern. Damit nur ja niemand auf die Idee kommt, sie gehörten nicht zusammen, haben sie ihre ganz persönliche Familienuniform. Und auf dem Rücken prangt das Wappen. Und darunter steht in altmodischen Buchstaben »Klauer«. Und die scharrenden Klauen des Stiers sind tatsächlich ganz besonders prominent dargestellt.

Ich bin mir sehr sicher, dass sich der Name »Klauer« ganz und gar nicht auf die Klauen welcher Paarhufer auch immer bezieht, sondern auf das Ausüben gesellschaftlich zu keiner Zeit besonders hochangesehener Tätigkeiten eines lieben und auch noch der Sippschaft namensgebenden Vorfahren. Also einfach mal schnell umgedeutet, den anrüchigen Namen, und alle Frevel vergangener Generationen spielen keine Rolle mehr. Von mir aus gern, ich habe keine Vorurteile, nur weil einer Klauer heißt. Ich habe von einem Rechtsanwalt namens Mörder gehört. Aber wer weiß, was der alles auf dem Kerbholz hat.

Als Nächstes taucht ein Paar mittleren Alters mit einem Hund auf. Die Rasse des Hundes ist nicht zu definieren. Er trägt Beißkorb. Das lob ich mir. Wenn die schon mit einem derart gefährlichen Tier, dass ihm ein Beißkorb angelegt werden muss, in ein Hotelrestaurant kommen, dann ist es nur recht und billig, dass sie Vorkehrungen treffen, dass die Bestie die Kellnerin nicht beim Servieren des Aperitifs anfällt und bei lebendigem Leib verspeist.

Die arme Kellnerin hüpft aufgeschreckt zur Seite, als der Hund bellt. Armes Mädchen, sicher die Tochter des Hauses, die sich in ihren Weihnachtsferien im Familienbetrieb verdingen und Suppen und Teller und am Ende gar Bierfässer aus dem Keller schleppen muss, während der Herr Papa, ganz Chef, zwischen den Tischen herumscharwenzelt und die Gäste, allen voran die Stammgäste, per Handschlag begrüßt. Aufgehalten wird er von einem Herrn in einer ortsüblichen Tracht. Schulterklopfen, lautes Lachen, Verbrüderung. Man könnte annehmen, da hat sich doch tatsächlich ein Einheimischer zwischen die Touristen geschlichen, wenn nicht dieser allzu rheinländische Tonfall wär. Und da nicht Fasching ist, ist es pure Anbiederei, die ihn dazu gebracht haben dürfte, sich in die enge braune Jacke zu zwängen. Ich bin einer von euch. Jaja. Haha. Doch der Chef weiß, was sich gehört, und lacht mit und denkt sich seins.

Am wenigsten ins Bild passen die beiden Frauen im hinteren Eck. Wäre ich ein von Vorurteilen in seinen Wahrnehmungen getrübter Mensch, ich würde sagen, es ist ein lesbisches Pärchen. Aber das bin ich ja nicht. Doch die Frauen haben beide Kurzhaarfrisuren, tragen Karohemden und halten Händchen. Na also, Schwestern?

Und dann bin da noch ich inmitten dieser bunt zusammengewürfelten Menge.

Welche Rolle ich einnehme?

Ich bin der komische Kauz, den man vielleicht einfach nur mal übersieht. Der sich wünscht, einfach nur mal übersehen zu werden. Der die anderen beobachtet, der ruhig ist, der zwar irgendwie auch da ist, aber nicht dazugehört. Über den man sich vielleicht Fragen stellt. Zum Beispiel, warum er allein zu Weihnachten Urlaub macht. Über den man Vermutungen anstellt. Dass er vielleicht nie eine Frau abbekommen hat. Oder dass er vielleicht mal ganz anders war, ein offener und offenherziger Mensch, verheiratet, die große Liebe gefunden hatte. Alles war gut. Doch dann kam der Krebs, und nichts war mehr gut, hat sie dahingerafft, die Liebe, und er ist zurückgeblieben, zerfressen von Trauer und Gram. Und nun will er nicht einsam und verlassen unter einem traurigen, die Nadeln vorzeitig verlierenden Weihnachtsbaum in seiner dunklen Wohnung hocken, während alle Welt frohlockt. Deswegen ist er wohl ausgerechnet in einem Familienhotel gelandet, um wenigstens einen kleinen Anteil der Freude aus seiner Umgebung für sich mitzunehmen, milde zu lächeln, wenn das Kind sein Geschenk – das lang ersehnte ferngesteuerte Auto – bekommt, wenn die Großfamilie anstößt und sich Anekdoten aus vergangenen Jahren erzählt, die zwar jeder schon kennt, die aber von Jahr zu Jahr lustiger werden, wenn das Paar mit Hund froh ist, wieder mal ein Jahr ohne gröbere Verletzungen durch Hundebisse überstanden zu haben, und wenn die beiden Frauen an der Bar stehen und sich von Männern angraben lassen, die es einfach nicht checken, dass sie aber so was von keine Chance haben, und die sich darüber köstlich amüsieren. Ja, selbst wenn sich der dicke Deutsche dabei lächerlich macht, wie er versucht, den Wirten mit Kärntnerischen Ausdrücken zu beeindrucken und lauthals Dinge wie *Fralli wul* und *Lei losn* ruft, kann er, der ruhende Pol, der einsame Wolf, sich denken: Alles besser, als allein zu sein.

Ja, das könnten sich die Menschen denken. Über mich. Das tun sie aber nicht. Denn mein Wunsch erfüllt sich, ich werde nicht beachtet, ich bin nur Deko, so wie der Wurzelsepp neben dem Kamin. Ich bin halt da und niemand fragt sich, warum. Ich trage immer nur Beige.

Die Waldwege sind vereist, aber einsam. Natürlich sind sie das, der Lift zum Gletscher befindet sich weiter die Straße entlang, und während im Tal der Schnee noch auf sich warten lässt, kann man sich oben am Berg nach Herzenslaune austoben. Das war mein Plan. Die oben, ich unten. Am Abend werde ich die anderen schon irgendwie aushalten. Ich gehe früh zu Bett. Selbst heute, an Heiligabend. Auch wenn ich weiß, dass spätestens dann die Leute sich den Mund über mich fusselig reden werden. Aber ich werde ja im Bett sein, also sollen sie reden, was sie wollen, Hauptsache, ich bin ihnen nicht ausgeliefert.

Womit ich nicht gerechnet habe, das ist der Glockentoni. Und seine Band.

Schon als ich nach meinem Spaziergang die Hotellobby betrete, kommt mir die Frau Chefin entgegen und fragt mich ganz aufgeregt, ob ich auch schon so aufgeregt sei.

Ich verneine höflich.

Aber der Glockentoni komme doch, meint sie, jene Aufregung mit zappelnden Händen zum Ausdruck bringend, die sie offensichtlich von mir erwartet.

Aha, ja, sage ich, in dem Fall sei ich doch auch schon ein wenig aufgeregt.

Weil es mich tatsächlich ein wenig aufregt.

Weil ich aller Wahrscheinlichkeit nach keinen besonnenen, ruhigen und heiligen Abend inmitten besonnener, ruhiger und zumindest scheinheiliger Familien werde verbringen dürfen. Ich luge in den Speisesaal und erblicke eine Bühne. Jetzt müsste ich abhauen. Jetzt.

Auf der Bühne spielt während des gesamten Heiligabendessens die One-Man-Band mit dem mehr Personal versprechenden Namen »Die Originalen Stallburschen« Weihnachtslieder auf einem Keyboard. Der Deutsch-Kärntner erklärt den beiden Frauen, welche an der Bar lehnen, bierselig, dass die Stallburschen aus Stall kommen, einem Ort im Mölltal, und er lacht, die Stallburschen, haha.

Die Matadore lachen auch. Die Frauen nur gequält. Immerhin.

Der originale Stallbursche erklärt vor dem Dessert seinem überwiegend begeisterten Publikum (ich bin die Ausnahme), dass der andere originale Stallbursche, sein Bruder, der die Gitarre hätte spielen sollen, sich leider den Finger gebrochen hat. Welcher es wohl sei, fragt er verschmitzt.

Er lässt die Frage zu lange im Raum stehen, sodass ihm die Pointe vom immer bierseliger werdenden Möchtegerneinheimischen den Mittelfinger in die Luft reckend und laut lachend geklaut wird.

Die Matadore lachen auch. Der einsame Stallbursche nur gequält. Doch schon wird in ihm wieder der Profi wach, und er verkündet hocherfreut, dass er nicht nur für Ersatz gesorgt hat, nein, für mehr als nur Ersatz.

Der Deutsch-Kärntner schreit nun über alle hinweg: der Glockentoni!

Die Matadore lachen nicht, sie klatschen und grölen.

Und der Glockentoni betritt die Bühne. Na, ob das ein Geschenk sei, fragt er sein Publikum, und er meint sich.

Ja, ruft der Rheinländer. Ja, rufen die Matadore. Glockentoni, rufen die beiden Frauen, und ich meine, eine gewisse Ironie herauszuhören. Oder ich hoffe, eine gewisse Ironie herauszuhören. Doch die geht unter, denn der Deutsche ruft jetzt: Glocken, Glocken. Und er hält seine Hände vor die eigene Brust und deutet jene der Frauen damit an. Was den beiden dann wohl doch ein wenig zu viel Testosteron für einen Abend zu sein scheint, denn sie ziehen sich an ihren Tisch zurück.

Aber nun wischt der Glockentoni mit eleganter Geste ein Tuch von einem von der Kellnerin und ihrem Vater nicht ganz so elegant hereingetragenen Tisch, und darunter kommen Dutzende von Glocken zum Vorschein. Nun gibt es kein Halten mehr, der Glockentoni wird zum Großglocknertoni und hüpft um den Tisch, mal diese, mal jene Glocke anhebend, schlagend, große, kleine, tanzend. Der Stallbursche muss sich mit seiner Rolle als Begleitband zufriedengeben, und ich muss zugeben, dass ich *Jingle Bells* tatsächlich noch nie in einer solchen Version gehört habe. Und auch nie mehr hören möchte.

Weshalb ich mich noch vorm abschließenden Stück Kuchen auf mein Zimmer zurückziehe.

Doch die Nacht ist noch lang, und der Glockentoni hat ein schier unendlich scheinendes Repertoire an Liedern parat, und ab und zu, wenn ich gerade doch am Einschlafen bin, dröhnt es von unten herauf, als ob die Pummerin persönlich geläutet würde.

Am nächsten Tag ist der Glockentoni tot.

Ich sehe, wie er in seiner eigenen Kotze auf der Wiese liegt, als ich am Morgen den Vorhang zurückziehe und in die zwischen den Bergen aufgehende Sonne blinzle.

Die Frau Chefin rennt aufgeregt mit den Händen fuchtelnd von der Leiche zum Hotel und wieder zurück, ihr Mann begrüßt per Handschlag die ankommenden Polizisten, nachdem er den Rettungsmenschen den Pfad über die Wiese zum Waldesrand gedeutet hat. Sie müssen sich am Deutschen entlangzwängen, der ihnen den Weg versperrt, weil der einfach nur dasteht und glotzt. Hat wohl noch nie eine Leiche gesehen. Da hat es ihm die Sprache verschlagen. Immerhin. Logischer wäre es ja gewesen, ihn hätte man am eigenen Mageninhalt erstickt aufgefunden. Aber nun hat es sich stattdessen für den Glockentoni ausgebimmelt.

Das sage ich den Herren Polizisten natürlich nicht, als sie mich pflichtgemäß befragen.

Pflichtbewusst antworte ich ihnen, schildere den Abend, wie ich ihn erinnere, und ich habe ein sehr gutes Gedächtnis, wie die beiden Herren nicht umhinkommen zu bemerken. Ja, selbst das Gemahnen an die Pummerin lasse ich nicht aus, obwohl sie mich da eher anschauen wie ein schwefelgelber Minibus, weshalb gerade ich ausgerechnet ihnen erklären muss, dass dies der Name der größten Glocke im Wiener Stephansdom ist und zu Silvester geläutet wird.

Das scheint ihnen egal zu sein, aber damit lassen sie mich wieder in Ruhe.

Und Ruhe ist es, die ich brauche. Unbedingt. Mehr denn je. Jetzt. Bitte. Danke.

Dass ein Todesfall keine solche Ruhe bringt, das ist klar. Anfangs. So lange die Aufregung noch groß ist. Dann aber wird es in aller Regel schlagartig sehr ruhig. Grabesstill, könnte man sagen. Was aber dann auch wieder übertrieben wäre. Es wird geflüstert. Das einzig Laute ist das nach wie vor schreiend gelbe Gewand der Familie Klauer, die in schönster Ordnung zum Frühstücksbuffet marschiert. Die Kleinfamilie ist nach wie vor brav, nur jetzt nicht mehr milde lächelnd, sondern traurig die Mundwinkel nach unten ziehend. Das Kind tut dies wohl eher, weil es sich nun nicht mehr am Hügel auf den Rodel setzen und auf den plötzlich von Süden hereinblasenden Schneesturm hoffen kann, aber solange der Gesichtsausdruck passend interpretiert werden kann, ist ja alles in Ordnung. Die beiden Frauen schauen ebenso betrübt, selbst der Deutsche, der irgendwann vom Chef persönlich mit einem in Aussicht gestellten selbstgebrannten Zirbeler wieder ins Hotel bugsiert wird, bringt nur ein sehr sehr leises *Do werd ma gonz entrisch* heraus.

Und der Hund bellt.

Aber Hunde sollen bellen. Das hat wahrscheinlich auch kein Auge zugetan, das arme Viech, die ganze Nacht, als der Glockentoni, er ruhe in Frieden, noch fidel unter den Lebenden war und die Party am Laufen gehalten hat. Wahrscheinlich bellt der Hund: *Endlich is da mal a Ruh.*

Und ich gebe es zu, auch ich denke mir genau das. *Endlich is da mal a Ruh.* Oder so ähnlich.

Auch wenn es mir um den Glockentoni leidtut. Ein wenig. Es war sein Job, die Leute zu unterhalten. Das tut man nicht mit singender Säge. Wobei der Sägensepp die Nacht wohl überlebt hätte. Wenn es den denn gibt.

Erst später, als nur mehr das Polizeiabsperrband im Wind flattert, wo ein paar Stunden zuvor noch der Leichnam lag, mache ich mich auf den Weg in den Wald, endlich. Endlich allein.

Die Waldwege sind vereist, aber einsam, schießt es mir durch den Kopf, und ich denke: Déjà-vu.

Doch dann höre ich Schritte. Nicht einsam. Nirgends hat man seine Ruhe. Mir kommt das Paar mit Hund entgegen, sie ihn an der Schulter, er sich die Nase haltend. Blut zwischen seinen Fingern hindurchsickernd. Hat denn das Blutvergießen nie ein Ende? Sie gehen an mir vorbei, sie redet auf ihn ein. Der Hund zieht an seiner Leine, der will noch nicht nach Haus. Er ist es, der mich davon abhält, sie aufzuhalten. Ihnen ihren Frieden zu geben. Und mir. Dabei sind die Waldwege, wie gesagt, vereist, denn auch ohne Schnee kann es sehr kalt sein. Und dann kann man auch zu zweit ausrutschen. Und sich nicht die Nase, sondern das Genick brechen. Tragisch. Ich gehe vorsichtshalber am Wegesrand entlang, wo die hartgefrorene Erde genug Grip gibt, dass ich nicht hinfalle. Noch mehr Tote in so kurzer Zeit könnten auffällig sein.

Schade, denke ich mir, meine in der Nacht schmählichst ihren Dienst versagt habenden Mantras aufsagend, dabei bietet der Wald wirklich genau das, was ich so dringend suche, seit Jahren schon.

Wenn nur die Menschen nicht wären. Die deutschen und die einheimischen Stallburschen, die Glockentonis und die Matadore, die Touristen und Skifahrer und Wirte und deren Töchter und Hundebesitzer und Liebespaare und selbst die braven Kinder mit ihren braven Eltern, sie können ja nichts dafür, aber sie bringen einfach zu schnell mein Blut zum Kochen. In Maßen: ja, in Massen: Weißglut. Kontrollverlust.

Vielleicht denken die Leute ja auch über mich: Das ist der Wurzelsepp, der hatte mal eine Frau, doch selbst der wurde er irgendwann zu komisch, da wollte sie ihn verlassen. Und was hat er da gemacht? Er hat sie vergiftet mit seinem Wurzelelixier, sie um die Ecke gebracht, und seither zieht er alleine durch die Welt und macht es immer wieder. Immer wieder sterben Leute, wo er auch auftaucht, immer wieder zieht der Tod mit ihm.

Sie hätten nur zum Teil unrecht, die Leute.

Ich habe meine Frau nicht umgebracht. Das war sie selbst.

Nein, nicht zu Weihnachten.

Trotzdem tut es dann am meisten weh.

Und ich ziehe nicht umher, um Menschen zu töten, ich ziehe umher, um den Menschen aus dem Weg zu gehen, um sie nicht mehr töten zu müssen.

Doch das gelingt mir leider nicht immer.
Ihnen aus dem Weg zu gehen.
Sie nicht zu töten.
Leider.
Doch wenn ich Weihnachten allein zu Hause verbring, gibt es nur einen, der mir auf die Nerven gehen kann.
Und ein Selbstmörder bin ich nicht.

16

Dina El-Nawab & Markus Stromiedel

Ein Weihnachtsmann namens Rocco

Gegenüber dem Drachenfels am Rhein

Über die Autoren:

Dina El-Nawab ist ein versierter Krimiprofi: Als Drehbuchautorin schreibt sie für beliebte Serien wie *Großstadtrevier*, *Notruf Hafenkante* und *Morden im Norden*, als Fernsehredakteurin hat sie Krimiserien für die ARD betreut. Ihr Relaunch für *Der Fahnder* wurde für den Deutschen Fernsehpreis nominiert. Inzwischen schreibt Dina El-Nawab auch Kinder- und Jugendbücher, und das mit großem Erfolg: Ihr Buch *Eric Fail – Geht's noch peinlicher?* stand 2018 auf der Shortlist des Zürcher Kinderbuchpreises.

Markus Stromiedel ist als Krimiautor »Vater« einiger höchst erfolgreicher »Kinder«: Aus seiner Feder stammt die Figur des Kieler Tatort-Kommissars Klaus Borowski sowie des ZDF-Staatsanwaltes Bernd Reuther. Nach seinen Anfängen als Journalist, Dramaturg und Producer schreibt Stromiedel seit vielen Jahren als Drehbuchautor, an seinem Schreibtisch entstanden Bücher u. a. für den *Tatort* und viele weitere bekannte Krimireihen und -serien. Filme nach seinen Drehbüchern gehören zu den erfolgreichsten Produktionen im deutschen Fernsehen. Als Prosaautor schuf er für seine Politthriller-Trilogie die Figur des Berliner Hauptkommissars Paul Selig und die beiden Sci-Fi-Thriller *Die Kuppel* und *Zone 5*. Für jugendliche Leser entstand die erfolgreiche Fantasy-Trilogie *Der Torwächter*.

Es klingelt. Dann noch einmal. Ich hebe vorsichtig ein Augenlid und beschließe, dass das eine schlechte Idee ist. Meinem Besucher ist das egal, wieder und wieder betätigt er den Klingelknopf. Entnervt schlage ich die Augen ganz auf. Wer auch immer draußen vor der Tür steht, hat keine Lust zu warten. Und ich habe keine Lust aufzustehen. Meine Gliedmaßen sind wie Blei, und in meinem Schädel hüpft ein Presslufthammer herum.

Nur langsam lichtet sich der Nebel in meinem Kopf und gibt dürftige Erinnerungen frei: an die Weihnachtsfeier im Büro am Vorabend, an meine Freundin Lea, die den ganzen Abend mit dem muskelbepackten Weihnachtsmann herumknutschte, und an mich, den sie zum Getränkeholen geschickt hat, damit mein Anblick nicht ihre Laune verhagelt. Irgendwann hatte ich die Schnauze voll und aus Protest alle Gläser selbst geleert, obwohl ich gar keinen Alkohol vertrage.

Wieder klingelt es, fünfmal hintereinander. Stöhnend wälze ich mich aus dem Bett und schleppe mich durch den Flur. Erstaunt stelle ich fest, dass Leas Jacke fehlt. So wie es aussieht, bin ich alleine. Ist Lea nicht mit mir nach Hause gekommen? Oder schlimmer: Habe ich die Party ohne sie verlassen? Vielleicht ist sie es, die verzweifelt vor der Tür steht und klingelt. Sie hat ihren Schlüssel schon öfter zu Hause vergessen. Der Gedanke gibt mir einen Energieschub: Dass ich sie draußen warten lasse, dürfte böse Folgen für mich haben!

Während ich zur Wohnungstür eile, versuche ich mich an den weiteren Verlauf des Abends zu erinnern. Lea hat mir vorgeworfen, ich sei eine egoistische Spaßbremse und solle aufhören, mich danebenzubenehmen, sonst könne ich die Fliege machen.

Als hätte *ich* die ganze Zeit mit dem Weihnachtsmann herumgemacht!

Hastig nehme ich meinen Schlüssel von der Kommode und schließe die Wohnungstür auf.

»Tut mir schrecklich leid, Lea ...«

Doch Lea steht nicht vor der Tür. Niemand steht vor der Tür. Ich trete ins Treppenhaus und horche, ob jemand die Stufen hinuntergeht, was mutig von mir ist, denn erstens ist es saukalt, weil jemand die Haustür unten offen gelassen hat, und zweitens habe ich nichts an als eine Unterhose, noch dazu eine mit Eingriff. Nicht auszudenken, wenn Frau Jentsch, unsere Nachbarin, mich so sähe. Sie würde sich garantiert wieder bei der Hausverwaltung über mich beschweren.

Nichts zu hören. Nicht mal Frau Jentsch.

Vermutlich die Nachbarskinder. Wenn man vorpubertär ist, findet man so was lustig.

Fröstelnd gehe ich in die Wohnung zurück und überlege, wie ich mich an den Kids rächen kann. Mir fällt nichts ein, deshalb beschließe ich, mir einen Kaffee zuzubereiten. Ohne eine doppelte Portion Koffein bekomme ich mein Gehirn sowieso nicht auf Trab.

Als ich in die Küche trete, pralle ich vor Schreck zurück. Vor mir, am Küchentisch, sehe ich einen Weihnachtsmann sitzen. Er sieht verdächtig nach dem von der Party aus.

»Endlich. Das hat ja eine Ewigkeit gedauert«, beschwert er sich.

Traumatische Erinnerung verbunden mit Restalkohol, beruhige ich mich selbst, das ist nichts als eine vorübergehende Halluzination.

Ohne dem Trugbild weiter Beachtung zu schenken, gehe ich zur Kaffeemaschine und fülle Wasser und Kaffeepulver ein. Sehr viel Kaffee.

»Schwarz. Mit sechs Löffeln Zucker«, höre ich die Stimme des Weihnachtsmannes.

Langsam drehe ich mich um.

Ich muss zugeben, die Halluzination sieht erschreckend echt aus: Sie hat ein Kreuz wie ein Schrank, man kann die Muskelberge erahnen, die sich darunter verbergen. Aus der Nähe sehe ich Schlangen-Tattoos, die aus Ärmeln und Kragen kriechen. Das ist das perfekte Abbild des Weihnachtsmannes, den Lea gestern Abend angebaggert hat. Ich bin beeindruckt von meinem visuellen Erinnerungsvermögen.

Oder ist das Muskelpaket echt?

Ich beschließe, sicherheitshalber den Realitätscheck zu machen. Doch kaum fahre ich meinen Zeigefinger aus, um seine Schulter zu berühren, packt der Weihnachtsmann ihn in der Luft und hält ihn fest.

»Falls du schwul bist: Lass die Finger von mir!« Sein Blick gleitet missbilligend an mir herunter. »Und zieh dir gefälligst was an!«

Er lässt mich los und lehnt sich zurück.

Das hat sich jetzt verdammt echt angefühlt!

Eilig binde ich mir die Kochschürze um.

»'tschuldige! Puh! Ich dachte nur ... Wie bist du hier reingekommen?«

»Na, rate mal: durch den Schornstein.«

»Durch den Schornstein«, wiederhole ich spöttisch.

»Na klar. Bin schließlich der Weihnachtsmann.«

»Verarschen kann ich mich selbst.«

»Du glaubst mir nicht.« Der Weihnachtsmann klingt verschnupft.

»Natürlich nicht. Du hast Leas Schlüssel gehabt. Ich frage mich nur, warum du geklingelt hast.«

»Um dich zu wecken. Hab ja nicht ewig Zeit«, poltert er.

Wie auf Kommando klingelt es erneut. Der Weihnachtsmann grinst herausfordernd.

Ich eile zur Tür und reiße sie auf. Doch wieder steht niemand im Hausflur, was garantiert besser ist, wenn ich an mein notdürftiges Outfit denke. Vielleicht, überlege ich, sollte ich den Instagram-Account der Nachbar-Kids hacken. Für jedes Klingeln ein gelöschtes Foto. Dann fällt mir ein, dass ich ganz andere Probleme habe. In meiner Küche sitzt Leas neueste Affäre und will mir weismachen, am Nordpol zu wohnen.

»Wo waren wir stehen geblieben? Ach ja: Du bist der Weihnachtsmann«, beginne ich, als ich wieder zurück in der Küche bin und mich ihm gegenübersetze. »Und heute ist Heiligabend. Du hast zu tun. Richtig?«

»Schlaues Kerlchen!«

»Und warum sitzt du hier, anstatt Geschenke auszuliefern? Liegt draußen zu viel Schnee, und du kommst nicht durch?« Ich grinse spöttisch.

»Nö, kein Problem mit dem Schnee«, antwortet er ernsthaft. »Mein Schlitten fliegt ja. Hat dir das als Kind niemand beigebracht?«

So ein Wichtigtuer. Erst befummelt der Kerl Lea, und dann macht er sich auch noch lustig über mich. Ich würde ihm gern eine pfeffern, nehme aber Abstand von der Idee, angesichts der Muskelberge.

Stattdessen ziehe ich an seinem Kunsthaar-Bart, der sich problemlos löst, er wird nur durch ein Gummiband an seinem Platz gehalten.

»Was sagst du nun?«, triumphiere ich.

»Dass der Bart nichts als ein tradiertes Symbol des postmodernen Kapitalismus ist. Auf den Mantel kommt es an, und der ist echt.«

Ich lasse den Bart wieder in sein Gesicht flutschen, während ich zu seinem Mantel schiele. Er scheint aus richtiger Wolle zu sein, nicht aus billigem Polyester wie das Weihnachtsmann-Zeug aus dem Ein-Euro-Shop unten an der Ecke. Der Stoff ist mit Goldfäden durchwirkt und an den Säumen mit einer gestickten Bordüre verziert. Wenn man genau hinsieht, könnte man glauben, dass die goldenen Fäden ein wenig leuchten. Seltsam, so etwas habe ich noch niemals zuvor gesehen.

»Willst du ihn mal anziehen?«, holt mich der Weihnachtsmann aus meinen Gedanken. »Musst mich nur vorher drum bitten«, drängelt er auffordernd.

Sein merkwürdiges Angebot überfordert mich. Die Vorstellung, mit dem Weihnachtsmantel Schürze und Unterhose zu krönen, ist gruselig – will der Mann mich zum Affen machen? Ein Foto von mir im Internet, und ich kann für den Rest meiner Laufbahn jede Beförderung vergessen. Eilig schüttele ich den Kopf. Der eben noch hoffnungsvolle Blick des Weihnachtsmannes erlischt.

»Schade. Wäre ihn gern losgeworden, Weihnachten ist nicht mein Ding.«

»Der Mantel passt doch gut zu dir«, lüge ich.

»Aber nicht die Arbeit. Du bist ständig auf Achse, hörst von morgens bis abends dämliche Lieder, und als Dank bekommst du ein Glas Milch und Kekse hingestellt. Super!« Seine Stimme trieft vor Sarkasmus.

»Was hast du gegen Milch und Kekse?« Ganz ehrlich, ich verstehe den Weihnachtsmann nicht. »Du hast doch einen Traumjob. Du bringst Kindern Geschenke, hinterlässt glückliche Menschen und siehst, wie die Menschen leben. Du kommst in jedes Haus hinein. Das ist doch toll.«

Dann fällt mir wieder ein, dass ich nur verarscht werde. Ich zwinkere meinem Gegenüber zu, als Zeichen, dass ich sein Spiel mitspiele.

»Bei den meisten ist nicht viel zu holen«, beschwert er sich. »Und die, bei denen es etwas zu holen gibt, haben keine Kinder.« Der Weihnachtsmann zwinkert mir zurück.

Da könnte etwas dran sein, denke ich, auch wenn ich nicht ganz begreife, was er mir sagen will. Eigentlich will ich das auch gar nicht. Jammernde Weihnachtsmänner kommen gleich hinter Weihnachtsmännern, die anderen die Frau ausspannen.

Er reicht mir seine Pranke über den Tisch. »Ich heiße übrigens Rocco.«

»Rüdiger.«

Ich nehme die Pranke. Der Druck ist so kräftig, dass man damit eine Boa erwürgen könnte.

»Mit so 'ner Schluppe nimmt dich keiner ernst«, kritisiert Rocco mich. »Dein Händedruck ist deine Visitenkarte. Ich kann dich gern trainieren.«

»Du hast bestimmt Besseres zu tun«, lenke ich ab. »Warum bist du eigentlich hier?«

»Aus zwei Gründen. Erst einmal will ich holen, was mir gehört.«

Ich kapiere kein Wort. Schätze, das sieht Rocco mir an, denn er setzt ungeduldig nach: »Meine Engel! Ich brauche sie wieder zurück.«

»Deine Engel«, wiederhole ich ratlos.

Der Weihnachtsmann packt mich und schleppt mich zur Schlafzimmertür. Ich will protestieren, doch dann bemerke ich, dass sich meine Bettdecke bewegt. Erst kommt ein blonder Schopf darunter hervor, dann ein roter. Zu den beiden Schöpfen gehören ein blaues und ein grünes Augenpaar, dazwischen sitzen zwei äußerst gelungene Nasen, was, wie ich zugeben muss, mit den darunter befindlichen Mündern ein ziemlich ansprechendes Gesamtbild ergibt.

»Meine Engel«, kommentiert der Weihnachtsmann.

»Guten Morgen«, flötet der blonde Engel und strahlt mich an.

»Guten Morgen«, echot der rothaarige Engel und schenkt mir einen reizenden Augenaufschlag.

Ich habe keine Ahnung, wie die beiden in mein Bett kommen.

»War's schlimm?«, fragt der Weihnachtsmann meine beiden Bettgesellinnen. Er wirkt nicht sehr besorgt.

»Im Gegenteil«, antwortete der blonde Engel. »Er war süß.«

»Und sehr charmant«, ergänzt der rothaarige Engel. »Du könntest dir davon eine Scheibe abschneiden, Rocco.«

»So genau wollte ich es gar nicht wissen«, antwortet der Weihnachtsmann grantig.

Ich wanke zurück in die Küche. Irgendwie habe ich das Gefühl, dass mir die Situation aus den Händen gleitet.

Ächzend lässt sich der Weihnachtsmann wieder auf seinen Stuhl fallen. »Du kannst von Glück reden, dass ich mich gestern Abend um deine Freundin gekümmert habe, sonst hätte ich dir die beiden Hübschen niemals überlassen. Aber so eine Frau wie deine Lea trifft man nicht alle Tage!«

Meine Dankbarkeit hält sich in Grenzen, aber mit einem hat Rocco recht: Lea kann echt scharf sein, wenn sie es drauf anlegt. Und wenn sie dich küsst, fliegen dir die Ohren weg. Ich weiß das, weil sie mich so geküsst hat, als wir uns kennengelernt haben. Leider war das mit dem Fliegen aus und vorbei, nachdem wir geheiratet hatten und ich IT-Techniker bei der Stadtverwaltung geworden war. Festangestellt. Mit Rentenanspruch. Lea war stinksauer gewesen. Dabei hatte ich geglaubt, dass verheiratete Frauen solide Männer mögen.

Mir fällt ein, dass Lea heute Nacht nicht zu Hause war. »Wo ist Lea eigentlich?«

Zu meiner Überraschung grinst der Weihnachtsmann breit.

»Na endlich. Brauchst du immer so lange, bis du zum Punkt kommst?«

Wieder einmal habe ich keine Ahnung, was er meint.

Rocco will ohnehin keine Antwort von mir. Mit erwartungsvoller Miene holt er sein Smartphone aus der Hosentasche, wischt auf dem Display herum und hält es mir vors Gesicht. Es zeigt Lea, die in Großaufnahme mit geschlossenen Augen den Mund zum Kuss spitzt.

»Super«, antworte ich genervt. »Das habe ich gestern schon gesehen. Und zwar live.«

Rocco dreht irritiert das Display zu sich herum. »Oh, das war das falsche.«

Schon hält er mir das Display wieder vor die Nase, diesmal zeigt es das Standbild eines Videos, in dem Lea in ihrem atemberaubenden Kleid gefesselt auf einem Bett sitzt. Rocco startet den Film. Gebannt verfolge ich die Aufnahme.

Lea blickt mich mit ängstlichem Blick an, und ihre Stimme zittert, als sie in die Handykamera spricht: »Bärchen, ich bin entführt worden. Bitte hol mich hier raus, bevor er mir was tut! Ich sterbe vor Angst!«

Und schon ist der Film vorbei. Meine Hirnwindungen müssen länger sein als sonst, denn es dauert etwas, bis ich begreife, was ich gesehen habe. Bis dahin frage ich mich, wann mich Lea das letzte Mal Bärchen genannt hat. Das muss kurz nach unserer Hochzeit gewesen sein, als ich noch auf Nerd gemacht habe und in fremde Firmencomputer eingedrungen bin.

»Und? Was sagst du?« Der Weihnachtsmann sieht mich erwartungsvoll an.

»Was soll ich sagen?«

»Meine Güte! Lea hat ja schon angekündigt, dass du eine lange Leitung hast, aber dass du so blöd bist, habe ich nicht gewusst.« Erneut tippt er das Display seines Smartphones an und hält es vor meine Augen. Lea verrät mir noch einmal mit zitternder Stimme, dass sie entführt worden ist.

»Das ist echt«, begreife ich entsetzt.

»Du bist ja ein Blitzmerker«, entgegnete der Weihnachtsmann und steckt sein Smartphone in die Manteltasche.

Ich kenne Leas Hang zur Theatralik. Dass sie sich angesichts der Bedrohung so zurückhaltend gibt, kann nur daran liegen, dass sie wirklich Angst empfindet. Ich fühle mich schuldig, weil ich meine Freundin aus niederen Instinkten auf der Party alleine gelassen habe – aus Eifersucht.

Ich blicke Rocco an. »Wie ist das passiert? Wie kann sie entführt worden sein, wenn du doch mit ihr zusammen warst?«

Der Weihnachtsmann zuckt mit den Schultern. »Sie wollte noch eine rauchen, nachdem wir zusammen … äh, also, nachdem wir den Abend miteinander geredet haben. Und dann ist sie an dieser Villa vorbeigegangen. Unten am Rhein. Und da hat der Typ sie geschnappt und ins Haus geschleppt.«

Mir kommt das seltsam vor. »Warum hat er das getan?«

»Ist doch egal. Wichtig ist, sie ist da drin. Und er tut ihr was an, wenn wir sie nicht rausholen.«

Ich springe auf. »Wir müssen sofort zur Polizei!«

Rocco drückt mich auf den Stuhl zurück.

»Dann bekommst du deine süße Frau in handlichen Päckchen zurückgeschickt – mit einem Gruß vom Entführer.«

»Du hast mit dem Entführer gesprochen? Dann hast du seine Telefonnummer. Gib sie mir!«

»Nee, war nur 'ne Mail, ich hab sie gelöscht. Dachte, es wäre Spam. Habe das Video erst später gesehen.«

Stöhnend raufe ich mir die Haare. Plötzlich fällt mir etwas ein. Wieso eigentlich hat Rocco das Video bekommen und nicht ich? In mir steigt das ungute Gefühl auf, Lea könnte mit Bärchen jemand anderen gemeint haben als mich.

»Ich muss nachdenken!«, halte ich Rocco hin.

»Wenn's unbedingt sein muss ...«

Rocco steht auf und geht zur Kaffeemaschine, die schon lange durchgelaufen ist. Leise summend gießt er sich einen Becher bis oben hin mit Kaffee voll. Den Rest Kaffee schüttet er in einen zweiten Becher, den er vor mir auf den Tisch stellt. Er ist nicht mal zur Hälfte gefüllt.

»Bitte schön. Danke schön«, grinst er.

Aus der Zuckerdose schaufelt er sich einen Löffel Zucker nach dem anderen in seinen Kaffee, bis die Dose fast leer ist. Als er sieht, dass ich ihn mit offenem Mund anstarre, hält er inne und schüttet den letzten Löffel in meinen statt in seinen Becher.

»Hast recht. Muss alles seine Gerechtigkeit haben«, brummt er mit ernster Miene. Er nimmt einen großen Schluck, dann knallt er den Becher lautstark auf den Tisch.

»So, genug nachgedacht«, verkündet er. »Ich weiß schon das Ergebnis. Willst du deine Freundin wiederhaben, dann gibt es nur eine Lösung: Wir müssen sie da rausholen! Punkt.«

Ich bezweifle, dass ich zu demselben Ergebnis gekommen wäre. Ich kann Programmzeilen schreiben und Computer hacken, aber ich bin kein Held. Lara Croft kenne ich nur als Videospiel.

»Und wenn nicht?«, antworte ich bockig.

Rocco lehnt sich so weit über den Tisch, dass sich unsere Nasenspitzen beinahe berühren. Mit grimmigem Blick fixiert er mich.

»Du wirst jetzt mitkommen und mit mir Lea retten. Wenn du dich weigerst, nehme ich dich so mit, wie du bist.« Er wirft einen missbilligenden Blick auf meine Schürze. »Also, wie machen wir es? Mit Lendenschurz oder mit richtigen Klamotten?«

Ich suche nach Argumenten, obwohl ich ahne, dass so etwas

bei Rocco nichts bringt. »Wie stellst du dir das vor? Wir können doch nicht einfach beim Entführer klingeln und sagen: ›Hallo, wir suchen nach der Lea. Wir würden sie gern mitnehmen.‹«

»Wir müssen nicht klingeln.«

Ich benötige einen Moment, bis ich begreife, was Rocco plant.

»Du willst da einbrechen?«

Rocco verschränkt seine kräftigen Arme vor der Brust. »Natürlich wollen wir einbrechen! Der Besitzer ... äh ... der Entführer hat etwas, das ich haben will.«

»Du? Du meinst: ich.«

»Sag ich doch!«

»Und wenn der Entführer ebenfalls in der Villa ist?«

»Jetzt frag nicht so dämlich. Dann kümmere ich mich um ihn.« Rocco lässt seine Muskeln spielen.

Mir stockt der Atem. Nervös nippe ich an meinem Kaffee.

»Nur mal so gefragt, ganz theoretisch«, frage ich vorsichtig. »Wozu brauchst du mich eigentlich? Du kannst durch jeden Schornstein in jedes Haus hineinkommen. Wo du doch der Weihnachtsmann bist.«

Die kleine Spitze kann ich mir nicht verkneifen.

Rocco grinst hämisch zurück.

»Aber nicht durch zugemauerte Schornsteine, du Flachpfeife. Die Villa ist ein verdammtes Smart-Home, alle Türen und Fenster sind per Computer gesichert. Vor so was kapituliert der beste Weihnachtsmann. Glaubst du, ich wär sonst zu dir gekommen?«

Roccos Worte verwirren mich.

»Dann bist du hier, weil ich Computerspezialist bin?«, fahre ich hoch. »Nicht, weil Lea meine Freundin ist?«

»Mein, dein ... diese kapitalistische Einteilung in Besitzverhältnisse ist doch von gestern. Sharing ist das neue große Ding, noch nicht mitbekommen? Und überhaupt: Für das Leben von

Lea wirst du dich doch wohl durch ein paar mickrige Türen hacken können.«

Ohne meine Antwort abzuwarten, steht Rocco auf und gibt mir einen auffordernden Klaps auf die Schulter, sodass ich beinahe vom Stuhl falle.

»Und jetzt pack deinen Computer ein und schwing deinen Arsch vor die Tür. Aber vorher ziehst du dir gefälligst was an. Dieser Anblick ist ja nicht auszuhalten!«

Eine Viertelstunde später sitzen wir in Roccos Wagen in der Rheingoldallee. Sein angeblicher Weihnachtsmann-Schlitten ist ein verbeulter Paketlieferwagen, die Ladefläche ist prallvoll gepackt mit Geschenken. Die beiden Engel sind mit uns gekommen, sie tragen schneeweiße Klamotten und sehen hinreißend aus. Doch dafür ist keine Zeit, genauso wenig wie für den Panoramablick auf den Drachenfels. Stattdessen schauen wir uns die weiße Villa mit der Hausnummer 45 an – ein imposantes Gebäude, das auf einem leicht ansteigenden, parkähnlichen Grundstück steht und von alten Kastanienbäumen umgeben ist. Zur Straße hin ist das Grundstück mit einer Mauer und einem schmiedeeisernen Tor eingefasst. Wer hier wohnt, der muss es sich leisten können.

Rocco kickt mir seinen Ellenbogen in die Seite.

»Worauf wartest du? Dass der Weihnachtsmann kommt?«

Er freut sich über seinen gelungenen Witz.

Ich klappe mein Notebook auf.

»Die Signale des WLAN sind zu schwach. Ich muss näher ran.«

Rocco macht eine einladende Geste zur Beifahrertür.

»Die kriegst du doch wohl ohne WLAN auf«, grinst er gut gelaunt. Einbrüche scheinen ihn zu inspirieren.

Mich weniger. Mit ungutem Gefühl steige ich aus dem Wagen und gehe auf die andere Straßenseite, um mich in den Schatten der Mauer zu drücken. Das hätte ich mir schenken können, denn Rocco folgt mir mit seinem knallroten Weihnachtsmantel und einem großen leeren Sack, den er sich über die Schulter geworfen hat. Ich rätsele, ob er Lea damit ungesehen aus dem Haus tragen will, doch Rocco stupst mich schon wieder an.

»Und? Besser hier?«

Geduld scheint nicht seine Stärke zu sein.

Mir wird ganz schlecht bei dem Gedanken, mich an einem Einbruch zu beteiligen. Aber wenn Lea wirklich in Gefahr ist, habe ich keine Wahl.

Das Sicherheitssystem des Smart-Home ist ein Witz. Innerhalb von Sekunden knacke ich das Passwort, mit dem ich sowohl die Alarmanlage ausschalten als auch die elektronischen Türschlösser entriegeln kann. Rocco haut mir begeistert auf die Schulter, als die Flügel des Tors langsam aufschwingen und den Weg auf das Grundstück frei machen.

Zehn Sekunden später sind wir im Haus.

Beeindruckt sieht sich Rocco in der Villa um. Im Inneren sieht es aus wie in einem Museum. Überall Kunst und viel goldenes Metall. Alles sieht total überladen und kitschig aus.

»Ist das nicht schön?« Der Weihnachtsmann streicht andächtig über eine goldene Statue, sie zeigt ein Pferd mit Flügeln, das zu einem Sprung ansetzt. Er öffnet seinen Sack und wirft die Skulptur hinein.

Entgeistert blicke ich ihn an. »Was tust du da? Wir müssen Lea retten.«

»Ach ja, richtig. Du kannst ja mal nachschauen, wo sie ist.« Rocco wedelt unbestimmt mit seiner Hand in der Luft herum, während er mit der anderen nach einer silbernen Schmuckdose greift. Auch die Dose verschwindet in seinem Sack.

Ich starre den Weihnachtsmann hilflos an. Noch bevor ich mich auf den Weg machen kann, um nach Lea zu suchen, höre ich hinter mir, wie sich die Haustür öffnet. Erschrocken fahre ich herum.

Vor mir steht Lea. Entgeistert starre ich sie an.

»Lea! Ich dachte, du bist entführt worden.«

Sie wirft mir einen gelangweilten Blick zu und beachtet mich nicht weiter. Sie hat nur Augen für den Weihnachtsmann.

»Ich wusste, dass er es macht!«

Rocco umschlingt zur Begrüßung ihren Körper mit seinen kräftigen Armen und küsst sie. »Du hattest recht. Er ist ein Trottel.«

Ich brauche etwas, bis ich begreife, dass mit dem Wort »Trottel« ich gemeint bin.

»Das heißt, du bist gar nicht entführt worden?«

Entweder hat Lea mich nicht gehört oder sie ignoriert meine Frage, denn während sie anfängt, ein Bild nach dem anderen von der Wand zu nehmen, redet sie weiter mit Rocco, als gäbe es mich gar nicht. »Er ist eine Schlaftablette. Aber programmieren kann er.«

Als sie das Porträt einer badenden Nixe abhängt, hinter dem ein Tresor zum Vorschein kommt, quiekt sie fröhlich.

»Ich hab ihn gefunden! Bekommst du den auf?«

Rocco inspiziert den in die Wand eingemauerten Stahlschrank. »Das wird solide Handarbeit. Krieg ich hin.« Er holt einen riesigen Vorschlaghammer aus seinem Sack und beginnt damit, auf die Mauer rings um den Tresor einzuhämmern. Der Putz platzt ab, die Steine zerbröseln, Staub steigt auf.

Irgendwie tut es mir weh, dass Roccos schöner Mantel bei der Aktion komplett versaut wird.

»Ja, und?« Rocco ist sauer, als ich ihn darauf hinweise. »Kann ich nicht ändern.«

»Du könntest den Mantel ausziehen.«

»Eben nicht. Das geht nur, wenn mich jemand darum bittet.«

Ich finde Rocco echt kompliziert, was seine Klamotten angeht. Aber wenn ich helfen kann, tue ich das gerne.

»Ich bitte dich, dass du den Mantel ausziehst.«

Rocco sieht mich mit großen Augen an. Dann zieht er seinen Mantel aus und wirft ihn mir zu. Ohne mich weiter zu beachten, hämmert er weiter.

Ich bemerke, dass Leas Unterkiefer herabsinkt, und folge ihrem Blick: Ihre Aufmerksamkeit gilt Roccos Muskeln, die jetzt in voller Pracht zur Geltung kommen. Ich wusste gar nicht, dass der Weihnachtsmann unter seinem Mantel nur ein Unterhemd trägt.

Während Rocco die Wand zerbröselt, wird mir klar, was geschehen ist: Meine Frau liebt mich nicht, sie findet mich dämlich, betrügt mich mit einem Muskelberg und inszeniert ihre Entführung, um mich zu einem Einbruch zu bewegen. Ich wette, in ihrem Fluchtplan habe ich keinen Platz.

Fühlt sich irgendwie nicht gut an.

Unbemerkt verlasse ich das Haus. Vielleicht hilft mir die kalte Luft draußen, um meine Gefühle zu sortieren und einen klaren Kopf zu bekommen.

Als ich mein Notebook sehe, das noch auf dem Mauerabsatz neben der Eingangstür liegt, wo ich es zurückgelassen habe, kriecht eine Idee in mein Hirn, so wie Roccos Tattoo-Schlangen aus seinem Kragen. Jetzt weiß ich, was ich zu tun habe! Ich schnappe mir meinen Computer und verlasse das Grundstück durch das Tor. Dann logge ich mich in das Sicherheitssystem ein. Ein Klick, und die Gitter rasseln vor den Fenstern herunter. Auch vor den Ausgangstüren der Villa gibt es Gitter, die ich herabgleiten lasse.

Durch die Überwachungskamera, in die ich mich einhacke,

sehe ich Lea und Rocco. Offenbar sind sie wenig begeistert, eingesperrt zu sein. Sie brüllen und toben und rütteln an der Tür. Lea blickt zur Kamera und zeigt mir einen Stinkefinger. Soll sie ruhig, ist nicht mehr mein Problem. Sobald ich die Alarmanlage aktiviere, geht eine Meldung an die Polizei heraus.

Doch kurz bevor ich den Alarm scharf stellen kann, höre ich eine Stimme hinter mir.

»Du hast ja den Mantel!«

Die Engel! Die hatte ich total vergessen.

So ein Blödsinn, rufe ich mich zur Besinnung. Das sind keine Engel, das sind einfach nur zwei Frauen. Zwei außergewöhnlich schöne Frauen, wie ich zugeben muss.

Die Rothaarige steht neben dem Paketwagen und blickt mir entgegen. »Wo ist Rocco?«

»Der hat zu tun.«

Auch die Blonde ist aus dem Wagen geklettert. »Er hat ihm seinen Mantel gegeben? Cool!« Begeistert klatscht sie in die Hände, während sie den Weihnachtsmann-Mantel über meinem Arm betrachtet.

Die beiden Frauen blicken sich an und lächeln verschwörerisch.

»Wie wär's, wenn du den Mantel anziehst?« Die Rothaarige kommt auf mich zu und schenkt mir ein hinreißendes Lächeln.

»Er steht dir ganz bestimmt großartig«, ergänzt die Blonde und streicht mir eine Haarsträhne aus meiner Stirn.

»Warum sollte ich ihn anziehen? Der gehört nicht mir, sondern Rocco.«

»Wie süß!« Die Rothaarige strahlt.

Auch die Blonde wirkt entzückt. »Er ist nicht nur schüchtern, er ist auch noch ehrlich!« Sie greift nach dem Mantel und hält ihn mir so hin, dass ich nur noch in die Ärmel hineinschlüpfen müsste, um ihn anzuziehen.

Die Rothaarige hält sie zurück. »Ich finde, wir müssen es ihm sagen.«

»Was müsst ihr mir sagen?«, frage ich.

»Dass wir deine Engel werden, wenn du den Mantel angezogen hast. Wir weichen nicht mehr von deiner Seite.« Sie blickt mich ernst an, als ob das eine üble Sache sei.

So ganz kapiere ich nicht, was sie damit meint. Richtig schlimm ist die Vorstellung allerdings nicht gerade.

»Und du müsstest Geschenke verteilen. Und Kinder erfreuen. Und ein paar Tage im Jahr vierundzwanzig Stunden lang arbeiten.«

»Dafür hast du dann den Rest des Jahres frei. Zusammen mit uns.«

Ich weiß nicht, was ich sagen soll. Die Vorstellung, eigene Engel zu haben, gefällt mir. Auch wenn das alles großer Quatsch ist, den wir hier reden.

Ich weise auf den Mantel. »Der ist mir viel zu groß.«

Die Blonde ignoriert meinen Einwand, sie wedelt lächelnd mit dem Mantel wie ein Torero, der den Stier reizt. »Na komm«, lockt sie, »probier's aus.«

Kurz entschlossen stecke ich meine Hände in die Ärmelöffnungen, und mit einem fröhlichen Glucksen legt mir die Blonde den Mantel an.

»Was habe ich euch gesagt?« Ich weise auf die Ärmel, die an mir herunterbaumeln und viel zu lang sind.

»Wieso?« Die Rothaarige wirkt erstaunt. »Er passt doch perfekt.«

Erneut sehe ich an mir herunter. Zu meinem Erstaunen sitzt der Mantel jetzt, als wäre er für mich maßgeschneidert worden. Vorsichtig streiche ich über den Stoff. Er fühlt sich gut an. Die goldenen Fäden leuchten unmerklich in der einsetzenden Dämmerung.

Die Rothaarige hakt sich bei mir ein. »Ich hoffe, du bist uns nicht böse. Eine klitzekleine Kleinigkeit haben wir dir nämlich nicht verraten: Du kannst den Mantel nicht mehr ausziehen.«

»Zumindest nicht bei der Arbeit«, ergänzt die Blonde und hakt sich an der anderen Seite bei mir unter.

»Aber an deinen freien Tagen, wenn du mit uns zusammen bist, darfst du ihn in den Schrank hängen. Wir haben nämlich eine Sondergenehmigung für besonders nette Weihnachtsmänner.«

Ich kapiere kein Wort.

»So, und jetzt müssen wir los. Es gibt heute noch viel zu tun.« Die Rothaarige zieht mich zum Paketwagen.

»Was ist mit Rocco und meiner Freundin?«, frage ich, während ich ihr hinterherstolpere.

»Wolltest du nicht die Alarmanlage einschalten?« Die Blonde schiebt mich hinter das Lenkrad und reicht mir mein Notebook.

Stimmt, das habe ich total vergessen.

Mit einem Tastenklick aktiviere ich die Alarmanlage. Ein rotes Blinklicht an der Hauswand flackert auf, eine Alarmsirene ertönt.

Die beiden Engel strahlen vor Freude. »Schade, dass wir los müssen«, sagt die Rothaarige.

»Das wäre bestimmt nett gewesen, noch ein wenig zuzuschauen«, ergänzt die Blonde und klappt für mich das Notebook zu.

Ich starte den Wagen, drücke vorsichtig das Gaspedal hinunter. Es ist ganz leicht, wir brauchen nur zwei Meter, dann heben wir ab. Unglaublich!

Aus der Ferne ist eine Polizeisirene zu hören, durch die Bäume blitzt Blaulicht zu uns herüber.

Ich ziehe den Wagen hoch und fliege eine sanfte Kurve um die

Villa. Gerade sehen wir noch, wie die Polizeibeamten mit gezogenen Waffen zum Eingang des Gebäudes laufen. Dann beschleunige ich den Schlitten, und wir fliegen den Rhein hinauf Richtung Norden. Die beiden Engel kuscheln sich an mich.

Heute, denke ich, ist wirklich Weihnachten.

17

Tom Zai

Alles für die Katz

Walenstadt (Schweiz)

Über den Autor:

Tom Zai lebt und arbeitet als Lehrer, Schriftsteller und Verleger in der Südostschweiz. Er ist überzeugt, das Leben sei oftmals wahnwitziger als seine Geschichten – obschon das schwer zu glauben ist. Weshalb das Verhältnis zwischen ihm und den Katzen vorbelastet ist, kann unter anderem in seinem satirischen Blog auf www.tomzai.ch nachgelesen werden.

Pius Neuenschwander befand sich seit vier Wochen im *Heimetli*. Privates Alters- und Pflegeheim, umgebautes Haus aus den Fünfzigerjahren am Waldrand, mit Blick über den Walensee. Für Pius ganz und gar keine Heimat, und schon gar kein »Heimetli« im eigentlichen Sinn des Wortes: ein Platz, der dir gehört, wo du daheim bist.

Anfangs hatte er sich heftig gewehrt, seine wenigen Habseligkeiten immer wieder gepackt, die Bilder von den Wänden geholt, das Kruzifix abgehängt. Dann sah er ein, dass es keinen Zweck hatte. Hilfreich waren wohl die kleinen blauen Pillen, die er abends nahm, und der leidende Blick des weiblichen Zivis, Isa, wenn sie alles wieder an den Platz legte, hängte oder stellte. Wobei er ihr gern zuschaute. Kleine Freuden alter Männer.

Die blauen Pillen hatten eine Depression ausgelöst. Dagegen bekam er rote Pillen. Doch sein Lebens-, ja, sein Überlebenswille war durch etwas anderes neu entfacht worden: Diesmal hatte es die Aebersold Berta erwischt. Eben wurde sie in der Kiste abtransportiert, nachdem gestern Azrael auf ihrem Schoß eingeschlafen war. Den Namen Azrael hatte ihm Isa gegeben, und das musste einen Grund haben, den Pius nicht kannte. Berta hatte wie immer am großen Tisch gesessen, im Minutentakt die Zunge wie ein Baby aus dem Mund geschoben und dabei mit ihren Händen unaufhörlich die Serviette glatt gestrichen. Dann, urplötzlich, hatte sie damit aufgehört, und Pius hatte sie zum ersten und einzigen Mal etwas sagen hören. »Jesses, ich habe die Kerzen am Adventskranz nicht gelöscht!« Daraufhin hatte sie geschwiegen und auch die ruhelosen Bewegungen von Zunge und Händen nicht wieder angefangen. Der Kater jedoch war, wie durch eine innere Eingebung, regelrecht zu ihr gerannt, hochgesprungen, hatte sich ein paarmal um die eigene Achse gedreht, sich endlich niedergelassen, die Augen zu Schlitzen verengt, sie ganz geschlossen und war eingeschlafen. Als man Berta an diesem Sonntagmorgen wecken wollte, sei der Kater noch bei ihr im Zimmer gewesen, war Pius vom Personal zu Ohren gekommen. Sie aber müsse zwischen der zweiten und dritten Nachtrunde sanft entschlafen sein – ein Ausdruck, den Pius völlig hirnverbrannt fand, da Berta mit Sicherheit zwar vor ihrem Tod geschlafen hatte, danach jedoch nicht mehr. Danach war sie einfach tot. Für immer. Und daran war einzig und allein dieses Katzenvieh schuld.

Azrael war verflucht. Und verflucht waren die Opfer des roten Monsters. Und verflucht war dieser Ort, an den einen die Kinder oder die Schutzbehörde verfrachteten, damit man sich selbst und alles andere länger, gründlicher und vor allem endgültig vergessen konnte, bis am Ende nichts von einem übrig war außer der Hülle. Verflucht war der Gestank nach Nudelauflauf und Restesuppe, nach Kampfer, dem Urin Zuckerkranker, nach offenen Beinen, sechsmal nicht gewaschenen Haaren und Franzbranntwein.

»Es ist nur zu deinem Besten«, hatten Pius' Kinder – die nun wirklich keine Kinder mehr waren – gesagt und »Es ist klein, aber fein. Überschaubar. Privat. Zwölf Zimmer. Am Waldrand. Mit Blick über den See. Und einem Garten mit Eichhörnchen. Du magst doch Eichhörnchen.«

Stimmt. Eines der wenigen Dinge, die er mochte. Eichhörnchen. Aber seine Brut hatte ihm nichts von der Heimleiterin gesagt, Margrith Engenmoser, der Inkarnation von Fräulein Rottenmeier, und natürlich hatten sie wohlweislich rein gar nichts von Azrael gesagt, dieser Ausgeburt der Hölle.

Pius hatte Katzen schon immer gehasst und aus jedem Kackehaufen, jedem angepissten Blumentopf, jedem vor der Tür hingerotzten Fellknäuel eine persönliche Angelegenheit gemacht. Und die hatte er stets auf seine Art geregelt. Niemals mit Gift. Darauf legte er Wert. Gift war feige. Und es konnte den Falschen treffen. Die beste Zeit, Katzen zu schießen, war der Winter, wenn das Vogelhäuschen die Viecher unvorsichtig werden ließ. Der Sommer war auch nicht schlecht. In der Trockenmauer tummelten sich Eidechsen. In unermüdlicher Geduld lauerten dort die Katzen selten gewordenen Kriechtieren auf, schlugen sie, quälten sie, zerrissen sie ein bisschen und legten sie auf Pius' Terrasse ab, sobald die Opfer sich nicht mehr bewegten. Noch größer als die Geduld der Katzen war jene von Pius, wenn er den Lauf seines Floberts langsam aus dem Schlafzimmerfenster schob und wartete, bis das Tier den Kopf in seine Richtung hielt. Leiden sollten sie nicht, die Katzen. Obschon er es ihnen eigentlich mit gleicher Münze heimzahlen sollte. Kurz, überraschend und schmerzlos musste es sein. Außerdem war es dem gutnachbarschaftlichen Verhältnis abträglich, wenn sich das angeschossene Tier durchs Katzentürchen quetschte, um im Wohnzimmer auf dem Spannteppich zu verbluten. Die Toblers hatten nie mehr ein einziges Wort mit ihm gesprochen. Aber eine neue Katze angeschafft, die sie von schierer Boshaftigkeit getrieben zweimal im Jahr werfen ließen. Meistens jedoch traf Pius sauber, und am Sonntag drauf gab es bei Neuenschwanders »Kaninchenragout« mit Polenta. Die wenigsten Leute wussten, dass geschlachtete Katzen von Kaninchen nur durch einen einzigen Knochen zu unterscheiden waren. Aus diesem Grund, so erzählt man sich, hatte man früher in Schweizer Metzgereien ganze Kaninchen nur mit intakten Fellpfoten verkauft. Tempi passati!

Seit Pius im *Heimetli* war, hatten vier Bewohnerinnen – niemals, niemals durfte man sie Insassen nennen! – wegen der Katze das Zeitliche gesegnet. Oder wie der Pfaff sagte: »Den Weg alles Irdischen genommen.«

Als Berta gestorben war, hatte Pius die Zusammenhänge endlich begriffen. In diesen Stunden schon wählte der Todesengel sein nächstes Opfer. Dessen war sich Pius sicher. Auch wenn alle Welt das anders sah. Weil es angeblich auch in Amerika einen Kater gebe, der in einem Heim den herannahenden Tod alter Menschen – das hörte die Rottenmeier noch viel lieber, wenn man von »Menschen« sprach – erspüre und Trost spende, indem er sich zu ihnen lege und einschlafe. Die Leute wurden nicht müde, vom siebten Sinn zu sprechen. Pius wusste, es war nichts Geringeres als eine Katzenverschwörung.

Schon schlich der rote Teufel durch die Wohnstube, in der tagsüber ein Großteil ihres armseligen Häufchens abgestellt wurde. In Erwartung des Todes. Für den an diesem verfluchten Ort einzig und allein der rot-weiß gestreifte Satan zuständig war. Und niemand war sich der Gefahr bewusst. Keiner kapierte den so offensichtlichen Zusammenhang. Pius blickte sich um.

Albert sortierte unsichtbare Papiere und führte Telefongespräche mit seiner Chefsekretärin. Rosi glotzte ihre Puppe an. Hedi kämmte sich die Haare, und Rolf versteckte die Krippenfiguren, weil er Weihnachten mit Ostern verwechselte. Nur Francesco, der quirlige Italiener, schien zu ahnen, dass Azrael der Pförtner im Vorzimmer zur Hölle war. Jedenfalls versuchte er, die Katze in selbstmörderischer Absicht zu sich zu locken. Aber Azrael ignorierte den verzweifelten Versuch Francescos, die Abkürzung zu nehmen.

Der Kater hielt stattdessen, was er vorher noch nie getan hatte, zielstrebig auf Pius zu, roch kurz an seinen Filzpantoffeln, spannte die Muskeln an, stieß sich ab und landete punktgenau auf Pius' Oberschenkeln. Reflexartig umschloss dieser den Hals des Todesboten mit seinen Händen. Bevor er zudrücken konnte, bemerkte er Rosis Blick, in dem Entsetzen lag. Entsetzen und eine plötzliche Aufmerksamkeit, welche er noch nie an ihr gesehen hatte. Pius schaute sich um. Die Blicke aller ruhten auf ihm, als ob eine geheime Kraft vorübergehend das Licht im Oberstübchen angeknipst hätte. Pius löste eine Hand von Azraels Hals und strich ihm unbeholfen über den Rücken. Dann stand er ächzend auf und schlurfte durch die Wohnstube zur Haustür. Den Kater hielt er dabei wie ein Baby im Arm. Er öffnete die Tür, setzte ihn draußen ab, drückte die Tür ins Schloss, bückte sich und fummelte den Riegel am Katzentürchen dahin, wo er verdammt noch mal hingehörte: auf »Geschlossen!«.

Er brauchte zwei Anläufe, um sich wieder aufzurichten. Als er sich endlich umdrehen konnte, waren die Gesichter seiner Mitgefangenen entrückt wie eh und je. Pius setzte sich wieder in den Sessel und gab sich seinen Katzentötungsfantasien hin. Es war eine Frage des Überlebens. Azrael musste vor ihm sterben. Vor allen weiteren möglichen Opfern eigentlich. So betrachtet wäre Pius ein heimlicher Held, wenn er diesen Todesengel dahin zurückbefördern würde, wo er hergekommen war: in die Hölle.

Natürlich bemerkte die Rottenmeier das mit dem Katzentürchen, keifte, drohte mit ihrem überlangen Zeigefinger, richtete ihn auf jeden Einzelnen und ganz besonders lange auf Pius, bevor sie sich wieder den Vorbereitungen für die Vorweihnachtsfeier widmete. Fondue-Plausch zum vierten Advent.

Pius drückte sich aus seinem Sessel hoch, ächzte und stöhnte dabei, so laut er konnte, und weckte prompt die Aufmerksamkeit von Brankica, seiner Lieblingspflegerin. Sie hatte den Kompostbehälter in einer Hand, mit der anderen half sie ihm hoch. Er hakte sich bei ihr ein und ließ sich zur Tür begleiten. Spaziergänge mit Brankica, und mochten sie noch so kurz sein, waren ein Erlebnis. Sie hatte an genau den richtigen Stellen diese Extrapfunde. Und diesen gewissen Schalk einer früh gewordenen Großmutter, welche die nächsten zwanzig Jahre kaum altern würde. Ach, wäre er doch nur so jung wie damals, als er zum ersten Mal gedacht hatte, er sei alt geworden. Sie half ihm noch in Schuhe und Mantel, wobei sich Pius sogar an ihr festhalten durfte. Dafür bot er ihr an, die Küchenabfälle zum Kompost zu bringen.

Auf dem Weg zum Komposthaufen lag eine dünne Schicht frischen Schnees. Darin Pfotenabdrücke. Katzenpfoten. Pius kippte die Grünabfälle auf den Haufen. Es dampfte zünftig. Ganz unten im Behälter war Kaffeesatz gewesen. Kaffeesatz!

Hatte nicht seine Frau selig Kaffeesatz im ganzen Garten verteilt, weil sie nicht schon wieder Lust auf »Kaninchenragout« oder Streit mit den Nachbarn oder beides hatte? »Wenn etwas Katzen fernhält, dann Kaffeesatz«, hatte sie immer gesagt.

Pius schöpfte so viel wie möglich davon in den Behälter zurück und machte, dass er damit ins Haus kam, bevor der Satan zurück durchs Höllentürchen fuhr. Die braune Pampe verteilte er großzügig im Eingangsbereich und trampelte sie in den Schmutzteppich. Den grünen Behälter stellte er auf den Stubentisch und setzte sich in seinen Sessel, um zu beobachten, wie die Katze nur kurz den Kopf durchs Türchen halten würde, um sich dann sofort angewidert zurückzuziehen.

Irgendwann musste Pius eingeschlafen sein. Als der Teufelskater in seinem Schoß landete, schreckte er hoch und stieß einen heiseren Schrei aus. Wieder glotzten alle. Abwartend, fast lauernd, kam es Pius vor. »Wenn etwas Katzen fernhält, dann Kaffeesatz.« Von wegen! Diesmal brachte er Azrael zu Rosi. Ihr würde er galant den Vortritt lassen. Sanft setzte er den Todesengel in ihren

Schoß. Dort wollte das Biest aber nicht bleiben und huschte ganz von alleine wieder nach draußen in den Garten, um bedrohte Tierarten zu jagen. Es wählte seine Tier- wie Menschenopfer selber aus und mied die anderen Bewohner wie die Pest.

Nun wollte Azrael sich Pius also im Schlaf krallen. Drastischere Maßnahmen waren gefragt, davor aber ein Gang zur Toilette unvermeidlich.

Als Pius auf dem Rückweg vom Klo beim Esszimmer vorbeikam, formte sich in seinem Kopf ein spontaner, aber verwegener Plan. Um ihn umzusetzen, musste er sich leider auf eine Plauderei mit Isa einlassen.

Isabelle Stierli, von allen Isa genannt, leistete Pius oft und gerne Gesellschaft, wenn er sich in eine Decke gehüllt auf der Terrasse seinem einzigen verbliebenen Laster hingab: dem Rauchen von Krummen. Sie selbst rauchte Zigaretten und breitete dabei gerne ihr Leben vor Pius aus. Sie wurde nicht müde, immer und immer wieder dieselben Themen aufzugreifen, beinahe Wort für Wort Vorkommnisse zu wiederholen. Entweder war sie selber vollkommen plemplem oder aber sie vertraute zu einhundert Prozent auf seine eigene Unfähigkeit, Neues abzuspeichern. Typischer Fall von Berufskrankheit, sagte sich Pius, der im Übrigen eine sehr hohe Meinung von seinem eigenen Verstand hatte. Ein weiblicher Zivi war ungewöhnlich. Isas Eigenwilligkeit hatte zu ihrem vorzeitigen Abbruch des Militärdienstes geführt – den sie als Frau gar nicht hätte leisten müssen; wo sie als Frau, verdammt noch mal, auch nichts zu suchen hatte! Nun also Zivildienst, eineinhalbmal so lang wie der Militärdienst. Sie habe wählen können zwischen Windelnwechseln bei jungen oder bei alten Menschen, quatschte sie Pius zum x-ten Mal zu. Einem Impuls folgend seien es nun die alten geworden, wobei ja bei ihm, dem Pius, noch alles dicht sei, zumindest da, wo es tropfen könnte, haha. Doch meistens sprach Isa beim Rauchen nicht über die Arbeit, sondern über ihre Pläne: Reisepläne, Umbaupläne, Beziehungspläne, Berufspläne. Manchmal machte sie Pläne für Pius. Dann wurde es ihm zu blöd mit ihr.

Heute ließ er sie machen. Denn heute hatte er erstens tatsächlich Pläne, und zweitens wollte er ihr Feuerzeug. Feuerzeuge wurden im *Heimetli* vom Hausdrachen gehütet wie ein Schatz. Pius durfte sich noch nicht mal seine Krumme selber anzünden. Wenn sie fast runtergebrannt war, kam irgendwoher jemand vom Personal, nahm sie ihm aus der Hand und drückte sie sorgsam, meist mit gerümpfter Nase und spitzen Fingern, aus. Die Rottenmeier hatte panische Angst vor Feuer, wenn Demente in der Nähe waren. Und nach Pius' Einschätzung waren hier bis auf seine eigene Person wirklich alle durch den Wind. Also waren sämtliche Brennstoffe, inklusive richtiger Adventskerzen, strengstens verboten. Mit einer einzigen Ausnahme, wie Pius eben herausgefunden hatte: den Rechauds für den Fondue-Plausch, welche auf die herkömmliche Art mit Brennsprit befüllt wurden. Brennsprit im Hause Rottenmeier! Wer hätte das gedacht? Vermutlich war ihre Sparsamkeit noch ausgeprägter als ihre Angst vor Feuer. Mit Sicherheit gab es mittlerweile elektrische Rechauds. Doch der alte Sparfuchs hielt an den Klassikern fest.

Pius wollte auch mal was sagen und erzählte Isa die Geschichte vom Eichhörnchen, das den Stamm der Föhre hochgerannt sei, wegen Azrael, dieser verdammten Scheißkatze. Dabei zeigte er auf den Baum, worauf Isa pflichtbewusst hinschaute. Schon war das Feuerzeug in seiner Tasche verschwunden. Nun der Inkontinenztrick – Griff in den Schritt und Augen aufreißen –, und schon war Isa auf den Beinen, um ihn aufs Klo zu begleiten.

Er käme allein klar, wimmelte er sie ab. Das ließ sie sich nicht zweimal sagen. Als sie weg war, schlich er sich in die leere Küche, wo in einer Reihe geparkt drei Flaschen Brennsprit standen.

Die Rottenmeier überließ auch beim Fondue nichts dem Zufall. Es gab nichts Peinlicheres, als wenn ein Rechaud vorzeitig ausging, weil man vergessen hatte, Sprit aufzufüllen. Nur den Brotwürfel im geschmolzenen Käse zu verlieren, war vermutlich noch peinlicher.

Die Rechauds standen schon im Esszimmer. Also waren sie aufgefüllt und niemandem würde so rasch das Fehlen einer dieser grünen Flaschen mit kindersicherem Drehverschluss auffallen. Gut möglich, dass die Rottenmeier die Flaschen gerade deswegen hatte stehen lassen, weil sie keinem zutraute, den Verschluss aufzubekommen. Aber da hatte sie die Rechnung ohne den Pius gemacht. Er steckte sich eine Flasche vorne in die Unterhose, zog die Hausjacke, welche ihm seine Frau selig noch gestrickt hatte, weit herunter, ging zum Lift, fuhr ins obere Stockwerk und versteckte Feuerzeug sowie Brennsprit in seinem Zimmer. Als er wieder herauskam, wäre er um ein Haar über Azrael gestolpert. Es schien, als ob auch dieser zu drastischeren Mitteln griff, um Pius zu erledigen. Sie befanden sich jetzt eindeutig im Krieg. Und Pius hatte vor, diesen zu gewinnen. Dass Azrael ihm sogar ins obere Stockwerk folgte, war gut. Sehr gut sogar. Ob Pius die Sache gerade hier und jetzt beenden sollte? Die Rottenmeier nahm ihm die Entscheidung ab, indem sie ihn fand und mit sanfter Gewalt in den Lift bugsierte. Er wolle sich doch bestimmt nicht das Weihnachtssingen entgehen lassen, meinte sie.

In der völlig überfüllten Wohnstube drückte ihn die Rottenmeier in seinen Sessel, von dem aus er leider den totalen Überblick auf eine Szenerie hatte, welche seinen Überlebenswillen infrage stellte. Der katholische Frauenverein hatte sich in Kampfstärke vor den Seniorinnen und Senioren aufgebaut. Aus vollen, von Unmengen geschlungenen Stoffes verdeckten Kehlen sangen sie *Was soll das bedeuten*, *Vom Himmel hoch*, *Morgen, Kinder, wird's was geben* und weitere Lieder, die Pius allesamt hasste. Noch übler war das Panflöten-Intermezzo. Dabei vermischten sich zweiundzwanzig Frauenparfums in zunehmender Intensität mit dem Brodem von Azraels Todesreich. Pius stand kalter Schweiß auf der Stirn.

Endlich verstummten die Frauen und ließen den Pfaff für die Ansprache in ihre Mitte treten. Er ging ganz in seiner Lieblingsrolle – Hahn im Korb – auf. Zum Glück verstand Pius kaum ein Wort des Polen, der nach über zwanzig Jahren missionarischen Wirkens in der Schweiz noch immer mit den Vokalen und dem Widerspruchsgeist der hiesigen Katholiken kämpfte. Dass er zumindest »Chrischchindli« gelernt hatte, inklusive zweimal kratzigem *CH*, bekam Pius deswegen mit, weil der Pfaff das Wort so oft wiederholte, bis die Rottenmeier die Flaschen mit dem Bündner Röteli holte und ihn damit zum Schweigen brachte. Unter seinen Hennen entstand dafür ein Gegacker, vor dem selbst die ausgeklügeltsten Hörgeräte kapitulierten.

Irgendwann waren die meisten Frauen und der Pfaff weg. Nur der fünfköpfige Vorstand des Frauenvereins blieb, um noch beim Fondue zu helfen. Die Menüwahl brachte das Personal offenbar an seine Belastungsgrenze. Die Rottenmeier riss die Fenster auf, was bewies, dass sie doch menschlich war. Bis Hedi mit einer elektrischen Kerze aus dem Adventskranz auf den Tisch hämmerte. Dann schloss sie die Fenster wieder, weil in dieser verdammten Weiberregierung die Wohlfühltemperatur von siebenundzwanzig Grad nicht unterschritten werden durfte. Pius stupste Isa an und zeigte auf die Terrasse. Sie erbarmte sich seiner und ging mit ihm nach draußen. Auf dem Tischchen lagen noch immer ihre Zigaretten, nicht jedoch ihr Feuerzeug. Was Isa in diesem Moment völlig aus dem Häuschen geraten ließ. Sie tastete sich am ganzen Körper ab, wobei ihr Pius zu gern geholfen hätte. Bevor er dazu kam, war Isa weg, und er sah durch die Scheibe, wie sie auf die Rottenmeier einredete. Dann sprach Isa nicht mehr. Dafür die Rottenmeier umso heftiger. Auch der Zeigefinger kam wieder zum Einsatz. Isa wischte sich eine Träne aus dem Gesicht, als sie rauskam. Sie tat Pius fast ein wenig leid. Aber er hielt ihr stattdessen seine Krumme hin. Er müsse Geduld haben und schnell warten, meinte sie und verschwand wieder. Schnell warten?! Wie sollte das bitte gehen? Als Isa endlich zurückkam, hatte sie kein Feuer dabei, sondern nahm ihn wortlos am Arm und führte ihn zu den anderen ins Esszimmer, wo in den vier Rechauds schon die Flammen züngelten.

Die Rottenmeier trug gerade zwei dampfende Caquelons herein, als Pius die Krumme in eine Flamme hielt. Um ein Haar hätte die Heimleiterin die Pfannen fallen lassen, schaffte es aber noch bis zu den Tischen. Das Personal und die Vereinsfrauen kümmerten sich sofort um ihre Schützlinge, halfen Brotstücke auf Gabeln zu stecken, hielten alle davon ab, sich die heiße Käsemischung aus der Pfanne über Bauch und Beine zu kippen oder sich gegenseitig mit den langen Gabeln die Augen auszustechen. Nur die Rottenmeier kümmerte sich exklusiv um Pius, der sich weigerte, die Krumme herzugeben, und den Rauch gegen die Decke paffte. Prompt ging die Brandmeldeanlage los. Die Rottenmeier zischte ab wie eine Rakete, schaltete erst den Alarm und dann die ganze Anlage aus, da sie wegen Pius' Qualmerei immer wieder ansprang. Gegen die Rottenmeier hatte er am Ende keine Chance. Sie schoss auf ihn zu, krallte sich den Stumpen, rannte damit in die Küche und baute sich keine halbe Minute später wieder vor ihm auf. Nun kamen sogar beide Zeigefinger zum Einsatz, und Pius bekam etwas Rottenmeierspucke ins Gesicht. Als sie sich ausgetobt hatte, packte sie ihn am Kragen und versuchte, ihn zu seinem Platz zu zerren. Doch Schweizer Traditionsrauchwaren entreißen war eine Sache, einen

Neunzig-Kilo-Senior an einen Tisch zwingen etwas ganz anderes. Pius weigerte sich, auch nur einen Schritt zu machen. Also drehte die Rottenmeier den Spieß um und machte das, was man mit unartigen Kindern tut: Sie schickte ihn aufs Zimmer. Fondue sei für ihn gestrichen. Sie lasse sich von ihm doch nicht den schönen Abend verderben. Sie nicht.

Damit ließ sie Pius stehen. Um den Schein zu wahren, verharrte er noch eine Weile und verzog sich dann in Richtung Lift. Aus dem Augenwinkel heraus schielte er dabei nach dem Katzenvieh, konnte es aber nirgends entdecken. Im oberen Stockwerk schlurfte er am TV-Zimmer vorbei. Es wurde nur von Francesco genutzt, wenn Fußball lief. Pius holte in seinem eigenen Zimmer die Flasche mit dem Brennsprit und das Feuerzeug. Dann setzte er sich im TV-Zimmer auf die Couch, legte das Feuerzeug bereit und öffnete den Verschluss der Spritflasche. Lange brauchte Pius nicht zu warten. Schon war der Kater zur Stelle und strich ihm siegessicher um die Beine.

Pius klopfte einladend auf seine Schenkel. Azrael zögerte keine Sekunde und sprang, landete federnd, drehte sich fünfmal im Kreis, wobei die Krallen sanft in Pius' Haut piksten, ließ sich nieder und schloss die Augen. Noch schnurrte er nicht, aber es würde nicht lange dauern. Ein paar Minuten später wäre das Biest eingeschlafen. Was Pius' sicheren Tod innert sechs Stunden bedeuten würde. *Würde!* Dazu würde es ja nicht kommen. Mit einer Hand strich Pius dem Kater übers Fell. Mit der anderen verteilte er den Flascheninhalt rechts neben sich auf der Couch und den vom Hausdrachen persönlich hindrapierten Kissen. Dann hob er Azrael hoch und legte ihn vorsichtig neben sich auf die andere Seite.

Pius griff sich die Fernsehzeitschrift mit Helene Fischers Konterfei, erhob sich und ging so schnell wie eben möglich zur Tür.

Der Kater blieb liegen, beobachtete ihn jedoch mit einem Auge. Siegesgewiss. Ha! Wenn der Teufelsbraten sich da mal nicht täuschte. Pius' Hände zitterten, als er das Feuerzeug an die Zeitschrift hielt. Helene Fischer fing sofort Feuer. Als die halbe Zeitschrift brannte, warf er sie in Richtung Couch. Bevor es *Wusch!* machte, hatte er sich schon abgewandt. Nun musste es verdammt schnell gehen, was in seinem Alter eigentlich nicht vorgesehen war. Prompt verlor er die Kontrolle über seine Füße und verhedderte sich beim Zuziehen der Tür mit der Strickjacke, blieb hängen und schlug der Länge nach hin. Sein rechter Oberschenkelknochen zog dem Alter geschuldet die Konsequenzen und brach. Eventuell war auch das Becken hin. Jedenfalls durchflutete Pius ein Schmerz, der ihm für kurze Zeit das Bewusstsein raubte.

Als er wieder zu sich kam, versuchte er sich hochzustemmen. Doch etwas drückte ihn zu Boden. Das Etwas maunzte Mordio und verkrallte sich in seinen Rücken. Pius versuchte den Kopf zu heben. Viel konnte er nicht sehen. Überall Rauch. *Weg, weg, weg!*, dachte er und suchte gleichzeitig nach einer Lösung, wie er die verfluchte Scheißkatze zurück ins Zimmer bekam, ohne das Bewusstsein zu verlieren, innerlich zu verbluten oder im Rauch zu ersticken. Bevor er eine Lösung fand, wurde er umgedreht, von Männern mit Atemschutzmasken auf eine Trage gelegt und festgezurrt. Er schrie wie am Spieß, als sich Azrael auf seine Brust setzte. Doch eine Maske, aus der Luft strömte, wurde auf sein Gesicht gedrückt und verschluckte sein Flehen. Dann waren sie draußen. Pius spürte, wie die Trage abgestellt wurde. Die Maske verschwand. Pius fehlte nun die Kraft zu schreien. Flüsternd versuchte er den Feuerwehrmann zu beschwören, ihn vom todbringenden Katzenvieh zu trennen. Doch der verstand ihn nicht. Zudem buckelte Azrael und fauchte, sodass der Feuerwehrmann die Hand – trotz der Handschuhe, feige Sau! – wegnahm.

»Sanität ist gleich da, keine Sorge!«, rief ihm der Feuerwehrmann beim Rückzug zu. Azrael kreischte voller Triumph, was sich in Piu' Ohren ganz und gar nicht nach Katze anhörte, drehte sich ein paarmal im Kreis, kuschelte sich dann auf Pius' Brust, schmiss den Schnurrmotor an, schloss die Augen und schlief augenblicklich ein.

»Hey, Jungs! Das müsst ihr gesehen haben!«, rief der Feuerwehrmann. »Diese Katze hat dem armen Kerl mit ihrer Maunzerei das Leben gerettet. Nun beschützt sie ihr Herrchen noch immer und weicht nicht von seiner Seite. Wahnsinn, wozu Tierliebe fähig ist! Ja, Tobias, film das ruhig! Das wird Millionen Klicks geben. Ich dreh durch!«

Pius rüttelte an seinen Fesseln. Aber es war zwecklos. Sein Atem ging schwerer und schwerer. Der rote Teufel drückte die Luft aus seinen Lungen. Pius hörte noch, wie der Einsatzleiter eine Durchsage machte: »20.45 Uhr, alle Insassen geborgen!« Pius war versucht, ihn zu korrigieren oder wenigstens jemandem den Auftrag zu geben, diesem Rüpel den Rottenmeier'schen Sprachkodex zu geigen. Doch er war zu schwach und hatte ohnehin andere Probleme. Noch vor dem ersten Hahnenschrei würde er tot sein. *Alles für die Katz!*, dachte er, fügte sich in sein Schicksal und schloss die Augen in Erwartung des Todes.

18

Gisa Pauly

Die beste Wurst vom Weihnachtsmarkt

Münster

Über die Autorin:

Gisa Pauly lebt als freie Schriftstellerin in Münster und hat mittlerweile über dreißig Bücher und diverse Drehbücher veröffentlicht. In ihren turbulenten Sylt-Krimis prallt das Temperament von Mamma Carlotta auf die Mentalität der Inselbewohner. 2019 erschien bereits der 13. Band dieser erfolgreichen Reihe. Neben den Sylt-Krimis landen auch ihre Italienromane regelmäßig auf der *Spiegel*-Bestsellerliste, ebenso wie ihre neue Reihe, die in Siena spielt: *Jeder lügt, so gut er kann* (2018) und *Es wär schon eine Lüge wert* (2019).
2018 wurde sie von den Lesern der Fernsehprogrammzeitschrift RTV zur beliebtesten Autorin des Jahres gewählt.
Mehr Infos unter: www.gisapauly.de

Franziska Sandmann war eine Dame. Ihr war klar, dass es heutzutage ein zweifelhaftes Kompliment sein konnte, eine Dame genannt zu werden. Aber ihr gefiel es dennoch, sich damenhaft zu benehmen, obwohl sie gerade erst aus den Vierzigern heraus war, in einem Alter also, in dem Frauen sich lieber jugendlich, unkonventionell und vor allem eigenständig nennen ließen. Nun, eigenständig konnte auch eine Dame sein, fand Franziska Sandmann. Aber wenn sie ehrlich war, hielt sie eine Dame vor allem für verheiratet. Und Ehefrauen mussten weder jugendlich noch unkonventionell und erst recht nicht emanzipiert daherkommen. Natürlich durften sie berufstätig und finanziell unabhängig sein, aber doch nicht so, dass ihr Name auch ohne den ihres Ehemannes einen guten Klang hatte. Ihr Mann fand das übrigens auch, und so war für Franziska Sandmann alles in Ordnung. Ihr Leben als Dame bewegte sich auf einer kerzengeraden Strecke beständig geradeaus, es wurden nur Stationen angefahren, die mit Ankunfts- und Abfahrtszeiten angesagt worden waren. Verspätungen oder gar Ausfälle waren nicht vorgesehen.

Damen waren meist mit einem vielbeschäftigten, aber gut verdienenden Mann zusammen, für den es sich lohnte, damenhaft zu sein. Ein Mann also, der damenhafte Kleidung, die üblicherweise teuer war, bezahlen konnte und für Perlenketten nicht zu geizig war.

In Münster, der Stadt, in der sie lebte, gab es viele Damen, mehr als in anderen Städten. Was andere spießig nannten, hieß bei Franziska Sandmann gediegen, gutbürgerlich oder sogar vornehm. Sie fand auch den Münsterschen Weihnachtsmarkt gediegen und gutbürgerlich. Vornehm nur deshalb nicht, weil

Weihnachtsmärkte einfach nicht vornehm sein konnten. Wo alkoholische Getränke in größeren Mengen konsumiert und Würste und Reibekuchen stehend gegessen wurden, blieb das Vornehme zwangsläufig auf der Strecke.

Aber Franziska Sandmann gefiel der Weihnachtsmarkt von Münster um einiges besser als die Märkte in anderen Städten. Eine Freundin hatte sie mal nach Gelsenkirchen eingeladen, wo der Weihnachtsschmuck schrill, die Musik lärmend und die Beleuchtung bunt und blinkend gewesen war. Nein, so etwas gab es in Münster nicht. Der Prinzipalmarkt zeichnete sich durch schlichten Weihnachtsschmuck aus, und auf dem Weihnachtsmarkt war es ähnlich. Damit meinte sie den Markt im Rathausinnenhof. Die anderen Märkte, die im Laufe der Zeit hinzugekommen waren, zählten nicht. Die blau-weißen Buden an der Lambertikirche gingen ja noch, aber am Aegidiimarkt war es Franziska schon viel zu laut und zu bunt, an der Überwasserkirche fehlte vollends das Traditionelle, was Münster seit eh und je auszeichnete, auch wenn dieser Markt Giebelhüüskesmarkt genannt wurde. Der Markt am Kiepenkerl zählte sowieso nicht, der war mit seinen paar Buden viel zu klein. Wenn überhaupt, besuchte Franziska Sandmann den Markt im Rathausinnenhof.

Jenny war alles andere als eine Dame. Zu unkonventionell und viel zu fröhlich. Eine Dame lachte nicht so laut, dass sich alle nach ihr umdrehten, und unterhielt ihre Umgebung nicht mit zweideutigen Witzen, beides gehörte zu Jennys Gewohnheiten. Aber sie wollte ja auch keine Dame sein, noch weniger als Ehefrau, Mutter, verbeamtet oder sonst wie etabliert. Selbstverständlich wollte sie auch nicht damenhaft gekleidet sein. Ihre Klamotten waren immer nach dem letzten Schrei, meist billig und immer auffallend. Ihre Tätowierungen krochen vom Handrücken die Arme hinauf. Ihre bevorzugte Lippenstiftfarbe war Violett, und die Wimpern waren so lang und dicht, dass sie unmöglich echt sein konnten. Ihr Nasenpiercing hatte sie aufgegeben, weil es ihrem Lebensgefährten nicht gefiel, und das Brustwarzenpiercing, das sie geplant hatte, nachdem sie sich verliebt hatte, ebenfalls. Normalerweise war es Jenny egal, ob sie jemandem gefiel oder nicht, aber bei diesem Mann hatte sie eine Ausnahme gemacht. Ihn liebte sie, wie sie noch nie einen Mann geliebt hatte.

Ihr Lebensgefährte war ganz anders als sie. Älter, etablierter, ernster, solider. Aber er mochte gerade das, was sie verkörperte, das Ungezwungene und Kompromisslose. Er war beruflich sehr eingespannt, konnte also nur wenig Zeit für sie erübrigen, und das war Jenny sehr recht. Wenn sie Lust hatte, zum Weihnachtsmarkt nach Münster zu fahren, brauchte sie nicht einmal eine Nachricht für ihn zu hinterlassen. Sie kannte ja seinen Dienstplan gar nicht und wollte ihn auch nicht kennen, wusste also nie, ob er sich auf ein freies Wochenende freute oder mal wieder mit seiner Crew in Hongkong oder Timbuktu übernachtete. Sollte er in den nächsten Stunden am Flughafen Münster-Osnabrück landen und in ihrer gemeinsamen Wohnung vergeblich nach ihr suchen, würde er sie vermutlich auf dem Handy anrufen. Dann könnten sie vereinbaren, wann und ob sie überhaupt heimkam. So einfach war das bei Jenny.

Für Franziska undenkbar. Sie wusste immer, wann sie mit ihrem Mann zu rechnen hatte. Selten, so viel stand fest. Zu selten manchmal, aber sie hatte sich längst daran gewöhnt. Ein Ehemann mit einem ungewöhnlichen Beruf hatte auch seine Vorteile.

Sie hatte den Silberschmuck betrachtet, lange vor dem Stand mit dem Holzspielzeug gestanden und sich dann entschlossen, eine Bratwurst zu essen. Mit Pommes frites, vielleicht sogar mit

Currysauce. Franziska Sandmann hatte sich sonst immer im Griff, Fast-Food und Dickmacher kamen für sie nicht infrage. Lediglich eine Ausnahme akzeptierte sie: die Bratwurst auf dem Weihnachtsmarkt von Münster. Aber nur die von Kleinert, es gab keine bessere. Möglich, dass sie nur nachplapperte, was ihr Mann seit Jahren sagte, aber die war wirklich lecker. Ob sie sich endlich mal eine eigene Meinung zulegen sollte, war eine ganz andere Frage.

Sie hatte gerade ihre Geldbörse aus der Innentasche ihres Mantels geholt – bei Schnitzler gekauft, dem besten Modehaus der Stadt, direkt am Prinzipalmarkt natürlich, wo schon ihre Schwiegermutter eingekauft hatte. Mit einer Handtasche wäre sie niemals zum Weihnachtsmarkt gegangen. Wie leicht konnte einem die von der Schulter gerissen werden! Nein, Franziska Sandmann ging grundsätzlich auf Nummer sicher.

Das half allerdings wenig, wenn die Mitmenschen es anders hielten. Die junge Frau, die vor ihr eine Currywurst erstanden hatte, drehte sich um, blieb mit ihrem Lederbeutel irgendwo hängen, geriet ins Straucheln … und kippte die Currysauce über Franziskas Mantel. Beinahe zweitausend Euro, im Ausverkauf, regulär doppelt so teuer.

»So eine Scheiße!« Die junge Frau war auf den zweiten Blick gar nicht mehr so jung, als dass man ihr diese Ausdrucksweise hätte nachsehen können. Mitte dreißig war sie sicherlich, vielleicht sogar Ende dreißig, aber angezogen wie ein junges Ding. Ihre helle Teddyjacke hatte auch einiges abbekommen, aber für die hatte sie vermutlich keine hundert Euro auf die Ladentheke gelegt. »Sorry! Ich bezahle natürlich die Reinigung.«

Das war ja wohl das Mindeste. Sie brauchte gar nicht so zu tun, als sei das ein besonderes Entgegenkommen.

»Wir müssen unsere Adressen austauschen.«

Franziska Sandmann entwand sich der Hand an ihrer Schulter. Sie konnte es nicht leiden, von Fremden angefasst zu werden.

»Ich spendiere uns erst mal einen Glühwein auf den Schreck.«
»Aber ...«
»Du musst noch Auto fahren? Ach, dieser eine Glühwein ... Ich heiße übrigens Jenny. Und du?«

Franziska war froh, dass sie darauf nicht zu antworten brauchte, weil ein Geräusch in Jennys Tasche ihr Gespräch unterbrach. Sie sollte diese fremde junge Frau duzen? Fremde Frau, korrigierte sie sich ärgerlich. Diese Jenny gehörte zu denen, die einen auf jung machten, dadurch aber nicht jünger wurden. Eine Dame wurde die jedenfalls nie!

»Moment!« Jenny wühlte in ihrem riesigen Lederbeutel nach ihrem Handy. »Das ist mein Mann. Ich erkenne ihn am Klingelton.« Sie grinste Franziska an, als sie das Handy endlich gefunden hatte und ans Licht des Weihnachtsmarkts beförderte. »Mein Lebensgefährte, um genau zu sein.«

Franziska betrachtete ihr strahlendes Gesicht, das Leuchten, das in ihre Augen stieg, als sie den Mann begrüßte. »Bärchen!« Wie zärtlich das klang! »Du bist schon gelandet? Pech gehabt! Ich bin auf dem Weihnachtsmarkt! Warum hast du nicht früher Bescheid gesagt?«

Es entspann sich ein Necken darüber, wie wichtig es sei, auf einen Partner zu warten, der nicht auf die Idee gekommen war, rechtzeitig seine Heimkehr anzukündigen, dann lachte Jenny ein letztes Mal und beendete das Telefonat mit einem Luftkuss. »So weit kommt's noch, dass ich jetzt sofort ins Auto springe und zurück nach Havixbeck fahre! Soll er ruhig diese Nacht im Flughafenhotel verbringen! Vielleicht lernt er dann endlich, dass ich nicht daheim sitze und darauf warte, dass der gnädige Herr mich mit seinem Nachhausekommen beehrt.« Sie zog Franziska zum nächsten Glühweinstand. »Mit Schuss?«

Franziska schüttelte den Kopf, wollte Jenny ermahnen, dass sie für eine Autofahrt nach Havixbeck nüchtern sein sollte ... da klingelte auch ihr Handy. Sie hatte es unter dem Mantel in der Tasche ihres Blazers sicher untergebracht, musste den Mantel öffnen, die Jackentasche aufknöpfen ... und erwischte gerade noch das letzte Läuten, bevor sie den grünen Knopf drücken konnte.

»Ich bin's.«

Sie wusste, dass es in ihren Augen nicht leuchtete, dass sie nicht strahlte, und ein bisschen tat es ihr leid, dass diese Zeit vorbei war. »Wo bist du?«

»Gerade in Düsseldorf gelandet. Ich steige in den Zug, der fährt in wenigen Minuten. Dann bin ich bald zu Hause.«

»Schön. Ich kann dir eine Bratwurst von Kleinert mitbringen.«

Ihr Mann schluckte, als wäre ihm dieser Gedanke unangenehm, nicht so, als liefe ihm das Wasser im Mund zusammen. »Nein, die schmeckt nur frisch vom Stand.«

Jenny lachte noch, als sie das Gespräch schon beendet hatte. »Isst dein Mann etwa auch so gern die Bratwurst von Kleinert?«

»Nur die. Jede andere Bratwurst lehnt er ab.« Franziska nahm den Glühwein entgegen, den sie eigentlich gar nicht trinken wollte. »Ich muss gleich heim. Mein Mann ist in Düsseldorf gelandet und steigt jetzt in den Zug.«

»Dein Mann ist auch Pilot?« Jenny hob das Glas. »Prost!«

»Ihrer auch? Ich meine ... dein Lebensgefährte auch?«

»Echt ein unstetes Leben. Aber mir gefällt das besser, als mit einem Kerl zusammen zu sein, der einen Acht-Stunden-Tag hat, um fünf nach Hause kommt und erwartet, dass ich ihm sehnsüchtig entgegenblicke.« Jenny warf einen Blick zum Würstchenstand. »Wenn er heute Abend noch käme, würde ich ihm auch anbieten, ihm eine Bratwurst mitzubringen.« Sie grinste breit. »Echt witzig, dass ihm die immer noch schmeckt. Dabei kann er sie, wenn er will, jeden Tag bekommen.«

»In Münster gibt's die nur auf dem Weihnachtsmarkt.«

Jenny hob ihr Glühweinglas und prostete Franziska zu. »Ich heiße Jenny Kleinert. Meine Geschwister können die Wurst nicht mehr sehen, aber mir schmeckt sie immer noch.«

Franziska brauchte eine Weile, bis sie verstand. »Deiner Familie gehört die Metzgerei Kleinert?« Sie zeigte zu dem Wurststand. »Aber ... du hast die Wurst bezahlt.«

Jenny winkte ab. »Hier kennt mich keiner. Das sind Aushilfen. Die werden nur für den Weihnachtsmarkt eingestellt. Soll ich ihnen sagen: ›Hey, ich bin das missratene Töchterchen, das nicht in die Firma einsteigen will, ich kriege die Wurst umsonst‹?« Sie schrieb ihre Adresse auf und reichte Franziska den Zettel. »Schick die Rechnung der Reinigung zu mir. Ich überweise dir das Geld sofort.«

Franziska steckte den Zettel zerstreut ein. »Mein Mann mag die Wurst am liebsten mit viel Senf.«

»Meiner auch«, lachte Jenny. »Und hinterher jammert er wegen der vielen Kalorien. So eine Bratwurst hat's in sich. Ich habe schon mit eigenen Augen gesehen, wie viel Fett da reinkommt.«

»Meiner isst die Wurst auch erst mit Behagen, und dann ärgert er sich, weil er Angst hat zuzunehmen.«

»Ehrlich?« Jenny sah mit einem Mal nachdenklich aus. »Die beiden scheinen sich ziemlich ähnlich zu sein.«

Nun war es Franziska, die lachen musste. »So ähnlich wie wir beide?« Sie konnte sich beim besten Willen nicht vorstellen, dass Jennys Lebensgefährte Ähnlichkeit mit ihrem Mann hatte. Der liebte das Damenhafte im teuren Mantel von Schnitzler und nicht das Unkonventionelle im Zottelpelz. »Mein Mann ist vermutlich älter.«

»Wie alt?«

»Anfang fünfzig.«

»Meiner auch.«

Beide führten sie den Glühweinbecher zum Mund, beide schwiegen, beide starrten sie in die Weihnachtsbeleuchtung, die vom Wind leicht hin und her bewegt wurde. Ein feiner Nieselregen sprühte vom Himmel. Am Morgen hatte es noch geheißen, es könne Schnee geben.

Jenny trank den Becher leer. »Wie heißt dein Mann?«

»Andreas.«

»Ein häufiger Name.«

»Und deiner?« Franziska machte den Versuch zu scherzen, was ihr meistens misslang. »Bärchen?«

»Nein, Andreas.«

»Wie du schon sagtest. Ein häufiger Name ...«

Franziska Sandmann war kurz vor Weihnachten noch immer eine Dame. Etwas verhärmt vielleicht in diesem Jahr und ein wenig gestresst.

»Sie haben so was Gehetztes im Blick«, hatte eine Nachbarin gesagt. »Sonst sind Sie immer die Ruhe selbst. Viel Besuch über Weihnachten?«

Franziska hatte nur genickt. Die Frage, ob ihr Mann krank sei, man habe ihn so lange nicht gesehen, überhörte sie geflissentlich.

Jenny war nach wie vor keine Dame, auch kurz vor Weihnachten nicht. Aber auch bei ihr gab es Veränderungen, die zum Glück allesamt mit den bevorstehenden Feiertagen zu erklären waren. Freiwillig hatte sie jedenfalls noch nie angeboten, in der Wurstfabrik ihres Vaters auszuhelfen. Der war hochzufrieden, weil Jenny endlich Interesse am Geschäft zeigte und die Fehlstunden der Weihnachtsurlauber wettmachen wollte.

»Der Schlüssel zur Wurstküche? Den kannst du haben!« Jennys Vater hatte nur ganz kurz gezögert, ehe er ihr einen Drittschlüssel aushändigte. »Du willst wirklich so lange arbeiten?«

Jenny hatte genickt und dabei zu den riesigen Bottichen gesehen, in denen das Brät bereitlag. »Unsere Wurst ist auf allen Weihnachtsmärkten berühmt. Vor allem in Münster. Wusstest du das? Ich habe mich umgehört. Es gibt Leute, die essen nur einmal im Jahr Bratwurst. Auf dem Weihnachtsmarkt in Münster! Und nur bei uns!«

Sie trafen sich vor dem Würstchenstand von Wurst-Kleinert. Wo auch sonst? Keiner der beiden war in den Sinn gekommen, den Reibekuchenstand oder das Kinderkarussell als Treffpunkt vorzuschlagen.

Franziska sah Jenny ängstlich an. Die Frage, die in ihren Augen stand, brauchte sie nicht auszusprechen.

»Alles klar«, gab Jenny zur Antwort und bestellte zwei Bratwürste. »Auch mit viel Senf?«, fragte sie.

Aber Franziska schüttelte den Kopf. »Ich nehme sie lieber mit Currysauce.«

»Ich auch.« Jenny nickte munter und zwinkerte Franziska zu, als diese anfing, in den Innentaschen ihres zweitbesten Mantels nach der Geldbörse zu suchen. »Lass stecken! Ich gebe einen aus.«

Sie stellten sich vor den Eingang zum Stadthaus, das geöffnet war, um den Weihnachtsmarktbesuchern den Zugang zu den Toiletten zu ermöglichen. Vor dem ersten Bissen fragte Jenny: »Wer gibt die Vermisstenanzeige auf? Du? Oder soll ich …?«

Franziska schüttelte den Kopf. »Ich war schließlich mit ihm verheiratet.«

Zufrieden kaute Jenny die Bratwurst, dann starrte sie den Rest, der auf dem Pappteller lag, ärgerlich an. »Das gibt Stress mit meinem Vater. Die schmeckt tatsächlich anders als sonst.«

Franziska Sandmann hatte den Mund schon geöffnet, um die Wurst zu probieren, da schoss die Übelkeit in ihr hoch, und sie erbrach sich, obwohl sie doch immer noch eine Dame war, vor dem Stand mit dem Naturhonig aus dem Allgäu. Ihr Mantel bekam schon wieder einiges ab und vor allem die fellgefütterten Stiefel, die ihr Mann ihr während des letzten Ausverkaufs bei Zumnorde gekauft hatte.

Es wurde Zeit, sich Gedanken zu machen, wer demnächst ihre damenhafte Designergarderobe bezahlte.

19

Katja Bohnet

D für Drive

X (irgendein Kaff an der holländischen Grenze)

Über die Autorin:

Katja Bohnet, Jahrgang 1971, studierte Filmwissenschaften und Philosophie, bevor sie ihr Geld mit Fahrradkurier-Fahrten, Porträtfotos und Zeitungsartikeln verdiente. Sie lebte im Südwesten der USA, in Berlin und Paris, arbeitete im Kibbuz und bereiste vier Kontinente. Jahrelang moderierte sie eine Livesendung in der ARD und schrieb als Autorin für den WDR. 2012 verfasste sie ihren ersten Roman. Ihre Erzählungen wurden in Literaturzeitschriften und Anthologien veröffentlicht, u. a. im Rahmen des MDR-Literaturwettbewerbs 2013. Bei Knaur schreibt sie eine Thriller-Serie über die Berliner LKA-Ermittler Lopez und Saizew. Heute lebt sie neben vielen Büchern, Platten und Kindern zwischen Frankfurt und Köln.

Oleg sah friedlich aus. Als würde er auf der Seite schlafen. Aber wer schläft schon an Weihnachten nachts im hohen Gras?

»Der ist tot«, sagte Juli. Sie zitterte.

»Ich weiß.«

Wir schwiegen. Links neben Oleg lag eine leere Plastikflasche. Müll, den andere Autofahrer einfach aus dem Fenster geschmissen hatten, moderte vor sich hin. Die Leute denken wohl, dass sich das Zeug einfach in Luft auflöst. Keine Ahnung, worauf wir warteten. Vielleicht darauf, dass Oleg sich rührte. Manchmal passieren Dinge, mit denen du nie rechnen würdest. Aber Tote rühren sich nicht mehr. Irrtum ausgeschlossen. Der Motor des Mercedes tuckerte, und Manu übergab sich dort am Wegesrand. Juli suchte nach meiner Hand, und ich drückte sie fest. Ein feiner Nebel waberte über dem Asphalt. Ich weiß nicht, wie lange wir dort standen – mir war schon ziemlich kalt –, als ein Hirsch über die Straße sprang. Im Licht der Scheinwerfer zeichnete sich der Körper deutlich ab. Irrer Moment. Habe nie etwas Schöneres gesehen. Jeder Mensch hat ein Totemtier. Muss ich irgendwo gelesen haben. Es zeigt sich, wenn wir sterben. Wenn Oleg so was hatte, war es wohl ein Hirsch.

Davor

Seine Mutter saß auf dem Sofa. Ihr Pullover war hochgerutscht. Das Bauchfett quoll über den Bund der Nylonstrumpfhose. Sie kratzte sich. Nippte an dem Glas mit Eierlikör. Leckte sich die Lippen. »Wo willst du jetzt noch hin?«, fragte sie.

Er hätte vieles sagen können. Er sagte: »Freunde treffen.« Er hatte keine Freunde.

»An Weihnachten?« Sie deutete schwach auf die kleine Plastiktanne, die sich unter dem Lametta schon zur Seite neigte.

»Sitzt nicht jeder unterm Baum.«

Mutter seufzte. Sah zu Vater rüber, der im Sessel schnarchte. Beine von sich gestreckt. Dunkler Fleck im Schritt.

»Könntest du mal, Oleg …?«, fragte sie.

Er schüttelte nur den Kopf und machte, dass er wegkam. Stolperte fast über die Flaschen, die im Flur standen. Riss die Jacke vom Haken. *Um den musst du dich selbst kümmern.* Er hatte den Alki nicht geheiratet.

Draußen nieselte es. Es reichte wieder einmal nicht für Schnee. Im Radio berichteten sie über die weißen Kristalle mittlerweile ungläubig wie über den Weihnachtsmann. Straßenlampen streuten ihr Licht auf den glänzenden Asphalt. Kein Mensch war unterwegs. Von außen sahen die Häuser friedlich aus. Hell erleuchtete Fenster. Lichterketten. Alle schmorten noch im Saft ihrer Familien. Wie ein vergessener Braten im Ofen garten sie langsam vor sich hin. Bei zu hoher Temperatur.

Die Luft war kühl, nicht kalt. Oleg setzte die Kapuze auf, fühlte sich erleichtert und aufgedreht zugleich. Weihnachten. Beschissenste Zeit im Jahr.

Küsschen, Küsschen. »Danke, toll.« Ich hatte die Jacke von Hilfiger bekommen. Und das Hoody von American Apparel. Dad hatte noch das neue iPhone draufgelegt. Ich nahm es aus der Verpackung und legte die SIM-Karte ein. Installierte die wichtigsten Apps. Postete schon mal ein Selfie von mir mit der Handy-Verpackung vor dem Weihnachtsbaum.

»Hier«, sagte Mom und drückte mir das zweite Glas Schampus in die Hand. »Aber langsam trinken!« Sie lachte. Regelte mit der Fernbedienung die Musik hoch und warf sich mit glänzenden Augen auf das Sofa. Wieso Mom bei dem Weihnachtsoratorium so abging, hatte sich mir noch nie erschlossen. Langweilige Typen spielten langweilige Musik. Ich stellte das Glas ab.

»Was macht dein Vater?«

Oma und Opa waren vor zwei Stunden heimgefahren. Mir war gar nicht aufgefallen, dass Dad wieder einmal fehlte. Er war selten da und wenn doch, war er geistig kaum anwesend. Ich zuckte mit den Schultern. »Arbeitet noch?«

Mom stöhnte, warf ihre frisch blondierten Haare zurück. »Komm, Süße!«, rief sie aus. »Stoß mit mir an!« Sie wollte noch etwas im Fernsehen schauen oder spielen. Gesellschaftsspiele. Zu zweit. Manchmal glaubte ich, Mom hat die letzten zwanzig Jahre einfach verschlafen. Oder übersehen. Das mochte an den Pillen liegen. Oder daran, dass es so leichter für sie war, Dads Abwesenheit zu ertragen.

Also schaute ich mir zehn Minuten lang eine schmalzige Geschichte in Schwarz-Weiß auf einem Kabelsender an. Stumm, weil das Oratorium gegen die kruden Dialoge anplärrte. Als Mom einen angenehmen Hypnosezustand erreicht hatte, stand ich auf. Schnappte mir die neue Jacke und das Handy. Mom starrte hingerissen auf die Mattscheibe. Keine Ahnung, ob sie überhaupt bemerkte, dass ich ging.

»Alles okay, Dad?«, fragte ich.

Dad sah kurz von seinem Laptop auf. »Du sollst mich doch Papa nennen.«

»Papa«, sagte ich, »bin kurz weg.«

Aber er schaute schon wieder auf seinen Bildschirm. Er murmelte: »Okay.« Sein Büro wirkte fast zwanghaft aufgeräumt. Vor dem Fenster fiel leichter Nieselregen. Stilvoll beleuchtet von den warmgelben LEDs. Hoffentlich versaute ich mir die neue Jacke nicht direkt am ersten Abend.

Es gab nur einen Ort, wo man am 24.12. hingehen konnte. Der Regen fisselte ihm ins Gesicht. Aber das Gehen entspannte ihn. Jeder Meter hatte einen beruhigenden Effekt. Ein Auto fuhr vorbei. Ansonsten rührte sich nichts. Als hätte jemand die Stadt verzaubert oder eingefroren. Nur Stille, Regen, Klimawandel, Dunkelheit. Aus den Fenstern drängte Licht. Oleg verspürte Durst. Am Ortsausgang gab es nur noch vereinzelt Häuser. Wie in einem Gebiss, bei dem zu viele Zähne fehlten. Oleg ging durch den Wald. Lief an der Leitplanke entlang. Fast eine Wanderung. Er sah eine Eule, deren Augen von einem Ast zu ihm hinunterglühten. Er erspähte ein Kaninchen, das die Landstraße in Eile kreuzte. Ein Raubvogel flatterte nervös, als Oleg an seinem Schlafbaum vorüberging.

Die Autobahn hörte er, bevor er sie sah. Das Rauschen nahm zu und unterteilte sich in ein An- und Abschwellen, in einzelne Sequenzen. Auf dem Parkplatz der Raststätte standen drei Wagen. Die Grenzstation hatte vor Jahren dichtgemacht. Die Baracken verfielen zusehends.

Im Fenster der Autobahnraststätte baumelte ein Schild: *Atheisten willkommen*. Im Schankraum spielten sie Metal. Drei Typen saßen am Tresen, die Oleg noch nie gesehen hatte. In X kannte jeder jeden. Man erkannte Fremde auf den ersten Blick. Oleg bestellte ein Bier, das er direkt, in Form genau abgezählter Münzen, bezahlte. Dorian fragte ihn, ob er schon volljährig sei. Oleg sagte: »Klar«, und Dorian lachte, während er die braune Flasche auf den Tresen knallte.

Im Billardraum klang der Metal nur noch wie eine weiche Wand aus Sound. Oleg lehnte sich an die Mauer und sah den Mädchen zu, wie sie ohne erkennbares System Kugeln über den Filz schoben.

Ich zog mir gerade den Lippenstift nach.

Manu kicherte. »Ey. Der hat dir voll auf den Arsch gestarrt.« Sie meinte mich.

»Hat er nicht.« Juli rollte mit den Augen. Man konnte nicht genau sagen, ob ihr Manus Gelaber auf den Keks ging oder ob sie sich die verschmierte Wimperntusche unter dem Auge wegreiben wollte.

Ich zupfte mir den Pulli zurecht. Betrachtete mich im Spiegel, fand, dass ich in der Hilfiger gut aussah. Fuhr mir noch einmal durch die Haare und drehte mich um. »Können wir, Mädels?«

Aber wir konnten noch nicht. Manu checkte alle Toilettenkabinen. Danach fummelte sie umständlich an ihrer Handtasche mit dem Peace-Zeichen herum. »Ich hab da was.«

Was konnte Manu schon haben? Komplexe?

Sie stellte eine Miniflasche Absolut Wodka auf dem Waschbecken ab und winkte mit einer Packung Tampons. »Habt ihr Lust? Vorglühen.«

Juli und ich schauten uns an.

X ist ein beschissenes Kaff. Du kommst von der A3 über die Grenze. Danach fährst du kilometerlang nur durch Ackerland. Goethe hat mal gesagt, im Großen spiegelt sich das Kleine. Vielleicht war es auch Einstein oder ein anderer, der Bücher geschrieben hat. Wenn das Große langweilig ist, wie soll schon das Kleine sein? Du kannst dir nicht aussuchen, wo du geboren wirst. Als würde das nur für Leute aus Bangladesch oder für abgemagerte Kinder in Somalia gelten. So bis sieben fand ich's in X ganz okay. Danach war es nur noch Qual. Mom und Dad hatten der Großstadt den Rücken gekehrt. Sie wollten weniger Abgase, mehr Natur. Wegen mir! Wie Eltern die Wünsche ihrer Kinder bloß so verkennen konnten. Unsere Schule mit den unterfickten Lehrerinnen, die nur noch auf die Rente warteten. Mit den Strafen, die es gab, wenn du wieder mal keine Hausaufgaben gemacht hattest. Pausenverbot. Nachsitzen. Wir hatten nicht mal einen Sportverein, in dem wir sinnentleerte Nachmittage verbringen konnten. Fußball oder Leichtathletik. Bällen nachrennen. Vielleicht hätte ich so was gemacht, wenn es das gegeben hätte. Vielleicht hätte ich mir eingeredet, dass ich daran Spaß finde. Vielleicht hätte ich aus purer Verzweiflung mitgemacht.

Einen Vorteil gab es aber: Irgendwer hatte immer Dope. Wir konnten praktisch über die Grenze nach Holland laufen. Aber das wusste ich mit sieben noch nicht. Die Bushaltestelle war unser Treffpunkt. Ein Bus fuhr morgens in die nächstgrößere Stadt. Am Abend kam er zurück. X war Endstation. Nachmittags waren wir an der Bushaltestelle völlig ungestört. Kein Mensch, kein Bus. Man konnte über die Felder sehen. Es gab eine Überdachung aus Plexiglas. Meistens hörten wir Musik. Später dröhnten wir uns regelmäßig zu. Wenn es etwas Gutes über meine Heimat zu sagen gab, dann, dass man hier unbehelligt konsumieren konnte. Wir lutschten Lollis und hingen auf Insta oder Youtube rum. Wenn ich Juli und Manu nicht hätte, hätte ich mich vielleicht mit neun schon umgebracht.

»Jetzt macht schon. Bevor noch jemand kommt«, sagte Manu. Der Tampon baumelte vor Julis Gesicht herum. »Mein Weihnachtsgeschenk für dich.«

Juli griff zu. »Geil.«

Wir sahen zu, wie sie in einer Kabine verschwand.

Ich stieß die Tür auf.

»Hey! Lass den Scheiß!«

Aber Juli führte das Ding tatsächlich ein. Sie zog die Hose wieder hoch. Schaute uns nachdenklich an. »Ich merke noch nichts.«

»So schnell geht das nicht«, meinte Manu.

»Was macht Oleg eigentlich hier?«

Genau das hatte ich mich auch gefragt. Oleg ging in die Parallelklasse. Keiner interessierte sich für ihn. Er war ein Loser. Wie die meisten Typen, die wir kannten. »Das Gleiche wie wir?«

»Glaube ich nicht«, witzelte Juli. »Oder geht das auch anal?«

»Du bist pervers.« Manu verzog angeekelt den Mund.

»Randnotiz«, sagte Juli, »das hier war deine Idee.«

»Fick dich, Juli!«

»Hört auf, ihr Zicken!« Hier lief etwas falsch, und ich hatte keine Lust, mir die Stimmung versauen zu lassen.

Manu entnahm der Packung einen neuen Tampon. Entfernte die Plastikverpackung. Goss Wodka darüber.

»Und du glaubst, das funktioniert?«

»Logo. Schleimhaut. Zieht schneller rein.«

Ich nahm den mit Wodka getränkten Tampon. »Frohe Weihnachten.«

Juli stand an der Tür Schmiere und kicherte.

»Ich glaube, bei dir wirkt es schon«, sagte ich.

Vorglühen mal anders. Wir entsorgten das Altglas hinter dem Mülleimer. Standen noch kurz rum und warteten.

»Soll ich dir zeigen, wie das geht?«, hatte Oleg die große Blonde gefragt. Wie hieß sie noch mal? Jacky. Klar.

Aufreizend hatte sie sich vor ihm aufgebaut. Den Stock wie eine Waffe in der Hand. »Du willst mir was zeigen?«

Oleg schaute weg. Er hätte gern geraucht.

Die Manu hieß, kam jetzt dazu. Die Mädchen wirkten aufgekratzt. Was hatten sie auf dem Klo gemacht? »Seit wann traust du dich denn, laut zu reden?« Manu ging um ihn herum, als wollte sie ein Pferd begutachten. Pferde gab es hier in der Gegend jede Menge. Und Kühe.

»Oleg?«, hörte er die Kleine mit dem Lippen-Piercing fragen.

Juli. Sie stand noch am Billardtisch. Er starrte immer noch auf den Boden. Er hatte sich das anders vorgestellt. »Du wolltest mir was zeigen. Wie wär's mit deinem Schwanz?«

Manu lachte. »Au ja. Zeig mal, Oleg.«

»Haltet die Fresse!«, hörte er Jacky sagen.

»Hey, Oleg.« Er spürte ihre Finger an seinem Kinn. Sie zog seinen Blick auf sich. »Hier.« Damit hielt sie ihm das Billard-Queue hin. Als er danach greifen wollte, zog sie es weg. »Warte!«

Sie sahen ihr zu, wie sie zum Tisch ging. In dem engen Pulli von American Apparel, der weißen Felljacke von Hilfiger, der schwarzen No-Name-Leggins, die über ihrem Hintern spannte. Rauchschwaden kringelten sich im Lampenlicht, obwohl keiner von ihnen rauchte. Sie nahm den kleinen blauen Kreidewürfel in die Hand. Schaute Oleg direkt an. Leckte demonstrativ mit der Zunge an der Spitze des Queues. Manu und Juli johlten. Aber Oleg hörte sie kaum. Danach rieb sie das blaue Pulver mit kreisenden Bewegungen an der Lederspitze ab.

Oleg ging auf sie zu. Er bemerkte, wie sein Schwanz in der Hose pochte. Er zeigte auf die Spitze des Queues: »Weißt du, wie das heißt?«

Jacky schüttelte den Kopf.

»Pomeranze.«

»Ist das 'ne Beleidigung?«, fragte Jacky.

»Fachbegriff«, sagte Oleg leise. »Aber das Beste kommt noch.«

»Du?«, neckte ihn Jacky. Oleg sah, wie sie den Mund zu einem spöttischen Lächeln verzog. Manu und Juli lachten.

»Weißt du, wie das hier heißt?« Er deutete auf das Mittelstück des Queues. »Joint.«

Jacky zog anerkennend die Augenbrauen hoch. »Haste einen?«

»Zeig ich dir, wenn ich fertig bin.« Oleg nahm den Spielstock.

Seine und Jackys Finger berührten sich kurz. Er beugte sich nach vorn, spreizte die Beine, lehnte sich über den Rand des Tisches. Oleg visierte eine Kugel an, schob mit der rechten Hand den Stab kurz vor und zurück, vor und zurück, traf im richtigen Winkel – klack! –, spielte über Bande, lochte ein.

Oleg dachte an Mutter, die jetzt warten würde, bis sie zu müde war, um Vater aus dem Sessel zu helfen. Sein Vater würde irgendwann wach werden. Würde verwirrt sein. Manchmal wusste er nicht mehr, wo er war. Manchmal bekotzte er sich.

Sie saßen vor dem alten Grenzposten auf dem Bürgersteig. Das beleuchtete Rasthofschild an der Spitze des zehn Meter hohen Masts warf sein fahles Licht auf den Parkplatz. Die Stange schwankte leicht im Wind. »Hier.« Er reichte Jacky den Joint. Kurz berührte er ihre Jacke aus Kunstfell. Obwohl man sich bei Jacky nie ganz sicher sein konnte. Ihre Eltern waren reich. Sie hatte immer den neuesten Scheiß. Vielleicht war der Pelz echt. Oleg überlegte, welches Tier wohl dafür gestorben war.

Jacky fröstelte. Rauch stieg vor ihrem Gesicht auf. »Kommt gut.«

Oleg nickte. Das Hasch kitzelte jede Nervenzelle. Seine Muskeln entspannten sich.

»Was machst du hier?«, fragte Jacky. »Ist doch Weihnachten.«

Oleg nahm den Joint, den sie ihm hinhielt. »Was machst *du* hier?«

»Nicht zu Hause sein.«

Oleg sah sie an. Unter der dicken Schminke musste sie gut aussehen. Ihre Schneidezähne gefielen ihm. Ihre Freundinnen zerrissen sich vermutlich das Maul über ihn am Billardtisch. Jacky war die Anführerin. Er sagte: »Genau wie bei mir.«

Jacky nickte. Alles Nötige war gesagt.

Sie rauchten den Spliff zu Ende. Oleg drückte die verglühenden Papierfetzen mit seinem Absatz platt.

Er wollte aufstehen, aber Jacky sagte »Hey«, und als er sich zu ihr umdrehte, presste sie ihre Lippen auf seinen Mund. Oleg versuchte zu verstehen, was sie von ihm wollte, fragte sich, wann ihre Freundinnen auftauchen würden. Konnte nicht mehr klar denken, weil das Dope seine Gedanken vernebelte, spürte seinen geschwollenen Schwanz, der gegen den Reißverschluss der Hose drückte, drängte seine Zunge zwischen ihre Lippen, erkundete das Innere ihres Mundes, dachte an gar nichts mehr.

Ich war besoffen, obwohl ich gar nichts getrunken hatte. Und ich war high. *Wo sind die Fotzen?!*, dachte ich. Meine eigene Aggressivität überraschte mich. Oleg schmeckte gut. Er schien kein völliger Idiot zu sein. Ich mochte seinen Geruch. Seine Zähne standen vor, aber alle wussten, dass seine Eltern kein Geld hatten. Mich hatte die Scheißzahnspange damals nur genervt. Ich fragte Oleg, ob wir wieder reingehen, aber eigentlich wollte ich lieber hierbleiben. Wohin, wenn du ficken willst? Ich konnte schlecht nach Hause gehen. Olegs Bude kam auch nicht infrage. Sein Vater soff, seine Mutter sah aus wie eine Pennerin. Außerdem konnte ich nicht mit Oleg schlafen. Es hätte meinen Ruf total ruiniert. Keine Ahnung, warum ich das so sehr wollte. Bis heute verstehe ich es nicht. Aber das Vorglühen und der Pott hatten mich scharf gemacht. Oleg machte mich an. Billard spielte er auch nicht schlecht. Ich legte die Hand auf seinen Schritt. Die Erektion war wohl ein Kompliment. Er schien ein netter Kerl zu sein. Wir fingen also an zu fummeln, hier auf dem Bürgersteig vor dem alten Grenzposten. Die Autobahn rauschte. Vereinzelt fuhren noch Wagen vorbei. Menschen auf dem Weg zu ihren Familien. Oder sie kamen von einer Feier, fuhren heim. Keiner hielt an. Keiner störte uns. Die Raststätte lag neben uns wie ein Sarg.

Oleg machte sich daran, die neue Hilfiger zu öffnen. Ich wollte gerade seinen Schwanz befreien, als wir das Geschrei hörten. Wir zuckten zusammen. Woran ich mich noch genau erinnere, ist, dass Olegs hartes Ding plötzlich ganz weich wurde. Ich war feucht und wollte nur befriedigt werden. Schnell raffte ich meine Jacke zusammen. Mir war kalt. Genau haben wir gar nicht kapiert, was da passierte.

Ich hätte Manu und Juli nicht zurücklassen sollen, dachte ich.

Manu stolperte aus der Raststätte. Nach ein paar Metern fiel sie hin. Als sie sich wieder aufrappelte, sah ich, dass sie im Gesicht blutete. Ihr Shirt war zerrissen. Sie hatte die Hose hochgezogen, aber nicht zugemacht. Ihr Make-up war verschmiert, sie heulte. Die Geräusche aus ihrem Mund klangen wie von einem Tier. Ich verstand nichts, und doch verstand ich jedes Wort. Als sie auf uns zukam, wollte ich am liebsten weglaufen. Der Ausdruck in ihren Augen machte mir eine Scheißangst.

Oleg rannte an uns vorbei. Er sagte: »Warte hier!«

Aber ich konnte nicht warten. Manu fiel in meine Arme. Schrie, heulte. Die Hilfiger war ruiniert. Manu roch nach Sperma und Alkohol. Ich sagte ihren Namen, einmal, zweimal. Dann versuchte ich es mit: »Wo ist Juli?« Aber Manu stotterte nur. Ich schüttelte sie ab, befahl ihr, sich nicht vom Fleck zu rühren. Nur dieses eine Mal. Danach rannte ich hinter Oleg her.

Einer von den Typen, die am Tresen saßen, stand gerade auf, als Oleg den Raum betrat. Die Hose eines der anderen hing auf Halbmast. Sein schlaffer Penis leuchtete. *Atheisten willkommen!* Auf dem Boden lag eine Gestalt. Sie rührte sich nicht. Im funzeligen Licht erkannte Oleg, dass Dorian sich verzogen hatte. Musik musste laufen, aber Oleg hörte sie nicht. Die zwei anderen Typen am Tresen waren dabei, ihre Gürtel zuzumachen. Sie lachten, salutierten, als Oleg den Raum betrat.

Er hatte sich noch als Held gesehen, kurz bevor ihn der erste Schlag traf. Er ging zu Boden. Versuchte sich aufzurappeln, was ihm noch einen Tritt einfing. Er sah vernebelt, wie Schuhe an ihm vorbeiliefen. Hörte Stimmen, konnte aber keine genauen Worte ausmachen. Der Knall ging ihm durch Mark und Bein. In seinen Ohren fiepte es. Der Schuss hallte nach. Jemand sackte auf ihn. Erst als etwas feucht und warm über seine Hand rann, krabbelte er unter der Last hervor. Kam wankend zum Stehen. An seiner Hand war Blut. Von dem, der jetzt neben ihm am Boden lag. Dorian stand bei den Toiletten. Er hielt eine Pistole. Langsam ließ er die Waffe sinken. Wie ein Gewicht hing sie an seinem Arm. Im Schankraum roch es scharf nach Feuerwerk. Die zwei anderen Typen waren weg.

Oleg wankte aus dem Gebäude. Alle Geräusche wirkten gedämpft, wie unter Wasser. Die Typen standen draußen, starrten ihn an. In ihren Gesichtern hatte jemand Triumph gegen Angst getauscht. Oleg setzte sich in Gang. Es kostete ihn mehr Mühe, als einfache Fortbewegung es normalerweise tat. Die Männer drehten sich um und rannten. Oleg wusste, dass er keine Chance gegen sie hatte. Aber es erschien ihm wichtig, es zu versuchen. Sie liefen über die Landstraße in den Wald. Das Letzte, was Oleg dachte, war, dass er den Weg nach X besser kannte als sie.

Ich hatte noch nie eine Knarre gesehen. Im Film hatte mir der Anblick nie etwas ausgemacht. Aber in Dorians Hand machte mir die Waffe Angst. Ich verstand nichts von Erster Hilfe. Oleg war weg. Aus dem Typen, der hinter der Eingangstür lag, lief Blut und breitete sich wahnsinnig schnell aus. Er lag mit dem Gesicht auf dem Boden. Manchmal brauchst du keinen Notarzt, um festzustellen, dass jemand tot ist. Ich hätte den Wichser ohnehin nicht angefasst.

Juli lag ein paar Meter weiter. Beine gespreizt. Als ich mich über sie beugte, hatte sie die Augen aufgerissen. Aus ihrer Nase tropfte Blut. Ein Lid schwoll langsam an. Sie heulte nicht, gab keinen Ton von sich.

»Steh auf!«, sagte ich leise. Ich hielt ihr meine Hand hin. Ich musste sie noch ein paarmal auffordern, dann griff sie danach und ließ sich von mir hochhieven.

»Los! Zieh dich an!«

Weil Juli nichts kapierte, half ich ihr. »Und jetzt komm!«

Dorian stand immer noch am selben Platz. Ich sagte: »Fang«, und warf ihm mein neues iPhone zu. Es knallte vor ihm auf den Boden. Dorian hatte sich nicht mal gerührt. »Ruf die Polizei!«, rief ich ihm zu. Keine Ahnung, ob er mich hörte. Keine Ahnung, ob er noch was mitbekam, ob ihn noch irgendetwas interessierte. Ich beugte mich zu dem toten Arschloch runter, suchte in seinen Hosentaschen. War nicht hilfreich, dass er darauf lag. Aber ich fand den Schlüssel. Anhänger: Mercedes-Stern. *Danke, Wichser!* Wir verließen die Raststätte. Techno pumpte jetzt aus den Lautsprechern. Die Musik spielte für einen toten Mann.

Vor der Tür blieben wir stehen. Manu saß immer noch vor dem alten Zollgebäude. Ich fragte mich, wohin Oleg gelaufen war. Ich drückte auf den Funkschlüssel. Bingo! Ein Quieken durchdrang die Nacht. Wie ein Witz. Als ob das Auto über uns lachte. Nicht, dass viele Autos zur Auswahl standen. Die Scheinwerfer des Mercedes leuchteten auf. Julis Zähne klapperten.

»Bist du schon mal gefahren?«, fragte ich sie.

»Nur mit … mit meinem Vater.« Juli zitterte.

Für mich sah sie nicht so aus, als ob sie irgendetwas geregelt bekäme. Ich setzte mich auf den Fahrersitz, steckte den Schlüssel ins Zündschloss. Automatik. Fahren für Idioten. D für Drive.

Zwei Pedale. Okay. Ich startete den Wagen. R für Rückwärts. Das hier war einfacher als Grundschule. Wieder D für Drive. Vor dem alten Zollgebäude hielten wir. Manu heulte weiter. »Los! Steig ein.«

Oleg war immer noch bekifft, weshalb er das Seitenstechen kaum spürte. Es war stockfinster. Er rannte weiter hinter den beiden Typen her. Oleg wusste nicht, was er tun würde, wenn er sie erwischte. Aber der Kuss mit Jacky hatte ihn belebt. Alles war möglich. Pollacke hatte deutsche Traumfrau geknutscht. In ihrem weißen Kunstfellpelz. Sie war hipp. Sie hatte mehr Taschengeld, als Oleg je verdienen würde. Das war das Weihnachtswunder. Nicht mehr und nicht weniger.

Der eine Typ wurde langsamer, und Oleg holte auf. Adrenalin schoss in Olegs Blutbahn. Er wusste gar nicht, dass noch mehr Adrenalin in ihm vorhanden war. Womit er nicht gerechnet hatte, war, dass der Mann einfach stoppte und sich umdrehte. Seine Faust erwischte Oleg mitten im Gesicht. Das zweite Mal in dieser Nacht. Er ging zu Boden, Blut sammelte sich in seinem Mund. Während er auf die Straße donnerte, bohrte sich ein greller Schmerz in seinen Ellbogen. Als der Typ sich über ihn beugte, ließ Oleg seinen Kopf einfach nach vorn schnellen. Eine blinde Attacke, denn er kämpfte gegen das Verlangen, einfach liegen zu bleiben und zu sterben.

Seine Stirn traf auf etwas Hartes. Oleg hörte jemanden stöhnen. Er holte rasselnd Luft, rappelte sich auf. Rastete aus: Klick! Er trat immer wieder zu, bis der weiche Körper vor ihm sich nicht mehr rührte. So lange, bis ihm das Bein wehtat. Erst als er nicht mehr konnte, beugte er sich hinunter, um dem Mann ins Gesicht zu sehen. *Scheiße!* Er erkannte den Typ, der ihm das Gras vertickt hatte.

Er sah sich um. Die Straße war leer. Sein Blick bohrte sich in die Dunkelheit. Aber er kannte die Richtung. Erst jetzt bemerkte er, dass es schon wieder regnete. Oleg wischte sich das Blut aus dem Gesicht. Er spuckte auf die Straße, horchte kurz in sich hinein. Dann lief er dem Dritten hinterher.

»Mach die Heizung an!«

Aber Manu reagierte nicht. Ich fummelte an den Knöpfen auf dem Armaturenbrett herum, kam auf die andere Fahrbahn, kurbelte mit dem Lenkrad, fuhr wieder in der Spur, regelte die Temperatur, drehte das Gebläse auf. Ich konnte meinen Atem sehen, der Scheibenwischer lief wie verrückt. Hin und her, hin und her. Es dauerte einen Moment, bis ich checkte, dass die Scheibe von innen beschlagen war. Der Wald sah heute gespenstisch aus. Die Bäume wie Wesen mit langen Armen, die nach uns greifen wollten. Der Mercedes roch nach Kiff, und wie eine Erinnerung kroch das Bild der drei Männer immer wieder in meinen Kopf.

Juli sagte: »Ich will heim.«

»Alles klar.«

Manus Stimme kippte fast. Sie sagte: »Da vorn liegt was.«

Ich hielt neben dem Kadaver. P für Parken. Weil Juli Schiss hatte, öffnete ich die Tür und stieg aus. Die Waldluft roch nach Moder. Der Nebel ekelte mich. Er klebte an mir. Es nieselte immer noch. Ich ging um die Motorhaube herum. Berührte den schlaffen Körper mit der Schuhspitze.

Ich stieg wieder ein. Wischte mir mit dem Ärmel über das Gesicht. »Einer weniger.«

»Was heißt das?«, heulte Manu.

»Was soll das schon heißen?! Einer läuft noch hier rum.«

Ich startete den Mercedes. D für Drive. Bis X war es nicht mehr weit. Keine Ahnung, wie schnell man rennen musste, um es bis dorthin zu schaffen. Ich dachte an Mom, die vielleicht immer noch auf die Glotze starrte. An das beschissene Weihnachtsoratorium.

»Jacky?« Juli schaute starr nach vorn. Sie hatte schon ein ordentliches Veilchen. Geschminkt von einer scheiß irren Maskenbildnerin.

»Was?«

»Wenn wir den erwischen ...« Ich sah sie an. »... dann machen wir ihn kalt.«

Der Mercedes ruckelte nach vorn. Hätte mir nie träumen lassen, dass Juli mal so reden würde. Obwohl Juli schon immer 'ne große Schnauze hatte.

Die Scheinwerfer beleuchteten einen Tunnel in der Dunkelheit. Ich mochte die Nacht noch nie, hatte Angst vor ihr. Ich beschleunigte. Die Straße sauste unter uns hinweg. Der Mercedes saugte die Mittelstreifen auf wie ein Staubsauger. Warme Luft blies uns ins Gesicht. Keine Ahnung, wer ihn als Erstes sah. Der Typ rannte. Die Aussicht darauf, das Arschloch endlich zu erwischen, versetzte mir vor Aufregung einen Stich.

»Da.« Julis Stimme klang erstaunlich fest.

Ich gab Gas. Der Mercedes zog an. Kein Auto kam uns entgegen. Niemand fuhr um diese Zeit noch durch den Wald. Mit dem Stern auf der Kühlerhaube hielt ich auf ihn zu. Wie mit einer Zielscheibe. Manu schrie noch irgendwas. Aber in mir rauschte es. Als ob jemand mein Blut aufgeschäumt hätte. Ich sah noch die dunkle Jacke, ein Gesicht blitzte kurz auf. Dann knallte es.

20

Christiane Franke

Lichterkrieg und Weihnachtszauber

Wilhelmshaven

Über die Autorin:

Christiane Franke lebt gern an der Nordsee, wo ihre bislang 19 Romane und ein Teil ihrer kriminellen Kurzgeschichten spielen. Mit ihren Büchern stürmt sie regelmäßig nicht nur die regionalen Bestseller-Listen, die letzten drei Bände der heiteren Neuharlingersieler Krimireihe um den Dorfpolizisten Rudi, den Postboten Henner und die Lehrerin Rosa, die sie gemeinsam mit Cornelia Kuhnert für den Rowohlt Verlag schreibt, eroberten sich auch Plätze auf der *Spiegel*-Bestsellerliste. Franke war 2003 für den *Deutschen Kurzkrimipreis* nominiert und erhielt 2011 das Stipendium der Insel Juist »Tatort Töwerland«.
Mehr Infos unter: www.christianefranke.de

Fröhlich pfeift Erwin vor sich hin, während er sich in seiner Garage, die zugegebenermaßen nicht ganz der Baugenehmigung entspricht, an den Regalen zu schaffen macht. Auf rätselhafte Weise ist sie zu lang geraten. Und auch etwas zu hoch. Bei der Bauabnahme hat der zuständige Beamte ihn schelten wollen, aber Erwin sah ihn treuherzig an.

»Das war nicht absichtlich«, hat er im Brustton der Überzeugung behauptet. »Da muss was an meinem Zollstock defekt gewesen sein.« Kleinlaut fragte er den Beamten: »Muss ich das jetzt wieder abreißen?« Der Beamte hat ihn mit strengem Blick angesehen, und Erwin befürchtete schon das Schlimmste. In diesem Moment klingelte die Zeitschaltuhr seines Räucherofens. Erwin ist nämlich Angler und räuchert die gefangenen Fische selbst. Über Buchenholz, versteht sich.

Wer wagt, gewinnt, dachte er in jenem Moment, trat durch das hintere Rolltor auf den Räucherofen zu und öffnete ihn. Beim Anblick der frisch geräucherten Aale bekam der Beamte glänzende Augen. Und Erwin wusste, dass er diese kleine Schlacht gewonnen hatte. Seitdem versorgt er den Beamten regelmäßig mit Räucherfisch. Das tut ihm nicht weh, und für sein Wohnmobil braucht er auch weiterhin keinen anderen Unterstellplatz. Gut geködert ist die halbe Miete.

Erwin tritt auf das Regal zu, schnappt sich die Leiter und lehnt sie an. In Kürze kann er die Stecker unter Strom setzen. Seit drei Wochen schon bastelt er jeden Tag an der Weihnachtsbeleuchtung, am Abend des Volkstrauertages soll sie das erste Mal erstrahlen. Wie jedes Jahr! Im ganzen Viertel ist er dafür bekannt, die allerbeste, die feinste Beleuchtung zu haben. Es ist der Weihnachtszauber schlechthin, der in seiner Außengestaltung erstrahlt.

Anfangs hat seine Frau Beate geschimpft, dass die Beleuchtung so viel Strom verbraucht, aber mittlerweile sonnt sie sich in dem Glanz, den sie weit über ihr Viertel hinaus verbreitet. Aus der ganzen Stadt, ach was, aus der ganzen Region kommen die Leute in der Vorweihnachtszeit angefahren, um sein Lichtermeer zu bestaunen. Drosseln ehrfürchtig das Tempo.

Inzwischen schimpft Beate nicht mehr, denn im letzten Jahr ist sie auf die pfiffige Idee gekommen, aus dem Küchenfenster heraus Glühwein zu verkaufen. Das kommt super an, und auf diese Art nehmen sie tatsächlich einiges ein. Dieses Jahr will Beate an den Adventswochenenden zusätzlich Bratwürste anbieten und hat ihren Enkel Dennis zum Grillen engagiert.

Beschwingt zieht Erwin die nächsten drei Lichterketten aus dem Regal. Er setzt auf die allerneuste Technik, nachdem er in einem Bericht des TÜV gelesen hat, dass es gefährlich ist, veraltete Lichterketten zu verwenden. Dabei kann man einen Stromschlag erleiden oder einen Brand auslösen. Und das will Erwin auf keinen Fall riskieren. Auf dem Grundstück hinter dem Haus ist bereits alles vorbereitet. Der Taubenstall wird ebenso leuchten wie der Hundezwinger, die meterhohen Tannen werden bis in die Wipfel illuminiert. Er freut sich wie ein Kind darüber, auch wenn es ihm mit seinen fünfundsiebzig Lenzen inzwischen etwas schwerer fällt, die Leitern bis in diese Höhen zu erklimmen. Heute folgt die Vorderseite des Grundstücks, damit seine Leuchtkunst für jedermann auch nach außen sichtbar ist: An die Dachrinne kommen die beleuchteten Zapfen, die Büsche werden mit glitzernden Netzen überzogen, ein Star-Shower klettert die Hauswand empor, und das Rentier mit Weihnachtsmann-Schlitten findet mitten auf dem Rasen Platz. Das Wohnmobil hat er im Zuge der »Aktion Weihnachtsbeleuchtung« durch das hintere Rolltor unter den – nicht genehmigten – Unterstand gefahren, damit es ihn bei seiner Lichtgestaltung nicht stört. Von dem Unterstand weiß der Beamte natürlich nichts, den hat Erwin erst nach der Bauabnahme errichtet.

Als ob er es bestellt hätte, beginnt es zu schneien. »*I'm dreaming of a white Christmas*«, singt er leise, legt die Lichterketten auf den Rasen und dreht sich um, um die Leiter aus der Garage zu holen.

Plötzlich erstarrt er.

Was ist das denn?

Der neue Nachbar an der Ecke hantiert ebenfalls mit Lichterketten. Und damit auch jeder sieht, was er da fabrizieren möchte, hat er die Lichterketten schon mit Strom versorgt. Es blinkt und leuchtet, als habe jemand ein Kraftwerk auf dem Nachbargrundstück installiert.

Das geht ja gar nicht! Erwin ist erschüttert. Nicht nur, dass das neue Nachbarschafts-Ehepaar bereits seit zwei Wochen schräg gegenüber wohnt und bisher nicht einmal den Anstand besessen hat, sich vorzustellen, nun ist der Mann auch noch so dreist und will ihn beleuchtungstechnisch übertrumpfen. Dabei gilt im Viertel das ungeschriebene Gesetz, dass Erwin der König der Weihnachtsbeleuchter ist. Alle anderen schmücken ihre Häuser zwar ebenfalls liebevoll, aber niemand hat es in all den Jahren gewagt, ihn überflügeln zu wollen. Für einen Moment ist Erwin sprachlos. Dann presst er die Kiefer aufeinander und trifft einen Entschluss.

Er ist ein Mann klarer Ansagen. Er wird rübergehen und dem Neuen sagen, wie hier der Hase läuft. Schnaubend stapft Erwin über die Straße. Noch immer rieselt der Schnee, seine Schuhe hinterlassen Spuren auf der jungfräulichen Schneedecke.

Vollkommen fertig sitzt Erwin eine halbe Stunde später vor dem steifen Grog, den Beate ihm gemacht hat, am Küchentisch. Der neue Nachbar ist kein anderer als der Beamte der Baubehörde! Nikolaus Wiehnten. Ha!

»Früher hab ich meinen Namen ja gehasst«, hat der Typ ihm gerade fröhlich erklärt, »aber mit den Jahren habe ich Gefallen dran gefunden. Und ihn als Auftrag für die Weihnachtszeit verstanden. Dass bei Wiehnten das ›ach‹ fehlt, ist nicht so schlimm.«

»Wieso das ›ach‹?«, hat Erwin verständnislos gefragt.

»Na, mit dem ›ach‹ heißt es Wiehn-ach-ten. Ist Plattdeutsch.«

Als ob Erwin das noch immer nicht verstehen würde.

»Ich muss quasi von namens wegen dafür sorgen, dass von meinem Haus der Weihnachtszauber ausstrahlt«, hat der neue Nachbar dann getönt.

»Es ist unglaublich«, stöhnt Erwin und gibt ein zweites Stück Kandis in den Grog. »Warum werde ich so bestraft?«

Beate zuckt pragmatisch mit den Schultern. »Das Haus stand nun mal zum Verkauf. Man kann ja niemandem verbieten, es an einen von der Baubehörde zu verkaufen.«

»Weißt du, was der Wiehnten mir zu allem Überfluss noch gesagt hat? Ich bräuchte ihm die geräucherten Aale ja nun nicht mehr zuzuschicken, ich könnte sie ihm ja rüberbringen. Am liebsten direkt warm aus dem Rauch. An Heiligabend kriegt er Besuch von seinen Kindern und den Enkeln. Vier Aale möchte er. Vier Aale! Das ist doch schamlos!«

Erwin kneift die Augen zusammen. »Ich wette, der hat nur darauf gewartet, dass bei uns in der Nähe ein Haus frei wird. Der will mich erpressen. Will mich fertigmachen. Aber da hat er sich geschnitten.« Kämpferisch reckt er das Kinn vor.

»Ach, Erwin, das bildest du dir nur ein. Der ist doch eigentlich ganz nett.«

»Woher willst du das denn wissen, hä? Hat der sich dir etwa vorgestellt, als ich nicht da war?« Argwöhnisch blickt Erwin Beate an.

»Unsinn. Das hätte ich dir doch gesagt. Nein, der hätte dir damals die Genehmigung verweigern können. Dann hätten wir die Garage abreißen und neu bauen müssen. Von daher: Nimm es doch nicht so dramatisch. Du gibst ihm die paar Aale, das ist allemal billiger als ein Garagenneubau. Und … vom Carport hinter der Garage weiß er noch nichts, oder?«

»Nee.« Erwin schlürft seinen Grog. »Also gut. Warten wir ab. Vielleicht verhält er sich ja so, wie es sich für einen neu hinzugezogenen Nachbarn gehört: Erst mal gucken, wie die Regeln in diesem Viertel sind, und sich dann anpassen. Ich gebe ihm noch eine Chance. Vorhin hab ich ihm schon mal klargemacht: Ich bin hier der Leuchtmeister. Und das wird auch so bleiben. Egal, ob er sich als Nikolaus Weihnachten fühlt oder nicht.«

Beate sieht ihn mit hochgezogenen Augenbrauen an.

»Brauchst gar nicht so zu gucken. Mir läuft niemand den Rang ab. Du kannst ja morgen mal mit ein paar von unseren leckeren Keksen zu seiner Frau rübergehen und sie hier willkommen heißen. Wir wollen schließlich unseren guten Nachbarschaftswillen bekunden.«

Stirnrunzelnd blickt Beate ihn an. »Jetzt auf einmal? Vor einer Woche hast du es mir noch strikt verboten, als ich das vorhatte. Da hast du gesagt: Seit wann kommt der Knochen zum Hund?«

»Da wusste ich ja auch noch nicht, wer die neuen Nachbarn sind. Im Prinzip bleibe ich ja dabei, aber in diesem Fall kann es nicht schaden, wenn du der Frau Kekse bringst und sie ein wenig ausfragst. Je mehr wir über die Neuen wissen, desto besser.«

Erwin steht auf und linst aus dem Fenster. »Guck dir das an«, ruft er plötzlich empört. »Guck dir das mal an!«

Neugierig tritt auch Beate ans Fenster. »O mein Gott«, ruft sie aus, »der ist ja noch verrückter als du!« Und tatsächlich blinkt und glitzert und strahlt es schräg gegenüber, dass man um diese Uhrzeit kein zusätzliches Licht bräuchte, wollte man auf der Straße die Tageszeitung lesen.

Am nächsten Vormittag gegen elf Uhr – Erwin und sie haben gerade die Cappuccino-Pause hinter sich – befüllt Beate eine kleine rote, mit Sternen verzierte Blechdose mit selbst gebackenen Keksen: Haselnusskekse aus Dinkelmehl, leichte, mit Puderzucker bestäubte Schneeflocken und die mit Marmelade gefüllten Mürbeteigherzen. Beate liebt es, in der Vorweihnachtszeit zu backen, und eigentlich ist es fast das einzige Hobby, das Erwin mit ihr teilt. Kochen ist nicht so sein Ding, aber mit seiner Oma hat er schon als kleiner Junge gern gebacken. Noch heute, sagt er immer, durchströmt ihn das vertraute Gefühl der Vergangenheit, wenn er Kekse oder Stollen backt, wenn er mit Schürze und bemehlten Händen neben ihr an der Arbeitsfläche steht. Beate bindet eine rote Schleife aus echtem Schleifenband um die Dose, schlüpft in die dicken Stiefel, schlingt sich den selbst gestrickten Schal um den Hals und stapft durch den Schnee hinüber zum Eckhaus. Sie weiß, dass die neue Nachbarin zu Hause ist. Schließlich hat sie in den vergangenen Tagen immer mal rübergelinst und festgestellt: Er geht zwar morgens früh zur Arbeit – obwohl er sicher auch knapp vor der Rente steht –, aber sie bleibt zu Haus. Außerdem steht ihr Auto in der Auffahrt, bedeckt von einer dicken Schneeschicht, denn es hat die ganze Nacht hindurch geschneit.

Es dauert nicht lang, bis Frau Wiehnten die Tür öffnet. »Oh, das ist ja eine schöne Überraschung«, sagt sie erfreut. »Ich wollte mich eigentlich auch längst schon in der Nachbarschaft vorgestellt haben, aber dann kam immer wieder was dazwischen. Es gibt so viel zu tun, wenn man gerade eingezogen ist.«

Klar, denkt Beate, Gründe, etwas aufzuschieben, gibt es viele. Neugierig folgt sie Silke Wiehntens Einladung auf eine Tasse Ostfriesentee ins Haus. Die Jüngere bietet Beate gleich das Du an: »In der Nachbarschaft ist es doch wichtig, dass man sich gut versteht«, sagt sie, und Beate lächelt zufrieden, als Silke begeistert die Keksdose öffnet. Kaum aber ist der Deckel ab, verschwindet die Freude aus dem Gesicht der Jüngeren. »Oh. Haselnusskekse.«

Verärgert kneift Beate die Augenbrauen zusammen. Ein wenig mehr Dank ist ihrer Ansicht nach durchaus angebracht. »Es sind auch Marmeladen-Mürbeteigplätzchen und Schneeflocken dabei«, entgegnet sie spitz. »Ich kann die Kekse ja wieder mitnehmen. Es war nur nett gemeint.«

»Entschuldigung. Da hab ich mich falsch ausgedrückt.« Silke Wiehnten legt eine Hand auf Beates Unterarm. »Es ist nur, Niko reagiert auf Haselnüsse allergisch. Aber das konntest du ja nicht wissen.« Sie steht auf und öffnet den Kühlschrank. »Schau, ich war auch fleißig in der Küchenwerkstatt. Habe Kaffeelikör gemacht. Magst du ein Gläschen?«

Augenblicklich ist Beate besänftigt. »Natürlich«, sagt sie freundlich. Bei Tee und Likörchen erzählt Silke, dass ihr Mann derjenige war, der umziehen wollte. »Mir hat unser Reihenhäuschen ja voll und ganz gereicht. Der Garten war klein und wenig arbeitsintensiv, aber Niko wollte unbedingt ein Haus mit großem Garten. Seit einem komischen Traum in der Nacht vor drei Jahren, als er einen allergischen Schock erlitt und dem Tod gerade noch mal so von der Schippe gesprungen ist, hat er die fixe Idee, er müsse für die schönste Weihnachtsbeleuchtung der Stadt sorgen. Und dafür war ihm unser Garten zu klein.«

Beate sieht sie nachsichtig an. »Dein Niko kann sich gerne an der Weihnachtsbeleuchtung unserer Straße beteiligen und euren Garten dekorieren, dann trägt er ja seinen Teil zur schönsten Beleuchtung des gesamten Umkreises bei. Die zaubert mein Erwin nämlich Jahr für Jahr. Es gibt sogar eine Art Weihnachtslichter-Tourismus, wenn er den Lichterglanz erstrahlen lässt. Wirst du schon noch sehen. Manche sprechen Erwin sogar an, um ihm weitere Anregungen zu geben. Dein Mann kann das natürlich auch jederzeit tun. Erwin ist für alles offen.«

Ein wenig verlegen blickt Silke sie an. »Schön wär's«, meint sie. »Aber ich befürchte, daraus wird nichts. Niko ist vollkommen versessen darauf, die beste Weihnachtsbeleuchtung der ganzen Stadt zu haben. Darum musste es ja auch unbedingt dieses riesengroße Eckgrundstück sein. Damit die Leute seinen Weihnachtszauber von allen Seiten sehen können.«

Als Beate Erwin beim Mittagessen von der Unterhaltung erzählt – es gibt Weißkohleintopf mit Hackfleisch und Kümmel –, wird Erwin sauer. Wutentbrannt schiebt er den Teller zurück. »Nun gut. Wenn der Wiehnten Krieg haben will, kann er ihn haben. Lichterkrieg.« Er steht mit solchem Schwung auf, dass der Stuhl umkippt. »Ich fahr noch mal zum Baumarkt. Nachrüsten.«

»Erwin«, versucht Beate ihn zu besänftigen. »Jetzt ist doch Mittagsstunde. Du legst dich doch immer auf die Couch und guckst fern. Außerdem hast du bereits alles so wunderschön geschmückt.«

»Papperlapapp«, wehrt Erwin ab. »In Kriegszeiten macht man keinen Mittagsschlaf.« Er stürmt in die Diele, steigt in seine Goretexstiefel, schlüpft in die Lammfelljacke und wickelt sich den Schal um den Hals. Auf den Kopf setzt er die blaue Strickmütze, die Beate ihm letztes Jahr zu Weihnachten geschenkt hat. Dann schnappt er sich die Autoschlüssel und verlässt das Haus. Krachend fällt die Tür ins Schloss, ein paar vorwitzige Schneeflocken segeln dabei in den Flur.

Zwei Stunden später ist Erwin zurück. Den Kofferraum seines Kombis bis oben hin mit Lichterketten, Sternen und sogar einem künstlichen Tannenbaum gefüllt.

»Um Gottes willen«, entfährt es Beate, als sie alles sieht. »Was das wieder gekostet hat!«

»Es geht hier nicht um materiellen Kram. Es geht ums Prinzip«, antwortet ihr Gatte unwirsch und werkelt den ganzen Freitagnachmittag im Vorgarten herum.

Schräg gegenüber tut Nikolaus Wiehnten es ihm gleich. Der schreckt nicht einmal davor zurück, auch die Laternenmasten anzuzapfen.

»Der klaut Strom«, ruft Erwin begeistert aus. »Der klaut doch tatsächlich Strom!«

Beate schaut ihn mit großen Augen an. »Das ist aber doch verboten«, sagt sie.

Erwin reibt sich die Hände. »Und wie das verboten ist! Der beklaut uns alle damit. Die Bürger Wilhelmshavens. Damit krieg ich ihn. Damit mach ich ihn fertig.«

»Aber Erwin. Es ist bald Weihnachten. Da soll man nett zueinander sein.«

Erwins Augen blitzen, als er sie nun ansieht. »O ja. Das bin ich auch. Und wie! Fast schon heilig.« Er grinst teuflisch. »Schein-heilig!«

Misstrauisch beobachtet Beate, wie er zwei Flaschen aus der Bierkiste nimmt und damit durch den Schnee zum neuen Nachbarn marschiert. Neugierig stellt sie sich hinter die Gardine und lugt durch die Scheibe des Esszimmerfensters, das den Blick auf das Eckgrundstück freigibt. Und glaubt, ihren Augen nicht zu trauen, als Erwin auf Niko Wiehnten zugeht, dem eine Flasche Bier in die Hand drückt und ihm freundschaftlich auf die Schulter klopft. Was mag Erwin nur im Schilde führen?

Am Samstagmorgen schnappt Erwin sich die Hundeleine, lotst Aaron, den alten Golden Retriever, aus seiner beheizten Hütte und läuft langsam die verschneite Straße entlang. Auf der gegenüberliegenden Seite ist Nikolaus Wiehnten eifrig dabei, Lichter zu verteilen. Von der Dachrinne seines Hauses fallen kaltblaue

Eiszapfen aus Licht, eine ganze Rentier-Licht-Herde tobt über den Rasen und ein von Luft angetriebener überlebensgroßer Weihnachtsmann bewegt sich huldvoll im Wind.

Obwohl es Erwin wurmt, dass er nicht selbst auf die Idee mit diesem beweglichen Weihnachtsmann gekommen ist – bei ihm vor der Tür steht nur ein lebensgroßer aus Keramik –, redet er mit seinem Konkurrenten. Er möchte ihm die Chance geben, bewusst in die zweite Lichterreihe zu treten und Erwin weiter den unangefochtenen Lichterkönig sein zu lassen.

Doch Nikolaus Wiehnten denkt nicht einmal daran. Im Gegenteil. Erwin wird ganz grau vor Wut, als sein Nachbar vorschlägt: »Ich habe mir überlegt, wir machen einen Wettbewerb aus unserer Beleuchtung und lassen die Leute abstimmen, welcher Garten ihnen weihnachtlicher vorkommt. Ihrer oder meiner.« Er lacht, und Erwin kommt dieses Lachen hinterhältig vor. Vor allem, weil in der heutigen Ausgabe der Tageszeitung darauf hingewiesen wird, dass es sich wieder einmal lohnt, bei Erwin vorbeizuschauen, und dass Erwin dieses Jahr kräftige Beleuchtungs-Unterstützung von einem neuen Nachbarn bekommt. Das hat ihm überhaupt nicht gefallen. Woher haben die von der Zeitung das gewusst?

»Wir können die Abstimmungszettel mit den Glühweinbechern und den Bratwürsten verteilen«, schlägt Wiehnten vor.

»Auf gar keinen Fall«, wettert Erwin dagegen an. »Es wird keine Abstimmung geben. Mein Weihnachtsgarten bleibt der schönste! Und geräucherte Aale gibt es auch nicht mehr. Weder dieses Weihnachten noch künftig! Müssen Sie sich schon welche kaufen, wenn Sie die haben wollen.« Er reißt an der Hundeleine und zieht den lustlosen Hund hinter sich her.

»Dann muss ich leider doch noch mal wegen der Garage tätig werden«, ruft Wiehnten ihm nach. »Schade, dass die dann abgerissen werden muss.«

Erwin schnaubt. Und während er durch den Schnee marschiert, überlegt er fieberhaft, wie er beides verhindern kann: dass Wiehnten der neue Lichterkönig wird und den Abriss der Garage.

Am Abend hat er sich einen todsicheren Plan zurechtgelegt. Und er weiß: Seine große Stunde kommt morgen. Wenn das »Anleuchten« beginnt. In der schwarzen Latzschürze mit dem eingestickten Schriftzug *Hier backt der Chef persönlich* steht er in der Küche und knetet den Stollenteig, als hätte der ihn persönlich beleidigt. Hebt ihn hoch und schmeißt ihn auf die Arbeitsplatte zurück, dass Beate ihn skeptisch ansieht. »Willst du den wirklich noch backen, so lange, wie du den jetzt geknetet hast?«

»Unbedingt. Das wird mein Meisterstück.« Wieder drischt er auf den Teig ein, bevor er ihn zu einem Stollen formt und in den vorgeheizten Ofen schiebt. Zufrieden wäscht er sich die Hände und säubert die Küchenmaschine, mit der er das Mehl gemahlen hat. Seit er erste Anzeichen von Glutenunverträglichkeit aufwies, mahlen sie ihr Dinkelmehl selbst.

Beate erhitzt derweil einen Glühwein. »Prost«, sagt sie, als seine Hände wieder sauber sind, und reicht ihm den Steingutbecher, auf dem eine Winterlandschaft prangt. Für den Glühweinverkauf haben sie zwei große Kisten dieser Becher besorgt, die gab es im letzten Jahr bei einem Sonderpostenverkauf. »Auf eine schöne Vorweihnachtszeit. Und ganz viele begeisterte Menschen!«

Er lächelt sie zuversichtlich an. »Jo. Wird schon.« Gemeinsam treten sie vors Haus. Leise und sanft tanzen die Schneeflocken im weihnachtlich beleuchteten Vorgarten durch die Dunkelheit. Der selbstgebastelte Stern von Bethlehem lässt sein goldenes Licht von der großen Tanne herabscheinen, die Erwin vor Jahren gepflanzt hat.

Plötzlich stört Musik die idyllische Ruhe.

Erwin kneift die Augen zusammen und stiert hinüber zu den Wiehntens. Tatsächlich scheint sein Nachbar nicht nur mit den kaltweißen Lichtinstallationen die gesamte Nachbarschaft blenden zu wollen, er hat unter seinem Dachvorsprung auch tatsächlich zwei Lautsprecher angebracht, aus denen *Last Christmas* in voller Lautstärke durch die Straße dröhnt.

»Auf eine besinnliche Weihnachtszeit«, brüllt sein Konkurrent gegen die Musik an und hebt eine Bierflasche. »Prost.«

In der Nacht kann Erwin nicht gut schlafen. Immer wieder schreckt er schweißgebadet hoch, einmal glaubt er seltsame Geräusche zu hören. Er will schon aufstehen und nachsehen, doch Beate beruhigt ihn. Es ist sicher alles gut.

Am nächsten Morgen kann Erwin es gar nicht erwarten, dass es Nachmittag wird. Kurz vor siebzehn Uhr stellt Beate die gespülten Becher bereit, füllt die Flaschen mit Glühwein in den riesigen Pott, in dem sie normalerweise Grünkohl kocht, wenn die Kinder und Enkelkinder zu Besuch kommen, und erwärmt ihn langsam. Erst als er heiß genug ist, öffnet sie das Küchenfenster. Ein paar der Anwohner warten schon. Es ist jedes Mal ein kleines Fest, wenn sie ihre Häuser rund um den Wendehammer zum Erstrahlen bringen. Erst sind die Nachbarn ringsum dran. Auch sie haben die Hecken und Dachrinnen liebevoll mit Lichterketten geschmückt. Als Letzter wird Erwin den Stromschalter umlegen. So ist es Brauch. Die Kinder toben in Schneeanzügen über die weiße Straße, eines beginnt, eine Schneekugel zu rollen. »Au ja«, rufen die anderen, »wir bauen einen Schneemann.«

Beate schenkt die erste Runde Glühwein ein. Für die direkten Nachbarn ist er natürlich umsonst. Genau wie der Stollen und die Kekse auf dem Stehtisch vor dem Haus. Überall herrscht fröhliches Schnattern. Herr Meier aus dem Haus gegenüber reicht Beate den leeren Becher, den sie gerne nachfüllt. Gerade als Erwin zu seiner Weihnachtsbeleuchtungseröffnungsrede ansetzen will, flammen bei Wiehntens die grellen Lichter auf. »Oh!«, rufen die Kinder, und auch deren Eltern sind verzückt. »Der wackelnde Weihnachtsmann ist ja klasse«, brüllt Thorsten, den Erwin bis jetzt eigentlich immer gemocht hat. Dessen Frau Martina ruft: »Nun kann aber auch wirklich niemand mehr unserer Straße den Rang ablaufen. Das ist ja ein wahres Gesamtkunstwerk!«

Erwin kneift die Augen zusammen, als Wiehnten und seine Frau herübergeschlendert kommen. Beate zuckt mit den Schultern und bietet den beiden ebenfalls einen Glühwein an. »Prost«, sagt sie mit leichtem Unbehagen in der Stimme.

Erwin sagt nichts. Fixiert Wiehnten nur mit eisigem Blick.

Der lässt sich davon nicht beeindrucken, sondern guckt zu den Keksen und dem aufgeschnittenen Stollen.

»Die Haselnusskekse hab ich extra weggelassen«, beeilt sich Beate zu sagen. »Ist nix mit Nuss dabei.«

»Danke«, erwidert Wiehnten freundlich und schnappt sich ein Stück Stollen. »Es geht doch nichts über gute Nachbarschaft.«

Erwin grient.

»Los, Erwin, nun bist du dran«, feuern ihn die Umstehenden an. »Bring unsere Straße zum Glänzen! Verleih ihr deinen Weihnachtszauber! Lass die Weihnachtszeit beginnen!«

Erwins Augen leuchten. Würdigen Schrittes tritt er auf die Schaltzentrale seiner Elektroinstallation zu. »Nun denn«, sagt er, bückt sich und greift nach dem Schalter. In dem Moment, in dem er ihn berührt, durchfährt ihn ein Stromschlag. Scheiße. Aber er hat doch nach dem TÜV-Prüfbericht die alten Lichterketten ausgetauscht. Wie kann das sein? Zuckend bricht Erwin zusammen. Sein letzter Blick fällt auf das diabolische Grinsen seines Nachbarn, der jetzt vom Stollen abbeißt.

»Hilfe!«, brüllt Beate. »Wir brauchen einen Notarzt!«
»Hilfe!«, hört er kurz darauf Wiehntens Frau aufschreien. »Niko stirbt!«

Als die Notärzte eintreffen, schaut Erwin dem Treiben am Wendehammer bereits von oben zu. Er schwebt über seinem Körper, beobachtet, wie Rettungskräfte versuchen, ihn zu reanimieren.

»Das ist wirklich dumm gelaufen«, hört er eine leise Stimme sagen. Ein durchsichtiger Nikolaus Wiehnten schwebt neben ihm. »Aber ich hab nicht mit Ihrer Hinterhältigkeit gerechnet. Ihre Frau sagte doch, im Gebäck sind keine Haselnüsse.«

»Ach, Frauen ...«, gibt Erwin zurück, seltsam erstaunt darüber, wie gelassen er jetzt ist. »Ich hab die Dinkelkörner und die Nüsse gemeinsam zu Mehl verarbeitet.«

»Und ich hab Ihren Stromkasten manipuliert«, gesteht Wiehnten.

»Das habe ich mir gedacht«, antwortet Erwin.

»Und nun?«, fragt Wiehnten.

Erwin will schon antworten, als ein heftiges Zucken durch seinen schemenhaften Körper fährt.

»Wir haben ihn«, ruft einer der Rettungssanitäter aufgeregt. »Wir haben ihn wieder.«

»Sie Glückspilz«, hört Erwin noch verschwommen Wiehntens Stimme, bevor er unten die Augen aufschlägt und von den vielen Weihnachtslichtern empfangen wird.

21

Nicola Förg

Der Elch-String

Hopfen am See (Ostallgäu)

Über die Autorin:

Nicola Förg, Spiegel-Bestsellerautorin, hat mittlerweile zwanzig Kriminalromane sowie einen Islandroman *(Glück ist nichts für Feiglinge)* verfasst und an zahlreichen Anthologien mitgewirkt. Im Herbst 2019 erscheint ihr erster Weihnachtsroman *Das Winterwunder von Dublin*. Ihre beiden Krimiserien spielen im Voralpenland und an alpinen Tatorten. Kult-Kommissar Weinzirl ermittelt im Allgäu und im Pfaffenwinkel; Nicola Förgs zweite Krimiserie hat für das Kommissarinnen-Duo Irmi Mangold und Kathi Reindl knifflige Fälle rund um Garmisch-Partenkirchen parat. Ihre Bücher wurden mehrfach für das Engagement im Tier- und Umweltschutz ausgezeichnet. Die gebürtige Oberallgäuerin lebt mit Familie sowie Ponys, Katzen, Hunden und anderem Getier auf einem Hof in Prem am Lech.
Mehr Infos unter: www.ponyhof-prem.de.

Die Musik war die nämliche wie bei den letzten drei Kurstagen. Wellen brandeten auf, ein Vöglein war zu hören. Völlig unpassend so in der Vorweihnachtszeit. *Jingle Bells* hätte erklingen müssen oder *Driving Home for Christmas*. Was er nicht tun würde. Also home-driven. Weihnachten in der Reha, das wünschte man sich ja nicht unbedingt. Andererseits – warum nicht? Das Essen war gut, der Küchenchef würde etwas Feines zaubern, Weinzirls Hund war gut untergebracht bei einem Freund, der seinerseits eine Hündin besaß, in die der Hund komplett verliebt war. Der alte Knochen, je oller, je doller. Auch bei Hunden.

»Und wenn Gedanken kommen, dann ist das so«, säuselte der Entspannungstrainer.

Weinzirl ließ grad noch den Vortrag von gestern nachwirken. »Knigge 2.0 – Für den sicheren Auftritt im Beruf und im Privatleben«. Man konnte viel falsch machen in Sachen achtsamer Benimm, mit Fug und Recht konnte sich Weinzirl brüsten, alles falsch zu machen. Beruflich und privat.

»Aber vielleicht lassen Sie die Gedanken wieder gehen, halten sie nicht fest.«

Er hatte Hunger, ein Gedanke, den er schlecht gehen lassen konnte.

»Und allmählich kommen wir vom Denken zum Atmen. Vielleicht spüren Sie, wie Ihre Bauchdecke sich hebt, oder Sie spüren vielleicht, wie sich die Luft an Ihren Nasenflügeln verändert.«

Weinzirl spürte vor allem, wie sein Magen knurrte. Er knurrte verzweifelt gegen die akustische Brandung an.

»Und dann fühlen Sie Ihre Hand. Stellen sich vor, wie Sie die anspannen. Jetzt anspannen, indem Sie eine Faust machen. Viel-

leicht spüren Sie, wie sich die Nägel in die Hand bohren. Anspannung halten. Und loslassen. Spüren Sie dem Unterschied nach.«

Weinzirl hatte Hunger. Da konnte er nicht entspannen. Aber Entspannung nach Jacobson war nun mal Teil seiner Reha und der Kursleiter im Prinzip ein reizender Mann, der Termin war nur eben schlecht gewählt – so direkt vor dem Mittagessen.

Sie waren gerade bei der Stirn, die er runzeln und bei der Nase, die er gleichzeitig rümpfen sollte. Er hatte das im Zimmer mal vor dem Spiegel probiert und festgestellt, dass er sich zum Grinsesaffen machte. Auch das Ausstülpen der Lippen sah verboten aus. Aber im Kurs lagen oder saßen ja alle völlig entmenschlicht da, hatten zumeist die Augen geschlossen, und die männlichen Teilnehmer des Kurses schliefen spätestens nach der Hälfte schnarchend ein, ihm war das bei der zweiten Sitzung auch passiert. Sie waren jetzt beim Bauch, den er einziehen sollte.

»Und die Spannung noch ein bisschen halten.«

Sein Magen war leer, der bot sicher sowieso schon ein traurig konkaves Bild.

Bei dem Teil mit den Füßen, wenn er die Zehen aufzurollen hatte, hatte er schon zweimal einen Krampf bekommen; dem konnte er durch nicht allzu intensives Zehenrollen heute vorbeugen. Und er war, trotz aller Auflehnung, nach vierzig Minuten völlig lull und lall, selbst der Hunger war fast gegangen mit den Gedanken und den Wellen, und es war alles so schön monoton und er so schlaff und schwer in das Polster hineingesunken. Doch, der Herr G. schaffte es einen zu erschlaffen. Neben ihm war das Schnarchen lauter geworden, und weiter hinten im Raum sägte noch wer. Weinzirl hörte von weit her ein Geräusch, das nicht dazugehörte. Irgendwer schien Probleme mit der Atmung zu haben. Das passierte jedes Mal, dass jemand hustete oder röchelte. Das gehöre dazu, hatte der Herr G. gemeint. Da löse sich was. Sei es drum, Weinzirl schwebte im Raum zwischen Schlafen und Wachen. Aber eigentlich wäre doch nun gekommen, dass man *auf drei und zwei und eins* sich zu strecken hätte und langsam wieder in die Realität auftauchen sollte. Aber der Herr G. schwieg. Der Schlawiner, war er wohl selber eingeschlafen! Es vergingen zwei, drei Minuten.

Weinzirl schlug vorsichtig die Augen auf, die ja nun tief und entspannt in ihren Höhlen lagen, und mit knitterfreier Stirn und lockerer Kau- sowie Nackenmuskulatur brachte er sich in eine sitzende Position. Und blickte in die gar nicht entspannten Augen seiner Nebenliegenfrau. Diese starrte in Richtung des Herrn G. Der hatte einen Nikolaussack über dem Kopf.

Weinzirl war binnen Sekunden bei ihm. Von Lull zu totalem Adrenalin. Riss den Sack herunter. Herr G. lebte, man konnte den Geruch von Chloroform wahrnehmen. Wer aber nicht mehr lebte, war eine Frau. Sie hatte etwas um den Hals geschlungen. Ihre Arme baumelten am Stuhl herunter. Eindeutig erwürgt. Mit einem dünnen Ledergürtel, den sich der Nikolaus wohl sonst um den Wanst gewunden hatte. Ein Nikolaus war aber nicht zu sehen. Allmählich realisierten auch die anderen Teilnehmer, dass hier etwas nicht stimmte. Eine Frau stieß einen Schrei aus, nun war natürlich alle Entspannung dahin. Nur einer war wohl ein gesegneter Schläfer und schnarchte auf seiner Liege weiter.

Weinzirl machte hier rein privat und inkognito eine Reha, wegen einer Kreuzbandverletzung, die er sich ganz blöd zugezogen hatte. Er war quasi im Stehen umgefallen, beim Holzhacken, alles kein Ruhmesblatt, schmerzhaft und langwierig dazu. Dass sein Meniskus auch im Eimer war, das hatte der Arzt dann als Zugabe festgestellt. Den hatte er sich wohl demoliert, als er bei einer Verfolgungsjagd mit dem Schädel auf ein Gleis und dem Knie in den Schotter gedonnert war, auch nicht direkt ruhmreich oder elfengleich. Und weil es eben um sein Privatleben eher übersichtlich bestellt war, hatte er zugestimmt, die Reha über die Weihnachtstage zu machen. Der Hund verliebt, die Vermieterin von Heerscharen blonder Enkel umgeben, die alle engelsgleich aussahen und echte Teufelchen waren. Seine Uraltfreundin Jo war nach Kanada gereist, und seine Kollegin Evi würde zu Hause im Aischgrund fette Weihnachtskarpfen essen. Und sosehr er also nun auf Reha war, so sehr wurde der Hauptkommissar in ihm hellwach. »Alle bleiben hier drin. Keiner verlässt den Raum!«

Die meisten sahen eh aus wie paralysierte Kaninchen. Weinzirl hatte sein Handy in der Seitentasche seiner Cargohose, denn auch wenn er Lagerfeld als ziemlich unnötig für die Welt erachtet hatte, stimmte er ihm rückhaltlos in einem zu: Mit dem Tragen einer Jogginghose hatte man die Kontrolle über das Leben verloren. Weinzirl joggte regelmäßig, er radelte auch, dabei trug er Sportshorts, aber er hatte nie eine grauverbeulte Jogginghose mit Gummizug besessen. Und hoffte auch, nie so dement zu werden, dass sie ihm eine solche im Pflegeheim anzögen. Das Handynetz, das hier vor allem in den Untergeschossen sehr dürftig war, reichte immerhin dazu, vor der Tür des Entspannungsraums die Rezeption anzurufen und denen eindringlich zu sagen, dass ein Notarzt kommen möge für den Herrn G. Die Polizei erachtete Weinzirl auch für sinnvoll und bat darum, sie in Haus eins zu beordern, in den Raum mit der meditativen Stille. Wo eine Frau nun sehr still geworden war.

Wenig später, also wirklich überraschend schnell, tauchte ein Kollege auf. Die waren ja zackig im Allgäu. Weinzirl erklärte leise sich und seine Position, der Kollege nickte düster und bat Weinzirl, ihm zu folgen. Ein zweiter Kollege blieb derweil bei der Entspannungsgruppe. Man musste ja an so eine

Mord-im-Orient-Express-Konstellation denken. Oder an so einen schlecht erdachten Plot aus einem der vielen unnötigen Kriminalromane, wo ein Häuflein Menschen irgendwo eingeschlossen war. Gerne mal in einer Skihütte oder in einem von Lawinen verschütteten Hotel. Oder auf einem Kreuzfahrtschiff. Die Wellenmusik brandete immer noch.

»Herr Weinzirl«, sagte der Allgäuer.

»Gerhard tut's auch.«

»Guat! I bi dr Lois.« Er schwenkte dann um auf Hochdeutsch. »Komm doch bitte mit.«

Ach, wie gut es tat, die Heimatsprache zu hören. Weinzirl hatte sein Allgäuerisch im oberbayerischen Exil ziemlich aus dem Duktus entfernt, und was die Ostallgäuer sprachen, war auch noch einen Ticken kerniger als sein Dialekt vom Niedersonthofener See. Überhaupt machte das eine Reha in Enzensberg herzig: Fast alle Therapeuten oder Servicekräfte sprachen breitestes Allgäuerisch, was schöne Dialoge in der Badeabteilung ergab.

»*Was willsch du? Fango oder Hei?*«

»*Na, i bi dr Quark.*«

Manche ältere Herren schienen auch etwas taub zu sein.

»*Was muas i auszian?*«

»*Oberkörper frei machen.*«

Ein, zwei Minuten später war die Packerin zu hören.

»*Ma, warum bisch du etzt ganz nacked?*«

»*I soll mi doch auszian?*«

Weinzirl machte immer nur sein Knie frei, das kam auch mehrmals die Woche aus dem Quark, gewissermaßen. Die Heu-Fango-Quark-Packerinnen waren alle sehr nett, auch seine Therapeuten waren fähige Menschen, wobei man den einen oder die andere auch gerne mal ermordet hätte. »*Des isch kui Wellnessmassage*«, hatte ihm seine Therapeutin gesagt. »*I muas do eppas mobilisiera, it streichla!*«

Doch, hier wurde man leichterdings mal zum Mörder, oder? Der Kollege Lois jedenfalls ging vor, am Friseur vorbei, wo es in der Auslage vor Engelsdeko nur so flimmerte und flitterte. Sie gelangten zur Wendeltreppe, wo eine weitere Kollegin abgesperrt hatte. Sie wendelten hinunter zum Kneippbecken mit allem orangen Fliesencharme der Siebzigerjahre. Es war so angelegt, dass man im eiskalten Wasser, das einem wirklich alles zusammenzog, um einen altarartigen Mittelteil wie ein Storch herumstolzieren sollte. Nach einer Runde spürte man sein Gebein nicht mehr, so war es jedenfalls Weinzirl ergangen. Und auf diesem Altar lag ein Mann. Sein roter Bademantel sah aus wie ein Nikolausmantel. Der war auseinandergeklafft und gab eine Badehose frei, die über und über mit Elchmotiven bedruckt war.

»Ich glaub, mich knutscht ein Elch.« Weinzirl musste das sagen, obgleich es nach Knigge 2.0 sicher falsch war.

Der Kollege Lois hatte das Gesicht verzogen. »Deshalb waren wir schon im Haus. Ein Toter mit Elchen überm Gemächt war gemeldet.«

»Im Elch-String aufgebahrt«, ergänzte Weinzirl. »Wahnsinn, was für eine Inszenierung!«

»Ob das ein String ist?«, überlegte Lois.

»Bestimmt. Wenn es schlimm kommt, dann kommt es noch schlimmer«, sagte Weinzirl düster.

Eine Frau während eines Entspannungskurses ermordet. Und ein weiterer toter Kurgast am Kneippaltar?

»I brauch an Kaffee«, kam es von Lois. Weinzirl folgte ihm hinauf in die Cafeteria. Wo beide Männer den Fall leise erörterten. Wo Weinzirl versuchte sich zu erinnern. In der Rückschau war das Geräusch wohl die Türe gewesen. Jemand war hereingeschlichen, hatte Herrn G. gelähmt und dann die Frau erwürgt. Kühn! Und war dann wieder abgehauen. Und keiner hatte was bemerkt?

»Ich geh davon aus, dass er den Elch-String vorher ermordet hat und dann die Frau. Oder war es andersrum?«, sagte Lois.

»Derselbe Mörder?«

»Ich denke schon! Du nicht?«

»Doch.«

»Und du denkst, was ich auch denke, oder?«

»Lois, wir kennen uns doch kaum!« Weinzirl grinste.

»Jetzt sag schon!«

»Eine Person muss gewusst haben, dass der Elch-String kneippen geht. Sie muss zudem gewusst haben, dass die Frau entspannt. Er kannte die Lokalitäten. Wenn die Reihenfolge: erst String, dann Frau, stimmt, war es eher niemand aus meinem Kurs. Denn als ihr alarmiert wurdet, war der Elch-String ja schon tot. Meine Entspannungskollegin vielleicht noch nicht. Das wird sich in der Rechtsmedizin ja noch zeigen. Aber wenn man so schnell hintereinander zwei Menschen meuchelt, muss man a) cool sein, b) sehr entschlossen, c) unauffällig kommen und gehen können.«

»Also in Mitarbeiterkleidung?«, fragte Lois. »Hier arbeiten fünfhundert Leute, da kann sich leicht einer oder eine einschleichen.«

»Jaaa«, sagte Weinzirl gedehnt. »Ich aber glaube, es war, es war …«

»Der Weihnachtsmann«, ergänzte Lois.

»Genau, wir sind wirklich Brüder im Geiste!« Weinzirl lachte. »Als Nikolaus erkennt dich keiner. Du rufst aber Freude hervor, kommst allen leicht nahe – kann ja sein, dass du ein Geschenk dabeihast. Niemand wundert sich, dass in der Adventszeit ein Weihnachtsmann hier rumläuft. Alle glauben, das ist eine Show, eine nette Geste der Veranstaltungsabteilung. Hier ist ja dauernd was los – von Krippen-Acrylmalen über irgendwelche Musikanten aus dem Umland, die Weihnachtweisen blasen. Niemand wundert sich über den Weihnachtsmann.« Weinzirl atmete tief durch. »Lois, ich treff dich gerne nachher nochmals, aber ich krieg nur bis eins was zu essen. Das Salatbuffet ist sicher eh schon ausgeräubert, was für mich nicht so schlimm ist, aber der Jägerbraten …«

Lois grinste. »Gerhard, kein Problem. Ich kläre mal, ob es einen offiziell gebuchten Weihnachtsmann an dem Tag gab, zudem müsste dein Entspannungstrainer ja auch wieder auf den Füßen sein. An Guatn!«

Es war herrlich, außer Dienst zu sein. Weinzirl verließ das Haus eins, querte die Straße, nahm den Haupteingang, sah an der Rezeption in besorgte Gesichter. Dieses Enzensberg war ein Irrgarten. Deshalb dauerte eine Reha auch minimal drei Wochen, erst in der letzten fand man seine Veranstaltungsräume. Am Aquarium, kurz vor der Treppe, gab es den üblichen Verkaufstisch – heute mit Engerl, Kugeln, Krippengedöns, alles selber gemacht, fast schon unanständig unprofessionell, aber man wurde um diese Jahreszeit immer ein bisschen melancholisch. Da passten debil blickende Engerl dazu … Und Gott sei Dank war der Jägerbraten noch vorrätig.

Er hatte gerade die Gabel niedergelegt, als Lois wieder auftauchte. Und ihm flüsternd mitteilte: »Pass auf: Der Entspannungsmann hat wirklich den Weihnachtsmann gesehen. Der kam durch die Tür, dieser Herr G. machte wohl ein *Psst*-Zeichen in dessen Richtung, Nikolausi kam aber auf ihn zu, und schon war Herr G. der Welt entrückt. So«, Lois stöhnte. »Und weißt du, was noch?«

»Nein.«

»Die tote Frau, die hat der Arzt eben untersucht. Und die hatte was an?«

»Jogginghose?«

»Darunter?«

»Ach, Lois, ich hab grad gegessen!«

»Einen BH und einen Schlüpfer im Elch-Design. Wie der andere.«

»Ich glaub, Schlüpfer sagt man nicht mehr.«

»Das war jedenfalls kein String! Gerhard, die waren im Partnerlook. Unterwäsche-technisch, meine ich.«

»Verwandt, verheiratet?«

»Schon, aber nicht miteinander!«

»Du meinst also, du denkst …«

»Was sonst? Kurklinik! Reha! Wie Schullandheim mit anderen Mitteln!«

»Keine Lehrer, die die Zimmer filzen«, überlegte Weinzirl. »Du glaubst echt, sie war sein Kurschatten? Und umgekehrt? Gibt's das wirklich? Außerhalb von Filmen, Büchern und Erzählungen?«

»Aber wie! Mein Schwager hat in Büsum oder Husum oder Usedom, irgendwas mit Meer und Salzluft jedenfalls, eine kennengelernt, die kurbeschattet, begattet und meine Schwester am End verlassen! Hast du hier noch keine Avancen bekommen?«

Das hätte Weinzirl gar nicht so sagen können. Er stand bei so was immer sehr auf der Anmach-Leitung. Wobei, die Brünette beim Krippen-Acrylmalen? Oder die Blonde an seinem Tisch, die ihn immer so lieb fragte, ob er mal mit an den Hopfensee käme? Aber Erstere war ihm zu fett und Zweitere zu dünn, und dann hieß die auch noch Mandy und sprach auch so. Er rief sich zur Räson.

»Also hat ihr Mann beide ermordet? Frau und Lover?«

»Möglich. Die Dame, die hier die Veranstaltungen plant, hat die beiden jedenfalls gesehen. Frau Elch-Bikini verabschiedet grad noch ihren Mann am Ausgang der Cafeteria, und wenig später verschwindet sie mit dem Schatten in ihrem Zimmer. Hat diese Veranstaltungsfrau so beobachtet, meinte auch, das käme dauernd vor. Grad auch in so emotional aufgewühlten Zeiten. Weg von zu Hause, mitten in der staden Zeit, wo man innerlich ja so fragil ist. Na ja, wer's mag …«

Weinzirl war innerlich selten fragil. Weihnachten bedeutete ihm nicht so viel. Und seit seine Eltern tot waren, war da auch wenig Familienfest. Er dekorierte in seinem Männerhaushalt nichts, und ja, das gab er zu, sein Hund Sir Sebastian hatte einen Adventskalender für Hunde bekommen. Das war dann aber auch das höchste der Weihnachtsgefühle. Er sah Lois an.

»Na! Dann hast du deinen Mörder doch gleich gefunden? Wo wohnt der Mann denn?«

»Memmingen, wir sind dran. Und du, du könntest dich doch ein bisschen umhören, so inkognito?«

»Gerne, aber das Ganze scheint ja klar zu sein.«

Weinzirl musste sich gar nicht umhören, die Geschichte hatte sich wie ein Lauffeuer verbreitet. Großen Anteil an ihrer Verbreitung hatte ein schwer tätowierter Typ aus dem Entspannungskurs, der Weinzirl schon mehrfach durch akute Logorrhö aufgefallen war. Der konnte zu allem und jedem was sagen. Und spätestens beim Abendessen wusste die ganze Klinik, dass der Herr Schwarz – Elch-String – ein Verhältnis mit der Frau Waibel – Elch-Dessous – gehabt hatte. Und auf einmal wussten eine ganze Reihe Leute Bescheid, auch darüber, dass der Mann der Frau Waibel, der Vinzenz Waibel, ein ganz unangenehmer Zeitgenosse gewesen sei. Weinzirl flüchtete schließlich, nur gut, dass er seinen wahren Beruf verschwiegen hatte. Er hatte sich als Postbote ausgegeben. Postbote war gut, da kamen wenig Nachfragen. Hätte er Tierarzt oder Hundetrainer angegeben, dann wären die Frauen in jedem Fall bereit gewesen, ihn kurzubeschatten.

Lois kam zwei Tage später nach der Mittagsessenszeit – dieses Maß an Einfühlung rechnete Weinzirl ihm hoch an – vorbei und hatte so einiges zu berichten. Herr Waibel hatte ein wasserdichtes Alibi, er war nämlich bei der Feuerwehr und hatte zur Tatzeit mit Kollegen in Memmingen einen brennenden Adventskranz mit zusätzlich abgefackelten Stores gelöscht. Er war zudem in der Realität ein ganz reizender Mensch, meinte Lois, dessen einziger Fehler aus Sicht seiner Frau eventuell darin bestanden haben könnte, dass er wahnsinnig engagiert als Feuerwehrler und Fußballjugendtrainer war und wenig Zeit für die Gattin gehabt hatte. So rum wurde ein Schuh draus, die Gattin Waibel hatte in der Kur eben Aufmerksamkeit gesucht.

Und es kam noch besser: Der Elch-String-Schwarz war an einem Herzinfarkt gestorben. Oder noch komplizierter: »Gerhard, stell dir vor, da red ich mit dem Rechtsmediziner, und der hat bereits mit einem Kollegen Kontakt gehabt, der den Schwarz telemedizinisch betreut hat.«

»Hä?«

»Ja, so hab ich auch geschaut! Schwarz hatte einen Herzschrittmacher, den haben ja viele. Und sein Arzt hat das Implantat die ganze Zeit im Blick und sieht dadurch sehr schnell wichtige klinische Veränderungen. Der Arzt hat gesehen, dass da gar nix mehr läuft. Und nun halt dich fest: Der Herzschrittmacher von Herrn Schwarz stand am Ende seiner Lebensdauer, der war sieben Jahre alt, und der Arzt hat immer die vorgeschriebenen Schrittmacherkontrollen durchgeführt. Aber die Batterie entlädt sich mehr und mehr, und eigentlich wäre nun ein Tausch des Herzschrittmachers angestanden. Alles voll in der Norm und unter Kontrolle, sagt der Arzt. Nach der Reha wäre Herr Schwarz gekommen, örtliche Betäubung, Haut und Gewebe unterhalb des Schlüsselbeins geöffnet, Elektroden bleiben drin, neues Gerät rein und weiter geht's. Eine Stunde dauert das.«

»Na, merci!«, stieß Weinzirl aus. »Klingt wie beim Automechaniker.«

»Ist auch so ähnlich.«

»Lois, das heißt also, diese Frau Waibel wurde ermordet, der Schwarz aber nicht?«

»Genau. Den Schwarz hat seine Batterie getötet oder besser: das Ableben der Batterie. Und er hätte auch nicht in dieses eiskalte Wasser gehen sollen – mit seinem Herzen, sagt der Arzt. Dem geht natürlich jetzt die Düse. Wenn die Frau Schwarz den verklagt, Kunstfehler, Fehleinschätzung, was weiß ich. Und das alles so kurz vor Weihnachten. Die Frau Schwarz kommt nachher, die Sachen ihres Mannes holen.« Lois zögerte. »Ob sie das lesen soll?« Lois reichte Weinzirl vier Briefe.

Die waren stets an »Mein geiler Elch« adressiert und stammten von Frau Waibel. Und die schwor ewige Liebe und wollte ihren Mann verlassen. Wegen des Hengstes, ähm, Elches. Weinzirl war peinlich berührt, aber in Zeiten von *Shades of Grey,* wo ja jeder Spießer Handschellen hatte, da waren weihnachtliche Kurschattenspiele im Elchgewand ja wahrscheinlich harmlos. Allerdings ...

»Lois, wenn wir dasselbe denken mal wieder ...«

»... Dann ist das dem Schwarz zu eng geworden. Der wollte Spaß, aber keine Frau, die gleich alles will. Ihn will mit Haut und Haaren, womöglich Heirat. Und da hat er ...«, ergänzte Lois.

»Sie entfernt?«

»Genau! Der Nikolausmantel lag in einem dieser fahrbaren Wäschezelte, die hier überall rumfahren. Man kann den Weg nachvollziehen. Er hat den Mantel gleich hinterm Entspannungsraum reingeworfen und ist zur Tarnung ins Kneippbecken. Hätte da seelenruhig gekneippt, wenn nicht die Batterie schlapp gemacht hätte. Er hätte die Polizei gesehen, hätte womöglich sogar eine Aussage gemacht. Ganz perfide geplant, würde ich mal sagen!«

»Hast du …? Also könnt ihr …?« Weinzirl war echt platt und verwirrt.

»Wir haben Chloroform in seinem Zimmer gefunden. Bei den Briefen. Und er wusste natürlich die Termine seines Kurschattens. Er hätte das dann später sicher alles entsorgt. Kam ihm nur sein eigener Tod dazwischen.«

Das war echt ein Ding! Und so natürlich völlig logisch, glasklar und eiskalt wie das Wasser im Kneippbecken. Und zeitlich passte das auch.

»Lois, die Waibel hätte ihm echt nicht so drohen dürfen!«

Lois nickte bedeutungsschwer, sie hingen ihren Gedanken nach, bis ein Kollege Frau Schwarz avisierte. Gerhard wartete gespannt. Und Lois, der hielt mit den Briefen erst mal hinterm Berg. Es war Weihnachten, wozu die Frau so erschüttern? Sie hatte den Mann verloren, allerdings würde sie erfahren, dass ihr Mann ein Mörder war. Und früher oder später würde ihr auch zu Ohren kommen, dass ihr Mann ein Ehebrecher gewesen war. Aber vielleicht war es gnädiger, diese Briefe nicht lesen zu müssen. Da blieb der Ehebruch irgendwie abstrakter. Und sie war eine sympathische Frau, attraktiv dazu, etwa Anfang fünfzig, die konnte doch sicher nochmals durchstarten.

»Ach, wissen Sie, ob ich mich da jetzt auf einen Prozess gegen den Arzt einlasse, das macht meinen Peter ja auch nicht mehr lebendig«, sagte sie gerade. Sie schniefte, Lois reichte ihr ein Tempo.

Auf die Frau kam sicher in den nächsten Tagen genug zu, dachte Weinzirl. Und er, er würde jetzt mal in Ruhe weiterkuren. Die Speisekarte für die Feiertage las sich gut. Am 24. mittags Schweinsbratwürstl, abends Lachs- und Zanderfilet auf Lauchstreifen. Am 25. eine altbayerische Weihnachtsente auf Orangenjus – alles sehr zu seinem Gefallen.

Es war am 23., als Weinzirl auf dem Balkon stand und ein heimliches Bier trank. Weit hinten gegen die Berge gelehnt stand Schloss Neuschwanstein. Ein Mann rollte seinen Koffer die Straße entlang. Ein großer, gut aussehender Kerl Mitte fünfzig. Er war einen Tisch neben Weinzirl gesessen. Weinzirl hatte nur mitgekriegt, dass der eine große IT-Firma am Chiemsee hatte, dass er irgendwie auch was mit Medizin zu tun hatte. Ein Auto fuhr vor, eine Frau stieg aus. Und das war ohne jeden Zweifel die hübsche Frau Schwarz. Die beiden umarmten sich, küssten sich kurz, lachten, stiegen ein und fuhren davon. Weinzirl war wie vom Donner gerührt. Er packte sein Handy.

Die Wahrscheinlichkeit, dass ein Hacker ein implantierbares elektronisches Herz-Kreislauf-Gerät erfolgreich beeinflusst oder einen spezifischen Patienten angreifen kann, ist sehr gering, las er. Gering, aber nicht unmöglich! Gedanken fluteten seinen Kopf. Der perfekte Mord? Alles Zufall? Und müsste er nicht sofort Lois anrufen?

Er nahm einen tiefen Schluck von seinem Bier. Er war als Postbote hier, der Zauber der Weihnacht ergriff auch ihn. Im Radio hinter ihm tirilierte Celine Dion: »*My heart will go on.*« Er freute sich auf die Ente.

22

Sina Beerwald

Das letzte Türchen

Sylt

Über die Autorin:

Sina Beerwald, 1977 in Stuttgart geboren, studierte Wissenschaftliches Bibliothekswesen und hat sich bislang mit elf erfolgreichen Romanen, drei Erlebnisreiseführern sowie zahlreichen Kurzgeschichten einen Namen gemacht. 2011 wurde sie Preisträgerin des *NordMordAward,* des ersten Krimipreises für Schleswig-Holstein. 2014 erhielt sie den *Samiel Award* für ihren Sylt-Krimi *Mordsmöwen.*
Seit 2008 lebt und arbeitet die Autorin auf Sylt.
Mehr Infos unter: www.sina-beerwald.de

Ich rolle mich auf die Seite. Vorsichtig starte ich den Versuch, meinen Kreislauf in Schwung und mich bis zum Schreibtisch und wieder zurück zum Bett zu bringen.

Meine Magdalena ist wirklich ein Goldschatz, denn sie hat meine Lebensrettung bei der Frühstücksbestellung gleich mitgeordert. Ich muss vollkommen verschlafen haben, dass meine Frau dem Zimmermädchen geöffnet hat.

Die Tablettenpackung liegt bereit, daneben steht ein Glas Wasser. Wir verstehen uns ohne viele Worte. Mit denen gehe ich außerhalb meines Manuskripts ohnehin sehr sparsam oder sagen wir: nicht verschwenderisch um – der Euphemismus klingt besser.

Dafür habe ich uns für den gesamten Dezember eine Suite im Hotel Miramar gebucht. Der Logenplatz auf Sylt, direkt am Meer in Westerland, der Strand liegt uns zu Füßen.

Gut, vier Wochen für *mich* gebucht. Als Schriftsteller brauche ich diesen Rückzug, aber meine Magdalena versteht das, und so ist die beste Ehefrau von allen extra über Weihnachten angereist und überlässt mich danach wieder dem Genuss meiner Einsamkeit in diesen altehrwürdigen Mauern.

Einzig die Promenade schützt das Grandhotel vor den stürmischen Naturgewalten und das schon seit über einhundert Jahren – seit der Erbauer in seine Privatschatulle gegriffen hat, um dieses wahre Betonbollwerk seinem Miramar vorzusetzen, weil die gierigen Wellen die Vordüne in einer stürmischen Winternacht mit sich gerissen hatten. Doch der Berliner Otto Busse wollte sein Hotel unbedingt an diesem Platz erbauen, an einem Ort, an den die Gäste wie von selbst strömen würden. Ans Meer.

Nun, und was einem besonders lieb ist, muss einem eben auch besonders teuer sein – das gilt auch für mich, denn jetzt zu

Weihnachten herrscht hier Hochsaison und damit bald Ebbe in meiner Privatschatulle. Aber für mich selbst ist mir das Beste gerade gut genug.

Stürmisch ist meine Nacht auch gewesen, aber in einem etwas anderen Sinne. Ich schwanke bis zum Frühstückstablett. Brötchen, Eier, Kaffee, O-Saft: alles, was das Herz begehrt, nur mein Magen nicht.

Aus dem Bad höre ich Wasser rauschen und stelle mir vor, wie meine Magdalena ihren schlanken Körper einseift. Sie ist meine Muse, meine treue Seele. Gestern war nicht nur Heiligabend, sondern zugleich unser zehnter Hochzeitstag, und der Sex ist noch genauso gut wie in der ersten Nacht. Kopfschmerzen sind für meine Frau kein Grund, keinen Sex zu haben, sondern der Anlass, eine Tablette zu nehmen.

Genau das tue ich jetzt auch. Alter Schwede, das ging ja gestern Nachmittag schon mit der Toten Tante gut los. Der Kellner antwortete auf meine Nachfrage hin, was denn eine Tote Tante sei, schlicht mit: »eine traurige Angelegenheit« und brachte mir zu meinem Stück Friesentorte ein heißes Getränk mit Sahnehaube. Kakao mit Rum, wie sich herausstellte. Oder sagen wir besser: Rum mit Kakao. Und das war erst der Anfang des Heiligabends gewesen.

Halleluja!

Ich mache die Tablettenschachtel auf und ziehe mit dem Blister einen Zettel heraus. Keine Packungsbeilage. Einen Zettel. Ich falte ihn auf, denn der Mensch ist ja von Natur aus neugierig – und ein Autor sowieso.

Du hast keine Ahnung, wer diese Frau in deinem Bad ist.

Haha, gleich muss ich lachen. Das ist so komisch-absurd wie die Glückskekse beim Chinesen. Dieser blöde Scherz kann nur einem vom Hotelpersonal eingefallen sein. Habe ich dem Barkeeper gestern zu viel erzählt?

Könnte gut möglich sein. Wäre ich doch besser beim bewährten Gin Tonic geblieben, doch der Mann hinterm Tresen meinte, ich müsse unbedingt mal was Neues probieren. Nun gut, man soll sich ja seine Offenheit bewahren und auch mal andere Genüsse kosten, dem bin ich grundsätzlich und in jeglicher Hinsicht nicht abgeneigt. Also hat mir der Barkeeper aus einer giftgrünen Flasche dieses Zeugs namens Becherovka in meinen Tonic gekippt, und offenkundig hatte ich einige Becher zu viel davon, während ich auf meine Frau gewartet habe.

Magdalena ist vielbeschäftigt, aber Heiligabend und noch dazu den Hochzeitstag allein zu verbringen, wäre der Gipfel des Unmöglichen gewesen. Also habe ich sie extra nach Sylt einfliegen lassen. Hat sich gelohnt. Im Sinne des Gipfels. Wir hatten einen wundervollen Abend und eine noch bessere Nacht.

Nein, was für ein blöder Scherz mit diesem Zettel.

Was bin ich doch für ein Glückspilz, denke ich mir, während ich gleich zwei Tabletten in den Mund werfe und mit Wasser nachspüle. Dabei fällt mein Blick auf die zerwühlten Laken.

Drei lange Wochen haben meine Frau und ich uns nicht gesehen, weil ich in diesem Fünfsternepalast in Schreibklausur gegangen bin, um zu mir selbst zu finden und mich von meiner Blockade zu befreien.

Als berühmter Schriftsteller hat man seine Leiden und Gebrechen, die gepflegt werden müssen. Meine Frau hat dafür großes Verständnis und unterstützt mich bei meiner Arbeit, wo sie nur kann und hält mir den Rücken frei.

Was kann mir Besseres passieren, denke ich, während ich mein Handy nehme, um einen Blick in die Sozialen Medien zu werfen, wo meine Bücher über den grünen Klee gelobt werden, wie ich in aller Bescheidenheit anmerken möchte.

Magdalena glaubt, dass das Internet den Erfolg bestimmt und die Zukunft der Bücher in eBooks und dem Social Networking liegt. Na ja, lass ich ihr diesen Glauben. Schließlich kümmert sie sich um das ganze moderne Zeugs, bedient die Fans mit netten Zeilen, hübschen Bildchen, tollen Gewinnspielen und schreibt in meinem Namen all die freundlichen Kommentare, die glatt von mir sein könnten.

Eine Mail ist eingegangen. Hoffentlich nicht von meinem Verlag wegen des nahenden Abgabetermins. Ich öffne mein Postfach und stutze.

Eine Nachricht mit dem Betreff *Unbedingt lesen!* Absender ist: *Deine heimliche Muse*. Da bin ich natürlich erst recht neugierig und verfluche mich im nächsten Augenblick dafür.

Deine Frau ist eine Hure. Sie macht alles, was man von ihr will – und das richtig gut.

Nein, was für ein blöder Scherz.

Meine Frau ist in zehn Ehejahren nicht ein Mal fremdgegangen, dafür lege ich meine Hand ins Feuer. Meine Finger habe ich mir in dieser Zeit an ein paar hübschen Mädchen verbrannt, das muss ich zugeben, aber das muss meine Magdalena ja nicht wissen.

Hin und wieder ein prickelndes Abenteuer hält die Beziehung für einen Mann in Schwung, so meine Meinung, und als Schriftsteller habe ich doppelten Grund, weil ich schließlich Studien am lebenden Objekt betreiben muss. Hier habe ich es wohl mit einem besonders eifersüchtigen Exemplar zu tun bekommen, das nicht mehr die Rolle der Geliebten spielen will. Müsste mir nur noch ihr Name einfallen.

Dazu muss ich mein Hirn allerdings erst mal auf Touren bringen. Zwei Milch, drei Zucker. Anstelle meiner von zu Hause gewohnten Dosenmilchportionen gibt es die Milch wieder nur frisch im Kännchen, eine moderne Unsitte, die ich jetzt zum x-ten Mal reklamieren muss. Wenigstens finde ich wie gewünscht Würfelzucker im Döschen, als ich das Porzellandeckelchen hebe. Und noch etwas finde ich da drin, und das gar nicht lustig: einen weiteren Zettel.

Deine Frau ist gefährlich, nimm dich vor ihr in Acht.

Jetzt wird es mir aber zu bunt. Ich werde mit dem Hoteldirektor ein ernstes Wort über seine Angestellten reden müssen. Das dürfte mir einen satten Preisnachlass einbringen. Auch nicht schlecht – schon wieder was gespart. Von dem Geld könnte ich dann, als versöhnliche Geste, nach Silvester noch ein paar Tage dranhängen.

Die Dusche geht aus. Gleich wird meine Magdalena wie Kleopatra duftend ins Zimmer kommen. Für einen Augenblick beschleicht mich ein schlechtes Gefühl. Was, wenn sie wirklich ein Zweites Gesicht hat? Wenn sie mit einem Messer rauskommt und mich abstechen will? Mein Gott, was habe ich nur wieder für eine blühende Fantasie.

Ein Spaziergang könnte mir jetzt guttun, doch da mein Kreislauf noch nicht bereit ist, mich zu begleiten, trete ich im Schlafanzug mit meiner Tasse Kaffee und der Zigarettenschachtel durch die schmale Tür hinaus auf den kleinen Balkon. Der Klimaerwärmung sei Dank ist das bei gefühlten fünfzehn Grad in der Sonne für eine Zigarettenlänge problemlos möglich. Ich liebe diese milden Winter auf Sylt. Während der Rest der Republik mit Schneemassen kämpft, kann ich grinsend am Strand entlanglaufen.

Nach dem ersten Zug auf Lunge nehme ich zum Ausgleich einen tiefen Atemzug voll salziger Luft, schließlich soll man ja auf seine Gesundheit achten. Ich darf mir nur keine Erkältung holen. Allerdings würde es sich jetzt gar nicht lohnen, mich anzuziehen, weil es bestimmt keine fünf Minuten mehr dauern wird, bis meine Magdalena mir mit einem Ruck die Hose runterziehen und dabei vor mir in die Knie gehen wird. Doch obwohl ich die Unersättlichkeit meiner süßen kleinen Raubkatze ganz genau kenne, würde ich niemals im Bett auf sie warten, das wäre viel zu langweilig. Eine Maus legt sich ja auch nicht vors Maul einer Katze.

Was für eine herrliche Aussicht, im doppelten Sinne, denke ich, nehme einen Schluck Kaffee und genieße in froher Erwartung den unbeschreiblichen Blick aufs Meer, das heute so tiefblau ist, wie ich es gestern war.

Nach der morgendlichen Runde Sex und einem kleinen Mittagsschläfchen könnte ich meine Frau fragen, ob sie Lust auf eine Spritztour hat, überlege ich. Mit dem Porsche Cayenne natürlich. Meine Güte, was bin ich heute wieder versaut, aber das ist ja kein Wunder bei so einer Frau. Wobei ich aufpassen muss, dass mein kleiner Freund noch mit ihrer Lust mithalten kann, denn im Gegensatz zu dem Raubkätzchen da im Bad ist *er* nicht seit drei Wochen ausgehungert.

Ich überlege, wohin ich meine Magdalena entführen könnte. Das ist gar nicht so einfach, denn meine Frau ist hier auf der Insel geboren und kennt jedes Sandkorn beim Namen, ist in allen Ecken schon tausend Mal gewesen, und noch dazu ist heute der erste Weihnachtsfeiertag, da haben sogar auf Sylt die Geschäfte ausnahmsweise mal geschlossen. Eine Shoppingtour in Kampen fällt also flach – was wiederum sehr gut für meinen Geldbeutel ist. Nicht, dass ich meiner Magdalena nichts gönnen würde, aber ich mag zügellose Frauen nur im Bett.

Schön günstig wäre ja ein Ausflug zum Morsum Kliff, dort in der Sonne die leuchtend bunten Gesteinsfarben bewundern, über Jahrmillionen Erdgeschichte flanieren und dafür nicht einmal einen Cent bezahlen. Gratis dazu gäbe es einen grandiosen Ausblick über das Wattenmeer und auf den Hindenburgdamm. Wir könnten die Züge beobachten, wie sie auf dieser Nabelschnur zwischen Insel und Festland pendeln … wunderbar! Nur leider wird meine Frau das alles ziemlich langweilig finden, außerdem hasst sie Züge.

Gut, ich bin auch schon lange nicht mehr Zug gefahren, und man hört und liest ja ständig von diesen wahnsinnigen Verspätungen, auch bei der Fahrt auf die Insel, die es damit sogar schon in die bundesweiten Schlagzeilen geschafft hat.

Das wiederum hat die Sylt Marketing auf den Gag gebracht, die Touristen mit einem Katapult auf die Insel zu schießen, was in einem kleinen Werbefilm für die Catapult Air grandios umgesetzt wurde. Den Link dazu habe ich meiner Magdalena auch geschickt, solche genialen Ideen bewundere ich.

Ich schaue dem Rauch aus meinem Mund in der kühlen Winterluft nach und überlege weiter. Vielleicht könnte ich meine Frau davon überzeugen, mit mir nach Kampen zu fahren, allerdings zur Abwechslung mal das Geld nicht auf der legendären Whiskymeile zu versenken, sondern von der Uwe-Düne die wundervolle Aussicht über die Insel genießen.

Was den Schweizern ihr Matterhorn ist, so stolz sind die Sylter auf ihren Berg, schließlich handelt es sich um eine 52,5 Meter hohe Erhebung auf diesem flachen Knust – die Stelle hinterm Komma nicht zu vergessen.

Von dort oben könnten wir die Nordsee und das Wattenmeer sehen, nach Osten hätten wir den Hindenburgdamm im Blick, Richtung Süden sähen wir an der Hochhausskyline von Westerland vorbei bis zum Hörnumer Leuchtturm, nach Westen über das Rote Kliff hinweg auf das unendlich scheinende Meer, und gen Norden würde unsere Sicht bis nach List reichen – wo wir natürlich auch hinfahren könnten.

Besser wäre das vielleicht, denn mein Kreislauf wird mich mit höchster Wahrscheinlichkeit irgendwo auf den hundert Stufen verlassen, die es auf die Uwe-Düne hinauf zu erklimmen gilt.

Ich wärme meine Hände an der Kaffeetasse und denke weiter nach, während ich die Wellen dabei beobachte, wie sie sich sanft überschlagen und ruhig am Strand ausrollen. Heute herrscht fast Windstille, eine Seltenheit, und was für eine Idylle! Man kann sich kaum vorstellen, dass diese ruhige See aufbrausen und toben kann und alles zerstört, was ihr in den Weg kommt.

Besser, ich mache meiner Magdalena den Vorschlag, bis ganz in den Norden zu fahren. Die zahlreichen Läden am Lister Hafen werden hoffentlich, wie alle anderen, geschlossen haben, und ein Besuch im täglich geöffneten Fischtempel von Gosch ist nicht so teuer und damit noch im Budget, ebenso wie die sechs Euro Maut zur Nutzung der Privatstraße, die als einzige auf den Ellenbogen führt – jene landschaftlich wunderschöne Landzunge mit fünf Häusern und zwei Leuchttürmen, auf der deutlich mehr Schafe als Menschen leben. Die kreuzen auch schon mal ganz gelassen die Straße – die Schafe, nicht die Menschen –, und es macht Spaß, die Tiere zu beobachten. Mit etwas Glück könnten wir sogar am Strand Robben sehen.

Leider hat meine Magdalena für solche Naturbetrachtungen herzlich wenig übrig, sie mag ein Lamm lieber auf dem Teller und ein Schaffell vor dem Kamin.

Mein nächstes Manuskript muss unbedingt bald fertig werden und am besten gleich in die Bestsellerliste einsteigen, damit wieder ordentlich Geld aufs Konto kommt – die vergangenen drei Wochen waren doch recht kostspielig. Aber Mann gönnt sich ja sonst nichts.

Ans Schreiben ist in den nächsten Tagen allerdings nicht zu denken, auch wenn mich meine Muse ständig küsst. Oder gerade deshalb.

Nachdem ich noch einen Schluck Kaffee getrunken habe, schaue ich mich über die Schulter nach meiner Frau um. So langsam wird es doch etwas frisch auf dem Balkon, aber ich finde es sehr reizvoll, hier auf sie zu warten.

Am einfachsten, denke ich nach einem letzten Zug an meiner Zigarette, wir bleiben heute schlichtweg den Tag über im Zimmer und genießen das traumhafte Wetter vom Bett aus. Das dürfte zwar auch anstrengend werden, dafür jedoch garantiert uns beiden den meisten Spaß bringen.

Hach, was für ein schöner erster Weihnachtsfeiertag.

Wie ging noch mal der Text von *O du fröhliche?* Ich summe das Lied vor mich hin. Mir fällt nur noch was mit *gnadenbringende Weihnachtszeit* und *himmlischen Heeren* ein.

Zuerst rieche ich meine Frau, dann drehe ich mich um und sehe sie an. Verführerisch lächelnd kommt meine Magdalena im Morgenmantel näher. Unser Spiel beginnt.

Endlich.

Betont desinteressiert lehne ich mich an das Geländer, drehe ihr wieder den Rücken zu und schaue auf das Meer. Ich weiß, das macht sie heiß und sie wird zur Raubkatze.

Und ja, meine Magdalena geht in die Knie, umfasst meine Beine und schnurrt dabei wie ein Kätzchen. Ich überlege, wann ich mich wieder umdrehen soll, um die zweite Runde einzuläuten. Bereit wäre er. Ich auch.

»Hast du gestern das letzte Türchen deines Adventskalenders aufgemacht?«, haucht sie unvermittelt und schaut zu mir hoch.

Och nee, gleich ist meine Stimmung dahin. Jedes Jahr dasselbe – immer bastelt sie mir so ein Ding mit irgendwelchen kitschigen bis unbrauchbaren Kleinigkeiten, für die ich dann Begeisterung heucheln muss. Während meines Aufenthalts hier habe ich immer eine Woche en bloc aufgemacht und die Sachen nur halb besehen in den Koffer geschmissen, denn mit zurückbringen muss ich sie ja.

Wenn sie schon meint, mir mit so einem Kinderkram eine Freude machen zu müssen, dann doch bitte so einen ganz simplen mit Schokolade, da hätte ich wenigstens was davon. Schließlich nasche ich gern.

Dieses blöde letzte Türchen ist im Trubel des gestrigen Tages vollkommen untergegangen.

»Aber natürlich, mein Kätzchen, du weißt doch, wie mich verborgene Dinge interessieren, am meisten aber hinter gewissen Türchen ...«, säusle ich und beglückwünsche mich innerlich selbst für diesen gelungenen Übergang aufs richtige Thema.

Im nächsten Moment habe ich ganz andere Gedanken. Warum habe ich auf einmal keinen Boden mehr unter den Füßen? Und warum kommt der Beton so verdammt schnell näher? Du hast dich zu weit rausgelehnt, ist mein letzter Gedanke.

Der Ausblick aus seiner Suite über das weite Meer ist grandios, viel besser, als mein Mann es mir in seiner einzigen Mail beschrieben hat. Ich singe *O du fröhliche* vor mich hin. *O du selige, gnadenbringende Weihnachtszeit. Himmlische Heere, jauchzen dir Ehre: Freue, freue dich, o Christenheit.*

Die letzte Strophe. Textsicher war mein Mann noch nie.

Mein Sylt. Meine Heimat. Mein Blut pulsiert im Rhythmus dieser Insel, und wenn ich nach unten schaue, sehe ich ein dahingeworfenes Leben. Er hat sich stets bemüht, könnte man sagen. Er hat immer geglaubt, die Insel würde mich mittlerweile langweilen, dabei ist es seine Gegenwart, die unerträglich geworden ist.

Kein schöner Anblick da unten, das muss ich zugeben. Aber man weiß leider, wie das bei gescheiterten Existenzen so ausgeht. Alkohol, Tabletten, Selbstmord. Nach Letzterem sieht es aus.

Ein schönes letztes Foto noch, die Perspektive ist gut. Blogger, Twitterer, Instagrammer, Networker: Ihr wisst jetzt alle Bescheid. Nun noch ein Video, ihr seid live dabei. Auch über YouTube wird sich der Clip rasend schnell verbreiten, und die Auflage seines letzten Romans wird wie die Klicks in die Millionenhöhe schnellen.

Er kann sich nicht beschweren, denn es ist ja wohl eine Ehre, solch einen Nachruhm zu erhalten. Und ich sorge dafür. Vielleicht hat er sich zuletzt gefragt, wer ich eigentlich bin. Ja, wer bin ich denn? Die Gehörnte? Die Dienstbare? Der Teppichabstreifer? Ach was, nicht einmal das. Ich bin ein Geist. Ein sehr dienstbarer Geist, der Bestseller für Bestseller liefert. Auch gern mal solche Texte hier. Nur die Bezahlung hat nicht gestimmt.

Der Sex war okay, eine finanzielle Beteiligung in zehn Jahren nur versprochen. Zweihundert Euro im Monat Taschengeld, pah, was für ein Hohn. Und dann noch der Gipfel: Vier schöne Wochen wollte er sich hier machen – ohne mich. Auf meiner Heimatinsel. Ein Fünf-Sterne-Schreiburlaub, um sich von seiner Blockade zu befreien.

Blockade nennt er mich also, die Frau, die ihm fünf Bestseller geliefert hat. Das kann er auch ohne mich, hat er mir zuletzt vorgeworfen. Einverstanden, dann werde ich mich jetzt zur Ruhe setzen. Nur dieses kleine Werk hier noch vollenden. Ein letzter Brief, in dem er sich von der Welt verabschiedet. Ein Meisterwerk. Der Plot passt.

Die Wahrheit interessiert sowieso niemanden. Stellen Sie sich dieses Exposé mal vor: Abgekämpft erreicht eine Ehefrau ein Fünfsternehotel auf Sylt, weil der Ehemann sie *Luxusklasse einfliegen lassen* wollte. Leider hasse ich diese Links zu irgendwelchen Videos, die lustig sein sollen, aber dieses Mal hätte ich besser draufklicken sollen, dann wäre mir früher klar gewesen, auf welche Weise mich mein Mann *einfliegen* lassen wollte und dass es sich bei der Karte im Umschlag um ein Zugticket handelte. Zweiter Klasse, ohne Sitzplatzreservierung. Ein Stehplatz im Intercity von Frankfurt nach Westerland mit zwei Stunden Verspätung und dem Luxus, selbst bei einer Vollbremsung nicht umfallen zu können. Wundervoll!

Die Frau zieht also ihren Koffer dem starken Westwind entgegen vom Bahnhof die endlos lang erscheinende Friedrichstraße hinauf und findet ihren Mann – der es nicht für notwendig hält, sie mit dem Auto am Bahnhof abzuholen, denn dann müsste er ja dreimal um den Pudding fahren, zu Fuß sei es schließlich wesentlich kürzer – sie findet ihn also nicht wie verabredet an der Hotelbar, sondern besoffen mit einem billigen Flittchen im eigenen Hotelzimmer vor.

Die beiden sind so zugange, dass sie die Entdeckung nicht einmal bemerken. Und das alles an Heiligabend. Am zehnten Hochzeitstag. Viel zu klischeehaft. Doch leider das reale Leben und im Grunde genau das, was ich erwartet habe – außer ihn in flagranti zu erwischen.

Tja, hätte er mal das letzte Türchen seines Adventskalenders geöffnet. Dahinter lag ein Zettel mit einer eindeutigen Warnung. Es wäre seine letzte Chance gewesen.

Aber ich kenne meinen Mann, in jeglicher Hinsicht.

Treib es nicht zu bunt, bleib schön auf dem Teppich, habe ich ihm immer gesagt.

Lehn dich nicht zu weit aus dem Fenster, habe ich ihm immer gesagt.

Nimm dich vor deiner Frau in Acht, habe ich ihm heute geschrieben.

Er wollte nie auf mich hören. Dafür musste er leider bezahlen.

Denn guter Rat ist teuer. Besonders an Weihnachten.

23

Judith Merchant

Driving Home for Christmas

Siegburg

Über die Autorin:

Judith Merchant studierte Literaturwissenschaft und unterrichtet heute Creative Writing an der Friedrich-Wilhelms-Universität Bonn. Für ihre Kurzgeschichten wurde sie zweimal mit dem Friedrich-Glauser-Preis ausgezeichnet. Nach der Veröffentlichung ihrer Rheinkrimi-Serie (darunter *Nibelungenmord* und *Loreley singt nicht mehr*) zog Judith Merchant von der Idylle in die Großstadt. 2019 erschien ihr Thriller *ATME!*.

Inzwischen war es dunkel geworden. Im Scheinwerferlicht sah Werner, wie Regenbögen auf die Straße einpeitschten. Seit einer Stunde war er unterwegs auf einsamen Landstraßen. Die A1 war wegen eines Unfalls teilweise gesperrt, und er hatte die glorreiche Idee gehabt, die Unfallstelle weiträumig zu umfahren. Seitdem dirigierte ihn das Navi durch die Gegend, kreuz und quer durch das Bergische Land.

»... gute Fahrt!«, wünschte die fröhliche Stimme des Radiosprechers, dann setzten die ersten Klänge von *Last Christmas* ein. Das hatte Werner schon zu oft gehört dieses Jahr. Statt einen neuen Sender zu suchen, drehte er das Radio ganz aus.

Es war fünf Uhr vorbei. Er würde zu spät kommen. Der Truthahn war jetzt schon im Ofen, ach was, schon seit dem Vormittag. Man musste ihn bei Niedrigtemperatur garen, nur dann wurde das Fleisch so zart, dass es sich fast von selbst von den Knochen löste.

Außerdem wurde das tote Tier stündlich mit seinem eigenen Bratensaft begossen, damit die Haut knusprig blieb und das Fleisch saftig, ein aufwendiges Verfahren, das sich aber lohnte, weil man nachher mit dem perfekten Weihnachtsessen belohnt wurde. Außer natürlich, er kam zu spät. Dann würde der Vogel im heißen Ofen austrocknen. Oder im kalten Ofen abkühlen. Aufwärmen konnte man ihn nicht.

O ja, Truthahn war nicht flexibel. Truthahn war etwas, wofür man pünktlich sein musste.

Der Gedanke machte ihn nervös. Werner gab Gas.

Vielleicht hätte er gestern schon losfahren sollen, aber er hatte bis mittags noch Unterricht gehabt. Na ja, soweit man das Unterricht nennen konnte – sie hatten natürlich Filme geguckt, mehr war mit den Schülern nicht anzufangen am letzten Tag vor den Ferien. Eigentlich war die ganze Woche schon nichts mit ihnen anzufangen gewesen. Manchmal fragte sich Werner, wann man überhaupt je etwas mit ihnen anfangen konnte.

Kurve.

Puh.

Die Tüte im Fußraum des Beifahrersitzes hüpfte erschrocken in die Höhe. Darin befand sich das Geschenk.

Es war wirklich nicht ohne, hier auf der Landstraße so schnell zu fahren. Möglicherweise konnten das die Einheimischen. Wenn man jede Steigung und jede Kurve kannte, dann –

Da.

Plötzlich war da jemand mitten auf der Straße. Der Scheinwerferkegel erfasste eine dunkle Gestalt, aber zu spät. Den Bruchteil einer Sekunde dauerte es, bis diese Information Werners Hirn erreichte, einen weiteren Bruchteil, bis seine Hände reagierten und das Lenkrad herumrissen.

Und dann flogen die Bäume und der Himmel und das Feld auf Werner zu.

PATSCH!

Stille.

Werner öffnete die Augen.

Lebte er? Offenbar.

Der Wagen stand auf dem Feld neben der Straße. Alles schien so weit normal. Vorsichtig richtete Werner sich auf. Sein Kopf tat weh, aber er schien unverletzt. Nur die Brille hing ihm an einem Bügel ins Gesicht. Es war geradezu ein Wunder, wenn ihm wirklich nichts passiert war!

»Mann, Mann, Mann«, flüsterte Werner und richtete mit zitternden Fingern seine Brille.

»Zwei«, murmelte er. »Drei. Fünf. Sieben. Elf.«

Und dann traf es ihn wie der Schlag einer Keule. Die Erinnerung. Das Bild, gestochen scharf. Da hatte jemand auf der Straße gestanden. Hatte er ihn überfahren?

»Bitte nicht«, stöhnte Werner. Er warf einen Blick aus dem Fenster auf die Straße. Dort war nichts zu sehen, nur die schwarzglänzende Fahrbahn. Wenn er ihm wirklich ausgewichen war, musste der Mann dann nicht noch dort stehen? Vielleicht lag er im Straßengraben.

Scheiße.

Er sah auf den Fußraum des Beifahrersitzes. Das Geschenk war aus der Tüte gerutscht und sah etwas ramponiert aus. Werner zupfte die Schleife zurecht, ganz so, als wäre das jetzt wichtig. Als käme es darauf an. Er zog sein Handy aus der Tasche. Kein Empfang. Wenn er jemanden angefahren hatte, konnte er keine Hilfe holen. Er würde bis ins nächste Kaff fahren müssen, um einen Krankenwagen zu rufen und die Polizei. Der Truthahn war damit ...

Egal. Es ging um ein Menschenleben.

Und um Heiligabend.

Und den Truthahn.

Werner rieb sich die Stirn. Hallo? Konnte es wirklich wahr sein, dass er sich Gedanken um den toten Vogel machte?

Das war Weihnachten. Weihnachten machte die Menschen verrückt. Oder es war der Unfall. Vielleicht hatte er ja einen Schock. Eine Übersprunghandlung. Nein, Übersprunggedanken. Gab es das überhaupt, Übersprunggedanken?

Werner holte tief Luft, dann öffnete er vorsichtig die Fahrertür. Zuerst traf ihn die Kälte wie ein Fausthieb. Hatte es nicht vorhin noch geregnet? Jetzt schneite es, winzige, zarte Flocken, Flöckchen eher. Der Wagen schien unversehrt, soweit man das erkennen konnte. Das Feld unter seinen Füßen war matschig. Werner sank mit dem Fu-

Plötzlich war er direkt vor ihm, packte ihn. Werner hatte ihn nicht kommen sehen, und jetzt hing und zog er an ihm. Ein winziger Schrei entfuhr Werner.

»Hilfe!«, wimmerte der Mann. Dann ließ er ihn los.

Er war groß, groß und breit. Eine schwere Kapuze bedeckte seinen Kopf, sodass Werner von dem Gesicht beinahe nichts erkennen konnte. Nur die flackernden Augen.

»Haben Sie mich erschreckt!«, stieß Werner aus. »Sind Sie … sind Sie verletzt? Ich hätte Sie beinahe – o mein Gott, ich bin so froh, dass Sie leben!«

»Nicht verletzt«, stöhnte der Fremde. Er streckte den Arm aus, um sich am Autodach abzustützen.

»O mein Gott!«, flüsterte Werner. »Geht es – ich würde ja einen Krankenwagen und die Polizei rufen, aber hier ist kein Empfang.«

»Keine Polizei!«

Werner sah auf den Mann, dann sah er auf sein Auto. Dies war ein Unfall mit Personenschaden. Er musste die Polizei rufen. Oder?

Der Fremde richtete sich zu voller Größe auf. »Nehmen Sie mich einfach mit in die nächstgrößere Stadt. Zu einem Bahnhof. Zu irgendeinem Bahnhof. Da können Sie mich rauslassen.« Seine Stimme klang jetzt fest.

»Wohin müssen Sie?«, fragte Werner.

»Ist egal«, sagte der Mann, »Hauptsache, raus aus dem Dunkel.«

Werner starrte den Mann an. Er sah wenig vertrauenerweckend aus, wie er reglos im Dunkeln stand, die große Gestalt etwas gebückt, in der Hand eine Art Rucksack, nein, eigentlich war es ein Seesack, vollkommen durchnässt, ebenso wie der Mantel des Mannes, der eher ein Umhang war.

»Ich weiß nicht«, sagte Werner. Er warf einen Blick ins beleuchtete Innere des Wagens. Wie gern würde er hineinspringen, ins sichere, warme, helle Innere, einfach die Tür hinter sich zuschlagen und Gas geben. In einer Stunde konnte er zu Hause sein. Dort warteten Tannenbaum, Lichterglanz und Geschenke auf ihn – und der schöne, fette Truthahn.

Der Mann fragte: »Worauf warten wir? Sie haben mich gerade beinahe totgefahren.« Es klang wie eine Drohung. Es war eine Drohung. Und er hatte vollkommen recht. Worauf wartete Werner?

Er seufzte.

»Steigen Sie ein«, sagte er.

Er setzte sich ans Steuer und sah auf die Uhr. 17.32 Uhr. Er würde zu spät kommen.

Neben ihm wurde die Beifahrertür aufgerissen. Werner nahm Tüte und Geschenk und legte beides auf die Rückbank. Der Fremde plumpste auf den Sitz. Den Seesack stellte er vor sich in den Fußraum.

»Möchten Sie das nicht in den Kofferraum tun?«, fragte Werner.

Der Fremde schüttelte den Kopf. Die Kapuze hatte er nicht abgezogen. »Fahren Sie«, sagte er knapp. »Bahnhof, irgendeiner.«

Werner lenkte den Wagen vorsichtig über das matschige Feld. Es ruckelte. Er war froh, als er endlich die feste Straße unter sich spürte.

Der Fremde war auf seinem Sitz zusammengesunken und schwieg. Die Wärme hatte den Schnee auf seiner Kapuze geschmolzen, es tropfte.

Bahnhof.

Und es waren laut Navi fünfundfünfzig Minuten zu fahren, nach Siegburg, wohlgemerkt. Aber erst musste er diesen Kerl wieder loswerden.

Welcher verdammte Bahnhof war denn jetzt der nächste?

Er würde ihn einfach mit nach Siegburg nehmen. Das war für ihn der geringste Umweg, praktisch gar keiner, und Siegburg war ein ICE-Bahnhof. Von dort konnte der Fremde überall hinfahren. Allerdings bedeutete das, dass er ihn noch lange neben sich im Wagen haben würde.

Werner widerstand dem Bedürfnis, Gas zu geben. Es war eine schlechte Idee, auf unbekannten Landstraßen zu schnell zu fahren. Hatte er eben ja bewiesen.

Der Mann neben ihm schwieg weiter. Wie konnte das eigentlich sein, dass diesem Mann egal war, wo er rausgelassen wurde? Und das an Heiligabend? Wo wollte er hin?

Werner räusperte sich. »Wohin, sagten Sie, waren Sie doch gleich unterwegs?«, fragte er.

»Ich habe gar nichts gesagt«, erwiderte der Fremde.

Das war mehr als unhöflich. Das war …

Werner spürte, wie ihm sehr warm wurde. Was hatte dieser Mann überhaupt mitten in der Nacht im Nirgendwo zu tun gehabt? Wie war er dorthin gekommen, ohne Auto? Und was hatte er dort getan? Er war nicht getrampt, er war einfach so mitten auf der Straße gestanden. Warum eigentlich? Um jemanden anzuhalten?

Um …

»Ist alles in Ordnung?«, fragte der Mann.

Werner nickte. »Ja, sicher.«

Der Mann betrachtete ihn irgendwie merkwürdig. So, als gäbe es da etwas zu sehen, wovon Werner nichts wusste. »Sie sagen die ganze Zeit Zahlen auf, ist Ihnen das bewusst?«

Werner erschrak. Tatsächlich? Hatte er geredet? »Das mache ich immer, wenn ich gestresst bin. Ist so eine Angewohnheit«, bekannte er.

»Warum? Was sind das für Zahlen?«

»Primzahlen. Ich bin Mathematiklehrer.«

Der Fremde zog die dunkle Kapuze noch etwas tiefer in die Stirn. »Und warum sind Sie gestresst?«

Langsam fühlte Werner sich mehr als unbehaglich. »Ich habe soeben einen Unfall gehabt. Außerdem ist Weihnachten. Zu Weihnachten ist jeder gestresst.«

»Da haben Sie wohl recht«, sagte der Mann.

Irgendetwas an dem Gespräch kam Werner komisch vor.

»Musik?«, fragte er. Der Fremde antwortete nicht. Werner schaltete das Radio ein.

Chris Rhea, *Driving Home for Christmas*.

Werner hätte am liebsten mitgesummt, nur um sicherzugehen, dass er nicht wieder Zahlen murmelte, aber mit dem Fremden neben ihm war ihm das peinlich. Dabei sollte Singen weniger peinlich sein als Primzahlen, oder?

Verdammt. Es war ihm unangenehm, dass der Fremde ihm anmerkte, wie nervös er war. Sehr unangenehm.

»Achtung, wir unterbrechen für eine wichtige Meldung«, dröhnte es aus dem Lautsprecher. »Die Polizei warnt vor einem …« Es knatterte und knackte, und Werner drehte am Knopf, bis er wieder etwas verstehen konnte. »… Serienmörder … seine Opfer mit Nadelstichen … Es wird davor gewarnt, Anhalter …« Schon wieder kein Empfang. Herrgott, hier auf dem Land war es wirklich …

Werner drehte das Radio aus.

Keiner von beiden sagte ein Wort. Im Wagen herrschte jetzt eine Stille, die schwer zu ertragen war.

Totenstille.

»Haben Sie das gehört?«, fragte der Fremde und verzog das Gesicht zu einer Art Grinsen. »Sie warnen vor einem Serienmörder. Da hätte ich gern mehr drüber gehört. Wir sollten die Augen aufhalten, vielleicht sehen wir ihn.« Er lehnte die Stirn an die Scheibe und spähte hinaus, als könne man dort tatsächlich etwas entdecken außer der verschneiten Landstraße im Kegel der Scheinwerfer und der undurchdringlichen Dunkelheit ringsum.

Werner betrachtete seine Hände auf dem Lenkrad, sie zitterten. »Wir haben ja nur Bruchstücke gehört«, sagte er. »Wer weiß, worum es ging. Vielleicht um einen Thriller. Vielleicht war das eine Buchbesprechung. Geschenktipp zum Fest.«

Er sah stur auf die Straße.

»Na, wenn Sie meinen«, sagte der Fremde.

Werner fand, dass er geradezu amüsiert klang.

Er räusperte sich. »Wenn Sie zu Hause einen Adventskranz anzünden, liegen Sie schon bei über 200 000 Mikrogramm Stickoxiden«, erzählte er.

Der Fremde drehte sich in Zeitlupe zu ihm und richtete den Blick auf ihn. »Na, so was«, sagte er.

Werner wackelte mit dem Kopf. »Ich unterrichte auch Physik und Chemie«, erklärte er.

Der Fremde schwieg.

»Ich nehme Sie jetzt mit nach Siegburg«, sagte Werner.

»Ist mir recht«, brummte der Fremde.

Werner warf einen Blick auf das Navi. Dreiundvierzig Minuten noch. Die gingen viel schneller rum, wenn man sich ein wenig unterhielt. Dann zählte man auch keine Primzahlen auf, die dem anderen verrieten, wie nervös man war. »In dreiundvierzig Minuten werden wir da sein. Siegburg besitzt seit 2003 einen ICE-Bahnhof, er liegt auf der Strecke zwischen Köln und Frankfurt. Siegburg ist bekannt durch das Kloster auf dem Michaelsberg.«

»Erzählen Sie mir jetzt einen vom Pferd?«, fragte der Fremde. Er klang weiterhin amüsiert. Der Fremde bewegte den rechten Arm etwas steif, so, als hielte er etwas in der Hand. Etwas, das Werner nicht sehen konnte.

»Die Abtei Michaelsberg war eine Abtei des Benediktinerordens. Sie bestand von 1064 bis 1803«, fuhr er hastig fort. »Danach diente das Gebäude unter anderem als Irrenanstalt. Es ist wirklich in gutem Zustand, Sie sollten es sich anschauen. 3764 Kilogramm wiegt Maria. Ach so, wissen Sie überhaupt, wer Maria ist? Maria ist der Name der größten Bronzeglocke der Abtei, 1,772 Meter misst sie im Durchmesser. An Weihnachten wird sie gemeinsam mit den sieben anderen Glocken Michael und Mauritius, Joseph, Benedikt, Anno, Mauritius und Gefährten sowie Erpho, Reginhard und Cuno vom Berg erklingen. Wirklich interessant ist, dass sie das am 11. Juli 2006 nach langer Zeit überhaupt erstmals wieder taten. Und wissen Sie, warum? Maria, Michael und Mauritius wurden im März 2006 neu gegossen und kamen damals erst Ende Mai nach Siegburg.«

Der Fremde sah ihn scheel an. Das, was seine Hand umklammerte, lag im Dunkeln. Draußen flog die Landschaft vorbei.

Noch vierzig Minuten.

»Vierhundertdrei Gottesdienste werden in den evangelischen und katholischen Kirchen an Heiligabend und an den beiden Weihnachtstagen im Rhein-Sieg-Kreis gefeiert. Dort gibt es sechsundsechzig Predigtstätten.«

»Sie sollten Regionalkrimis schreiben«, sagte der Fremde. »Da ist so ein Mist vielleicht von Interesse.«

»Es werden etwa sechsundzwanzig Krippenspiele aufgeführt«, piepste Werner.

»Seien Sie still«, befahl der Fremde.

Werner sah starr auf die Straße, seine Hände umklammerten entschlossen das Lenkrad. »2256 Mitglieder haben die Kirchenchöre und Instrumentalkreise des Kirchenkreises. Auf die Predigtkanzeln steigen einhundert Geistliche, dreiundachtzig Pfarrerinnen und Pfarrer sowie siebzehn Prädikanten.«

»Warum haben Sie solche Angst?«, fragte der Fremde. »Sie machen sich ja fast ins Hemd.«

Noch neununddreißig Minuten. Werner schüttelte den Kopf. »Ich habe keine Angst.«

»Wirklich nicht?«, insistierte der Fremde. »Es wäre ja nur verständlich, wenn Sie Angst vor mir hätten. Wir sind allein in diesem Auto, hier ist kein Empfang, und Sie kennen mich nicht. Außerdem hat man im Radio gerade davor gewarnt, jemanden mitzunehmen.«

Noch achtunddreißig Minuten. Werner fuhr noch etwas schneller. Er wusste, dass das keine gute Idee war.

»Ich bin nur etwas nervös, weil ich zu spät komme«, flüsterte Werner.

Der Fremde lachte plötzlich auf. »Sie haben also keine Angst davor, dass ich dieser Serienmörder sein könnte? Und Ihr ganzes Gerede von Kirchen und Predigten ist nicht ein verzweifelter Versuch, Stoßgebete zum Himmel zu schicken, damit ein Wunder geschieht und ich mich in Luft auflöse?« Er reckte die rechte Faust, sodass Werner sie jetzt sehen konnte, fest hielt er das umklammert, was darin war.

»Ich habe keine Angst vor Ihnen«, flüsterte Werner.

Noch siebenunddreißig Minuten.

»Das wundert mich.«

Werner schwieg. Und gab Gas.

»Glauben Sie an Gott?«, fragte der Fremde halblaut. »Ist das der Grund, weswegen Sie keine Angst vor mir haben? Schützt Sie Ihr Gottvertrauen?« Er drehte die Faust um, darin befand sich ein zerknülltes Taschentuch. Er präsentierte es wie ein Zauberer, dann hob er es an die Nase und betupfte sie vorsichtig. Er hatte Schnupfen. Dem Fremden lief die Nase.

Jetzt musste Werner beinahe lachen, auch wenn die Situation eigentlich wirklich nicht zum Lachen war. Er bremste scharf.

Der Wagen hielt. »Wissen Sie«, flüsterte Werner, »ich glaube nicht an Gott, ich glaube an Statistik. Und zwei Serienmörder in einem Auto, das wäre statistisch gesehen ausgesprochen unwahrscheinlich.«

»Wie meinen Sie ddd...«, fragte der dunkle Fremde, oder eher: wollte er fragen. Denn schon hatte Werner seinen Zirkel gezogen und sein Herz durchbohrt. »Fünf«, murmelte er. »Sieben! Elf!«

Dreizehn, siebzehn, neunzehn, dreiundzwanzig ...

Jedes Jahr war es dasselbe! Inzwischen warnten sie sogar im Radio vor ihm, das war doch kaum zu fassen. Werner schüttelte ungläubig den Kopf.

Dann machte er sich daran, sein Opfer mit einhunderteinunddreißig Zirkelstichen zu perforieren. Er brauchte ganz dringend etwas Entspannung.

Heiligabend mit Mama würde sicher wieder ziemlich stressig werden, vor allem, wenn er zu spät zum Truthahnessen kam.

24

Wolfgang Burger & Hilde Artmeier

Maria und Josef

Heidelberg

Über die Autoren:

Wolfgang Burger und Hilde Artmeier sind nicht nur im richtigen Leben ein (Ehe-)Paar, sondern arbeiten auch seit vielen Jahren beim Bücherschreiben eng zusammen. Bevor sie sich ganz dem Schreiben gewidmet haben, war Wolfgang Burger mehrere Jahrzehnte als Wissenschaftler am Karlsruher Institut für Technologie KIT tätig, Hilde Artmeier studierte Biologie und arbeitete lange u. a. in der Pharmaindustrie und als selbstständige Übersetzerin.
Sie haben eine Vielzahl von Kriminalromanen veröffentlicht, von denen nicht wenige auf der *Spiegel*-Bestsellerliste standen. In ihrer Kurzgeschichte *Maria und Josef* lassen sie ihre Protagonisten Anna di Santosa und Alexander Gerlach erneut aufeinandertreffen.
Burger und Artmeier leben und schreiben in Karlsruhe, Regensburg und Schweden. 2019 erschien bei Knaur mit *Gleißender Tod* ihr erster gemeinsamer Thriller.
Mehr Infos unter: www.burger-artmeier.com

Wie an fast jedem Abend war das *Da Federico* proppenvoll. Heute war allerdings die Stimmung schlecht, die Unzufriedenheit des Publikums fast mit Händen zu greifen. Federico, Inhaber und Chef des kleinen Ristorante, flitzte mit feuchter Stirn und Leidensmiene von einem Tisch zum nächsten, um aufgebrachte Gäste zu besänftigen und mit kleinen Zuwendungen darüber hinwegzutrösten, dass die Küche dem Ansturm nicht gewachsen und die Qualität der Speisen sehr zu wünschen übrig ließ.

»Ist Maria krank?«, fragte ich ihn, als er wieder einmal an unserem Ecktisch vorbeirauschte, um irgendwo als Wiedergutmachung eine Runde Grappa aufs Haus zu spendieren. »Doch hoffentlich keine Komplikationen mit ihrer Schwangerschaft?«

Erst auf dem Rückweg machte er kurz bei Theresa und mir halt.

»No, no, alles gutt, Alexander, aber ihre Tante, Mamma mia, iste sooo krank.« Mit südländischem Pathos und beiden Händen griff er sich an die Stirn. »Aber morgen komme zuuruck, hat feste versprochen. Dann wieder alles tutto perfetto in cucina.«

Auch unsere Thunfischsteaks hatten nicht dem gewohnten Standard des Hauses entsprochen. Der Fisch war zu lange gebraten worden, die Soße versalzen, das Gemüse verkocht. Seit Langem war das *Da Federico* unser Lieblingsitaliener, ein Geheimtipp, den man nur seinen besten Freunden verriet. Seit Maria jedoch vor zwei Wochen abgereist war, um ihre kranke Tante in ihrem Heimatdorf in Kalabrien zu pflegen, fehlte der gute Geist der Küche, und nichts wollte mehr funktionieren wie gewohnt.

»Wer kocht denn jetzt bei dir?«, fragte ich den aufgelösten Wirt.

»Antonio. Eine Cousin. Haben gelernte Koch in Mailand. Aber wer in Mailand kanne schon kochen, ich dich frage«, gab Federico begleitet von theatralischer Gestik Auskunft. »Darf ich bringen euch ein Dolce als Trost? Eine Tiramisu, sooo köstlich. Vonne mir gemacht, nicht vonne Antonio!«

Theresa nickte freudig. Für uns gab es üblicherweise keinen Nachtisch, da wir ständig am Abnehmen waren. Aber wenn uns das Tiramisu quasi aufgenötigt wurde, wollten wir den Spender natürlich nicht kränken.

»Und für mich noch ein Viertel von deinem Anarkos«, sagte ich gut gelaunt.

Wie hatte ich mich darauf gefreut, das berühmte Heidelberger Schloss zu besuchen, die Alte Neckarbrücke, die Heiliggeistkirche auf dem Marktplatz, den Weihnachtsmarkt in dieser berühmten alten Stadt, an deren altehrwürdiger Universität Maximilian vor vielen Jahren Medizin studiert hatte.

»Du wirst Heidelberg lieben«, hatte mein Liebster mir prophezeit, als wir im Zug saßen. »Ein Weihnachtsmarkt auf sage und schreibe fünf Plätzen – so was, Anna, haben wir nicht mal in Regensburg!«

Wie gern hätte ich an jenem Freitagvormittag gemeinsam mit ihm die Sehenswürdigkeiten der Altstadt bewundert und an den Buden des Weihnachtsmarkts nach Geschenken Ausschau gehalten. Stattdessen stapfte ich in der Eiseskälte mutterseelenallein von Platz zu Platz, verbrannte mir an den heißen Maroni die Finger, und meine Laune sank immer tiefer in den Keller. Maximilian, der morgen auf einer internationalen Tagung am hiesigen Uni-Klinikum einen Vortrag halten sollte, lag nämlich noch immer im Hotelbett. Gestern Abend hatten wir uns mit einigen seiner ehemaligen Studienkollegen getroffen. Wir hatten viel gelacht, und Maximilian hatte vom Weingartener Riesling entschieden mehr getrunken, als ihm guttat.

Als es auch noch zu regnen begann, hatte ich endgültig genug von Heidelbergs Winterzauber. Ein alter Bekannter fiel mir ein. Alexander Gerlach, Chef der hiesigen Kripo, mit dem ich vor einem Jahr in einem klammen Keller eingesperrt gewesen war und um mein Leben bangte. Vielleicht hatte er ja Zeit für ein Pläuschchen im Warmen. Ich zückte mein Handy.

*

»Frau di Santosa!«, rief ich fröhlich ins Telefon. »Wie schön, von Ihnen zu hören.«

Seit ich Anna di Santosa, eine Privatdetektivin, vergangenes Jahr in Regensburg kennengelernt hatte, hatten wir keinen Kontakt mehr. Gemeinsam und mehr oder weniger, ohne es zu wollen, hatten wir einen Fall von Kunst- und Drogenschmuggel aufgeklärt.

»Eigentlich waren wir schon beim Du, Alexander«, sagte sie halb lachend, halb tadelnd.

»Darf ich dich als kleine Entschädigung zu einem guten Kaffee einladen?«

Zehn Minuten später saß sie mir gegenüber. Klein, schlank, trotz italienischer Vorfahren rothaarig und mit blitzwachem Blick. Sie sprach Hochdeutsch mit gelegentlichen bayerischen Einsprengseln und ohne jeden italienischen Akzent. Wir tranken Kaffee, den sie lobte, plauderten über dies und das, und in meinem Büro wurde ihr allmählich wieder warm. Sie war halb erfroren gewesen, und ihre Laune schien heute nicht die beste zu sein.

»Leider habe ich in zehn Minuten den nächsten Termin«, sagte ich. »Aber wir könnten uns heute Abend zu viert zum Essen treffen.«

Die Idee schien ihr zu gefallen.

»Wahrscheinlich geht es erst morgen und nur mittags, nach Maximilians Vortrag, anschließend reisen wir ab. Wo kann man denn hier gut essen?«

»Normalerweise im *Da Federico*. In letzter Zeit war die Küche allerdings nicht so gut wie gewohnt, weil die Köchin in Italien war. Heute soll sie aber wieder zurück sein.«

Da ich morgen nur abends Zeit hatte, überlegte Anna, ob sie und ihr Lebensgefährte vielleicht einen Tag länger bleiben würden. Sie googelte schon auf ihrem Handy und beschloss, das Lokal in jedem Fall heute Mittag allein zu testen.

»Bestimmt ist dort gut geheizt, schließlich sind wir in Deutschland«, meinte sie mit schelmischem Grinsen. »Wegen morgen melde ich mich später noch mal.«

Bald darauf saß ich in einem stilvoll eingerichteten und tatsächlich angenehm warmen Ristorante, in dem die Farben Italiens sehr geschmackvoll in Szene gesetzt waren. Auf den weißen Tischdecken waren zur Jahreszeit passende Mistel- und Stechpalmengestecke arrangiert, dazu rote Weihnachtskugeln. An den Wänden hingen Fotos von den Traumküsten meiner alten Heimat in allen erdenklichen Blautönen.

Auch die Speisekarte war verlockend, aus der Küche wehte ein verführerischer Duft nach Knoblauch und Rosmarin. Aber dann waren die Spaghetti alla putanesca, die der Chef mir hinstellte, so versalzen, dass ich sie kaum hinunterbrachte. Hatte Alexander nicht gesagt, die Köchin sei heute wieder zurück?

»Buono?«, fragte der für einen Landsmann ungewöhnlich große Federico, als er mit besorgter Miene meinen noch halb vollen Teller abräumte.

»Molto buono«, schwindelte ich. Sein Blick war so düster, dass ich es nicht übers Herz brachte, ihm die Wahrheit zu sagen. »Aber leider bin ich gerade auf Diät.«

Der Chef des Hauses war hager, fast dürr, hatte die Schwelle zu den Fünfzigern wohl schon hinter sich und sah mit seinen angegrauten Schläfen in dem ansonsten noch pechschwarzen

Haar gar nicht schlecht aus, wenn auch ein bisschen schmierig. Natürlich entging mir nicht, dass sein Blick mich Zentimeter für Zentimeter abtastete – ein mediterraner Macho aus dem süditalienischen Bilderbuch.

»Darf ich Ihnen trotzdem einen caffè spendieren?«, fragte er, ebenfalls in unserer gemeinsamen Landessprache. »Oder eine winzige Tiramisu?«

Zumindest die Nachspeise wäre genießbar, wusste ich von Alexander. Also ließ ich mich nicht lange bitten und entschied mich für beides. Das Essen war so grauenvoll gewesen, dass ich hier für morgen gewiss keinen Tisch reservieren würde.

»Ich bin in der Toskana aufgewachsen, in den Bergen bei Volterra«, erzählte ich ungefragt.

Federico warf unruhige Blicke um sich.

»Und Sie – woher stammen Sie?«

»Tropea«, erwiderte er schmallippig.

»Und Ihre Frau? Sie muss zu Hause jemanden pflegen, habe ich gehört.«

Widerwillig nickte er, ging jedoch mit keinem Wort auf meine Bemerkung ein, sondern wieselte zum Tresen. Nachdem er dem Mann dahinter, einem gemütlich wirkenden Süditaliener mit Bäuchlein, einige barsche Anweisungen gegeben hatte, verschwand er in einem dunklen Korridor, der nach hinten führte.

Seltsam. Wenn ich auf einen Landsmann traf, fand das Gespräch normalerweise kein Ende. Man tauschte Klatsch aus der alten Heimat aus, manchmal auch aus der neuen, oder schimpfte gemeinsam auf die Politiker in Rom oder Berlin. Irgendetwas stimmte hier nicht.

Ich schlenderte zum Tresen und fragte nach den Toiletten. Der Mann mit Bauch deutete auf den Korridor. Anstatt jedoch nach hinten zu gehen, betrachtete ich die vielen Fotos, die hinter dem Tresen hingen. Hier gab es kein Meer und keine kalabrischen Felsenküsten zu sehen, sondern das Team des Ristorante, an die zehn Mitarbeiter.

»Ist das Maria?«, fragte ich und deutete auf eine zierliche Schwarzhaarige mit blitzenden Augen und umwerfendem Lachen. Sie stand neben Federico, der mit Gockel-Gehabe in die Kamera blickte, war sehr viel jünger als ihr Mann und mir auf Anhieb sympathisch.

»Ja, sie ist die Seele unserer Küche.« Er verzog das Gesicht. »Jeden Tag bete ich zur heiligen Madonna, dass sie endlich wiederkommt. Sonst muss ich mich bald nach einem neuen Job umschauen.«

Ich äußerte Verständnis für seine Sorgen, abgesehen von mir waren nur wenige Gäste im Lokal, und rätselte, warum eine Frau wie Maria mit einem schmierigen Kerl wie Federico verheiratet war.

»Ich habe gehört, sie muss sich um ihre Tante kümmern?«

»Ja, ganz plötzlich. Auf einmal war Maria weg, von einem Tag auf den anderen.« Er blinzelte. »Komisch, irgendwie.«

»Dass sie so plötzlich verschwunden ist?«

Er nickte. »Und von einer Lucia Varese aus Tropea habe ich auch noch nie was gehört. So heißt die Tante, sagt der Chef, und dabei hat Maria doch ständig von ihrer Famiglia daheim erzählt. Außerdem hat sie nur noch vier Wochen, also bis zur Entbindung. Wer fährt denn da noch …?«

Die Eingangstür flog auf. Ein alter Mann mit Stock erschien, lauthals begrüßte er den Kellner und schimpfte auf das Wetter.

Ich ging zu den Toiletten. Auf dem Weg dorthin passierte ich eine Tür mit der Aufschrift »Büro«. Sie war nur angelehnt. Federicos gedämpfte, aber aufgeregte Stimme war zu hören, offenbar telefonierte er.

Anna meldete sich schon am frühen Nachmittag wieder bei mir. Sie würden tatsächlich einen Tag länger in Heidelberg bleiben, und einem gemeinsamen Abendessen an diesem vierten Adventswochenende stand daher nichts mehr im Wege.

»Aber nicht bei Federico, bitte. Maria ist anscheinend immer noch nicht zurück.« Die Privatdetektivin zögerte kurz. »Vielleicht sehe ich ja Gespenster, Alexander. Aber ich habe das Gefühl, da stimmt etwas nicht.«

»Inwiefern?«

»Ich glaube, Maria ist gar nicht in Italien. Ich habe zufällig gehört, wie Federico telefoniert hat. Er war sehr aufgeregt, fast panisch, hat aber trotzdem sehr leise gesprochen. Und da Schnüffeln nun mal mein Beruf ist ...«

»Hast du ein bisschen gelauscht.«

»Es ging um Geld. Geld, das er bezahlen soll, aber nicht kann. Mein erster Gedanke war natürlich, es geht um Schutzgeldzahlungen an die Mafia. An so etwas denkt man als Italienerin automatisch in solchen Fällen.«

Nun verging mir das Lachen. »Du meinst, er hat sich geweigert zu bezahlen, und da haben sie seine Frau entführt?«

»Exakt.«

»Mit der Mafia hatten wir hier in der Gegend zum Glück bisher keinen Ärger.«

»Was nicht heißt, dass sie hier nicht aktiv ist.«

»Hast du verstehen können, um welche Summe es geht?«

»Einmal sagte er, hundertzwanzigtausend habe er auftreiben können. Für den Rest müsse er eine Hypothek aufnehmen, und das würde nun mal dauern.«

»Das klingt nun eher nicht nach Schutzgeld.«

»Finde ich auch.«

Anna gestand mir, sie habe im Lauf des Tages schon mit einer Nachbarin des *Da Federico* gesprochen. Diese habe ihr jedoch auch nur sagen können, dass sie Maria seit Längerem nicht mehr zu Gesicht bekommen habe.

»Federico soll ein schrecklicher Macho sein, und sie hat oft Geschrei aus dem Haus gehört. Die Ehe ist wohl alles andere als harmonisch.«

»Und wenn du einfach mal in Kalabrien anrufst und dich nach dieser angeblich kranken Tante erkundigst?«

Das wollte sie tun. »Ich war früher auch Polizistin und habe einiges über Vernehmungsmethoden gelernt«, erwiderte sie mit glucksendem Lachen.

»Falls dir das Detektivspielen irgendwann langweilig wird – wir suchen hier immer fähige Leute.«

Nun lachte sie hell und laut. »Ich werde noch einmal zum Restaurant gehen und dort ein wenig herumschnüffeln.«

»Lass dich aber nicht erwischen!«

»Wofür hältst du mich, Alexander?«, erwiderte sie mit gespielter Empörung. »Für eine Anfängerin?«

Der Anruf bei den Carabinieri in Tropea hatte nichts gebracht. Nun stand ich wieder vor dem *Da Federico*, und es ging schon auf vier Uhr zu. Zwar regnete es nicht mehr, dafür war es noch kälter als am Vormittag. Die Wolken hingen tief.

Das trübe Wetter passte zu meiner Stimmung. Leise fluchte ich auf Italienisch vor mich hin und fand kein gutes Wort für die Männerwelt. Am wenigsten für den zackig klingenden Maresciallo aus Tropea, der mir am Telefon überdeutlich zu verstehen gegeben hatte, was er von Frauen hielt, die sich in fremde Angelegenheiten einmischten, Detektivin hin oder her.

Aber auch für Maximilian, dessen Zustand sich im Vergleich zum Morgen nur unwesentlich gebessert hatte, und ein bisschen auch für Alexander, der die ganze Arbeit mir überließ.

Es war doch sonnenklar, dass an dieser Geschichte etwas oberfaul war. Wieso kapierte er das nicht?

Wieder sah ich das Gesicht der jungen, vor Lebensfreude sprühenden Maria vor mir, die noch dazu hochschwanger war. Ich wollte, nein, ich *musste* wissen, wo sie steckte.

Die Tür des Ristorante auf der gegenüberliegenden Straßenseite flog auf, Federico kam heraus. Ich drückte mich in den Schatten der Einfahrt, in der ich stand, zog mir den Wollschal noch höher ins Gesicht. Doch er hatte keinen Blick für das, was um ihn herum geschah, sondern eilte zielstrebig davon. Ich folgte ihm.

Die Dämmerung hatte längst eingesetzt, aufgrund der dicken Wolkendecke war es schon fast ganz dunkel. An vielen Häusern leuchteten, blinkten und funzelten bunte Lichter. Es ging durch einige belebte Straßen, zügig überholte ich Touristen, Wochenendshopper und Spaziergänger. Nach einigen hundert Metern schlug Federico einen Haken und verschwand im Gebäude der HypoVereinsbank.

Ich überlegte, ob auch ich hineingehen sollte. Aber da tauchte er schon wieder auf, jetzt eine große Plastiktüte unter dem Arm. Anstatt jedoch in die Richtung zu gehen, aus der er gekommen war, lief er weiter die Straße entlang. Nun hatte ich Mühe, Schritt zu halten, so eilig hatte er es. Das Handy hielt er ständig am Ohr. Noch immer herrschte so viel Trubel auf der Straße, dass er mich auch dann nicht bemerkt hätte, wenn er sich umgewandt hätte. Doch das tat er nicht.

Der Neckar kam in Sicht. Inzwischen war die Nacht hereingebrochen, vom Wasser stiegen Nebelschwaden auf. Hier herrschte nur noch wenig Betrieb. Ich ließ mich sicherheitshalber zurückfallen.

Schließlich betrat Federico einen verlassenen, kleinen Park. Unter einer Laterne kam er zum Stehen, blickte sich nun doch nach allen Seiten um. Aber ich stand schon hinter einem Busch, lugte zwischen den blattlosen Zweigen hindurch, sah ihn auf einen Papierkorb zugehen. Er warf die Tüte hinein und lief einfach weiter.

»Da kommt wer«, flüsterte Anna.
»Wo bist du denn?«, fragte ich etwas genervt. »Was machst du für Sachen?«
»Gerade kommt einer ... Jetzt nimmt er das Päckchen aus dem Papierkorb, das Federico vor zehn Minuten reingeworfen hat.«
»Eine Lösegeldübergabe.«
»Deshalb hat Federico ständig telefoniert, der Erpresser hat ihm anscheinend per Handy Anweisungen gegeben, wo er das Geld deponieren soll. Ich finde, Alexander, es wäre allmählich Zeit, dass du mir Gesellschaft leistest und nicht allein im Regen stehen lässt.«
Ich war gerade im Begriff gewesen, Feierabend zu machen, steckte mit einem Arm schon in meinem Mantel.
»Wo genau bist du?«
»Genau weiß ich es nicht. Werderplatz, steht hier auf dem Schild.«
»Bis dahin brauche ich mindestens eine Viertelstunde.«
»Ich bleibe an dem Mann dran und gebe dir laufend meine Position durch, okay? Aber beeil dich bitte, ja? Ich habe allmählich ziemlich kalte Füße, und zwar nicht nur im wörtlichen Sinn.«
Der Mann, der das Geldpaket abgeholt hatte, war jung und ein wenig korpulent, erfuhr ich, während ich die Treppen hinabstürmte.
»Er geht stadtauswärts«, raunte Anna mir ins Ohr. »Hier kommt wieder ein Schild ... Zeppelinstraße. Sagt dir das was?«
»Natürlich. Pass bitte auf dich auf, Anna! Du kennst die alte Polizistenregel: Eigensicherung nicht vergessen.«
Obwohl bereits im Freien, machte ich noch einmal kehrt, raste

die Treppen wieder hinauf und holte meine SIG-Sauer aus der linken unteren Schublade meines Schreibtisches, überprüfte sie kurz, lud sie durch und machte erneut kehrt. Leider hatte er es ziemlich eilig, der stämmige Geldbote, berichtete Anna. Wir hatten jetzt beide ständig unsere Handys am Ohr. Je weiter er sich vom Übergabepunkt des Geldpakets entfernte, desto schneller wurde er. Da sonst kaum noch jemand auf der Straße war, fiel es Anna immer schwerer, ihm zu folgen, ohne bemerkt zu werden.

Ich legte kurz auf, wählte die Hundertzwölf und beorderte als Verstärkung einen Streifenwagen zu Annas letzter Position.

»Vor mir kreuzt eine breite Straße«, sagte sie, als wir wieder Verbindung hatten.

»Das kann nur die Berliner Straße sein.«

»Er ist schon auf der anderen Seite. Läuft weiter in Richtung Norden. Madonna, ist hier viel Verkehr …«

Ich war inzwischen auf der Neckarbrücke, ein eiskalter, feuchter Wind orgelte mir um die Ohren. Glücklicherweise näherte sich von hinten ein Taxi. Ich winkte, der Fahrer bremste, innen war es angenehm warm.

»Wohin?«, wollte der Chauffeur wissen.

»Erst mal einfach geradeaus.« Ich ließ den Mann meinen Dienstausweis sehen.

»Cool«, fand der schwarz gelockte Fahrer, der offenbar aus dem fernen Süden stammte, die Situation.

Die Berliner Straße lag jetzt hinter mir, ich befand mich in einem Wohngebiet. Vorgärten zu beiden Seiten, blitzende Lämpchen vergoldeten die Balkone, blinkende Weihnachtsbäumchen und Adventsgestecke zierten stilvolle Hauseingänge. Von irgendwoher wehten Plätzchenduft und Kindergeschrei, durch ein gekipptes Fenster hörte ich Tom Jones im Duett mit Cerys Matthews *Baby It's Cold Outside* singen.

Das war es, ja. Inzwischen war ich allerdings ziemlich ins Schwitzen gekommen. Der untersetzte junge Mann war jetzt so schnell unterwegs, dass ich kaum noch hinterherkam.

»Jetzt geht er nach links«, stieß ich hervor, das Handy nach wie vor fest ans Ohr gedrückt. »Angelweg, ich hoffe, das sagt dir etwas.«

»Ich bin gleich da. Höchstens noch fünf Minuten.« Alexander stöhnte lauthals. »Bleib bloß auf Distanz, Anna!«

Der Angelweg entpuppte sich als schmale Straße, die mit jedem Schritt enger wurde. Bald wurden die Häuser immer spärlicher, Wiesen und Äcker kamen in Sicht, in der Ferne die Autobahn. Weit und breit kein Mensch mehr, abgesehen von dem Mann, dem ich zu folgen versuchte. Hoffentlich beeilte Alexander sich. Immer wieder murmelte ich knappe Wegbeschreibungen für ihn ins Mobiltelefon.

Das Sträßchen wurde zum Feldweg, schemenhaft erkannte ich Büsche und Bäume, durch die der immer stärker werdende Wind fuhr. Hier war es zappenduster, und der Untergrund wurde zunehmend holpriger. Ich lief jetzt, so schnell es ging, ohne allzu viel Lärm zu machen, musste gleichzeitig aufpassen, damit ich nicht über eine Wurzel oder einen Stein stolperte. Dennoch versuchte ich, das Tempo des Mannes vor mir zu halten. Sehen konnte ich ihn jetzt nicht mehr, seine Schritte waren kaum noch zu hören.

Das Taxi bremste. Als ich nach vorne blickte, sah ich rote Lichter, so weit das Auge reichte.

»Stau«, kombinierte mein Fahrer messerscharf. »Da vorne muss irgendwas passiert sein.«

»Angelweg«, sagte ich hektisch. »In Handschuhsheim. Sie kennen doch bestimmt eine Abkürzung?«

Er grinste mich an, setzte ein wenig zurück, riss das Steuer nach rechts, fuhr ein Stück auf dem Radweg, bog dann rechts ab. Zackig ging es um einige Ecken, dann steckten wir wieder fest. Vor uns kreuzte die Straße, die wir vor kaum mehr als einer Minute verlassen hatten. Immer noch war dort Stau.

»Anna?«, rief ich ins Handy, das schon länger still geblieben war. »Anna, melde dich bitte!«

Außer Rauschen war nichts zu hören.

Ich drückte dem Fahrer einen Zwanziger in die Hand, drängelte mich zwischen den dicht an dicht stehenden Autos hindurch, erreichte unbeschädigt die andere Straßenseite, spurtete los. Nahm das Handy wieder ans Ohr. Jetzt war gar nichts mehr zu hören. Als ich aufs Display blickte, war es dunkel. Mist! Schon am Nachmittag war der Akku fast leer gewesen, und ich Idiot …!

Hektisch und im Laufen startete ich das Handy neu, hoffte, dass es noch die zwei, drei Minuten durchhalten möge, die ich brauchte, um zu Anna zu finden.

Zwischen den kahlen Ästen einer Hecke sah ich im Dämmerschein einer einsamen Laterne ein Gemäuer aufragen, riesig und halb verfallen. Vielleicht ein verlassener Bauernhof, die meisten der Fenster waren eingeschlagen. Der Mann, der mich bisher zum Glück nicht bemerkt hatte, verschwand hinter einer Baracke oder Scheune, die ebenfalls zu dem alten Gehöft gehörte.

Ich stellte mich unter eine Kastanie, an deren Zweigen noch vertrocknete Blätter hingen. Ungeduldig versuchte ich, Alexander anzurufen, bekam jedoch keine Verbindung. Die Stadt lag weit entfernt, das einzige Geräusch, das ich noch hörte, war der Wind. Er heulte und ächzte und stöhnte.

Vermutlich wurde Maria in dem Haus dort hinten gefangen gehalten. Was sonst suchte der Mann, der das Lösegeld an sich genommen hatte, an diesem trostlosen Ort?

Ich überlegte, was ich jetzt tun sollte. Natürlich wollte ich mich nicht in Gefahr bringen. Bestimmt war der Entführer bewaffnet, womöglich gar nicht allein, und ich stünde plötzlich einer ganzen Bande gegenüber, sobald ich das alte Gehöft betrat.

Trotz des tosenden Windes hörte ich einen Zweig knacken. Vielleicht Alexander?

Ich wandte mich um, spähte ins Dunkel. Nichts.

Mir kam ein Gedanke. Vorsichtig näherte ich mich dem Bauernhaus, knipste drei, vier Fotos. In der Hoffnung, dass in dem trüben Licht überhaupt etwas zu erkennen war, schrieb ich dazu eine knappe Erklärung für Alexander. Dann drückte ich auf Senden. Wieder ein Geräusch, ich fuhr herum – vor mir stand Federico und zielte mit einer Waffe auf mich.

Mein Handy hatte sich tatsächlich noch einmal zum Leben erwecken lassen. Eine Nachricht von Anna. Bilder. Miserable Bilder bei miserabler Beleuchtung. Ein Bauernhof, so viel konnte ich immerhin erkennen. Der Bildschirm wurde schon wieder dunkel. Ich rannte weiter.

Mit Federicos Revolver im Genick stieg ich über Mauersteine und irgendwelches Gerümpel inmitten des alten Gemäuers, durch das der Wind jagte. Es war feucht hier und muffig und so dunkel, dass ich kaum sah, wohin ich trat. Ich hoffte inständig, dass keiner von uns beiden ausrutschte und der Irre hinter mir mich am Ende nicht noch aus Versehen erschoss.

Wieder im Freien, waren von irgendwoher Geräusche zu hören, die sogar das heulende Getöse des Windes übertönten. Stimmen.

Vor einer Scheune machten wir halt. Aus dem hinteren Bereich des großen Raums drang unruhiger Lichtschein.

»Da rein, aber leise«, raunte Federico mir zu. »Dann werden wir ja sehen, ob Gazetto dich geschickt hat.«

Ich hatte keine Ahnung, wer Gazetto sein mochte, wagte jedoch nicht nachzufragen.

Endlich konnte ich die Stimmen unterscheiden. Ein Mann und eine Frau. Sie sprachen Italienisch und klangen jung und freudig aufgeregt.

»Maria, du verdammtes Miststück«, begrüßte Federico die Frau, als er mich hineinstieß. »Hast du wirklich gedacht, du kannst mich an der Nase herumführen?«

War der leise Knall eben ein Schuss gewesen?

Er war aus dem einstöckigen Gebäude vor mir gekommen, das aussah, als hätte es in besseren Zeiten als Stall gedient. Hinter einem von Schmutz und Spinnweben fast blinden Fenster sah ich schwaches Licht. Flackerndes Licht wie von Kerzen. Kerzen, die nichts mit Advent und Weihnachten zu tun hatten.

Vorsichtig näherte ich mich dem Gebäude, achtete darauf, kein Geräusch zu machen, auf keinen morschen Ast zu treten. Der Wind hatte sich zum Sturm gemausert, zerrte an den knarrenden Bäumen. Das war gut, denn so war die Gefahr, gehört zu werden, nicht so groß.

Jetzt hörte ich Stimmen.

»Maria«, meinte ich zu verstehen, »che sgualdrina sei!« Federicos Stimme, die offenbar Maria beschimpfte.

Wieder ein Knall, diesmal eindeutig ein Schuss, eine Frau schrie auf. Was war mit Anna? Wo steckte sie? Etwa da drin?

Vor mir eine Tür. Sie stand gerade so weit offen, dass ich mich hindurchzwängen konnte.

Ich hörte Anna mit ruhiger Stimme auf Federico einreden. Er antwortete mit hysterischem Lachen, sagte etwas auf Italienisch, das ich nicht verstand.

Die Stimmen kamen von links. Dort schimmerte auch Licht durch die Ritzen einer zweiten Tür. An der Wand lehnte ein Spaten.

Lautlos nahm ich ihn an mich, schlich näher an die Tür, stieß mit dem Fuß gegen eine Blechdose. Es scheppert leise, ich erstarrte, aber offenbar hatte der Wind das Geräusch übertönt. Federico fluchte lauthals weiter.

Behutsam drückte ich die Klinke, zog die Tür so lautlos wie möglich zu mir. Nun war der Spalt so groß, dass ich etwas sehen konnte. Federicos Rücken befand sich etwa zwei Meter vor mir. Maria und ein junger Mann, den ich nicht kannte, hockten mit Büßermienen auf einer Holzkiste an der gegenüberliegenden Wand, Anna stand daneben. Alle drei hatten die Hände erhoben.

Federico bedachte die anderen immer noch mit vermutlich derbsten Ausdrücken, lief auf Maria zu, verpasste ihr eine schallende Ohrfeige, hielt dem jungen Mann – immer weiter zeternd – den Revolver an die Stirn. Zu seinem Pech achtete er dabei nicht auf Anna. Diese nahm die Hände herunter, bückte sich und sprang Federico an wie eine wütende Katze. Ein Schuss löste sich, ging jedoch weit daneben. Den Rest erledigte ich mit dem Spaten.

Federicos letztes Wort, bevor er das Bewusstsein verlor, war »Puttana«, was Hure bedeutete, wie er mir erst kürzlich erläutert hatte, als ich Spaghetti alla puttanesca bestellt hatte.

Da lag er nun, der Macho und Mafioso Federico, der sowohl Maria als auch ihren Liebhaber Giuseppe und vermutlich auch mich ohne Zögern erschossen hätte. Als Mitglied eines kalabrischen Clans, der still und leise zwischen Stuttgart und Heidelberg operierte, war Federico in seinen Methoden nicht zimperlich. Sein Ristorante, die perfekte Tarnung, diente als Treffpunkt für konspirative Treffen der organisierten Kriminalität. Dabei ging es um Waffenhandel, manchmal Schutzgelderpressung, meist jedoch Geldwäsche im großen Stil. Das Einzige, das er fürchtete, war Daniele Gazettos Famiglia, ein rivalisierender Clan, der sich seit einer Weile ebenfalls in der Gegend breitmachte.

Maria hatte immer mehr unter der Eifersucht und den Gewaltausbrüchen ihres cholerischen Ehemannes gelitten, auch seine kriminellen Machenschaften billigte sie nicht. Dann hatte sie Giuseppe kennen- und rasch auch lieben gelernt. Schließlich hatte das junge Paar keinen anderen Ausweg mehr gesehen, als einen gewagten Plan in die Realität umzusetzen. Maria und Giuseppe, der im Gegensatz zu Federico zwar ein armer Schlucker, aber ein umso fürsorglicherer Mann war, hatten die Entführung vorgetäuscht, um von Federico ein Startkapital für ein gemeinsames Leben zu erpressen.

Doch mir blieb keine Zeit, um Alexander alles zu erklären. Marias Gesicht wurde abwechselnd weiß und knallrot, ihre Augen blickten starr. Sie atmete in heftigen Stößen, presste die Hände erst gegen den kugeligen Babybauch, dann auf die Holzkiste, beugte sich stöhnend darüber.

»Sie muss sofort in die Klinik«, rief ich Alexander zu und hielt schon mein Mobiltelefon in der Hand. »Das sind die Wehen, die Aufregung war einfach zu viel. Wir brauchen einen Krankenwagen!«

»Amore mio«, flüsterte Giuseppe verzweifelt, fügte auf Deutsch und an Alexander gewandt hinzu: »Sie müssen sie retten – Maria und mein Kind …«

Dieser war zwar kein Arzt, aber immerhin Chef der hiesigen Kripo und wusste, wohin er seine Leute dirigieren musste. Als ich die Scheinwerfer eines sich rasant nähernden Streifen- und Krankenwagens sah, war ich mit der Männerwelt endlich wieder versöhnt.

»Ein Mädchen, ja«, sagte ich ins Telefon. »Maria sagte mir am Telefon, sie werden es Lucia nennen. Die Arme hat fast zwei Tage in den Wehen gelegen. Beinahe wäre es ein Christkind geworden, stell dir vor, Anna.«

»Maria und Josef im Stall«, erwiderte Anna mit seligem Lachen.

»Josef?«, fragte ich und fasste mir an den Kopf. »Natürlich, ich hätte es eigentlich wissen müssen. Giuseppe heißt auf Deutsch Josef, richtig?«

Anna lachte immer noch, beruhigte sich dann allmählich. »Aber Federico war definitiv kein Engel.«

»Dafür wir beide vielleicht?«

Nun lachte sie wieder, ich stimmte freudig ein, und wir wünschten uns einen friedlichen Heiligen Abend.

Alle Jahre wieder:
💀 24 Weihnachtskrimis für die kalte Jahreszeit

Maria, Mord und Mandelplätzchen

Glöckchen, Gift und Gänsebraten

Süßer die Schreie nie klingen

Stollen, Schnee und Sensenmann

Türchen, Tod und Tannenbaum

Plätzchen, Punsch und Psychokiller

Kerzen, Killer, Krippenspiel

Makronen, Mistel, Meuchelmord

Böser die Glocken nie klingen –
Weihnachten mit Bestsellerautor Markus Heitz

Mehr als 24 schaurig-schöne Kurzgeschichten für ein rabenschwarzes Fest der Liebe, mit atmosphärischen Illustrationen von Ingo Römling

Markus Heitz

Der Tannenbaum des Todes

Ein kleines Mädchen lehrt den Nikolaus das Fürchten, weil sie statt dem gewünschten X-Mas-House-Of-Horror einen rosafarbenen Pullover bekommt, ein Rentierschlitten mit Startproblemen bringt nicht nur den Weihnachtsmann ins Schwitzen, und verfluchte Christbaumkugeln, Weihnachtsmarkthorror und die Unheiligen Drei Könige sorgen dafür, dass dieses Fest zumindest eines ganz sicher nicht wird: langweilig.

*Von bitterböse über gruselig bis fies und witzig:
Diese Weihnachtskurzgeschichten sind das ideale
Geschenk für alle, die zum Fest mal eine Pause von übermäßiger Besinnlichkeit brauchen.*

Aber sagen Sie nicht, wir hätten Sie nicht gewarnt!

Best of Crime: bester Nervenkitzel, beste Unterhaltung, beste Autoren – für jede Jahreszeit

Isabelle Toppe (Hrsg.)

Meister des Mordens

Best of Crime

Sie sind die Besten der Besten. Mord ist ihre Spezialität. Und sie können es einfach nicht lassen: Die ausgezeichneten und vielfach auf den Bestsellerlisten vertretenen Autoren Sebastian Fitzek, Olivier Truc, Nina George, Torkil Damhaug, Judith W. Taschler, Wolfram Fleischhauer, Antonia Hodgson, Thomas Kastura, Bernard Minier, Tatjana Kruse und Val McDermid haben wieder zugeschlagen und sorgen in der neuen Best-of-Crime-Anthologie mit ihren meisterhaften Kurzkrimis für Hochspannung und Nervenkitzel vom Feinsten.

Sebastian Fitzeks Geschichte erzählt von einem Tag, der die Welt veränderte, während Wolfram Fleischhauer seine Hauptfigur, einen Autor, zu radikalen Methoden greifen lässt. In Tatjana Kruses Kurzkrimi wird immer an Vollmond gemordet, und in Antonia Hodgsons Story folgen die Leser dem erst 15-jährigen Protagonisten bei der Aufklärung eines mysteriösen Todesfalls im England des 18. Jahrhunderts …